T A S C A B I L I   G I U N T I

Nikoletta Kiss

La felicità dei giorni perduti

Traduzione di
Sofia Dilaghi

GIUNTI

Titolo originale:
Das Licht vergangener Tage

Published by arrangement with Michael Gaeb Literary Agency

www.giunti.it

Via Bolognese 165 – 50139 Firenze – Italia
Via G. B. Pirelli 30 – 20124 Milano – Italia

Prima edizione: marzo 2020
Prima edizione tascabile: gennaio 2023

A Ben

1

Il ritratto

Budapest, 1949

I raggi del sole di mezzogiorno filtravano dalle minuscole fessure delle tapparelle. István si svegliò con un mal di testa lancinante. Si mise a sedere, si sfregò il volto con le mani e nella semioscurità andò a tastoni in cerca della mezza sigaretta che aveva previdentemente lasciato sul comodino la sera prima. Era l'ultima.

Si alzò con il mozzicone tra le labbra, tirò su le tapparelle e spalancò la finestra. Un fresco vento autunnale invase la stanza. Nel cortile della casa riecheggiavano urla di bambini e un tintinnio di stoviglie. Si voltò verso il cavalletto e osservò il lavoro di quella notte da una certa distanza. «Come osi!» sembravano esclamare gli occhi della giovane donna ritratta. István annuì soddisfatto. Era riuscito a catturare la sua espressione orgogliosa.

Quando l'aveva vista, al caffè, pareva che aspettasse qualcuno: aveva un'aria tesa, le ginocchia strette sotto la gonna e la borsetta in grembo, a portata di mano. Gli aveva rivolto uno sguardo fugace, distogliendolo subito, come se non si fosse accorta del movimento veloce dei suoi occhi che andavano dal foglio a lei. La matita si muoveva rapida sulla carta, abbozzando la fronte alta, gli zigomi, il naso arcuato e la bocca. Quella bocca. Le sue dita senza anelli giocherellavano con il bocchino oro e nero di una sigaretta.

Sull'orologio appeso sopra il bancone la lancetta dei minuti arrivò a venti. Allora, come se in quel preciso istante avesse rinunciato all'attesa, ripose il bocchino nell'astuccio e fece un cenno al personale di servizio.

Ora o mai più, pensò István, infilando il blocco da disegno e la matita nella tasca del cappotto. Si alzò in piedi, scolò l'ultimo sorso di vino e posò qualche moneta sul tavolo: così, in caso di rifiuto, avrebbe potuto lasciare il locale senza dare troppo nell'occhio.

Il cameriere le stava presentando il conto. István si incamminò. C'erano solo dieci passi a dividerli, dieci passi che sembravano uno spazio infinito in cui tutto poteva succedere.

In quel momento si avvicinò a lei un uomo di mezza età con il cappotto accuratamente ripiegato sul braccio. Con la mano libera si tolse il cappello, scoprendo la testa calva.

La ragazza si alzò in piedi. L'uomo la superava in altezza e dovette chinarsi leggermente per sussurrarle all'orecchio il suo messaggio, evidentemente confidenziale, mentre allo stesso tempo allungava una banconota al cameriere. István si bloccò.

La mano che l'uomo le aveva posato sulla schiena scivolò lentamente verso le natiche.

István riprese a camminare nella loro direzione, poi li superò, distogliendo gli occhi, e andò verso la porta girevole. Quindi anche lei era una di loro! Come tutte le belle donne in quel paese, del resto. Sentì una rabbia sorda montargli dentro. Era ancora tra le ante girevoli della porta quando si voltò a guardarla di nuovo, forse per curiosità, forse per l'attrazione che ciò che ripugna non manca mai di esercitare, o magari per senso di superiorità. Voleva almeno assicurarsi che nella sua espressione fosse scomparsa ogni traccia d'orgoglio.

Attraverso la superficie di vetro della porta i loro occhi si incontrarono una seconda volta. Ebbe un attimo di esitazione. Era il vetro che li divideva a fare da specchio alla sua immaginazione, facendogli vedere ciò che non esisteva? Sul viso della ragazza si leggeva un'ombra di terrore. Aveva lo sguardo di una bambina spaventata; István vi colse distintamente il riflesso della paura. Non c'era tempo per pensare. Una violenta spinta alla porta girevole lo portò di nuovo nel locale.

Adesso che era dentro, fece un respiro profondo, drizzò le spalle e, in preda a una specie di stordimento, si avvicinò a loro. «Le tolga le mani di dosso!»

L'uomo sussultò e lasciò andare la ragazza. Il suo viso rotondo si fece paonazzo, balbettò qualcosa e uscì di corsa dal caffè, con il capo scoperto e cappotto, cappello e cartella sottobraccio.

István, sopraffatto dall'eroicità del proprio gesto, vide le labbra della ragazza muoversi. Ebbe l'impressione che gli stesse parlando, ma non riusciva a capire il senso di ciò che diceva. L'unica cosa che sentiva era la sua voce, vellutata come un vino rosso forte e rotondo quando si spande sul palato. Probabilmente lo stava ringraziando. Non sembrava abituata a trovarsi in situazioni simili. Ma allora che ci faceva in un locale come quello? La ragazza si infilò i guanti con le mani che tremavano, gli rivolse un sorriso e fece per andarsene.

«Aspetti! Qual è il suo nome?»

«Rebeka Bárdossy» rispose lei senza smettere di camminare. István la seguì nella porta girevole; a dividerli c'era solo un'anta di vetro.

Non appena fu in strada, la ragazza si mise a camminare a passo svelto. Lui la chiamò e, mentre continuava a rincorrerla, si frugò nella tasca del cappotto per tirar fuori il ritratto ripiegato. Una volta che l'ebbe raggiunta glielo porse.

Il ritratto ebbe l'effetto sperato: la ragazza si fermò e si concesse il tempo di osservare lo schizzo. Quando sollevò lo sguardo su di lui, stava sorridendo. Alla luce dei lampioni, István notò un bagliore dorato in fondo ai suoi occhi verdi.

La ragazza fece sparire il disegno nella borsetta.

«Posso rivederla?»

«A teatro...» rispose lei andando via.

Stavolta non la seguì. Non avrebbe saputo dire se ciò che gli aveva rivolto fosse una domanda o un invito. Rimase lì fermo ancora per un po', ad ascoltare il rumore dei suoi tacchi che si allontanavano sull'acciottolato.

Con il calare della sera, l'aria si era fatta decisamente più fresca. Quando il suono dei tacchi si fu confuso con gli altri rumori della città, István si abbottonò il bavero del cappotto e si incamminò. Si sarebbe messo a dipingerla non appena fosse stato a casa.

2

La Galleria Reidl

Berlino, 2017

Anna socchiuse gli occhi, abbagliata. Era inondata da un bianco accecante. Sopra di lei c'era un volto, un volto maschile. Piegò la testa di lato per scansare la luce e percepì di nuovo quel dolore sordo all'addome. Davanti vedeva scorrere un groviglio di immagini, come un film proiettato al doppio della velocità. La luce si spense.

«Lasciamola dormire» sentì dire da qualcuno, seguito da un rumore di passi. Anna si girò di lato, cercando ancora di sfuggire alla luce e ai pensieri, e sprofondò il volto nel cuscino. Il sonno comatoso delle ultime ore non aveva alleviato il suo senso di spossatezza, al contrario. Era come se ogni suo arto fosse una zavorra che la ancorava a terra. Avrebbe voluto assecondare quella forza di gravità, smettere di respirare e rimanere ferma fino a quando lo zelante meccanismo in moto nel suo petto non avesse smesso di funzionare. Fece un ultimo, profondo respiro, poi trattenne l'aria. Pronta ad affrontare il momento estremo, restò immobile e aspettò. Contò lentamente fino a venti, ventuno, ventidue… Man mano che andava avanti, contava sempre più veloce. Ma quello batteva ancora, martellava imperterrito, ostinato e caldo sul suo cuscino, come se nulla fosse. Come se si potesse riportare indietro il tempo, attraversare un fuso orario non semplicemente di ore, ma di giorni o addirittura di settimane, fino all'istante in cui aveva perso il controllo.

Ma quando era successo di preciso? Aggrottò la fronte. Forse tutto era cominciato già anni prima. Le piccole concessioni e i compromessi innocui sui quali aveva ceduto con così poco sforzo si erano insinuati impercettibilmente nella sua vita al punto da diventare abitudini, crescendo come l'edera su un muro.

«Ha dieci giorni per decidere» le era stato detto. E proprio in quel momento lei aveva iniziato a contare il tempo.

La prima delle sue dieci mattine era stata color arancio. Una di quelle mattine in cui i raggi del sole ti parlano di magia facendo scintillare la rugiada tra i fili d'erba. Una di quelle mattine in cui la luce calda maschera gli errori fatti o quelli che faremo.

Quella mattina, dunque, Anna salì i due scalini che portavano alla galleria, con un mazzo di gigli in una mano e nell'altra la borsa insieme a una pila di cataloghi. Girò la chiave nella serratura e aprì il portone con un colpo d'anca.

Quella era la porta d'accesso al suo regno. La luce del mattino inondò la stanza e diede voce ai colori sui quadri di Márta Németh.

Anna lasciò che la porta si richiudesse alle sue spalle, posò i cataloghi sul pavimento e si guardò intorno. Nella sua testa continuavano ad affastellarsi le immagini dell'inaugurazione della mostra, avvenuta la sera prima. L'ingenuità infantile con cui Márta si era ingraziata quel collezionista le fece scuotere il capo con indulgenza. Le veniva da sorridere al pensiero di quanto quella giovane artista le ricordasse se stessa. Fresca di studi, con diciassette euro in tasca e la cartella con i suoi lavori sottobraccio, era arrivata in autostop fino alla Art Cologne, come una farfalla attratta dalla luce di una lampada. Aveva sperato di farsi dei contatti, magari di trovare un lavoro o un'opportunità qualsiasi che potesse avvicinarla alla realizzazione del suo sogno, quello di esporre le proprie opere.

Una volta Anna, con la stessa sfrontatezza tipica dei giovani che adesso rivedeva in Márta e che forse ammirava un po', avendola lei nel frattempo perduta, si era intrufolata nella conversazione tra Joseph Kosuth, il famoso artista concettuale americano, e il suo gallerista viennese: era in questo modo che aveva conosciuto Michael.

La sua vicinanza e i suoi sguardi interrogativi erano bastati a far arenare la conversazione tra i due. Era stato il gallerista Michael Reidl il primo a notare la sua presenza e a osservarla con sorpresa, come se si trovasse lì per chiedere dove fosse il bagno delle signore. L'occhiata che le aveva rivolto, nella fredda luce al neon delle installazioni grafiche tipiche di Kosuth, la invitava con una certa insistenza ad esternare la sua necessità. Ma Anna non riusciva a smettere di tremare, stringeva con forza la cartella dei suoi lavori, come fosse il suo unico appiglio. Poi capì che era il suo momento e cominciò a parlare, sfoggiando un inglese perfezionato cantando per anni sui dischi dei Rolling Stones. Parlò dell'idea racchiusa nel progetto di Kosuth, del significato della lingua nell'arte e dei tubi al neon. Ci mise tutta se stessa; in fondo cos'altro aveva da offrire? La naturalezza con la quale un gigante del settore come Kosuth si fece coinvolgere dal discorso la lasciò di stucco. Le diede l'impressione di essere un uomo gentile, sembrava contento di rispondere a qualche domanda. Gesticolava, faceva digressioni e nel parlare spostava il peso da una parte all'altra, come se fosse lui a dover fare colpo su di lei e non viceversa.

Ma la conversazione non era durata a lungo. A un tratto si era avvicinato un uomo in giacca e cravatta, aveva interrotto Anna mentre parlava e aveva preso Kosuth sottobraccio con un gesto confidenziale, come se avessero una questione in sospeso di cui discutere; nel farlo, aveva inarcato le sopracciglia fin sopra la montatura degli occhiali. Le aveva chiesto formalmente scusa perché doveva portar via dalla conversazione il "ragazzo", e questo nonostante fossero entrambi sulla cinquantina avanzata e con gli occhiali. Tuttavia non potevano essere più diversi tra loro. Il modo in cui quell'uomo si era intromesso, ridendo e parlando a voce alta in un inglese dal forte accento tedesco, bastava a conferirgli un'autorità indiscutibile.

Kosuth scosse la testa e scoppiò in una risata, come se, di qualunque cosa si trattasse, lui lo stesse assecondando solo per una questione di gentilezza. Lanciò ad Anna uno sguardo dispiaciuto, con il quale le fece intendere che avrebbe di gran lunga preferito intrattenersi con lei.

Anna rimase a fissare i due uomini che si allontanavano, impietrita dalla soggezione. «Quello non era il re? Il direttore del Museo Ludwig?»

Colse il cenno affermativo del gallerista accanto a lei, rimasto altrettanto esterrefatto. Ma Michael Reidl non era il tipo di persona che lascia trapelare il proprio disappunto. Indicò la cartella di Anna, chiedendole se avesse intenzione di mostrare il suo lavoro. Solo in quel momento Anna notò che l'uomo aveva un volto piacevole, cosa a cui prima non aveva fatto caso. Lui sorrideva paziente. Anna strinse con più forza la presa sulla cartella, quasi avesse paura che, lasciandola andare, potesse perdere l'equilibrio.

E invece non accadde niente di simile. Il gallerista scorse i fogli senza dire una parola, facendo al massimo qualche cenno col capo. L'unica cosa che contava era il modo in cui quest'uomo affascinante e serioso guardava le sue opere. Il suo volto non era più giovanissimo e aveva un che di pensieroso, di vissuto. Era la profondità della sua espressione a renderlo bello. Con le sue dita lunghe e sottili scelse un foglio e lo sollevò per osservarlo meglio. Lo scrutava con occhi pieni di rispetto, come se si trovasse di fronte all'opera di un'artista affermata.

Poi le rivolse uno sguardo indagatore, ma anche di inequivocabile apprezzamento, che la fece sentire come una groupie nel backstage di un grande concerto.

Michael Reidl non le offrì un contratto, né un lavoro nella sua galleria. La portò, invece, fuori per cena. Alla cena seguì una relazione a distanza, tra Vienna e Berlino, fondata su lunghe e profonde telefonate durante le quali esploravano i concetti dell'arte e del mondo in genere. Fumavano Gauloises, obbligatoriamente blu, dal tabacco scuro e forte, ognuno al proprio capo del telefono, ma comunque insieme. Ogni tanto capitava pure che fumassero quelle rosse, ma solo se non erano riusciti a procurarsi quelle blu. Lo sfrigolio della sigaretta dall'altra parte del filo, durante le pause in cui rifletteva per trovare una risposta sensata da darle; le sue sopracciglia, che immaginava aggrottarsi pensierose nel momento in cui alla fine lasciava uscire il fumo dalla bocca... era tutto semplicemente irresistibile.

Era passato molto tempo da allora. Nel frattempo avevano entrambi smesso di fumare ed erano diventati compagni sia nel lavoro che nella vita. Che avesse ragione Michael? Forse era stato uno sbaglio puntare su un'artista con così poca esperienza. In effetti, lui le aveva sconsigliato di presentarsi alla Art Week con Márta Németh. Anna avrebbe tanto voluto liberarsi di quelle preoccupazioni, visto che era fermamente convinta di dare un'occasione a quella giovane pittrice. I suoi quadri sprigionavano un'energia strepitosa. L'audace gioco di colori, i toni vibranti, le sfumature e le forme mutevoli obbligavano lo sguardo a spostarsi di continuo, come mosso da un'inquietudine costante. Anna non si stancava mai di guardarli, mentre Michael non ne era molto convinto. «Pura tecnica»: aveva definito così gli elaborati dettagli di quei quadri, i cui intrecci erano invece così attraenti agli occhi di Anna. Pura tecnica? Anna si passò una mano tra i capelli, si sentiva colta in fallo. In effetti, non era la prima volta che Michael esprimeva quel giudizio.

Non metteva in discussione le sue qualità di artista, come le aveva assicurato molto tempo prima parlando delle sue opere, posando mentre lo diceva una mano sul suo braccio, in un gesto affettuoso e pacifico. Eppure mancava loro qualcosa, un senso di urgenza, forse… Insomma, erano prive di quell'indefinibile non so che. Quella volta lo aveva visto lottare con le parole, le aveva detto che meglio di così non riusciva a spiegarsi. La sua espressione colpevole, il modo in cui la guardava, come se lui stesso si sentisse ferito da ciò che stava dicendo, avevano suscitato in Anna una punta di compassione, quando invece era lei che avrebbe dovuto sentirsi ferita. Quelli erano i tempi in cui ogni frase era seguita da un tenero bacio; i tempi in cui trascorrevano nottate intere a dipingere di bianco le pareti della loro galleria a Berlino. Non riuscivano a stare lontani, si scambiavano sguardi languidi, si accarezzavano, si toccavano, si tenevano stretti l'uno all'altra per non perdere neanche un secondo la possibilità di stare insieme. In quelle circostanze, dirle la verità doveva essere stato molto doloroso per lui. L'aveva definita portentosa nell'organizzazione e nella logistica, una gallerista nata! Aveva addolcito l'addio alla pittura lodando la sua capacità di relazionarsi con gli altri (dote che aveva ben più sviluppata di lui). Le sue parole, allora, non le avevano fatto male. Era grata, disponibile, influenzabile. Giovane, appunto.

Anna sapeva che lui era in grado di distinguere tra il talento artistico e la banale tecnica, glielo aveva ripetuto anche mentre discutevano, o meglio litigavano, sull'arte di Márta Németh. Quanti giovani artisti aveva scoperto e reso grandi, il suo fiuto non sbagliava.

Appunto, pensò Anna con un velo di amarezza. Raggiunse il retro della galleria con i fiori ancora in braccio. I suoi tacchi alti risuonavano sul parquet. Nel mondo dell'arte, così come in politica, c'erano delle persone che facevano il buono e il cattivo tempo, e Michael Reidl era una di queste. Ma fin dove arrivava il talento dell'artista e a che punto iniziava, invece, l'influenza del gallerista? Anna non gli avrebbe mai rinfacciato di non averla promossa abbastanza come pittrice, almeno non direttamente. Ma era proprio quello il motivo per cui voleva trasformare Márta in una celebrità.

Lasciò scorrere l'acqua riempiendo il vaso fin quasi all'orlo. Dov'era finito il tirocinante? Anna coinvolgeva Christoph von Engelhardt in ogni ambito del lavoro: gli permetteva di avere rapporti con curatori internazionali, artisti e collezionisti di spicco, e per questo pensava di meritarsi un po' più di impegno da parte sua. E invece sapeva già che sarebbe comparso con tutta calma verso le nove e mezzo, con il suo caffè da asporto, i suoi colpi di sole e la sua camicia aderente. E ovviamente non le avrebbe rivolto neanche una parola di scusa. Tra gli ottanta candidati che si erano proposti, Anna aveva scelto il figlio di un avvocato, nonché un suo importantissimo cliente… Quanto detestava dover svendere il suo lavoro!

Sistemò i gigli nel vaso e inspirò a occhi chiusi il loro dolce profumo. Mentre sistemava il vaso sul tavolo all'ingresso della galleria, Anna avvertì una fitta all'inguine. Ci passò sopra la mano aperta. Come avrebbe fatto ad affrontare tutto? I preparativi per la Art Week, il viaggio di lavoro a Budapest… Con l'aiuto di Christoph von Engelhardt? Senza contare che stava praticamente facendo da seconda mamma a Márta. E Michael? Se lo avesse chiamato, avrebbe rischiato di beccare il momento meno adatto. «Ne parliamo dopo con calma» le avrebbe detto, lasciandola a struggersi in attesa di quella sera, o addirittura del fine settimana. Aveva paura dei silenzi al telefono, non facevano che peggiorare le cose. Voleva essere lì con lui, per poter cancellare con una carezza la ruga di preoccupazione che si sarebbe formata sulla sua fronte. Aveva bisogno del suo sorriso calmo, che aveva il potere di assicurarle che sarebbe andato tutto bene. Al telefono non restavano che le pause. Si fermò e si voltò. Il profumo dei gigli era troppo forte? Avrebbe dovuto prendere i gladioli.

Quando Christoph varcò la soglia erano le nove in punto. «Le ho portato del caffè, ma non so se lo preferisce con lo zucchero.»

«Amaro» rispose Anna, più brusca di quanto avrebbe voluto. Poi ne bevve un sorso e mormorò un «grazie».

Fu colta da un senso di vertigine, come in quei momenti a metà pomeriggio in cui arriva un calo di zuccheri, ma dissimulò e si mise seduta alla scrivania del suo ufficio.

«Márta vuole partecipare alla cena con Krüger» gridò Christoph dall'altra stanza. «Vuole che telefoni al ristorante?»

«Da quando in qua è Márta a darle istruzioni?»

Christoph, appoggiato allo stipite della porta, fece un gesto come per scusarsi. «Era convinta che lei l'avrebbe dissuasa.»

«Infatti, dopo il disastro di ieri è esattamente ciò che farò.»

Il ragazzo assunse un'espressione sorpresa, come se lui non fosse stato presente alla stessa festa.

Con un sospiro, Anna si mise a controllare le mail. «Márta Németh non ha ancora esperienza. I collezionisti come Krüger non sono interessati alle sue smancerie o al suo bel visino, ma ai suoi lavori. Incontrerò Krüger da sola.»

Anna diede un'occhiata all'orologio, poi prese il telefono per chiamare Márta. Aspettò quattro o cinque squilli prima di riagganciare con circospezione. «Me la passi, se richiama» disse a Christoph, che era rimasto sulla soglia, con lo sguardo sprofondato nello schermo del suo smartphone.

«Ci sono novità sul ritratto? È riuscito a parlare con questo avvocato?» domandò Anna, indicando un quadro appoggiato al muro come se fosse stato dimenticato.

Il tirocinante fece uno scatto nervoso, come se la cosa gli fosse tornata in mente solo in quel momento. Si sedette al suo tavolo e controllò le mail. «Il proprietario del quadro è morto.»

«Chi è morto?»

«Si chiamava Breitner. La notizia è arrivata all'indirizzo Office.»

Anna inarcò le sopracciglia. Osservò con impazienza il ragazzo, ancora intento a scorrere l'elenco delle mail con le gambe accavallate che dondolavano irrequiete sotto il tavolo.

«Di quand'è il messaggio?»

Il dondolio delle gambe cessò e Christoph si voltò di colpo verso di lei. «Il dottor Karsay vuole l'indirizzo di sua nonna. Pensa che sia lei la donna ritratta nel quadro, nonché l'unica erede del defunto.»

Anna si alzò irritata e si chinò sopra le spalle del giovane: «Faccia vedere a me».

«Professor Róbert Breitner, deceduto a Budapest il 3 giugno 2017.»

Anna studiò il calendario sul quale si annotava la data d'ingresso delle opere. Breitner era morto da due settimane, poco dopo la visita dell'avvocato alla galleria. Ricordava quello strano incontro in ogni minimo dettaglio. Il giovane avvocato, con il suo abito scuro e il suo papillon, sembrava uscito da un'opera lirica. Aveva superato Christoph senza degnarlo di un saluto, tenendo sottobraccio il dipinto meticolosamente incartato.

Solo davanti ad Anna Hartmann in persona aveva fatto un inchino e si era presentato come l'avvocato Mihály Karsay, dello studio Karsay & Sohn.

Anna aveva immediatamente riconosciuto l'accento e il nome e gli aveva dato il buongiorno in ungherese: «*Jó napot kívánok!*».

L'uomo le aveva dato il suo biglietto da visita e l'aveva informata, in un tedesco impeccabile, che il suo autista lo stava aspettando in seconda fila.

Nonostante le avesse fatto intendere di avere molta fretta, si era messo ad aprire l'incarto con una lentezza tale da farle venire il prurito alle mani. Non aveva aperto bocca per tutta la durata dell'operazione, per cui Anna aveva avuto il tempo di osservarne i lineamenti delicati e giovanili. La barba ben curata nascondeva un'espressione seria.

Alla fine Karsay aveva posato con cautela il quadro a terra e lo aveva ammirato come se lo vedesse anche lui per la prima volta. «Il mio cliente vorrebbe affidarle questo dipinto. Si tratta di uno Szabó.»

Anna, con la testa inclinata di lato, osservò l'immagine astratta di una giovane donna dagli occhi verdi e grandi in modo sproporzionato. Conosceva i lavori del pittore ungherese István Szabó, ma nessuno dei quadri che aveva in mente somigliava anche solo vagamente a quello. Karsay non staccava lo sguardo da lei, come se avesse il compito di riportare al cliente la sua reazione. Dovette cogliere l'ombra di scetticismo che passò negli occhi della donna, perché si affrettò a spiegarle che si trattava di un dipinto atipico nell'opera di Szabó. «Lo ha realizzato su commissione negli anni Cinquanta. La donna ritratta è stata fidanzata con il mio cliente. La riconosce?»

Anna alzò lo sguardo. Perché mai avrebbe dovuto riconoscerla?

«La guardi bene!» esclamò lui, facendo addirittura un passo nella sua direzione. Anna indietreggiò appena. Con tutta la buona volontà, la donna nel ritratto non le diceva niente.

L'avvocato Karsay le passò una vecchia fotografia in bianco e nero. La foto doveva essere stata scattata in studio per un'occasione speciale, un fidanzamento o un matrimonio. In primo piano si vedeva una donna adagiata su una sedia di vimini, come se fosse un oggetto prezioso di cui avere cura. Dietro di lei, in posa militare, c'era suo marito, probabilmente questo Breitner.

«La donna ritratta nel dipinto è Rebeka Bárdossy. Il mio cliente pensa che si tratti della sua nonna materna. Il professor Breitner vorrebbe rimettersi in contatto con lei.»

Lo sguardo di Anna continuò a spostarsi dal quadro all'avvocato, finché a un certo punto non si fermò su di lui. «Temo di non poterla aiutare.»

Karsay sembrò prendersi del tempo per decidere se crederle o meno. «In un'intervista su *Art Magazin* ha detto che sua nonna era emigrata dall'Ungheria durante la rivoluzione del 1956. È per questo che lei è cresciuta in Germania, no?»

Le sue parole suonavano come un'accusa. Anna incrociò le braccia sul petto. «Lei non capisce. Non sentiamo più mia nonna da anni.»

L'avvocato si schiarì la voce e si guardò le scarpe lucide. Poi sollevò lo sguardo e la fissò con aria di sfida. «Il professor Breitner possiede una piccola collezione d'arte e vorrebbe che lei ne curasse l'amministrazione.»

La stava corrompendo? Tuttavia, le parole "collezione d'arte" avevano improvvisamente risvegliato l'interesse di Anna. Dove c'era uno Szabó, ce n'erano sicuramente anche altri. Riportò le braccia lungo i fianchi e si sforzò di sorridere per invitarlo a proseguire il discorso.

Ma vedendo che Karsay non accennava a farlo, domandò: «E in cosa consiste questa collezione d'arte, se posso chiederlo?»

Lui la guardò senza parlare, come se avesse bisogno di riflettere sulla sua domanda. Anna osservò prima i suoi occhi e poi le sue labbra sottili e leggermente tremanti, che sembravano annaspare in cerca delle parole giuste da dire. Eppure, quando si aprirono, la risposta venne formulata con grande sicurezza: «Si tratta di una collezione privata di opere di artisti ungheresi della Scuola Europea: tra questi dei Kassák e dei Korniss, alcune opere di artisti del

Circolo di Gresham, come Szőnyi e Bárcsay, oltre ad alcuni dei primi lavori del professor Breitner stesso. Si tratta per lo più di contemporanei, colleghi e amici del mio cliente. In alcuni casi si tratta di opere che non sono mai state esposte al pubblico. Il mio cliente vorrebbe che lei prendesse in carico la collezione per accrescerne il valore a lungo termine».

Anna tentò di non dare a vedere l'eccitazione che l'aveva pervasa nel sentire l'elenco di quei nomi importanti. Opere di quel genere stavano appese alla Galleria Nazionale Ungherese. Portò istintivamente una mano alla bocca, come per bloccare un colpo di tosse o nascondere un tremito all'angolo della bocca. Si disse che doveva essere prudente e restare con i piedi per terra: in fin dei conti non sapeva niente di questo Studio Karsay né aveva mai sentito parlare di un collezionista o di un artista di nome Breitner.

La sua galleria riceveva dalle venti alle trenta richieste ogni settimana e succedeva spesso che dei collezionisti di dubbia fama le proponessero di comprare i loro dipinti.

«Quando posso venire a dare un'occhiata ai quadri?» domandò seria.

«Ogni cosa a suo tempo, signora Hartmann. La contatteremo noi.»

L'uomo tirò fuori un documento. Anna capì che si trattava di una perizia e dopo averle dato una scorsa vide che era stata redatta da Judit Virág, una delle galleriste più famose d'Ungheria. Alzò lo sguardo e fissò Karsay con aria interrogativa. «Perché il suo cliente non si è rivolto direttamente alla signora Virág?»

Invece di rispondere, l'uomo le tese la mano in segno di congedo e Anna la strinse, perplessa. Le mani di Karsay erano delicate come le sue, ma la sua stretta denotava un carattere notevolmente deciso. Con un gesto gentile ma fermo la tirò leggermente verso di sé e la guardò negli occhi come per accertarsi della sua affidabilità. «Le chiedo ancora la cortesia di firmare la presa in carico del quadro, signora Hartmann.»

«Ma cosa ci dovrei fare?»

«Lasci che agisca su di lei.»

Anna lo guardò confusa, poi, come ipnotizzata dall'urgenza che traspariva dai suoi modi, prese la stilografica che lui le porgeva e firmò.

Karsay fece sparire il foglio nella tasca della giacca e si voltò per andarsene. Il quadro stava appoggiato al muro come un bagaglio non reclamato.

«Aspetti, dottor Karsay! Per formalizzare l'incarico è necessario redigere un contratto.»

Lui si fermò e si girò verso di lei.

«Mi occorrono istruzioni precise da parte del suo cliente su cosa voglia fare delle opere della collezione, se le vuole vendere, dare in prestito, o prendere in considerazione la possibilità di donarle, per esempio per integrare delle collezioni già esistenti. Ho bisogno di una lista delle opere, dei certificati di autenticità, delle perizie sul loro stato, eccetera.»

Karsay annuì. «Certamente.»

Poi lasciò la stanza. Il sensore emise il suo "bip" elettronico e la porta si richiuse dietro di lui con un tonfo sordo. Anna osservò l'esile figura montare sulla limousine in attesa e partire.

Poi, senza prestare attenzione alle occhiate interrogative di Christoph, prese il quadro, si chiuse in ufficio e compose il numero di sua madre. Quello che doveva dirle non era una cosa da condividere con estranei, anche se chiudere la porta era forse una precauzione superflua, considerato che Anna con sua madre parlava ungherese, una lingua che nemmeno il padre, tedesco, era riuscito a imparare dopo quarant'anni di matrimonio. In realtà, le due donne mescolavano tedesco e ungherese, sostituendo, ricucendo e piegando le parole all'uso così come venivano. Il risultato era una specie di codice segreto, fluido e dall'accento marcato.

Anna aspettò di prendere la linea. Occupato. Sua madre era al telefono.

Certe volte aveva la sensazione che gli ungheresi che incontrava la trattassero con gentilezza fin quando lei non iniziava a parlare nella loro lingua. Così facendo, doveva per forza essere dalla loro parte; in fondo chi avrebbe mai faticato per imparare un idioma che non si parla in nessun altro posto del mondo? Ad ogni modo il suo accento attirava sempre sguardi diffidenti e inquisitori. Poi iniziavano le ipotesi. Una figlia di emigrati? Cresciuta in Occidente? Anche quel Karsay le aveva dato la stessa impressione. Era come se la accusassero di aver tradito la propria patria.

Eppure, era proprio quando si trovava in Ungheria che si sentiva tedesca più che mai. Era stato Michael, l'austriaco, a fare in modo che si rendesse conto di questa cosa. Anche lui cercava di imparare l'ungherese, scontrandosi con i miliardi di irregolarità di quella lingua "folle", come la definiva lui, una lingua che non distingue tra maschile e femminile e che non ha il verbo "avere", ma che nella vita quotidiana ricorre probabilmente a più imprecazioni di qualsiasi altra. Era stato Michael a introdurla alle mirabili traduzioni delle opere di Imre Kertész, Sándor Márai e Péter Nádas. Poi Anna aveva iniziato a leggerle in lingua originale e aveva scoperto un mondo che fino a quel momento le era rimasto nascosto. Michael la chiamava la sua *vera* ungherese e una volta, strizzandole l'occhio, le aveva detto che non bastava parlare la lingua di un paese per fare propria la sua identità culturale: bisogna aver vissuto e aver amato in quel posto. Invece Anna non aveva parenti in Ungheria, persino sua nonna, con la quale peraltro non avevano contatti da anni, era emigrata negli Stati Uniti nel 1956 e oggi viveva a Vienna.

Perciò, quando dopo vari tentativi sua madre aveva finalmente risposto al telefono, Anna non si sorprese che dimostrasse ben poco interesse per la visita di quell'avvocato.

Edit aveva commentato che una storia così strappalacrime era perfettamente nello stile di sua madre e aveva supposto che questo Breitner fosse uno dei tanti corteggiatori del passato di Rebeka.

Anna posizionò il quadro sulla scrivania, per fare come le aveva detto l'avvocato: "lasciare che agisse su di lei". Tutto in quell'immagine era esagerato e reclamava disperatamente l'attenzione dell'osservatore: i colori sgargianti, la pelliccia decadente che incorniciava il volto, gli occhi dallo sguardo incalzante che risplendevano di sfumature verde-oro. Anna trovò il sito web dello Studio Karsay, che si presentava come molto serio, ma nei giorni che seguirono non riuscì mai a raggiungere l'avvocato al telefono. Gli aveva anche lasciato svariati messaggi, ma senza risultato. Dopo una settimana non si era ancora fatto vivo nessuno, per cui Anna aveva chiesto a Christoph di rimandare indietro il quadro. L'insistenza di Karsay durante la visita alla galleria e il silenzio che ne era seguito l'avevano messa in allerta, soprattutto considerando il picco nel numero di falsificazioni che si era registrato in Ungheria negli ultimi anni.

Ed ecco che adesso questo Breitner era morto.

Anna sollevò la testa, sentendo il suono del sensore sulla porta. Doveva essere sua madre, con la quale aveva fissato per pranzo. Riconobbe i suoi piccoli passi energici attraversare la sala principale e avvicinarsi. Poi il rumore si attenuò e Anna sentì che si era messa a conversare sommessamente con il tirocinante. Se gli avesse chiesto della tesi di laurea, sarebbero potuti andare avanti per ore, aveva pensato Anna andando incontro a sua madre.

Edit Hartmann non era una donna che alzava facilmente la voce, e non era neanche tanto semplice farle perdere il controllo. Mentre Anna le mostrava il ritratto e le chiedeva nuovamente di

Breitner, sua madre scuoteva la testa, come a dire che quel nome non le diceva proprio niente.

Edit osservò il quadro appoggiato al muro e Anna rimase in attesa, ansiosa.

«È difficile da dire, non è un ritratto realistico» si pronunciò infine la madre, simulando un disinteresse poco verosimile, dato il modo in cui si teneva stretta la borsetta, come se nel bel mezzo della galleria corresse il rischio di essere derubata.

«Non dovremmo chiamare la nonna?» domandò Anna porgendole il braccio.

Ma Edit aveva già una mano sulla maniglia della porta. «Da' semplicemente il suo indirizzo a questo avvocato; penserà a tutto lui.»

Anna frugò in mezzo alla catasta di fogli che ingombrava la sua scrivania, tirò fuori il cellulare e lo infilò in borsa prima di raggiungere sua madre all'uscita. Attraversarono la strada senza dire niente e raggiunsero lo Strandbad, un caffè con le pareti rivestite di piastrelle verdi che ricordavano tanto le vecchie terme pubbliche di Berlino. Quante volte ci era stata con Michael… Da quando avevano aperto la galleria lì di fronte, quel caffè era stato teatro di riunioni, di serate con vino rosso e candele e di innumerevoli pranzi. Nel tempo, quel posto e i suoi camerieri silenziosi e gentili erano diventati per lei un rifugio sicuro.

«A quanto pare lei è la sua unica erede» spiegò Anna alla madre mentre si accomodavano a un tavolo per due. «Davvero non hai mai sentito parlare di questo Breitner?»

Edit alzò la mano in un gesto di stizza, come se l'intera faccenda non la riguardasse affatto. «Che vuoi che ne sappia del passato di tua nonna? Chiedilo a lei. Sarà felice di raccontarti di tutti i suoi ammiratori e dei suoi successi sul palcoscenico. Non sono che chiacchiere.»

Anna posò delicatamente una mano su quella della madre: sapeva che sotto la superficie apparentemente calma c'era in realtà un fiume in piena. «Potrebbe essere tuo padre» disse Anna a voce bassissima, come se stesse rivelando un segreto prezioso. La visita dell'avvocato alla galleria, il ritratto, l'eredità... tutto questo doveva pur avere un senso.

Edit non rispose, ma i suoi occhi lasciavano trasparire che era confusa, come se fino a quel momento non avesse preso in considerazione quella possibilità. Ad Anna dispiacque vederla in quello stato.

La cameriera si avvicinò per prendere le ordinazioni e posare davanti ad Anna il solito drink: un bicchiere di limonata fresca con foglie di menta. Poi chiesero entrambe il piatto del giorno, tortellini alla salvia, e due calici di Horizon Blanc.

«Nel fine settimana vado a Vienna da Michael, potrei passare a trovare la nonna» disse Anna non appena la cameriera se ne fu andata.

«Non ti riceverà» rispose Edit fingendo indifferenza, ma sperando dentro di sé che Anna capisse il suo punto di vista, ovvero che la ricerca di un padre ormai morto non avrebbe fatto altro che riaprire vecchie ferite. Le donne della loro famiglia erano maestre in questo tipo di comunicazione indiretta.

«Fidati di me» la implorò Anna.

Edit annuì, mentre la cameriera portava loro il vino e le posate.

Anna prese il bicchiere e bevve un lungo sorso. «E poi c'è un'altra cosa, mamma. L'avvocato Karsay ha parlato di una collezione d'arte che dovrei amministrare. Rebeka avrà ereditato anche questa collezione, sempre che esista. Devo sapere se nel testamento c'è scritto qualcosa al riguardo.»

Edit aggrottò la fronte. «E tu come stai?» le domandò, cambiando argomento e allontanandole il bicchiere di vino come se fosse qualcosa di sporco.

Anna stava per protestare, ma il tono della madre era stato talmente affettuoso che decise di tacere. Ogni traccia di spensieratezza l'aveva abbandonata. Senza farsi vedere da lei si passò una mano sulla pancia piatta, in quel gesto affettuoso che le donne incinte compiono inconsapevolmente fin dai primi istanti. «Dovrei volerlo, mamma.»

«Perché non lo chiami con il suo nome? Aspetti un bambino, è una cosa meravigliosa.»

«Ma ho quasi quarant'anni e Michael ne ha cinquantaquattro. La questione era già superata da tempo, è una cosa che non fa per noi.»

Anna osservò la madre mordersi un labbro in modo quasi impercettibile, come se volesse costringersi a tenere per sé i suoi pensieri. Ma alla fine li espresse ad alta voce: «È una decisione che avete preso consapevolmente?».

Anna evitò lo sguardo indagatore di sua madre. Fin da quando aveva conosciuto Michael, lei l'aveva messa in guardia dall'amore per un uomo più grande e sposato, già entrato in una fase successiva della vita. «Sei una rovinafamiglie, bambina mia» le aveva detto senza farsi tanti scrupoli. Quella volta Edit aveva peccato di insensibilità e Anna, a ripensarci, avvampava ancora di vergogna. Ma alla fine le cose erano andate bene tra loro.

«Noi due ci bastiamo anche senza figli» disse Anna, arrabbiandosi con se stessa per l'orgoglio che traspariva dalle sue parole, come se il loro amore fosse una sorta di conquista.

«Questo lo vedo, tesoro. Speravo solo che...» Edit sospirò, lasciando la frase a metà. «Sai, un figlio...» Si interruppe di nuovo, mentre un sorriso estasiato le illuminava il volto. «Potrà sembrarti una romanticheria, ma è proprio così. Va detto che è anche dura, molto dura. Il tuo arrivo ci ha scombussolato l'esistenza, io non avevo una madre ad aiutarmi. Ero io che non la volevo. E un figlio non ti mostra certo riconoscenza. Non ricevi nemmeno il minimo apprezzamento, fosse anche solo...»

«Mamma!» la fermò Anna.

«Ma ne vale la pena!»

«Per te, forse! Tu hai sempre voluto dei figli, una famiglia, una bella casa. Michael e io siamo "sposati" con le nostre gallerie. Viaggiamo, siamo persone indipendenti. La nostra cerchia di amici è fatta di persone come noi. Da quindici anni portiamo avanti una relazione vedendoci solo nei fine settimana e siamo felici così.»

Edit annuì pensierosa. «So che non vuoi sentirtelo dire, tesoro, ma anche tu un giorno invecchierai. E Michael molto prima di te.»

Quell'argomento la colpiva sempre come un pugno in pieno viso. «E tua madre cosa ci ha guadagnato ad averti messa al mondo?» le sfuggì. Poi chiuse gli occhi: «Scusami, non intendevo dirlo. Lo sai».

Edit scosse la testa e bevve un sorso di vino. Poi posò di nuovo il bicchiere, senza fare rumore, e sospirò. «Hai perfettamente ragione. Non ci sono garanzie che alla fine non passerai la vecchiaia da sola. Credi che io non abbia rimorsi? Pago una signora delle pulizie per non dover telefonare a mia madre. Da otto anni l'unico motivo per cui so che è ancora viva è perché questa signora mi dà informazioni di nascosto.»

Anna non disse niente. Conosceva il rapporto che correva tra loro due, ma non aveva mai provato a capire i meccanismi di quella complicata relazione.

Tra loro era calato un silenzio che fu rotto solo dall'arrivo delle ordinazioni. Felice di distogliere lo sguardo, Anna rivolse un'occhiata alla cameriera che posò i piatti sul tavolo e si allontanò.

«Mi ci sono voluti anni di terapia per capire che, se volevo proteggermi, era indispensabile interrompere i contatti con mia madre. Lo dovevo a me stessa. Tua nonna è estremamente nevrotica, vive nel proprio mondo, un mondo nel quale lei è l'unica vittima. Qualunque cosa o persona le si avvicini, lei la distrugge.»

Anna osservò sua madre e si rese conto di quanto le fosse costato pronunciare quelle parole. Edit prese in mano le posate e fece scivolare la forchetta sotto un tortellino, aiutandosi delicatamente con il coltello.

Per un po' mangiarono in silenzio.

«Qualunque cosa sceglierai di fare, io sarò al tuo fianco» disse alla fine Edit. «Devi ascoltare il tuo cuore, l'unica cosa che conta è quello che senti tu, quello che sentite come coppia. Parlatene, perché è una decisione con la quale poi dovrete convivere.»

Anna sospirò.

«Ma soprattutto dovrai essere in grado di perdonarti. È del tuo corpo e della tua anima che stiamo parlando.»

Le ultime parole della madre continuarono a riecheggiarle in testa per un bel po'. In fin dei conti la decisione spettava a lei, pensava Anna camminando per la luminosa Friedrichstrasse dopo la cena con Krüger. Nelle due ore precedenti si era concentrata sul suo ruolo professionale mettendo da parte la sua vita privata, e il risultato era stato che Krüger avrebbe investito nei lavori di Márta Németh. Ma ora si sentiva invasa da un senso di spossatezza. Le forze la stavano abbandonando. Decise di delegare le questioni della galleria a Christoph e di raggiungere Michael con qualche giorno di anticipo.

3

Il saggio consiglio

Budapest, 1949

István radunò di malavoglia le bottiglie di vino vuote, che gli ricordavano il motivo per cui la testa continuava a fargli male. L'alcol lo aiutava a concentrarsi, a srotolare il filo contorto dei suoi pensieri e a tagliare via quelli inutili, era come un involucro che lo difendeva dal freddo, dalle incertezze e dai crampi della fame. Com'era facile sprofondare in quella condizione di leggerezza! Era capace di bere fino a rendere le preoccupazioni inoffensive.

Ma il mattino dopo l'immagine che lo specchio gli restituiva era miserevole. Si sciacquò la faccia con acqua fredda. Come sempre, il suo volto gli pareva troppo pallido, malaticcio. In casa non aveva niente di commestibile, perciò si avviò verso l'osteria all'angolo della strada, frugandosi nelle tasche in cerca di qualche spicciolo. Cinquanta fiorini. Era tutto ciò che gli rimaneva per quel mese, il resto se lo era bevuto con Rudi.

Ogni tanto riusciva a piazzare un quadro e a cadenze irregolari otteneva incarichi più importanti, che gli permettevano di sbarcare il lunario per un paio di mesi. L'ultima commissione che aveva ricevuto era una pittura murale di due metri per tre per la scuola materna interna al Parlamento. Alla fine del lavoro era stato convocato al ministero. Una perizia affermava che l'immagine avesse un effetto dannoso sull'osservatore. Ricordava esattamente l'aspetto dell'impiegata ministeriale: una biondina attraente con labbra sottili dipinte di rosso. Le sue competenze artistiche erano nulle, ma il padre era un pezzo grosso del governo. Il suo nome era Palics. Gli aveva fatto notare le distorsioni della sua opera, a livello sia di contenuto che di stile. A quanto pareva, la sua pittura dava l'impressione di distaccarsi dai valori della cultura socialista. In pratica, questo significava che il ministero non lo avrebbe pagato per le sue sei settimane di lavoro. Ce l'aveva ancora davanti agli occhi, la compagna Palics che tamburellava con la punta della matita mentre gli faceva la predica sulla sua rappresentazione con bambini che giocavano a palla tra sproporzionate figure con le ali e senza volto. Il picchiettio della sua matita gli aveva dato ai nervi. Perché mai avrebbe dovuto giustificarsi?

L'osteria all'angolo era gestita dalla signora Margit, una persona di buon cuore ma dai modi un po' bruschi. Non era più nel fiore degli anni, né si poteva definire una gran bellezza, con i suoi occhi piccoli e troppo vicini, ma era una donna vanitosa e István sapeva far ricorso alla galanteria per sfruttare la cosa in suo favore.

Entrando nel locale trovò la signora Margit in equilibrio precario su uno sgabello, intenta a scrivere sulla lavagna il piatto del giorno. István si chiese se avrebbe avuto la forza di prenderla al volo, nel caso in cui lo sgabello si fosse spezzato sotto al suo peso. Si ritrovò involontariamente a fissare i suoi robusti polpacci bianchi e le calze calate che spuntavano da sotto la gonna.

«Oggi c'è stufato con patate alla paprika» gli disse strizzando l'occhio non appena lo notò. Finì di scrivere e si voltò con un leggero colpo d'anca. Doveva conoscere bene l'occhiata che István le stava rivolgendo, perché il suo volto si rabbuiò all'istante. «Risparmiati quello sguardo da cane bastonato, mio caro. Questa cosa di metterti i pasti sul conto sta diventando un'abitudine.»

«Al prossimo quadro che vendo le compro un bel grembiule nuovo, signora Margit.»

La donna saltò giù dallo sgabello con una leggerezza inaspettata. «Pensa a pagare il conto, piuttosto.»

István tirò fuori il blocco e la matita che portava sempre con sé. La matita iniziò la sua danza sulla carta e in pochi tratti andò a comporre una figura femminile con un lungo grembiule. Una mano sul fianco, l'altra a brandire un mestolo con fare minaccioso. China sul bancone, la padrona del locale osservò la sua immagine ritratta, un po' più giovane e bella e con un sorriso vagamente malizioso, prendere vita sulla carta. Imbarazzata, si sistemò una ciocca di capelli finita fuori posto. István sorrise compiaciuto.

«Il maestro all'opera!» esclamò all'improvviso una voce alle sue spalle.

István si voltò. «Levin!» e salutò l'amico allungandogli la mano.

«Éva è preoccupata, pensa che tu patisca la fame!»

La donna afferrò il disegno e fece intendere a István con uno sguardo che erano pari.

I due uomini si sedettero a un tavolino lungo il muro. István non aveva fatto in tempo a spostare di lato il vasetto di fiori e a tirarsi su le maniche che già la padrona del locale stava tornando con una montagna di patate dorate.

István iniziò a mangiare, mentre Levin si frugava nella tasca sformata del cappotto.

«Cos'hai lì dentro?» domandò István a bocca piena.

Levin posò un libro sul tavolo. «La tua copia. Con tanti saluti da parte di mio padre.»

István lo ringraziò con un cenno del capo e mise con cautela il libro da una parte. Levin annusò lo stufato con le patate e fece segno alla signora Margit di portarne uno anche a lui.

«Ho sentito del tuo murale» disse Levin.

«Le notizie volano.»

«Hózer si è di nuovo lasciato andare alle divagazioni durante la lezione. La solita solfa sul giovane pittore di talento che studia a spese del popolo e che esce dalla retta via. Sai cosa intendo, tutte quelle chiacchiere sulla responsabilità socialista, sull'educazione del popolo, eccetera.»

La signora posò il piatto con la pietanza fumante sul tavolo, di fronte a Levin.

István continuava a ingozzarsi di patate come se fosse a digiuno da giorni. «E così quella donna al ministero ha informato l'università.» Parlava a bocca piena, facendo delle piccole pause solo per deglutire. «Volevano il kitsch proletario, cos'altro avrei dovuto fare?»

«Era per una scuola materna.»

«E allora? Io non intendo prostituirmi. Una bambina di quattro anni ha detto che il dipinto era bello e colorato. Le è piaciuto soprattutto l'angelo dorato. E quegli idioti lo definiscono dannoso e irrispettoso del genere umano.»

Levin tirò su un pezzo di salsiccia dallo stufato e indicò la signora Margit. «Per quanto ancora pensi che questa brava donna ti possa mantenere?»

István scosse la testa. «Dovrei abbassarmi al livello di quegli ipocriti?» Posò la forchetta sul piatto e si mise a imitare il professor Hózer, con voce stridula e tremante, alzando il dito indice in aria: «L'arte appartiene al popolo, care ascoltatrici e cari ascoltatori! Deve radicarsi tra le grandi masse creative. Le masse devono capirla e amarla».

Levin scoppiò in una fragorosa risata, la parodia era perfetta.

A quel punto István si alzò addirittura in piedi e si mise a camminare su e giù. «Il realismo socialista è la forma d'arte più nobile. Non dimenticate mai quello che è il compito principale di ogni artista: educare il popolo ai valori socialisti!»

Un paio di clienti del locale si voltarono nella loro direzione. Levin nascose il volto con la mano e fece cenno a István di smetterla.

«Seriamente, io non voglio educare proprio nessuno. Figuriamoci se mi metto a dipingere queste sciocchezze da realismo socialista.»

Levin fece un respiro profondo. Si tolse gli occhiali e si massaggiò il naso nel punto in cui gli avevano lasciato il segno. Senza quella struttura spigolosa il suo volto appariva nudo. Sembrava che i suoi occhi azzurri, quasi acquosi, non risaltassero senza quel contrasto. Gli occhiali conferivano ai suoi lineamenti un tratto distintivo e impedivano alle persone di guardargli dentro.

«Hózer ti vuole buttare fuori!» sbottò Levin. «Sta aizzando il Consiglio di facoltà contro di te.»

«È da un pezzo che ci prova.»

«Ma adesso è davvero vicino a farlo.»

István, incalzato dal tono serio di Levin, posò il cucchiaio. Gli era passata la fame. «Io lo so il perché. Un paio di settimane fa, Hózer mi ha chiesto di trattenermi dopo la lezione. Il motivo era il quadro che ho presentato per la mostra.»

«Ti eri attenuto al tema?»

«Certo che no.»

Levin lo guardò con aria interrogativa e István si alzò di nuovo in piedi.

«Siediti, per l'amor del cielo!»

István fece cenno di no. «Prova un attimo a immaginare: una creatura che è un po' uomo, un po' uccello e un po' macchina se ne sta ad ali spiegate sull'orlo del precipizio. In cielo volteggiano aerei e angeli, mentre le nuvole si uniscono a formare un gigantesco fungo. Giù a valle, piccole figure che lavorano alacremente, gru e case altissime.»

Levin nascose il volto tra le mani, scuotendo la testa.

«Sei senza speranza. Questa mostra è il fiore all'occhiello del ministero della Cultura.»

«Appunto!»

«E Hózer cos'ha detto?»

István si lasciò ricadere sulla sedia e spinse il piatto da una parte. «Non ha fatto che parlare del mio talento, rimarcando che lui mi aveva sostenuto fin dagli inizi. Poi mi ha dato il saggio consiglio di liberarmi delle mie idee nocive e di fare mio lo spirito di questa nuova èra. Insomma, di essere un artista al servizio del popolo e del partito.»

«E tu sei stato lì a ridergli in faccia tutto il tempo?»

«Niente affatto. Ho annuito. E a quel punto Hózer si è messo a urlarmi addosso che quella barba orribile che compariva sul mio viso era una provocazione e mi ha chiesto in quali intrighi controrivoluzionari fossi coinvolto.»

Levin chiuse gli occhi con espressione addolorata.

«È stato divertente. Sosteneva che il mio quadro fosse un lavoro confuso e primitivo pieno di figure grottesche. Sugli angeli che piangono si è particolarmente scaldato. E anche del titolo ha detto che era un trionfo di cinismo, eppure "La Pace dell'Umanità" non voleva affatto essere un nome cinico.»

«Dovresti tornare subito all'università e cercarti qualche alleato.»

«Mi daresti una sigaretta?»

Levin tirò fuori il pacchetto dalla tasca dei pantaloni e glielo porse.

«L'unico con cui si può parlare è Kovács» rifletté a voce alta István. Tra tutti i professori, il vecchio incisore era quello che stimava di più.

Levin gli rivolse un'occhiata scettica. Certo, l'anziano professore si teneva fuori dai dibattiti politici, ma era anche vero che aveva poca influenza sul consiglio accademico. Ogni mattina, dopo essersi svegliato all'alba per andare a studiare la cova degli uccelli nelle campagne circostanti, arrivava a lezione su una motoretta decrepita e con la sua Leica vecchissima al collo. Gli uccelli e l'arte erano le uniche due cose che avevano valore per lui.

«Devi convincere Breitner» sentenziò Levin.

«Il professor Breitner?» ripeté István pensieroso. «A livello accademico lo rispetto molto, ma come persona...»

«È il membro più giovane del collegio. Di certo sa il fatto suo.»

Forse Levin aveva ragione. L'età di Breitner probabilmente era il motivo per cui manteneva un'educata distanza sia nei confronti degli studenti che dei colleghi. Il suo aspetto sempre impeccabile, la scelta degli abiti e in generale la sua presenza emanavano un'eleganza borghese che tutti quanti sembravano riconoscergli. Gli studenti lo reputavano severo ma giusto, una di quelle persone tanto esigenti con se stesse quanto lo sono con gli altri. Era scapolo, particolare, questo, che interessava soprattutto le ragazze. Nonostante le più fiorite speculazioni che giravano sul suo conto, da un presunto amore non corrisposto a una moglie morta in giovane età, arrivando addirittura a un figlio dato in adozione, i dettagli della sua vita privata precedente all'incarico presso l'università restavano un mistero. István decise di chiedergli un colloquio.

Levin emise un sospiro di sazietà e soddisfazione. Aveva ripulito l'intero contenuto del piatto, appoggiato le posate in diagonale e ripiegato con cura il tovagliolo. «Bene, allora. Adesso devo andare.» Si alzò e posò sul tavolo una banconota che bastava e avanzava per pagare entrambi i pasti. «Non fare storie!»

«Non c'è bisogno che offra tu ogni volta» protestò István, ma Levin sollevò la mano in un gesto di saluto e se ne andò.

Per poter avere un appuntamento con Breitner era necessario passare dalla vecchia signora Bors, la sua segretaria, che badava a lui come una cagna con i suoi cuccioli. In effetti, non appena István vide il suo viso allungato, con gli occhi fedeli e i capelli crespi che le incorniciavano il volto come due lunghe orecchie, gli venne subito in mente un vecchio cocker spaniel.

Mentre parlava, la signora Bors faceva scivolare gli occhiali da vista sulla punta del naso, fissando lo sguardo oltre le lenti, davanti a sé. Arricciò le labbra, mentre con l'indice ossuto scorreva l'agenda del suo capo. «Se torna tra un'ora, signor Szabó, posso concederle una quindicina di minuti, ma non di più. Il professor Breitner deve consumare il suo pranzo entro le una e trenta al massimo.» Pronunciava il nome del professore con accento viennese. Un'ora esatta dopo István, con il permesso della segretaria, bussò alla porta di Breitner, udì un breve e deciso «Sì» ed entrò nella stanza. L'uomo, seduto alla scrivania, continuò a scrivere senza sollevare lo sguardo.

István rimase in piedi al centro della stanza.

«Mi dia ancora un attimo, Szabó. Si sieda, intanto!»

István si accomodò sulla poltroncina gialla di fronte alla scrivania, riservata ai visitatori. Sul tavolo c'erano solo tre matite perfettamente appuntate e disposte in ordine di lunghezza, una risma di carta bianca, una tazza di tè e il documento al quale Breitner stava lavorando.

Il professore mise il foglio da parte e alzò gli occhi. «Signor Szabó! Sono felice di vederla. Cosa la turba?»

«Niente, solo che lei è molto ordinato, professore.»

«Tendo a distrarmi facilmente, perciò ho bisogno di una scrivania sgombra. Ma veniamo al punto. Anche io ho qualcosa da dirle. Cominci lei, però, se ha chiesto di vedermi ci sarà pure un motivo.»

«Volevo chiederle un consiglio, professore, perché sembra che io abbia qualche difficoltà.»

«E da dove arrivano queste difficoltà? Sono piovute dal cielo?»

Breitner estrasse un portasigarette e un posacenere pulito dal cassetto della scrivania e offrì una sigaretta a Istvàn. Chissà se avrebbe tirato fuori anche un buon cognac.

István accettò di buon grado e infilò la sigaretta nella tasca posteriore dei pantaloni. Breitner inclinò la testa da un lato, divertito. «Ne vuole un'altra da fumare subito?»

«Non dirò di no.» István prese una seconda sigaretta, poi afferrò un pacchetto di fiammiferi dalla tasca e se la accese. Alla fine si piegò in avanti facendo il gesto di aiutare anche Breitner, che invece aveva acceso la sua già da un pezzo e aspettava István appoggiato allo schienale della sedia. «Dunque, Szabó, lei è un grande pensatore. Io la conosco bene. È di origini modeste, nella sua famiglia è il primo a studiare. Dev'essere stata dura lasciarsi alle spalle le sue origini. Mi ricordo ancora quando ha fatto il suo primo colloquio qui, con le mani sprofondate nelle tasche dei pantaloni e la parlata di un manovale. Oggi lei è uno dei miei studenti migliori, perché sta distruggendo la sua carriera in modo così stupido? Non ha ancora capito come funziona il sistema? Stia molto attento, la polizia potrebbe cominciare a interessarsi alle vostre riunioni private.»

István sgranò gli occhi per la sorpresa e la sigaretta che teneva in mano rimase sospesa a mezz'aria, davanti alla bocca.

Come aveva fatto Breitner a scoprire del loro club segreto? E la sua allusione era da intendersi come una minaccia o come un consiglio disinteressato? La prima riunione si sarebbe svolta quel sabato in un capannone nel quartiere di Csepel. Era stato Rudi, l'amico di István, ad avere l'idea di una serie di mostre private. Era una di quelle sere che iniziano con profondi discorsi sulla vita e sull'arte e finiscono con un colossale mal di testa da sbronza. István e Rudi, seduti al bancone della signora Margit, litigavano sulle contraddizioni dell'avanguardia e dell'arte tradizionale. Rudi difendeva l'arte astratta in quanto autentica e onesta, affermando che in un'opera ciò che conta è l'idea e non la forma. István era d'accordo che il significato di un'opera dovesse rimanere criptico, ma non sopportava il lavoro malfatto. Per lui quello dell'arte era un mestiere, da imparare ed esercitare con pazienza e impegno. Era talmente accalorato dalla discussione che a un certo punto aveva sbattuto il bicchiere sul bancone, tanto forte da attirarsi uno sguardo infuriato della signora Margit. Alla fine Rudi aveva ceduto e i due avevano trovato un accordo: per il momento non avrebbero messo in mostra opere astratte. Il primo a esporre sarebbe stato István, con le sue incisioni finite sulla lista nera di Hózer. Nell'elenco degli invitati c'erano solo amici e amici degli amici. L'idea era sfacciata, proibita. A István era piaciuta subito. Una volta al mese, ogni volta un artista diverso in un luogo diverso. Il brindisi che era seguito aveva suggellato la nascita di un club segreto.

«Vuole il mio consiglio?» domandò Breitner con espressione seria. «Si faccia vedere alle lezioni di Hózer e vada anche alle mezz'ore di rito. Magari c'è ancora qualche speranza di salvarle il culo.»

Furono interrotti dalla signora Bors, che annunciò un pezzo grosso del ministero. Breitner si scusò, spiegando che era costretto a rimandare la conversazione. István era già sulla soglia, quando il professore lo richiamò: «E poi, Szabó, si tagli quella barbaccia!».

Ancora quell'argomento. István portò istintivamente una mano al viso: la barba lo faceva sentire uomo, lo tratteneva dalla voglia di toccarsi impacciato le labbra o di coprire il mento con una mano imbarazzata, tutte sgradevoli abitudini acquisite nel tentativo di nascondere le cicatrici della sua acne giovanile.

István avrebbe voluto protestare, ma Breitner aveva già distolto lo sguardo e si era messo a sfogliare i documenti che la signora Bors gli aveva posato sul tavolo. Perciò István si limitò a voltarsi e a lasciare la stanza con un'alzata di spalle.

4

Il provino

Budapest, 1949

Rebeka si avviò con passo rilassato salendo le scale del Teatro Nazionale. Non si sentiva tesa. Il suo abbigliamento era adeguato all'occasione: la camicia con il colletto di pizzo le dava un'aria innocente, la gonna era stretta ma non troppo corta, le labbra truccate di rosso e i capelli mossi come quelli di una star del cinema. Superò con un saltello gli ultimi scalini, passò davanti al portiere con disinvoltura e imboccò il lungo corridoio che portava alla direzione. Solo quando fu nella sala d'aspetto avvertì una lieve sensazione di malessere allo stomaco. Alla parete erano esposti i ritratti dei grandi nomi del teatro ungherese, che la scrutavano dall'alto come fosse un'impostora. Erano tutti attori che si erano esibiti in quella nobile istituzione: la Jászai, la Tolnay e, soprattutto, Katalin Karády, che lei venerava come una santa fin da quando era bambina.

«Nome?» domandò la segretaria col tono di chi intima a un bambino di non toccare nulla. Doveva essersi accorta dell'ammirazione con cui Rebeka osservava i ritratti.

«Bárdossy.»

La segretaria scorse la pagina dell'agenda con l'unghia dell'indice, laccata di un rosso fiammante. Poi sollevò lo sguardo e fissò Rebeka quasi nell'intento di studiarla. «Ci vorrà un po'» disse alla fine con tono scortese, indicando una poltrona con un gesto della mano.

Rebeka si mise seduta.

La macchina da scrivere batteva colpi regolari. Durante quell'attesa, Rebeka si sentì invadere da un senso di spossatezza. Si costrinse a mantenere una postura dritta, sgranchendosi la schiena dolorante.

Finalmente la porta del direttore si aprì. Dalla stanza uscì un signore anziano, che passò davanti alla segretaria sollevando il cappello appena indossato e mormorando un «signora», prima di andarsene con passo lento, appoggiandosi al bastone da passeggio.

La signora invitò Rebeka a entrare con un cenno del capo.

Il direttore era molto più giovane di quanto si sarebbe aspettata. Se ne stava seduto alla scrivania con le maniche della camicia arrotolate, avvolto dal fumo denso del suo sigaro. Alzò lo sguardo e domandò: «Cosa posso fare per lei?».

«Sono qui per il provino.»

«Io non do appuntamenti per i provini.»

Le guance di Rebeka avvamparono e la pelle sopra il labbro superiore le si imperlò impercettibilmente. Aveva paura; era rimasta in piedi sulla soglia e solo ora si rendeva conto del senso di insicurezza che questo trasmetteva. In quel momento non le sembrò il caso di fare il nome di suo zio Géza, che le aveva organizzato il colloquio. Il direttore tirò pazientemente dal sigaro, liberando un'ulteriore nuvola di fumo nella stanza.

Rebeka prese coraggio e si fece avanti. La sua bocca si schiuse in un sorriso. «Penso che potrei interessarle, signor direttore.»

L'uomo si appoggiò allo schienale, sorpreso. La scrutò attentamente, con lo sguardo di chi accetta la sfida. Con la mano che teneva il sigaro, le fece cenno di girare intorno al tavolo e di avvicinarsi. «Forza allora, si faccia guardare.»

Rebeka ubbidì e si fermò a un passo da lui. Il direttore la afferrò per un polso e le alzò il braccio come fosse una bambola. «Ha una qualche formazione?»

«Ho frequentato l'accademia di arte drammatica per due anni, poi mi hanno espulsa.»

«Una borghese?» Le sollevò il mento con l'indice, osservando il suo profilo. «Naso marcato, bel viso. Mi lasci indovinare: un'aristocratica?»

Rebeka serrò i denti. La vicinanza di quell'uomo la innervosiva. Cosa stava cercando di fare? La stava studiando? L'odore del sigaro le dava la nausea. Si voltò da una parte per sottrarsi. «Adesso le vorrei recitare il mio brano se me lo consente, signor direttore.»

«Prego, prego. Ma prima di cominciare si tiri un po' su la gonna.»

Rebeka lo guardò come se non avesse inteso bene la sua richiesta.

L'uomo agitò la mano sinistra con impazienza. «Via, ragazza, non faccia tutte queste scene. Dovrò pur dare un'occhiata a chi scelgo di prendere.»

Rebeka si tirò su la gonna, esitante. Spuntò la prima rotondità del ginocchio.

«Avanti, non sia timida. Ha idea di quante volte dovrà farsi palpeggiare sul palcoscenico? Cerchi di non darmi subito l'impressione di essere nel posto sbagliato, signorina.»

Rebeka avvertì una vampata di calore, che si trasformò in rabbia. Successe tutto nel giro di un solo, concitato istante, senza che potesse rendersi conto neanche lei di cosa stesse facendo. Il bicchiere d'acqua era proprio lì, a portata di mano. Rimase immobile, sgomenta, avvertendo su di lei lo sguardo sorpreso del direttore, a metà tra il divertito e l'ammirato. Poi si precipitò fuori dalla stanza. Attraversò di corsa la sala d'aspetto, sfrecciando accanto alle unghie laccate di rosso della segretaria e alle sue eroine, quindi imboccò il lungo corridoio.

Stupida ingenua!, le parve che le urlasse dietro la Karády. Incespicò correndo a perdifiato giù per gli scalini, e uscendo all'aria aperta, dove finalmente poteva riprendere a respirare.

Le lacrime incontrollabili le rigavano le guance, si appoggiò al muro dell'edificio in cerca di un sostegno e nascose il volto tra le mani. *È così che funziona questo mestiere*, si disse tra sé. *Butta pure via i tuoi sogni! Vuoi passare la vita in una sala d'aspetto o su un palcoscenico? E poi lui non era nemmeno un uomo così ripugnante.* Avvertì dentro di lei l'impulso di tornare indietro, chiedere perdono e salvare il salvabile, ma lo stroncò sul nascere pensando allo sguardo di disprezzo della segretaria quando le avrebbe chiesto di essere ricevuta una seconda volta, e, ancora peggio, alla risata sarcastica del direttore, che probabilmente in quel momento era ancora intento ad asciugarsi e l'avrebbe sbattuta fuori dal suo ufficio nel giro di un secondo.

Si lasciò scivolare lungo il muro, accasciandosi a terra come un mucchietto di stracci, quando a un tratto comparve davanti ai suoi occhi un fazzoletto a scacchi. Sollevando lo sguardo, Rebeka riconobbe il sorriso del suo salvatore al Caffè Anna. Che coincidenza! O forse non lo era?

«Mi sta spiando?» domandò, con un tono più scortese di quanto avrebbe voluto, mentre prendeva il fazzoletto e lo usava per asciugarsi gli occhi imbrattati di trucco. Per farlo si era voltata, non voleva che la vedesse mentre piangeva come una ragazzina.

«Stavo cercando il suo nome sui manifesti degli spettacoli teatrali» disse l'uomo.

Rebeka, senza ringraziare, gli porse il fazzoletto umido e se ne andò, ma si accorse subito che lui la stava seguendo.

«Non lo troverà» commentò senza voltarsi, prima di affrettare il passo.

«Sabato ci sarà una mostra privata dei miei lavori. Vorrei invitarla.»

La donna si fermò di scatto. «Allora è vero che mi spia!»

Lui scoppiò a ridere. «Temo che mi stia sopravvalutando.» Poi tirò fuori un biglietto, una matita e annotò l'indirizzo.

«Sarà esposto anche il suo ritratto. Allora, verrà?»

Fu il tono impaziente dell'uomo ad attirare l'attenzione di Rebeka. Non assomigliava affatto a quello del loro primo incontro. Pur di liberarsi di lui, afferrò il biglietto e lo infilò in borsa.

«Sembra che lei abbia bisogno di un cognac. Venga, offro io» propose lui.

«Ma non è nemmeno mezzogiorno!»

«E allora?»

Rebeka aveva voglia di fare qualcosa che non aveva mai fatto. Desiderava buttarsi alle spalle la miseria di quella mattinata. Non sarebbe stata obbligata a fingere, in fin dei conti quella era una persona che non avrebbe mai più visto in vita sua.

Il Nárcisz, nella via Váci, era un tipico locale di Budapest, a metà tra un bar e un piccolo caffè. Gli avventori, tutti del posto, stavano seduti sui traballanti tavolini di legno: c'erano operai in pausa pranzo, studenti, artisti e qualche impiegato in pensione che giocava a carte. L'oste sembrava conoscere il nome e l'estrazione sociale dei suoi ospiti abituali e sicuramente gli capitava di far credito a qualcuno. Salutò da lontano l'accompagnatore di Rebeka, mentre i due prendevano posto a uno dei tavolini, e portò subito, senza che nessuno glieli avesse chiesti, i cognac e due caffè doppi. Con espressione solenne posò sul tavolo le due tazze di caffè, lo zucchero e, alla fine, i due bicchieri di cognac. Aggiunse che il maestro non si faceva vedere da un pezzo e che anche certi signori avevano chiesto di István, che, a quanto pareva, era il suo nome.

István rivolse a Rebeka un cenno di scuse, per quanto la sua espressione tradisse una punta di orgoglio per quel trattamento da cliente abituale.

Rebeka, indifferente alla cosa, bevve un generoso sorso di cognac, fra l'altro di pessima qualità, che si fece strada nella sua gola come lava incandescente, accendendo una fiamma tale da farle arrossire le guance. Questo "cognac" aveva ben poco a che fare con la bevanda ambrata e limpida dei francesi, che a ogni oscillazione del bicchiere si spandeva sulla superficie del vetro come olio, per poi riscendere in grosse gocce. L'effetto però era il medesimo. Già dopo il primo sorso, Rebeka avvertì un formicolio alle gambe e alle braccia. La lingua le si sciolse e raccontò di Géza, del regista imbroglione e amico di suo padre che le aveva dato appuntamento in quel caffè equivoco per poi darle buca, probabilmente per una delle sue ragazze, che cambiava con la stessa facilità con cui si cambia la biancheria intima. Poi, per ripulirsi la coscienza agli occhi di suo padre, le aveva organizzato quel provino al Teatro Nazionale. Provino un accidenti! Raccontò del teatro, degli anni passati all'accademia, dalla quale era poi stata cacciata per via delle sue origini. Infine descrisse nei minimi dettagli la sua audizione fallita. E per tutto il tempo, ogni volta che sollevava lo sguardo su di lui, scopriva che la stava seguendo con attenzione, tra un sorso di cognac e un tiro alla sigaretta, ascoltandola e scrutandola in volto come se potesse leggerle dentro.

«E poi mi ha chiesto di sollevare la gonna. A quel punto non ci ho visto più.» Rebeka nascose il volto tra le mani, in preda a un improvviso senso di vertigine. Quando rialzò gli occhi, si accorse con stupore che István stava sorridendo. «Ma non capisce? Sono rovinata! La mia carriera è finita prima ancora di iniziare.»

Se avesse interpretato meglio i segnali lanciati da István – le sopracciglia leggermente arcuate, le rughe appena accennate sulla fronte, gli occhi socchiusi in uno sguardo indagatore – sarebbe fuggita da lui. Ma l'alcol le aveva intorpidito i sensi. Prese una sigaretta con movimenti nervosi e la tenne stretta tra i denti. Lui non si mosse e Rebeka sfilò da sola un fiammifero dalla scatola. Ma nell'accenderlo le si spezzò, e lo stesso fece anche il successivo.

«Avrei dovuto sollevare la gonna e basta. È così che funzionano le cose.»

Finalmente riuscì ad accendere un fiammifero, avvicinò l'estremità della sigaretta alla fiamma e tirò una boccata con un senso di sollievo.

István osservò il fumo che si spandeva lentamente nell'aria del locale. «Sta dicendo una sciocchezza.» Aveva un'espressione granitica, apparentemente priva di qualsiasi empatia.

«Come, scusi?»

«Se gli fa vedere le gambe, diventerà uguale a tutte quelle ragazzette carine che recitano a memoria la loro parte di copione. Nient'altro che un cioccolatino sul cuscino, come tutte le gattine che girano intorno a questo regista amico di suo padre. Qual è il suo nome?»

«Zio Géza» rispose lei con tono piatto.

«Di certo non sono attrici. Ad aver fortuna, sarebbe stata la favorita della stagione. E poi?» István spense la sigaretta nel posacenere. «E poi l'avrebbero buttata via come questo mozzicone.» Si abbandonò sullo schienale della sedia e osservò lo stupore comparire sul volto di Rebeka, per lasciare poi lentamente spazio alla perplessità.

«E quindi cosa mi consiglierebbe di fare?»

«Lei è brava?»

«In che senso?»

«È brava abbastanza per il Teatro Nazionale?»

Rebeka aveva voglia di scappare. Vedeva la stanza girare intorno a sé e sentiva caldo.

«Lei dà la colpa agli altri. A chi le nega la possibilità di studiare, a chi le impedisce di fare un provino, a chi non vuole farla lavorare.»

Fu come prendere uno schiaffo in pieno viso. Rebeka si raddrizzò, stringendo i pugni.

István tacque e alzò le mani in atteggiamento difensivo. «Mi limito a osservare le cose per come stanno. Ha mai analizzato attentamente la sua situazione? Tutto ciò che ha le è piovuto dal cielo. Suo padre le ha pagato le lezioni di danza, le ha procurato un maestro di canto, ha buone conoscenze nell'accademia e al Teatro Nazionale. Ogni cosa in lei, ogni singolo lineamento del suo volto, sembra affermare: "Io sono una dea. Tutto questo mi spetta di diritto".» Così dicendo, allungò un braccio e le sfiorò la guancia con il dorso della mano.

Rebeka si sottrasse voltandosi di lato.

István ritirò la mano con un gesto di scusa. «Quante domande ha presentato? Tre o quattro, alle istituzioni più grandi? E nei teatrini di provincia? Perché non cominciare in piccolo? Non ha nemmeno portato a termine la sua formazione.»

Lo sdegno le serrava la gola. Nessuno si era mai permesso di parlarle in quel modo. Come osava? Accusarla di arroganza e di superficialità! Era ovvio che i contatti di suo padre le erano stati utili, e allora? Cosa sapeva di lei questo tizio? Sua madre era morta!

István parve accorgersi della sua irritazione. Cercò di controllarsi, di abbassare i toni. «Scommetto che ha passato più tempo a scegliere cosa indossare che a provare il suo brano. Si prepari su un ruolo che la metta alla prova. Cosa pretende da un uomo che la vede arrivare così agghindata? Si vesta di stracci e lo stupisca con la potenza del personaggio che interpreta!»

I lineamenti del volto di Rebeka si erano induriti. Le parole dell'uomo le suonavano lontane, come se stesse origliando la conversazione di un tavolo vicino. Fissava immobile il liquido torbido nel suo bicchiere. Si era scordata di alzarsi, scordata di correre via.

«Faccia bene i suoi compiti, prima di andare là fuori!» István continuava a colpirla con le sue parole. «E quando sarà pronta, fissi un altro appuntamento con quello stronzo e gli dimostri di cosa è capace.»

La risata stridula della donna al tavolo accanto la riportò alla realtà.

István inclinò la testa, costringendola a incontrare il suo sguardo. Rebeka lo sostenne. Era tornata in sé, come dopo una doccia fredda. Raddrizzò la schiena e si ricompose. Con quanta presunzione quell'uomo se ne stava lì incollato alla sua sedia!

«Ha finito?»

«Sarebbe stupido da parte sua, adesso, fare l'offesa. Proprio come una di quelle gattine.» Sollevò il bicchiere come per un brindisi, quasi orgoglioso del proprio discorso.

Rebeka si alzò senza dire una parola, prese cappotto e cappello e si avviò verso l'uscita.

«Si metta a lavorare!» le urlò dietro lui. «Legga qualcosa! Anche poesia. Si compri i libri di László Nagy e Ferenc Juhász. Anche Zsigmond Kemény non è male.»

Mentre lei cedeva all'impulso di girarsi un'ultima volta verso di lui, István vuotò il suo bicchiere in un sorso e lo sbatté con forza sul tavolo.

István si incamminò verso casa. Sulla piccola circonvallazione cittadina si scatenava il traffico dell'ora di punta, mentre accanto gli scivolavano cappotti grigi e volti inespressivi. Altri ancora furono rigurgitati da un tram che si era fermato. István accelerò il passo. Il vento gli sferzava la pioggia in faccia. Era stato troppo duro con lei. Ma a cosa sarebbe servito lusingarla? Non c'era evoluzione senza critica, così come non c'era spinta senza una resistenza dall'altra parte. La resistenza e la tensione erano gli elementi che animavano i meccanismi tra gli esseri umani. Senza tensione, sarebbero tutti morti.

Sentiva imperversare un martellio in testa e le tempie che pulsavano, sembrava che il cranio gli si stesse per rompere, come le corde troppo tese di un violino. Il vento sollevò un pezzo di cartone, il giaciglio di un senzatetto, facendolo rotolare lungo la strada. I cappotti grigi lo scansarono abilmente.

István si rifugiò in una libreria, l'antiquario Kárpáti. La porta si aprì con un cigolio dolente, il campanello emise il suo trillo. Non appena si fu richiusa alle sue spalle, tagliando fuori i rumori della città, István prese fiato. La stanza calda, con il suo odore familiare di libri vecchi, gli diede un senso di sicurezza. *Basterà riposare qualche minuto*, pensò. Si avvicinò a una delle scaffalature alte fino al soffitto e prese in mano un libro di poesie. Avrebbe voluto che fosse suo. I libri per lui erano oggetti da possedere, una volta letti gli dispiaceva sempre doversene separare. Si sedette su uno degli sgabelli messi a disposizione per raggiungere i ripiani più alti e si mise a sfogliare il libro, soffermandosi su qualche riga qua e là. Ma i suoi pensieri erano altrove. Gli tornò in mente l'avvertimento di Breitner. A quanto pareva, oltre a tutto il resto, anche il suo aspetto aveva creato scandalo. Non lo aveva nemmeno sfiorato l'idea che la sua barba potesse essere interpretata come un gesto di opposizione. Scuotendo la testa, tornò allo scaffale per rimettere a posto il libro.

Il suo stomaco brontolava. Si frugò in tasca: aveva soldi sufficienti per la tavola calda dell'Astoria, dove servivano una zuppa di fagioli decente per un fiorino e dieci. A volte prendeva la zuppa di fagioli senza i fagioli a settanta centesimi. La servivano col pane.

Lasciò il negozio dell'antiquario. In strada il vento soffiava ancora forte. Si alzò il bavero del cappotto, si calcò il cappello ancora di più sul volto e percorse via Kossuth Lajos fino alla circonvallazione. L'odore del grasso dell'arrosto nell'aria preannunciava la tavola calda già da lontano. Davanti al banco si era creata una fila di poveri diavoli senza nessuno a casa ad aspettarli, e a questa si aggiunse anche lui. L'uomo che aveva davanti attirò la sua attenzione per l'abito che indossava: nonostante l'orlo dei pantaloni strusciasse a terra, era comunque l'unico a non essere vestito da operaio.

«Ci viene spesso qui?» attaccò discorso il tizio, che doveva aver percepito lo sguardo di István.

«La zuppa di fagioli non è male.»

«Provi il gulasch! Costa sempre un fiorino e dieci, ma c'è più carne.»

István annuì.

«Ormai sono un esperto, vengo qui ogni giorno da quando mia moglie se n'è andata.»

István si sforzò di sembrare interessato.

«Mi sono bevuto tutto quanto. E poi, sa come succede, ci si vergogna e si beve ancora di più.» L'uomo fece un gesto di scuse. «Ma magari lei non lo sa.» Si voltò, come in preda all'imbarazzo, e trangugiò un lungo sorso dalla bottiglia che sbucava dalla tasca del suo cappotto.

István distolse lo sguardo. Forse per discrezione, o forse per paura di fare la sua stessa fine. Doveva alla vecchia megera due mesi d'affitto. La mostra che aveva in programma poteva essere l'occasione per tirare su qualche soldo, ma la sola idea di dover vendere le sue opere lo faceva star male. Detestava la messinscena di contorno, l'obbligo di quella esibizione e tutte quelle domande.

Qual è il messaggio che questo quadro veicola? Cosa vuole esprimere qui l'artista? La sua arte svelava il suo lato più intimo. Era un atto di forza, che lo metteva a nudo e lo umiliava. Raramente rimaneva soddisfatto del risultato e, anche in quei casi, era una sensazione che durava pochi istanti. Lo ripugnava l'idea di essere costretto a giustificarsi. Le sue opere dovevano parlare da sole, altrimenti non avevano alcun valore.

E Rudi! Stava organizzando un evento enorme. A un certo punto, forse avevano perso il controllo sulla lista degli invitati, visto che anche Breitner era a conoscenza dell'evento.

István chiuse gli occhi, come se in quel modo potesse annientare i suoi pensieri. Invitare Rebeka era stato un atto di pura vanità.

In realtà non aveva nessuna intenzione di esporre il suo ritratto.

5

Kálmán Bárdossy

Budapest, 1949

Si fermò un taxi.

«Via Ördögárok 15, per favore!» Rebeka si rannicchiò nell'oscurità dei sedili posteriori e chiuse gli occhi. Le girava ogni cosa. Era riuscita a mantenere il suo contegno per tutto il tempo, adesso finalmente si accasciò su se stessa. Nessuno l'aveva mai umiliata così. Quell'István non sapeva un bel nulla di lei. Proprio nulla!

Il tassista imboccò il ponte provvisorio che attraversava il Danubio. Alla sua destra giacevano i resti del Ponte delle Catene, bombardato durante la guerra. Un tempo era illuminato da migliaia di luci, mentre adesso le sue travi, sommerse per metà dall'acqua, sembravano gli arti senza vita di un gigante in agonia.

Il conducente guardò nello specchietto retrovisore. «È un triste spettacolo, vero?»

Rebeka non lo sentì nemmeno. I suoi nervi si placarono solo quando l'automobile cominciò a inerpicarsi con il motore ronzante su per le colline di Buda e le luci del centro città si erano fatte ormai piccole. Abbassò il finestrino e lasciò che il vento le sferzasse il viso. La notte era fresca e limpida. I rifiuti che aveva ricevuto da parte del Teatro Belvárosi, del Nemzeti e del Magyar erano stati tutti concisi e formali. Erano le sue origini a essere sbagliate e quella era una motivazione sufficiente. Sua mamma diceva sempre che bisogna lottare per i propri sogni. Lei avrebbe indossato il suo abito blu scuro con il colletto di pizzo, avrebbe raccolto i capelli biondi in una crocchia e messo le perle. Con la sua gentilezza si sarebbe fatta complice la segretaria e con il suo fascino avrebbe convinto il direttore. Non si truccava e non portava quasi mai gioielli, fatta eccezione per le perle che le aveva regalato il padre di Rebeka. Aveva gli occhi azzurri e una pelle delicata e trasparente, tutto il contrario di Rebeka, che invece somigliava al padre. Al pensiero della sua voce, con la quale la chiamava teneramente "amore mio", Rebeka sentì un nodo serrarle la gola. Erano passati quattro anni dalla sua morte. Il ricordo che aveva del suono della sua voce stava iniziando a sbiadire. Inghiottì il dolore e si ricompose.

Una volta dentro la ben illuminata villa dei Bárdossy, Rebeka oltrepassò velocemente lo studio del genitore. La porta era accostata, dentro si intravedeva una luce. Dopo la statalizzazione della fabbrica, il padre non aveva più un'impresa da gestire, eppure passava le sue giornate chiuso nello studio. Rebeka si domandava cosa facesse lì per tutto quel tempo.

Sobbalzò nel sentire la sua voce che la chiamava. Come poteva raccontargli quello che era successo? Aveva mortificato il direttore del Teatro Nazionale per poi andare a ubriacarsi con un perfetto sconosciuto. Fece due passi indietro e si fermò davanti alla porta con un sospiro.

Entrando nello studio, l'odore familiare della sua infanzia le fece pizzicare il naso; era un misto di sigaro e acqua di colonia.

«Com'è andata, tesoro?» le domandò il padre sollevando lo sguardo dai fogli che aveva davanti.

Rebeka buttò cappotto e cappello sul divanetto e scosse la testa. «È stato umiliante, papà.» Gli occhi le si inumidirono di lacrime e lei si voltò per nasconderle.

Bárdossy si alzò dalla scrivania, le si avvicinò da dietro e le posò una mano sulla spalla. Rebeka ebbe un sussulto. «Scusami, papà!» Cercò di sorridere, ma invano: non riusciva a parlarne.

Quando Rebeka fu uscita, Bárdossy sprofondò nella sua poltrona di pelle e buttò la testa indietro. Chi poteva mai capirli, questi tempi moderni? Il suo cane gli rivolse uno sguardo saggio, come se intendesse. Le orecchie penzoloni mostravano le prime chiazze bianche.

Bárdossy aveva avvertito Géza di non dare false speranze a Rebeka. Quel giorno, tutto ciò di cui era sempre andato fiero nella vita era stato invece per lei motivo di biasimo. Il loro nome era diventato un fardello. Persino la formazione universitaria, ormai, era una prerogativa della classe operaia. Avrebbe dovuto esserne contento. Finalmente sarebbe finita quella storia della recitazione. Si sarebbe dovuta cercare un uomo per bene. Ma gli straziava il cuore vederla rifiutata da un teatro dopo l'altro. E il matrimonio? La ragazza sognava il grande amore e respingeva qualsiasi pretendente. Ma cos'era, in fondo, il grande amore? Bisognava andare d'accordo, essere amici. Così come lo erano stati lui e la sua povera Irma. Ecco come funzionava il matrimonio. Quando si erano sposati, non sapevano proprio niente della vita. Non che oggi lui ne sapesse molto di più.

Dada si affacciò alla porta dello studio e lo strappò ai suoi pensieri, informandolo con un sussurro che le dispiaceva disturbare ma che il signor avvocato aspettava di essere ricevuto.

Bárdossy annuì. «Ci prepara del caffè, per favore?»

La donna raccolse in fretta il cappotto e il cappello che Rebeka aveva lasciato sul divano.

«Aspetti!» esclamò Bárdossy mentre lei stava già uscendo. «Si sieda un momento qui, l'avvocato Domokos può aspettare.»

Dada si sedette sul bordo del divano. Con la vecchiaia, la sua figura minuta si era fatta ancora più gracile, ma i suoi occhi azzurro chiaro splendevano ancora, quieti e saggi. Era stata lei a far nascere Rebeka e in tutti quegli anni l'aveva sempre amata come una nonna. Quando sua moglie era morta, era stata Dada a lavare il suo corpo bianco, a sistemare il volto e a metterle l'abito color crema, il suo preferito. Dada per loro c'era sempre stata.

«Secondo lei Rebeka è infelice?» domandò Bárdossy con la fronte aggrottata.

«Con il carattere che ha, troverà la sua strada, signore.» La donna gli rivolse uno sguardo di mite fiducia.

L'uomo annuì e si sollevò a fatica dalla poltrona. «Abbiamo superato momenti peggiori, no? Non lasciamo attendere oltre Domokos.»

Domokos era il legale di famiglia, ma in parte svolgeva per Bárdossy anche il ruolo di ufficiale, essendo responsabile dell'andamento e della sicurezza della sua impresa commerciale. Quante volte Bárdossy si era affidato ai consigli dell'avvocato per correggere la rotta.

I due uomini si salutarono con una vigorosa stretta di mano. Domokos si accomodò sul divano, con il suo corpo imponente, mentre Bárdossy gli offriva le sfoglie alla mela cosparse di zucchero a velo che Dada aveva portato su un vassoio.

«Mia moglie mi uccide» disse l'avvocato, respingendo il dolcetto con un cenno della mano e tuttavia indugiandovi con uno sguardo languido.

«Lasci pure qui il vassoio» disse Bárdossy alla governante con una strizzatina d'occhio.

«Hai visto il cartello sulla porta della fabbrica? È una vergogna!» sbottò Domokos concedendosi infine una sfoglia.

Bárdossy sorrise, ma evitò di fare commenti.

In effetti, anche lui si era fermato a lungo a osservare il cartello decorato con dei rami d'abete: vi campeggiava sopra una grossa scritta rossa, larga come tutta l'ampiezza dell'ingresso: "Questa fabbrica appartiene a noi!".

Non provava più alcun rancore. Aveva ceduto allo sconforto un'infinità di volte dopo che gli era stata espropriata l'azienda. Ma ormai quelle emozioni avevano ceduto il posto alla rassegnazione. Gli scioperi degli operai, l'inestricabile burocrazia amministrativa, i tentativi dell'avvocato di revocare l'esproprio, tutto questo gli aveva risucchiato le energie. Aveva visto la coriacea Magda, segretaria per lui da vent'anni, raccogliere le sue cose e andarsene in lacrime. Alcuni dei suoi uomini si erano tolti il cappello quando era passato per l'ultima volta lungo il capannone della produzione. Gesti come questi gli avevano reso l'addio più sopportabile. Era stato cacciato via dalla fabbrica che aveva tirato su con le sue mani. Bárdossy era un capitalista convinto, non si considerava uno sfruttatore. I suoi salari erano decisamente nella media rispetto alla concorrenza. Pagava anche gli straordinari per i fine settimana e i giorni festivi. E in occasione della festa cittadina offriva birra e salsicce agli operai e alle loro famiglie.

«Hanno nominato Varga direttore generale» disse Domokos in tono sdegnato, togliendosi le briciole di sfoglia dall'angolo della bocca.

«Almeno è bravo» osservò Bárdossy.

Domokos scosse la testa. «Dove andrà a finire questo paese? Operai con la quinta elementare a dirigere le fabbriche?» Si chinò in avanti e con gesto maldestro posò la delicata tazzina da caffè sul piattino. «Dovresti iniziare a guardarti intorno per cercare delle alternative, mio caro. I risarcimenti non arriveranno mai. Se resti ad aspettare quei soldi, morirete di fame.»

«Ma non possono mica permettersi di fare una cosa simile.

Ho i miei contatti al ministero, io. Ci vorrà semplicemente un po' di tempo per elaborare una valutazione.» Bárdossy aveva vissuto tutta la sua vita all'insegna del motto: "Chi ben semina ben raccoglie". Nel dubbio, sceglieva sempre di vedere il buono nell'umanità. L'espropriazione della fabbrica era stata un duro colpo, ma gli avevano assicurato che una sua collaborazione all'interno della nuova organizzazione aziendale sarebbe stata apprezzata. A lui avrebbe fatto piacere dare il suo contributo in una società in cui tutti stavano bene. Non era certo un mostro. Non aveva dubbi sulla propria capacità di adattarsi, in fin dei conti era grazie a quella che era riuscito a tenere al sicuro la sua famiglia durante gli anni della guerra. In fondo non avrebbe poi dovuto piegarsi più di tanto ed era certo che anche questa volta le cose in qualche modo si sarebbero sistemate.

«Varga cederà sotto il peso del nuovo incarico e gli operai chiederanno a gran voce il ritorno del vecchio direttore. Vedrai che nel giro di sei mesi sarò di nuovo a capo della fabbrica.»

«Sarebbe questo il tuo piano? Non essere sciocco, Kálmán. Per caso sai di qualcuno che abbia visto anche solo un centesimo finora? I più furbi lasciano il paese, dai retta a me! Dopo le elezioni, i comunisti hanno fatto piazza pulita. Al ministero non c'è più nessuno che ci sia amico. Fossi in te non aspetterei di vedere cos'altro si inventeranno questi.»

Bárdossy evitò lo sguardo dell'avvocato, che gli chiedeva un cenno di approvazione. Lasciare la casa in cui era morta sua moglie? Abbandonare la patria per la quale suo padre e i suoi nonni avevano versato il loro sangue? Già in passato aveva dovuto lasciare tutto, dopo che era stato siglato il trattato del Trianon. All'epoca era stato costretto, con la madre e la giovane moglie, a lasciare Kolozsvár, la casa in cui era nato e tutti i beni di famiglia per fuggire al dominio straniero dei rumeni. E adesso, alla sua età, avrebbe dovuto ricominciare tutto da capo un'altra volta? Scosse lentamente la testa.

I due uomini nella stanza accanto dovevano essersi scolati l'intera bottiglia di cognac. Rebeka li sentiva ridere dal suo letto, sul quale era sdraiata a faccia in giù. Osservava il ritratto che le aveva fatto István, non più grande del palmo di una mano, e ne sfiorava i tratti sicuri con le dita. Erano linee che testimoniavano maturità e sensibilità nell'uomo che aveva incontrato al Caffè Anna. Nel suo cappotto logoro e troppo grande le era sembrato un bambino che per gioco avesse indossato gli abiti di un adulto. Ma il tizio spietato con cui aveva parlato quel giorno era una persona del tutto diversa.

Rebeka si alzò e appoggiò un orecchio alla porta per origliare. Suo padre stava salutando l'avvocato. Il loro buonumore la irritò.

Anche Dada era andata a letto già da un pezzo, solo da sotto la porta di suo padre filtrava ancora uno spiraglio di luce nel corridoio. Rebeka si chiuse a chiave in camera, poi si sfilò la gonna e la camicetta. Era così sicura di sé... Forse troppo? Aveva voluto esibirsi portando la stessa poesia con la quale si era presentata all'esame di ammissione della scuola di recitazione, due anni prima. Che goffaggine. Davanti allo specchio, si sfilò con stizza le forcine dai capelli, come fossero delle spine fastidiose responsabili della sua sfortuna. La crocchia si sciolse e il mare mosso dei suoi capelli le ricadde sulla schiena. Disgustata dalla sua immagine riflessa, si voltò dall'altra parte e infilò la camicia da notte. Da quando non c'era più sua madre, nessuno le aveva parlato in modo tanto schietto – o almeno nessuna delle persone di cui si fidava. Suo padre evitava accuratamente i conflitti e la sua amica Dóra era sincera solo se le tornava comodo.

E se István avesse avuto ragione? Sentì spalancarsi una voragine di paura dentro di sé. E se non fosse stata adatta alla carriera di attrice? Cos'altro le rimaneva? «Si metta a lavorare!» le aveva detto. Si avvicinò alla libreria e l'occhio le cadde sui drammi di Lessing e sulle opere di Shakespeare e di Büchner. E poi lo vide, un volumetto sottile nascosto tra i giganti della letteratura mondiale. Il racconto di Zsigmond Móricz *Il canto dell'usignolo*. «È questo!» Sfilò con cautela il libro dallo scaffale. Anche la grandissima Gizi Bajor aveva inaugurato la sua carriera al Teatro Nazionale interpretando il ruolo della giovane figlia di contadini.

Si strinse il libro forte al petto. Si sarebbe ripresentata dal direttore vestita di stracci e gli avrebbe fatto vedere di cosa era capace!

6

Il caso Rajk

Budapest, 1949

Il mattino seguente István uscì di casa all'alba. Aveva fissato con Rudi per dare un'occhiata più da vicino al capannone dove si sarebbe svolta la loro mostra.

Il vento gelido gli colpiva il volto appena rasato. Si portò istintivamente una mano alla guancia liscia e si immaginò il sorriso soddisfatto di Hózer quando l'avesse visto arrivare con il viso arrossato di un bambino. Ormai era autunno, ma quelle temperature – sottozero – erano comunque fuori dal comune. Tremando di freddo, si chiuse il cappotto fino al mento e infilò le mani nelle tasche in cerca di una sigaretta. Una Munkás a stomaco vuoto lo avrebbe rilassato e scaldato, pensò nell'accenderla. Il fumo si confuse nella nebbia.

Ogni tanto, come da dietro un vetro smerigliato, emergeva l'ombra di un camion di passaggio, per poi scomparire di nuovo. Una bici che procedeva con un motore di fortuna ronzava lamentosa lungo il deserto viale Andrássy. A ogni passo István sentiva i sassi scricchiolare sotto i piedi.

Davanti al civico 60, sede della polizia segreta ungherese, una guardia faceva la ronda. Da poco ne avevano cambiato il nome da AVO in AVH, ma nessuno se lo ricordava. La guardia si teneva stretta la sua mitragliatrice e a ogni suo passo rispondeva un'eco sinistra. Girava voce che padri di famiglia venissero prelevati in piena notte ancora in pigiama e portati via su furgoni dai vetri oscurati. Alcuni tornavano la sera stessa, come se fossero stati semplicemente al lavoro, altri sparivano per anni. La gente raccontava storie raccapriccianti su certi campi di lavoro in Siberia. Era passato lì davanti un'infinità di volte, eppure non aveva mai fatto caso ai fiori nell'aiuola di fronte all'imponente edificio di arenaria. Dietro quella facciata dovevano svolgersi gli interrogatori del ministero degli Esteri. István aveva sentito dire che le stanze dei piani seminterrati erano state usate come celle di tortura dal partito filonazista delle Croci Frecciate.

István rifletté un attimo e distolse lo sguardo. Non era proprio una buona idea starsene lì a curiosare davanti alla sede dell'AVO.

Percorse a piedi il viale Andrássy fino al Danubio e poi proseguì in tram, direzione Csepel.

Avrebbe potuto risparmiarsi la fatica: il capannone, in mezzo alla zona industriale deserta e silenziosa di Csepel, era chiuso. La chiave ce l'aveva Rudi. István fece un paio di volte il giro dell'edificio sprangato. Aspettò. Niente, del suo amico nessuna traccia. Guardò l'orologio. Poi diede un calcio rabbioso alla polvere e si incamminò per tornare indietro.

Levin ed Éva avevano già preso posto. István entrò in aula giusto in tempo per l'inizio della "mezz'ora di rito". Prima di ogni lezione, uno studente leggeva a voce alta dalla gazzetta del partito le notizie del giorno, che poi venivano commentate. Gli argomenti ruotavano attorno ai progressi dell'espansione socialista e alle conquiste del proletariato, infinite variazioni di frasi sempre uguali. Quanto meno si poteva schizzarsi con l'acqua per rimanere svegli, scambiarsi commenti nell'orecchio sulla serata precedente o recuperare un po' del sonno perduto durante la notte.

Ma quel giorno c'era qualcosa di diverso. Nonostante la cattedra fosse ancora vuota, in aula regnava già il silenzio. Il professor Hózer, che di solito camminava su e giù per la sala con aria boriosa prendendo appunti sui presenti, quella volta se ne stava in disparte. István si sedette accanto a Éva.

«Guarda un po' chi si rivede!» lo accolse lei stampandogli un bacio sulla guancia rasata.

István portò di scatto una mano sul viso, nel punto dove lo aveva toccato Éva.

«Hai visto Rudi?» domandò nervoso.

Il sorriso di Éva si spense. Scosse la testa e serrò le labbra, come se fosse sul punto di mettersi a piangere.

Adesso István capiva perché Rudi era mancato all'appuntamento. Éva e Rudi!

Li aveva presentati Levin durante un incontro tra studenti. Rudi era rimasto stregato dalla giovane fotografa e dalla sua aria da folletto, tanto che l'aveva subito ribattezzata "il mio elfo". Per sei mesi erano stati inseparabili, la storia più lunga che Rudi fosse mai riuscito a mantenere, almeno fino a quando non era stato incantato da un'altra creatura delle favole. Incredibilmente, era sempre riuscito a rimanere amico delle sue ex ragazze, ma con l'elfo la cosa si era rivelata più complicata. Il concetto di relazione monogama era estraneo alla natura di Rudi, eppure senza Éva non poteva stare. Si tenevano stretti per poi mollarsi, si riprendevano per poi separarsi ancora, si perdevano e si amavano, ogni volta come fosse per sempre. Nessuno era in grado di capire il loro rapporto.

«Hai un aspetto ordinato, da ragazzo» intervenne Levin osservando le guance ben rasate di István.

«Lascia perdere» gemette lui, mentre aveva inizio la lettura. L'incaricato a leggere per quella mattina, un giovanotto impacciato che frequentava il loro stesso anno, si dondolava da una gamba all'altra in attesa del segnale di Hózer.

«L'atto d'accusa è sul giornale» disse Éva, come se la cosa non fosse già nota a tutti.

«Secondo mio padre è una colossale sciocchezza» commentò Levin.

Éva gli fece cenno di abbassare la voce. István fu sorpreso. Il padre di Levin era un avvocato molto stimato, i Légrády erano discendenti di un'antichissima casata nobiliare, non proprio il tipo di persone che frequenta un ministro degli Esteri del Partito comunista. Le pareti dei lunghi corridoi di casa Légrády erano piene di ritratti di antenati. Una delle prime volte che István era stato lì era rimasto incantato davanti al loro stemma di famiglia, un guerriero a testa alta e impettito con indosso una tunica rossa e bianca. Aveva una spada nella mano destra e uno scudo nell'altra, e in basso a sinistra c'era ai suoi piedi la testa mozzata di un turco.

In fondo a uno di questi corridoi si trovava la biblioteca con la collezione di famiglia. István era rimasto a bocca aperta alla vista di quegli scaffali alti fino al soffitto. Il padre di Levin aveva mostrato loro delle preziose xilografie del XVI secolo. Ma la cosa che maggiormente aveva attirato il loro interesse erano stati gli scritti più recenti di Albert Camus e Jean-Paul Sartre, che anche il vecchio giurista, come loro, stava studiando.

Levin, dal padre, aveva ereditato i lineamenti delicati e la pelle chiara, quasi trasparente. Il vecchio Légrády se ne stava tutto il giorno in vestaglia, seduto al suo tavolo di quercia, a disquisire con loro sull'ideale di una società senza divisioni di classe, e in fin dei conti sembrava credibile. Ma parlava anche della sottomissione dell'individuo alla percezione distorta della storia di Marx, in quel periodo confuso, violento e dominato dalla menzogna.

István ne era affascinato, Levin invece considerava il padre un ipocrita, nonostante il rapporto stretto che li legava. Condannava il suo stile di vita e le sue relazioni con le donne, dai quali voleva tenere le distanze.

Quando la villa fu statalizzata vi si installò una famiglia di funzionari di quattro persone e a Levin, con sua grande sorpresa, fu assegnato un posto in un dormitorio. A detta di Èva si era trattato di un miracolo. Evidentemente in qualche elenco era stata messa una croce nel riquadro sbagliato.

Éva aveva origini umili ed era cresciuta nell'angusta cucina della nonna. La madre era infermiera, il padre faceva i turni di notte ai cantieri di Csepel, come anche suo padre prima di lui. Éva apprezzava molto il fatto che Levin, nonostante la sua condizione privilegiata, condivideva la stanza con un compagno. I due ragazzi erano accomunati dal desiderio di essere diversi dai loro genitori. Levin non era diventato avvocato come suo padre, suo nonno e suo bisnonno. Éva era la prima della famiglia a studiare, cosa che sarebbe stata assolutamente impensabile per le generazioni precedenti alla sua. Infine, entrambi i loro padri consideravano lo studio dell'arte un'insensata perdita di tempo.

István non ebbe modo di chiedere a Levin di Rajk. Lo studente alla cattedra, ricevuto il segnale, attaccò. Lesse che il ministro degli Esteri László Rajk e i suoi sostenitori avevano dato vita a una cospirazione con lo scopo di distruggere la democrazia ungherese. Il suo tono di voce era talmente basso che era necessario concentrarsi bene per distinguere le singole parole. Nell'aula regnava il silenzio più assoluto.

La porta emise un cigolio. Tutti gli sguardi si voltarono verso il ritardatario. Il ragazzo aveva la camicia fuori dai pantaloni, come se si fosse appena alzato dal letto. Al cenno di Levin, Rudi si fece lentamente strada tra le file di banchi per raggiungerli. Si spostarono le borse di lato, gli strapuntini furono richiusi, risuonarono imprecazioni e bisbigli.

Il tramestio di piedi e i colpi secchi delle sedute di legno sovrastarono la voce dello studente, che approfittò della pausa per riprendere fiato.

«Siediti lungo il corridoio!» sbottò qualcuno.

«Chiedo scusa, devo andare dal mio elfo» rispose Rudi strizzando l'occhio a Éva, che tentava invano di rendersi invisibile. Rudi si lasciò cadere rumorosamente accanto a István, nel posto che lei gli aveva tenuto libero. «Non mi sono svegliato» gli disse tenendo una mano davanti alla bocca.

István annuì, con le braccia conserte e l'espressione un po' scocciata.

«È tutto sotto controllo. Pilics passa stasera col camion.»

István annuì di nuovo, stavolta più convinto.

Il lettore osservò il trambusto causato dal nuovo arrivato e si appoggiò alla cattedra. Sembrava indeciso se spettasse a lui richiamare l'aula al silenzio.

«Ha finito, signor Varga?» domandò il professor Hózer sovrastando la confusione. Tutti si ammutolirono di colpo. Rudi si scostò un ricciolo dal viso e si guardò intorno con aria raggiante. «Sì, professore!»

Lo studente proseguì la sua lettura.

Rudi si chinò su István, verso Éva. «Comunque sono arrivato in tempo per la discussione.»

Lei lo punì ignorandolo. Dalle file posteriori arrivavano sibili e fischi, e Rudi finalmente si zittì.

Lo sfortunato lettore portò a termine senza ulteriori interruzioni la lettura dell'atto di accusa. Questa spiegava nel dettaglio come gli imputati avessero pianificato, con il supporto armato di Tito e degli Stati Uniti, un colpo di Stato per ristabilire il potere capitalista. Quando il ragazzo ebbe finito lasciò di nuovo la cattedra al professore, che esortò i presenti a prendere la parola.

Si alzò una studentessa. «A nome di tutti gli studenti, richiediamo il massimo della pena per questi criminali!» esclamò con voce ferma.

Per un attimo nell'aula calò un silenzio imbarazzato. Poi il professore applaudì, seguito da loro. Rudi e István sollevarono gli occhi dai giornali. La ragazza, soddisfatta del consenso, girava la testa da una parte all'altra, soffermandosi sui volti che la osservavano. La sua coda di cavallo la seguiva oscillando.

Poi si alzò Levin. «Dovremmo aspettare il processo, prima di dare giudizi affrettati.» Il suo tono autorevole attraversò la sala.

István, sorpreso dalla fermezza dell'amico, lo guardava dal basso. «Stimato compagno,» ribatté la ragazza «gli imputati si sono già dichiarati colpevoli. A questo punto non resta che stabilire l'entità della pena.»

«Alla gogna devono andare, i cospiratori!» urlò qualcuno dalle ultime file. Nell'aula si sollevò un mormorio.

Levin stava per aggiungere qualcosa, ma Éva lo trattenne e lo tirò delicatamente indietro. Lui scosse il capo e si sedette.

Il professor Hózer a quel punto sollevò una mano invitando al silenzio. Il suo sguardo indagatore passò in rassegna le file dei ragazzi. «Ritengo che sia una buona idea organizzare una raccolta di firme per dare voce al malcontento degli studenti. Signorina... mi scusi, qual è il suo nome? Prepari una bozza e me la sottoponga per poterla correggere. E invito poi tutti quanti a partecipare all'incontro informativo sull'argomento che si svolgerà domani pomeriggio.» Si soffermò con gli occhi per qualche istante sul gruppetto attorno a Levin.

«Io non la firmo quella roba!» sbottò Levin. Hózer aveva dichiarato conclusa in anticipo la sessione e gli studenti si accalcavano già verso l'uscita.

Éva fece cenno a István di seguirla. «Rajk è stato allievo del padre di Levin» gli sussurrò non appena furono in corridoio. «Lui è convinto che tutta questa faccenda sia un complotto ai danni di Rajk. Devo andare da Levin» aggiunse dandogli un bacio sulla guancia, di nuovo!

«Che avete combinato, voi due, stavolta?» domandò István a Rudi, dal momento che Éva lo aveva ignorato per tutto il tempo.

Rudi assunse un'espressione contrita. «Prima o poi le passerà. Secondo te è vero?»

István scosse la testa. «Perché dovrebbero convincere Rajk a dichiarare il falso? Per ottenere cosa?»

«Forse per liberarsene?»

István abbassò la testa con aria pensierosa. «L'AVO vede e sente tutto. Basta che tradisci tua moglie e hanno già del materiale in mano da usare contro di te. Avevano altri modi per liberarsi di Rajk, non c'era bisogno di un processo ufficiale.»

7

La mostra

Budapest, 1949

István se ne stava appollaiato in cima a una pila di pancali, osservando l'ingresso degli ospiti come da un trespolo. Gli piaceva la rudezza di quel capannone industriale, il suo pavimento di cemento e le sue travi d'acciaio. Si strofinò le mani infreddolite e vi alitò sopra. Almeno la sala si stava pian piano riempiendo. Chi erano quelle persone?

Rudi era completamente assorbito dal ruolo di padrone di casa che si era assegnato. Si confondeva tra la gente, come sempre, presentando gli uni agli altri. Come un sensale, attirava la loro attenzione con qualche piccolo dettaglio. Probabilmente quel giorno sarebbe arrivato addirittura a dare qualche spiegazione sui lavori di István e a lui la cosa stava bene: quanto meno gli avrebbe evitato di doverlo fare di persona. Per un attimo considerò l'ipotesi di andarsene. Cercò con lo sguardo l'uscita laterale, che però era presieduta da Éva. La piccola Éva! Com'era bella, quel giorno. Si muoveva con la grazia di una ballerina. La sua piccola testa, con i capelli tagliati corti sulla nuca, si spostava da una parte all'altra piena di interesse. Quella sera era la padrona di casa, al fianco di Rudi.

Erano venuti anche dei loro compagni, Pilics e Németh, una buona cosa. Stavano in piedi davanti al gruppo di fotografie in bianco e nero che István aveva scattato alla facciata di arenaria, costellata di fori di proiettile, della sede dell'AVO. Avrebbe potuto trattarsi di un qualsiasi condominio consumato dalla guerra e dal tempo. Il muro, tetro e monotono, occupava l'intera superficie dell'immagine; solo in fondo a destra c'erano, modesti e quasi impercettibili, alcuni fiorellini che si allungavano nella luce fievole. Sulla didascalia si leggeva: Nr. 60.

Il padre di Levin conversava animatamente con una signora. Sembrava di almeno quindici anni più giovane di Légrády e portava per vezzo una rosa tra i capelli.

Alla vista di quei volti noti, István si rianimò un pochino. Poi fece il suo ingresso una donna in pelliccia. La sua presenza spiccava in mezzo a tutta quella folla. Rimase in piedi vicino alla porta e si sfilò i guanti con l'aria di cercare qualcuno. István si drizzò, socchiudendo gli occhi. Non riusciva a riconoscere il suo volto, nonostante si fosse tolta il cappellino. Il suo cuore batteva all'impazzata. Respirò profondamente. Era più piccola e più fragile di come se la ricordava. O forse si sbagliava? Rebeka avrebbe indossato quella vistosa pelliccia con l'eleganza di una gran dama; quella ragazza, invece, sembrava smarrita.

«Che ci fai qui al buio?» domandò Éva, che si era avvicinata di soppiatto e gli faceva cenno di scendere. «Devi salutare i tuoi ospiti e scambiare due parole con loro.»

«Chi è questa gente? Qualcuno finirà per metterci l'AVO alle calcagna.»

«Sono venuti qui per vedere i tuoi lavori.»

István scese dal suo trespolo.

«Sei pallidissimo, tesoro» osservò Éva porgendogli il suo bicchiere di vino. Lui ne buttò giù un sorso, osservando lo spoglio bancone da birra che fungeva da bar, dove Levin versava il vino da damigiane da cinque litri. Rudi stava intrattenendo un gruppetto di persone, tutte sconosciute a István.

«È proprio nel suo centro» disse facendo un cenno in direzione dell'amico.

Èva lo guardò, con l'aria di avere una confessione da fargli. «Posso dirti una cosa?» Si accostò al suo orecchio e sussurrò qualche parola.

István colse solo alcuni frammenti. La musica era alta e la sua attenzione di nuovo rivolta alla ragazza con la pelliccia, che in quel momento si avvicinò a Rudi e, in punta di piedi, lo abbracciò. A István sfuggì un sospiro di sollievo. Non era Rebeka.

«Ma come, non sei contento?» esclamò Éva.

«Che cosa hai detto?»

«Ho detto di sì, stupido!» Sventolò la mano sinistra, all'anulare indossava un anello. «L'ha preso alla fiera!» aggiunse, ridendo.

István la fissò senza capire. «Te l'ha dato Rudi?»

La bocca di Éva si contrasse e sulla fronte comparvero quelle increspature di preoccupazione che lui conosceva così bene. «Certo che me l'ha dato Rudi! Chi altrimenti? Che ti succede, dovresti essere felice per noi!»

Il sollievo di poco prima si tramutò in rabbia. Rudi seduceva quella ragazza in presenza della sua fidanzata! Questa cosa lo mandò su tutte le furie. Tornò con lo sguardo all'ingresso, ma nel frattempo i due erano scomparsi.

Prese Éva tra le braccia: «Ma certo che sono felice!».

Dovette cercare Rudi a lungo, prima di trovarlo a discutere con dei colleghi dell'università.

«Gli americani non sono più liberi di noi» stava dicendo qualcuno. «Sono prigionieri delle convenzioni sociali che loro stessi si sono imposti. Là l'unica cosa che conta è il denaro.»

«Dimentichi quanto sono nevrotici» rispose Rudi. Scoppiarono tutti a ridere.

«Eccolo qui, l'artista!»

Rudi indicò István, che salutò la compagnia con un cenno del capo. Poi prese Rudi per un braccio e lo allontanò con uno strattone. «Vieni qua.»

«Ma che ti prende?»

«Vuoi sposare Éva e ti diverti con un'altra sotto i suoi occhi?»

Rudi fece una risatina nervosa. «Hai frainteso. Lulu è venuta per conto suo, io non posso farci niente.»

István ebbe un attimo di incertezza. «Quella con la pelliccia è la tua puttana?»

«Ti prego di non chiamarla così. Ciò che faccio con Lulu è solo per la mia salute, lo sai.»

«Per la tua salute?»

«A certe cose non posso rinunciare, Éva ne è consapevole. Abbiamo un accordo.»

«Non avete ancora fatto l'amore?»

«L'elfo è una donna da matrimonio, non una con cui divertirsi. E dài, sii felice per noi!»

István scosse la testa. «La distruggerai, con tutte le tue puttane.»

«Proprio tu me lo vieni a dire! Sei diventato cattivo, mio caro, cinico. Ne faccio volentieri a meno, dei tuoi consigli!»

István guardò spaventato il suo amico. Rudi aveva ragione, era diventato cinico. Gli tornò in mente l'orrore negli occhi di Rebeka. Era stato duro con lei, ma solo perché gli piaceva.

Éva li raggiunse saltellando. «Tesoro, fai qualcosa. István si rifiuta di tenere un discorso.»

I due la guardarono come ragazzini beccati ad azzuffarsi. Ma si sforzarono di sorridere.

Éva doveva aver notato la tensione tra i due, però non era nel suo stile mettersi a indagare.

Poco dopo, István era in piedi su un piccolo piedistallo di pancali impilati uno sull'altro. Quanto odiava tutta quella messinscena! C'erano sessanta o settanta persone, molte più del previsto. I compagni dell'università, per lo più studenti di letteratura, poeti e sognatori, tra cui anche qualche vero scrittore e giornalista promettente, oltre ad alcuni amici musicisti e, ovviamente, agli artisti, che sperava fossero interessati un po' anche ai suoi quadri, oltre che alla birra.

Levin ed Éva gli fecero cenno di iniziare, una volta per tutte.

István si schiarì la voce e sprofondò le mani nelle tasche, per trovare il coraggio. «Penso sia opportuno che io mi presenti.»

Si sorprese della potenza della propria voce; nella sala calò un silenzio assoluto.

«Per chi non mi conosce, io sono István Szabó, il creatore di queste opere.» Fece una pausa e indicò con un gesto circolare la sala. «Sarò breve, in fondo non c'è molto da dire.» Si schiarì di nuovo la voce per sedare l'impulso di tossire. Sentiva la tosse sempre più pressante, il pizzicore alla gola era insopportabile. Qualcuno gli passò una birra. Bevve un sorso lenitivo dalla bottiglia e la sua gola si placò. Osservò i volti carichi di aspettativa che lo fissavano e si sentì un impostore. «La selezione delle opere non è molto esemplificativa del mio lavoro. Sono stato costretto dalle circostanze a spostare l'esibizione in questa sala improvvisata e, data la pessima illuminazione, ho rinunciato a esporre dipinti. Chi è interessato già conosce le mie incisioni su rame. Qui troverete solo incisioni, disegni, qualche foto e altre opere che non potrei esporre altrove. Nessuna traccia di realismo socialista.»

Nella sala echeggiò un borbottio di apprezzamento. Gli astanti applaudirono.

Sollevato, fece cenno di voler continuare a parlare. «Ringrazio i miei amici, che mi hanno aiutato a organizzare tutto questo.» Cercò Rudi tra la folla e lo individuò vicino all'ingresso. Il suo amico faceva finta di non ascoltarlo. «Per quanto riguarda il dibattito, io lo ritengo inutile, una consuetudine che non ci appartiene. Chi volesse assolutamente discutere può farlo, purché non lo faccia con me.» Il pubblico rise. Fece un'altra ricognizione della sala con lo sguardo e si accorse che Levin gli stava facendo con insistenza dei cenni. «Un'altra cosa. In caso qualcuno di voi ritenga che queste opere abbiano un valore,» si fermò un attimo «non avrò difficoltà a separarmi da alcune di loro.» Il pubblico rise di nuovo. István cercò gli occhi di Rudi, poi fece un altro respiro profondo. «E infine vorrei chiedere a tutti di alzare i calici e brindare al mio migliore amico, Rudolf, e alla sua fidanzata Éva, che ha appena ricevuto la proposta di matrimonio!»

Finalmente i loro sguardi si incontrarono. Rudi raggiunse Éva e la sollevò. Il pubblico esultò festante.

István scese dalla pila di pancali per andare loro incontro. «Scusa, vecchio mio, non volevo dire quelle cose.»

«Nemmeno io» rispose Rudi.

Levin li interruppe: «C'è qui Breitner, e tu parli dei tuoi rapporti col realismo socialista!». Il professore se ne stava in piedi nell'ingresso guardandosi intorno con freddezza. Passò due dita sulla tesa del cappello, come se vi avesse trovato della polvere. Era venuto da solo. A un tratto le parole di Breitner gli parvero più una minaccia che un consiglio dato in buona fede.

«E io che pensavo fosse un tipo onesto» disse con una nota di delusione nella voce.

Levin aggrottò la fronte. «L'ho visto ieri sera all'Astoria con Hózer.»

Breitner lanciò lo sguardo nella loro direzione e alzò la mano in un saluto distratto, quasi fosse lì solo per dare un'occhiata.

István lo raggiunse.

«C'è un bel po' di gente alla sua mostra, signor Szabó» lo accolse

Breitner. «Più tardi, con calma, osserverò volentieri le sue opere.»

Gli occhi di István caddero nervosamente sulla porta chiusa. Cosa era venuto a fare Breitner?

«Vuole guardarsi un po' intorno, professore?»

«Non importa. Lei non parla volentieri dei suoi lavori. Più tardi farò un giro per conto mio. Ma mi faccia compagnia ancora qualche minuto, ho delle novità per lei.»

Ci siamo, pensò István.

«Vino e soda?» gli domandò, indicando il bar.

Breitner annuì e lasciò che István gli facesse strada. «Lei non si considera un artista moderno e la cosa mi piace. Nel disegno ha un tratto molto deciso, si vede bene. Le sue opere testimoniano lo studio delle relazioni. Mi pare di riconoscervi un'ispirazione ai grandi maestri del Rinascimento, o mi sbaglio?»

«Abbiamo gli stessi maestri, professore.»

Breitner rise. «Risposta abile, Szabó! Nessuno le può rinfacciare di essere un reazionario, eppure è proprio questo tradizionalismo a rappresentare l'elemento audace e originale dei suoi dipinti. Se ne frega dei modelli tematici e dipinge come gli antichi maestri. Nessuno attaccherebbe mai un Dürer, un Rembrandt o un Tiziano, e quindi lei dipinge come loro. Non c'è alcuna traccia di realismo socialista!»

«Le mie opere sono realistiche, professore. Dipingo quello che vedo.»

Breitner sospirò, assentendo con la testa. «Il professor Hózer vuole espellerla dall'università.»

Allora era di questo che si trattava!

«Vuole sottoporre la domanda di espulsione al consiglio e metterla ai voti. Mi ha chiesto personalmente di appoggiarlo. Io ho rifiutato, ma se vuole un consiglio, cambi materia di studio prima che sia troppo tardi.»

István era attonito. Si aspettava il rischio di ricevere una lettera di richiamo, ma non aveva messo in conto l'espulsione dall'università.

«Hózer sta di nuovo raccogliendo prove contro di lei. Ancora! Lei sa come vanno queste cose, amico mio. Una volta il rosso delle sue opere non è rosso abbastanza. Una volta la composizione di colori è troppo ardita. Le sue opere vengono accusate di formalismo e decadenza occidentale. Poi inizieranno a discutere sul fatto che non ha talento, finché non le verrà consigliato di andarsene spontaneamente.»

István lo fissò con aria interrogativa.

«Mi ascolti bene,» proseguì il professore «ho convinto il collega Kovács ad accettarla nel suo corso di incisione. Io mi impegno a sostenerla, ma lei deve cercare di controllarsi. Non rovini il suo futuro quando le manca così poco a terminare gli studi.»

«E cosa dovrei fare, esattamente?»

«Deve fare quello che le viene richiesto. Dipinga qui e là qualche pittura murale per gli asili, le riempia di bambini felici, presenti il ritratto di sua nonna al prossimo concorso e veda di non sprecare troppo tempo ed energia in cose del genere. In questo modo la lasceranno in pace e lei potrà disporre del resto dei suoi giorni nel modo che preferisce.»

«E i miei quadri?»

Il volto di Breitner si illuminò di un sorriso complice, mentre indicava la sala intorno a loro con un gesto della mano. «Ci sono molti colleghi che apprezzano e incoraggiano il lavoro di un giovane artista di talento, e io sono tra questi. In quanto artista, lei è parte di questa società, il che implica dei compromessi, delle regole da seguire. Fintanto che si atterrà a queste regole, potrà partecipare al gioco. Mi sono spiegato?»

István rimase colpito dalla schiettezza delle parole di Breitner. Gli porse la mano, e il professore la strinse con forza.

In quel momento una profonda voce femminile alle loro spalle chiese il permesso di interromperli. I due uomini si voltarono.

«È venuta!» István non riuscì a nascondere il candore della sua sorpresa, come se non avesse aspettato altro per tutta la serata. Le tenne la mano guantata stretta tra le sue, forse un istante di troppo.

Rebeka sembrò indulgente al riguardo e ritirò la mano con un sorriso. István si era completamente scordato del professore, che se ne stava ancora lì come un ospite non invitato.

«Posso presentarle una persona, signorina Bárdossy?» si affrettò a dire. «Il professor Breitner, il massimo esperto di Rinascimento del paese.» Appena le ebbe pronunciate, István si pentì di quelle sue parole boriose, con le quali sembrava volersi vantare della presenza del professore.

Ma Breitner accettò il complimento con disinvoltura, fece un leggero inchino e si portò alla bocca la mano che gli porgeva Rebeka. Lei, da parte sua, dimostrò palesemente di apprezzare il gesto.

«Cosa ne pensa di queste opere, signorina Bárdossy?» domandò Breitner, prendendo le redini della conversazione, da vero maestro. Fece un passo verso Rebeka, tagliando fuori István.

Era la ben studiata aura di solitudine che lo avvolgeva a renderlo interessante. Portava il cappotto ben ripiegato su un braccio, con appoggiato sopra il cappello che teneva con una mano. A István non sfuggì la mossa con cui Breitner sfiorò, con la mano libera e come per caso, il gomito di Rebeka, una confidenza minima, talmente sottile e naturale da sembrare inconsapevole.

«Non si può dire che siano carine» disse Rebeka rivolgendo a István uno sguardo penetrante, accompagnato da un accenno di sorriso.

István armeggiò con il colletto della camicia. Aveva messo quella buona, la stessa che indossava l'ultima volta che si erano visti. «Non era mia intenzione esporre opere carine.»

«Non volevo offenderla» si affrettò a scusarsi Rebeka. Poi indicò un'incisione appesa al muro davanti a loro. «Quella lì ha qualcosa di perturbante, di sconvolgente.»

István inarcò le sopracciglia.

«Degli strani esserini che lavorano febbrilmente alla costruzione di cannoni e macchine fantastiche, ma che pure sembrano non vedere al di là del proprio naso. Stanno inconsapevolmente lavorando alla bomba che distruggerà tutto?»

«Se è questo che ci vede, perché no.» La sua scrollata di spalle dovette indisporla.

«Lei ha una buona capacità di osservazione, signorina Bárdossy» disse Breitner dando l'impressione di voler andare in soccorso di István. «Devo avvisarla, signorina, l'artista non parla volentieri delle sue opere.»

«E io non me ne intendo per niente.» Rebeka tirò fuori il bocchino dorato che István conosceva dal Caffè Anna e lo fece scivolare tra le labbra socchiuse. Senza sigaretta, l'oggetto sembrava mancare del suo equilibrio naturale. Poi si rivolse a Breitner, ignorando István.

Breitner si affrettò ad aprire il suo portasigarette e a porgerglielo come fosse una scatola di cioccolatini. Ci fu un attimo di silenzio mentre le loro teste si avvicinavano in modo che lui potesse accenderle la sigaretta.

István era fregato. Il sorriso compiaciuto che Rebeka gli rivolse subito dopo fu il suo premio di consolazione. «Dov'è il mio ritratto?» domandò lei senza girarci intorno.

Anche Breitner gli rivolse uno sguardo interrogativo.

«Glielo mostrerò volentieri, non appena sarà terminato» si salvò István.

Rebeka accennò una risata e gli porse il suo biglietto da visita.

István passò la notte a guardare il soffitto, inebetito. I suoi vestiti puzzavano di fumo, ma non aveva avuto la forza di spogliarsi. Era stato lui stesso a dire a Breitner che Rebeka era solo una conoscente, dopo che la donna se n'era andata. Strizzò con forza gli occhi, rimasti senza sogni, come se così facendo potesse in qualche modo cancellare le sue parole, ma non appena li chiudeva il letto si metteva a girare.

Aveva praticamente invitato Breitner a restare con Rebeka per il resto della serata. Se adesso gli metteva i bastoni tra le ruote, poteva scordarsi il suo appoggio nel consiglio dell'università. Si mise a sedere e accese la lampada. La luce fioca scacciò le ombre notturne dal soffitto e rischiarò la stanza. Qualcuno con uno sguardo oggettivo avrebbe visto la cosa in modo differente. Rebeka aveva dato *a lui* il biglietto da visita, non a Breitner, che oltretutto era più anziano di lei di almeno dieci o quindici anni.

Perfettamente sveglio, si alzò per sgranchirsi le gambe. Levin aveva ragione, Breitner era imprevedibile. Certo, si era mostrato gentile, ma era uno che sapeva esattamente quello che voleva e come ottenerlo. István scosse la testa, come volendo riavvolgere gli eventi della sera prima. Aveva persino venduto a Breitner il ritratto di Rebeka! Seppure per una cifra ragguardevole. Ma in quell'affare, il prezzo che avrebbe pagato István era decisamente superiore. Gli occhi verdi lo fissavano sprezzanti dal cavalletto. Come aveva fatto a pensare che una donna come lei potesse interessarsi a lui? L'idea che quel ritratto andasse a decorare la parete della camera da letto di Breitner lo ripugnava.

Prese il pennello e ritoccò qualche tratto alla debole luce della stanza. Il verde degli occhi era troppo opaco. Se chiudeva gli occhi, riusciva a vedere perfettamente il loro marrone scintillante d'oro. Provò a mescolare varie tonalità di colore. Lo sguardo di Rebeka acquistò un che di misterioso. Con qualche pennellata andò ad accrescere l'ombra degli zigomi e allargò gli occhi fino a renderli esageratamente grandi. In quel volto ormai profondamente mutato, di Rebeka era rimasta solo l'intensità dello sguardo.

Infine le incorniciò il volto con la pelliccia decadente che aveva visto addosso a Lulu. Nessuna traccia di realismo socialista.

Quando ebbe finito, tolse il quadro dal cavalletto e lo appoggiò a faccia contro il muro. Breitner avrebbe ricevuto l'opera commissionata, ma non avrebbe mai avuto la ragazza.

8

All'aeroporto

Vienna, 2017

Anna camminava lungo i corridoi dell'aeroporto di Vienna. Il terminal degli arrivi le ricordava i primi tempi della sua storia con Michael, quando lo aspettava lì tutte le settimane.

Come se non credesse davvero che avrebbe varcato quella porta scorrevole, o addirittura lo sperasse, ogni volta che lo vedeva sentiva le ginocchia cedere, in modo simile a quando si spera di sfuggire a una tentazione grazie a un caso fortuito. Sapeva che sarebbe ripartito la sera stessa, solo di rado si presentava un pretesto che gli permetteva di restare fuori anche la notte. Più la loro storia si faceva seria, più le loro telefonate diventavano stringate. C'era sempre sua moglie in ascolto, di giorno alla galleria e di sera a casa. Diceva di non avere segreti con lei, poi abbassava lo sguardo e si correggeva: fino a quel momento.

Chiamava la moglie Dani, senza accorgersi di quanto questa confidenza ferisse Anna. Tuttavia una volta aveva voluto vedere una sua foto, per dare un viso a quel fantasma.

Michael aveva esitato. Aveva cercato a lungo sullo smartphone, scorrendo le foto in su e in giù, indugiando su una, poi sull'altra. Doveva scegliere bene.

Anna riuscì a mettere insieme l'immagine di una bionda esile dai lineamenti sottili e gli occhiali da sole fra i capelli. Aveva l'aria di una donna che d'estate deve proteggersi dal sole.

«Dani parla di nuovo di avere un bambino» le aveva detto Michael, come se la foto non fosse già abbastanza per Anna.

Era uno di quei pomeriggi che trascorrevano a letto a fumare.

«Sono anni che ci proviamo.»

Anna era scesa dal letto prendendo i suoi vestiti da terra. «Adesso vuoi un bambino?» Aveva incrociato le braccia e si stringeva la t-shirt forte al petto.

Lui aveva spento la sigaretta nel posacenere e si era messo seduto.

«Dovrebbe essere il prossimo passo, no?» aveva chiesto, accigliato. «Ti prego, guardami!» Le aveva teso la mano attirandola dolcemente a sé, sul letto. Anna credeva all'onestà che leggeva nei suoi occhi. Era la stessa onestà che pretendeva dall'arte, dal matrimonio, da se stesso. Ma aveva fallito. Tra lui e sua moglie le cose non andavano più bene, il sesso finalizzato solo alla procreazione non funzionava con lui. Dani non si eccitava nemmeno più tanto. Aveva abbassato la voce, come in un confessionale. «Non quanto te.» Poi l'aveva baciata e con la mano era andato a cercare la soffice peluria tra le sue gambe.

Anna gli aveva afferrato la mano. Non sarebbe mai più riuscita a togliersi dalla testa quell'informazione sulle parti intime della rivale. Aver tradito la fiducia della moglie le pareva più grave del fatto che andava a letto con lei. Eppure non aveva respinto la sua mano. Non si era opposta, quando l'aveva sentita scivolare sulle sue natiche sode. Un giovanile senso di superiorità l'aveva sopraffatta.

Solo anni dopo comprese la stupida presunzione nutrita da ragazza, e se ne vergognò. Di sicuro non era stato il suo sedere rotondo ad attirare quell'uomo maturo. Per capirlo, Anna dovette aspettare di arrivare lei stessa in quella fase della vita in cui metti in discussione tutti i tuoi princìpi.

A guardarsi indietro oggi, alla vigilia dei suoi quarant'anni, non era scontenta di ciò che vedeva, mentre Michael a quarant'anni aveva guardato avanti e si era spaventato all'idea di quel che ancora doveva venire. La sua vita gli era parsa il copione di un film dalla trama prevedibile. In quel periodo l'attrazione che li legava l'uno all'altra sembrava trarre la sua origine da una materia ben diversa, lontana dalle domande della vita, sembrava un gioco, in cui c'era spazio per tutti i loro desideri e le loro fantasie. Barcollavano e cadevano. Uscivano dalla consuetudine, oltrepassavano i confini del tempo, si aggrappavano al momento presente come se dopo quello non esistesse più nulla, per la paura che questa condizione gli sfuggisse, che scoppiasse come una bolla sul pelo dell'acqua. Nei momenti più vulnerabili della loro felicità gli occhi di Anna si riempivano di lacrime. Lui gliele asciugava con le labbra, dandole piccoli baci affrettati, come se le fosse grato di non esprimere a voce alta ciò che anche lui sapeva. Doveva scegliere tra Anna e sua moglie.

Erano passati anni, da allora, e Anna aveva l'impressione di ricadere nella vecchia trappola. Strinse la presa attorno al manico del trolley e si diresse verso la porta scorrevole che immetteva nel terminal degli arrivi. Sentiva il cuore batterle in gola e le gambe tremarle come dopo il terzo caffè, che ormai non sosteneva più. Oggi era lei la quarantenne, e per di più incinta. Il "prossimo passo" del loro rapporto si faceva sempre più pressante. Forse il tempo li aveva raggiunti?

Vide Michael un po' discostato rispetto al gruppo di persone in attesa, stava parlando al telefono. Con il giornale piegato sotto il braccio, la camicia di lino e i capelli argentati tagliati corti, Anna lo trovò ancora più attraente di quindici anni prima.

Anche lui l'aveva vista da lontano e le fece un gesto di saluto.

La baciò sulla bocca e le prese la valigia. «Devo fare ancora un salto alla galleria, c'è un problema con una consegna.» Si era già incamminato, ma vedendo che Anna non lo seguiva, si fermò e si voltò verso di lei. «Mi dispiace, preferirei di gran lunga andare al Prater a bere un bicchiere di vino con te.»

Anna non rispose. «Non c'era bisogno che mi venissi a prendere.» Il suo disappunto derivava dal passo troppo spedito di lui, dalla consegna, da quelle maledette fitte al basso ventre, dalla vagina gonfia che a ogni passo sfregava dolorosamente contro la biancheria intima ricordandole in continuazione il suo stato. Ma soprattutto era legato a quell'accoglienza mal riuscita.

Non appena furono usciti attraverso la porta scorrevole, li assalì la calura pomeridiana. Arrivato alla cassa automatica del parcheggio, Michael si fermò appoggiando la valigia accanto a sé.

«Oggi ho incontrato tuo padre sulla Mariahilferstrasse.»

«È a Vienna?»

«Stava andando a un appuntamento insieme alla sua avvocatessa.» Michael si sventolò con il giornale. Le temperature stazionavano ormai da giorni sopra i trentacinque gradi e in città non tirava un alito di vento.

«Ci ho parlato appena ieri» disse Anna.

Socchiuse gli occhi e sulla fronte le comparvero due piccole rughe di stizza. Era impossibile riflettere con quella luce accecante. Frugò in borsa, era sicura di avere gli occhiali da sole da qualche parte lì dentro.

«L'ho invitato a mangiare con noi.»

«Stasera?» domandò Anna, indossando gli occhiali come una visiera dietro alla quale nascondere il suo sguardo accusatorio.

«Riparte stasera» rispose Michael, infilando il biglietto del parcheggio nella macchinetta e cercando nelle tasche dei pantaloni delle monete. «Sarebbe stato scortese non chiederglielo.»

Gli spiccioli non bastavano. Vedendo che Anna non reagiva, né tirava fuori il portafoglio, Michael premette il tasto per annullare l'operazione. La macchina restituì le monete già inserite in un'unica volta.

Quindi ricominciò l'operazione da capo, stavolta usando la carta di credito. Dalla fessura uscì di nuovo il biglietto, lo prese e lo porse ad Anna. Lei rimase immobile a fissarlo nella propria mano.

«Che succede, Anna?» le domandò.

Eccolo, il momento del castigo. In mezzo al parcheggio rovente. Lo avrebbe punito per la sua mancanza di sensibilità, per la sua incapacità di capire cosa stesse succedendo dentro di lei, anche se sapeva benissimo che lui non ne aveva colpa.

«Succede che sono incinta.»

Michael sgranò gli occhi e la guardò come se non avesse capito.

Lei cercava le parole. Forse anche lui le stava cercando, nel tentativo di capire cosa stesse accadendo. Un bambino.

Lo sguardo di Michael rimase vuoto. Poi fece un breve cenno col capo. Solo uno.

Anna conosceva quel cenno. Già un'altra volta lo aveva colto di sorpresa mettendolo di fronte a una decisione, come stava facendo anche oggi. O lei o la moglie. Anche quella volta Michael si era rifugiato in un mondo a cui lei non aveva accesso. Erano all'aeroporto come quel giorno e solo l'avviso dell'ultima chiamata per il suo volo lo aveva strappato a quel mondo, riportandolo indietro.

Ed ecco di nuovo quel cenno. Alla fine aveva distolto lo sguardo, come un bambino che fosse stato sgridato, e aveva oltrepassato i controlli di sicurezza. L'aveva lasciata lì da sola, sopraffatta dalle sue stesse parole, che erano diventate realtà nel momento esatto in cui le aveva pronunciate.

Le ruote della valigia scorrevano sull'asfalto. «Accendiamo subito l'aria condizionata!» disse Michael salendo in macchina, con il sorriso stupido delle battute fuori luogo.

Lei evitò il suo sguardo. La portiera si chiuse, lasciando fuori i rumori del parcheggio. Anna abbassò gli occhi sulle proprie mani posate in grembo e aspettò. Toccava a lui salvare il salvabile.

Il silenzio riempì l'abitacolo, isolato dal resto del mondo. Anna se lo immaginò a riflettere, con la testa piegata indietro e gli occhi chiusi. Ma quando si voltò verso di lui, lo trovò dritto al volante, con lo sguardo inchiodato all'automobile che cercava di parcheggiare nello spazio angusto accanto a loro. Anna si girò per nascondere le lacrime. Poi sentì che le sfiorava una mano.

Anna la ritrasse, si raddrizzò e fece un respiro profondo. Controllò il trucco nello specchietto. «Andiamo» disse alla fine, sforzandosi di usare un tono neutro. Al momento non poteva usarne uno diverso. Tamburellò con la punta del piede sul tappetino, come per rimarcare il concetto.

«Scusami, sono un idiota» ribatté Michael con un sospiro. Si chinò su di lei per cercare il suo sguardo. «La cosa mi ha proprio colto alla sprovvista.»

Ad Anna non uscì neanche un suono dalla bocca. Sprofondò tra le sue braccia, voleva sapere cosa pensasse, capire la sua reazione, qualcosa insomma. Ma quando si sciolsero dall'abbraccio, Michael tornò a voltarsi in avanti e mise in moto la macchina.

Anna si abbandonò di nuovo sul sedile. L'auto ripartì lentamente. Quando arrivarono all'uscita, lei gli porse il biglietto del parcheggio. «Parliamone stasera con calma» disse lui.

Lei annuì, in silenzio.

9

Al Gaumenspiel

Vienna, 2017

Ma certo che era contento, le aveva detto più tardi, quando era passato a prenderla. In quel momento i suoi cinquantaquattro anni li dimostrava tutti. La fronte era segnata da qualche linea sottile, mentre una ruga più profonda marcava in perpendicolare il punto in mezzo alle sopracciglia.

Cosa si era immaginata? Lui era scioccato esattamente quanto lei. Ovvio! Ma perché la cosa la infastidiva tanto? Si aspettava forse che si sarebbe dimostrato favorevole a tenere il bambino, magari per rispetto di lei, donna più giovane e futura mamma? In modo che potesse essere lei, poi, a proporre l'aborto e a immolarsi così per il bene della loro relazione, della loro vita insieme e della loro libertà? Tutto questo era assurdo. Oppure in fondo in fondo lei desiderava tenere il bambino?

Michael aveva prenotato al Gaumenspiel, il loro ristorante.

Le disse che il caldo e il traffico del pomeriggio lo avevano terribilmente stressato e che la notizia lo aveva preso alla sprovvista, in un momento complicato.

E di questo era in parte responsabile anche lei.

«Andrà tutto bene. Ce la faremo in qualche modo» continuava a ripetere lui. «Avremo un bambino!» Lo disse con voce sommessa, ma sorridendo.

Ma era davvero necessario "farcela in qualche modo"? Perché stava dando per scontato che lei volesse tenere il bambino? Non era stato proprio lui anni prima, mentre le loro ginocchia si sfioravano sotto quello stesso tavolo nell'angolo, a proporle solennemente di passare insieme il resto della vita, senza matrimonio né figli, solamente loro due, che bastavano l'uno all'altra? Questa cosa del bastarsi Anna l'aveva sempre trovata romantica. Adesso, quel sorriso incoraggiante sul volto di Michael sembrava rimettere tutto in discussione. Non era forse un loro diritto quello di decidere da soli cosa fare della propria vita?

«Un bambino non è una cosa che ti dovrebbe capitare per caso. Forse non siamo pronti» disse Anna.

«Sarebbe da egoisti.» Dal tono di Michael non traspariva alcuna critica. In verità lui non criticava mai, si limitava a fare delle constatazioni o a chiedere con cautela, ma anche con fermezza, se non fosse meglio fare in un'altra maniera.

«E allora? A chi faremmo un torto?»

Lui strinse gli occhi, come rimuginando. Rispose in un sussurro a malapena percettibile: «Al bambino?».

Al bambino! Parlavano tutti del "bambino", della "creatura" che lei portava dentro di sé: la dottoressa, sua madre, e adesso anche Michael, come se volessero farle venire i sensi di colpa. All'undicesima settimana di gestazione non era altro che un embrione di quattro centimetri. Si era informata. Non percepiva ancora nemmeno il dolore. In che modo potevano fargli un torto?

«Si tratta di noi, Michael. Non esiste ancora nessun bambino.»

Lui annuì, ma sembrava che stesse portando sulle spalle un peso immenso.

«Abbiamo preso le nostre precauzioni, ma qualcosa è andato storto. Ti ricordi?» Le labbra di Anna si incresparono in una specie di sorriso, ma fu solo un attimo. «Anche prendere precauzioni significa impedire che nasca un bambino. Un aborto è la stessa cosa, che differenza fa?»

Michael si passò un dito lungo la ruga fra le sopracciglia. «Qual è il momento in cui una persona diventa tale?» rifletté a voce alta. «È una domanda etica, filosofica. Non è semplice.» Poi spostò il cestino del pane che stava in mezzo a loro, si sporse in avanti e le prese una mano. «Persona o no, Anna, è stata formata una vita. Da te e da me. Ormai è lì. Già questa è una cosa pazzesca, non trovi?»

Anna ritrasse delicatamente la mano e si mise a giocherellare con le briciole di pane sul tavolo. «Avrai settant'anni quando sarà un adolescente» disse con tono severo.

«Un anziano. E dài! I settanta sono i nuovi sessanta!»

Anna rimase seria e il sorriso sul volto di Michael sparì. «Sarebbe una grande responsabilità per te.»

Rimasero in silenzio. Arrivò il cameriere e servì loro due piattini con una preparazione a base di pesce, un piccolo antipasto offerto dalla casa. Anna tirò a sé il piatto di Michael. Lui non mangiava pesce.

«Anna! L'unica cosa che voglio è stare insieme a te. Se desideri tenere il bambino, possiamo farcela. Troviamo un amministratore in gamba per Vienna e io mi trasferisco a Berlino per gestire la galleria. Così puoi prenderti una pausa. E dopo la maternità vediamo cosa fare. Magari dovrò viaggiare un po', due giorni a settimana.»

«Ma davvero siamo costretti a volerlo, Michael?»

Lui sollevò le sopracciglia. «Non siamo costretti a fare nulla. È un dono.» Vagò per un attimo con lo sguardo, poi scosse la testa come se avesse sbagliato a formulare il suo pensiero. «La mia vita è già completa insieme a te, Anna. Non ho bisogno di un figlio per essere felice con te.»

«Non lo vuoi a tutti i costi?»

«Anna, quante volte devo ripetertelo?» Sollevò le mani stringendosi nelle spalle. Sembrava arreso. «Io voglio stare con te. Nient'altro. Ammetto che la notizia della gravidanza mi ha scioccato, mi ha colto impreparato. Ma ho avuto l'impressione che tu volessi tenerlo.»

«A quanto pare questo è quello che tutti quanti si aspettano da me.» Ridusse la voce a un sussurro, come se temesse di farsi sentire dalla gente agli altri tavoli. «Non sento nessun istinto materno, Michael. Ho solo paura. Paura di perdere tutto ciò a cui tengo.»

Michael si abbandonò contro lo schienale della sedia facendo un lungo respiro. La osservò, come per cercare di capire se fosse davvero in grado di sapere cos'era meglio per lei. A volte Anna pensava che lui la conoscesse meglio di se stessa. Lo sguardo di Michael si fece profondo, come quando si lasciava persuadere da qualcosa o gli veniva in mente una buona idea.

Portò il bicchier d'acqua alla bocca, bevve tutto d'un fiato e lo rimise al suo posto, con i movimenti precisi e silenziosi di chi sa cosa sta facendo.

Quello fu l'attimo che le sarebbe rimasto in mente per sempre come il momento della svolta. Il momento in cui lui, forse, aveva fatto una scelta per entrambi.

«Senti, allora interrompiamo la gravidanza» gli sentì dire.

Sui loro volti comparve un sorriso imbarazzato. Potevano farlo? Sarebbero riusciti a perdonarselo senza andare in pezzi? Tenendo la testa leggermente abbassata, Anna scrutò il volto di Michael e lo trovò sgombro di qualsiasi dubbio. Da dove gli veniva tutta quella fiducia? Le rivolse un sorriso caldo e le strinse la mano. E allora Anna seppe che sarebbe andato tutto bene.

Quando venne il cameriere a ritirare i piattini dell'*amuse-bouche* che nessuno dei due aveva toccato, si stavano guardando come due che credono in ciò che fanno. Sembrava che avessero appena suggellato un patto segreto.

10

Légrády

Budapest, 1949

Settimane dopo, il quadro stava ancora appoggiato con la parte dipinta rivolta contro il muro, come in punizione.

All'inizio István aveva provato una specie di eccitazione al pensiero dell'incontro, che tentò di procrastinare il più possibile per paura di rimanere deluso. Ma col passare del tempo lo assalirono i dubbi. Magari gli aveva dato il suo biglietto solo per una forma di gentilezza?

Il suo umore si adattava perfettamente alla generale malinconia del paese. Era difficile respirare, in quelle giornate di settembre. La sentenza del processo Rajk era imminente. István aveva un presentimento che non avrebbe saputo esprimere a parole, una sensazione negativa che si nutriva dell'atmosfera avvelenata in cui era immerso. Molti aspettavano la sentenza, qualunque sarebbe stata, per ritrovare la tranquillità.

István passava molto tempo con Levin e suo padre, che, essendo tra gli avvocati più stimati del paese, era stato invitato ad assistere al processo. Légrády era profondamente convinto che quel processo fosse una farsa portata avanti con finta trasparenza sotto gli occhi del mondo intero a scopo dimostrativo. Cosa che spiegava l'invito nel paese di giornalisti occidentali. Non era mai successo prima.

Dovevano spargere la notizia ovunque: i traditori avevano diritto a un processo equo.

Légrády presentò loro Frank Crary, corrispondente del *Times Magazine*, con il quale aveva condiviso le proprie analisi durante i lunghi giorni di negoziazione. In onore del suo ospite americano, invitò alla villa un piccolo gruppo di persone.

Légrády viveva nelle colline di Buda, a tre quarti d'ora buoni di tram dal centro. Per István, figlio della metropoli, il viaggio per attraversare il Danubio rappresentava un'ardua impresa. Non che amasse particolarmente i nervosi ingranaggi di Pest, ma era quello il ritmo che gli pulsava nelle vene. Il suo posto era lì, con i riflessi delle insegne al neon sull'asfalto bagnato, il centro città saccheggiato dalla guerra e i tombini puzzolenti.

Sulle colline di Buda esisteva un'altra, abietta Budapest, che rappresentava la decadenza di un mondo ormai passato e capace di sopravvivere solo lassù, dietro le alte mura e i castagni secolari. Un mondo precluso a quelli come lui.

Quello però era anche il mondo di Rebeka e la visita dai Légrády gli forniva finalmente l'occasione per andare a trovarla.

Mentre aspettava il tram in piazza Széna, István ripassava mentalmente il suo discorso: era venuto solo a portarle un pensiero, un paio di testi teatrali che pensava le sarebbero piaciuti. Si era trovato a passare da quelle parti. Doveva assolutamente mettere in chiaro che era lì per caso.

L'83 arrivò sferragliando. Nei fine settimana di primavera, quella fermata era spesso presa d'assalto da centinaia di fanatici delle gite fuori porta. C'era chi doveva aggrapparsi alle scalette, se voleva prendere la corsa. Ma in quel piovoso pomeriggio di settembre, István poteva scegliersi il posto che preferiva. Optò per l'ultimo vagone e osservò la fermata allontanarsi dietro di sé, fino a diventare un puntino e poi scomparire del tutto. Il tram costeggiò il bosco, passando accanto a campi abbandonati. All'orizzonte comparvero le creste dei monti Linden e János. István mise una mano in tasca e ne estrasse il pacchettino che aveva preparato per Rebeka. Forse sarebbe stato meglio lasciarglielo nella cassetta delle lettere? Scrisse un messaggio su una pagina del suo blocco, la strappò e la fece scivolare sotto la cordicella che chiudeva il pacchetto.

Il tram si fermò con un cigolio. L'autista annunciò il nome dell'ultima fermata attraverso il vagone.

István scese le scalette e si guardò intorno come se fosse dentro una realtà parallela. Si trovava sul confine invisibile con un mondo che sembrava impermeabile allo scorrere del tempo. L'aria fresca gli riempì i polmoni. Non pioveva più, ma le nuvole incombevano ancora sulla valle. Nascoste dietro alte mura di pietra, si allineavano le ville costruite a inizio secolo. Del suo mondo non arrivava niente fin là, al massimo lo scampanellio del tram, sempre che il vento non se lo portasse altrove. Imboccò la strada che conduceva alla Fossa del Diavolo e si fermò di fronte al numero 15. Confrontò l'indirizzo con quello scritto sul biglietto da visita che gli aveva dato Rebeka, ormai consumato, visto il tempo passato nella tasca dei pantaloni. La casa in via Ördögárok 15 era un semplice edificio a due piani in mattoni rossi e aveva come unico ornamento due file di finestre ad arco in stile eclettico. István prese il pacchetto e individuò la fessura per le lettere nella porta. Era troppo stretta. Mentre si chinava per appoggiarlo sulle scale, la porta si aprì di fronte a lui. Alzando lo sguardo, vide una donna anziana. Che fosse la nonna? Dimenticando di presentarsi, si affrettò a dire che il pacchetto era per Rebeka e sarebbe subito fuggito se lei non si fosse immediatamente messa a chiamarla.

István non poté fare altro che seguire l'anziana signora. Superarono un'ampia scala, con rivestimenti in legno e lampadari, e raggiunsero il salone immerso nell'oscurità.

Era in trappola. Percepì a malapena i gesti con cui la donna lo invitava a sedersi sul divano, il suo sorriso e la domanda che gli pose. István esitava, scuotendo la testa e assicurando che non sarebbe rimasto a lungo. Lei lo lasciò solo. Si avvicinò al camino, stringendo il pacchetto tra le mani per farsi forza e fece un respiro profondo. Osservò gli occhi sorprendentemente chiari della donna ritratta nel dipinto a olio sopra di lui.

«Quella era mia madre.»

István si voltò. Eccola lì, ce l'aveva proprio davanti. Struccata e con i capelli raccolti in una morbida treccia.

Si era scordato perché fosse lì. Balbettò che si era ritrovato da quelle parti per caso, mentre andava a casa dei Légrády; magari si conoscevano?

Riuscì ad aggiungere qualche altra banalità, poi non seppe più che dire.

«È per me?» domandò Rebeka indicando il pacchettino che teneva in mano.

«È solo qualche pezzo teatrale» si schermì lui porgendoglielo.

Rebeka si mise a sfogliare le pagine, e a un certo punto si fermò. «*Il canto dell'usignolo*! Ci avevo pensato anch'io!»

István annuì. «E perché no?»

Santo cielo, aveva forse perso la capacità di parlare? Tutto in quella casa gli sembrava carico di significato, dalla ringhiera intagliata al ritratto della madre defunta. Si sentiva come un analfabeta. Com'era logoro il suo cappotto! E la stoffa dei pantaloni era lucida per l'usura. E solo ora faceva caso allo sporco attaccato alle sue scarpe.

«Esca a cena con me, domani alle otto!» Sentì le parole rotolargli via di bocca.

Poi successe tutto molto in fretta. Com'era possibile? Lei aveva accettato, così, semplicemente, e lui era uscito di corsa dalla casa, saltando di gioia e toccando a malapena terra con i piedi.

István seguì il suono del pianoforte fino allo studio di Légrády, una delle due stanze che gli erano rimaste dopo la statalizzazione della villa. Nell'ingresso incontrò una signora con due bambini piccoli. Doveva trattarsi della famiglia alla quale era stata data in affitto la parte più grande della casa. István rispose un po' sorpreso al saluto cordiale della donna, poi si voltò e raggiunse il resto della compagnia.

Nello studio c'erano vari ospiti raccolti attorno a Légrády. Il tono di voce più alto era dell'americano di cui gli aveva parlato. Riconobbe anche Ilona, l'amica del padrone di casa, stavolta senza fiori tra i capelli.

Il pianista, anziano e con la chioma candida pettinata accuratamente all'indietro, suonava con invidiabile raccoglimento. Teneva gli occhi chiusi e la sua fronte era distesa. István sussultò: aveva riconosciuto il famoso compositore Zoltán Kodály.

Si sentì sfiorare una spalla. Era Ilona. La donna lo prese sotto braccio come fossero vecchi amici e lo accompagnò fino a raggiungere il gruppetto di persone intorno a Légrády. A István piacque la sua immediatezza. Era una donna che conosceva l'arte di arrangiarsi, divorziata più volte e convertita al comunismo nonostante le origini borghesi.

L'argomento della conversazione era sempre quello: il processo Rajk. «Rajk è stato mio studente all'inizio degli anni Trenta» stava dicendo Légrády. «Era un giovane entusiasta, un visionario. Sapevo che era membro dell'associazione studentesca comunista, allora illegale. Rajk non è una spia, impossibile!»

«Ha confessato» ribatté Ilona.

«Mia adorata, ha fatto caso al suo stato di apatia durante il processo? Un oratore come lui che espone una confessione così incolore, come se avesse imparato a memoria una parte. Vi avete forse colto una qualche traccia di emozione? Rabbia, dolore, qualunque cosa?» Légrády si asciugò la fronte con un fazzoletto, che poi ripose nella tasca dei pantaloni.

«Crede che l'abbiano costretto?» domandò Ilona.

«L'hanno torturato! Non abbia paura a dirlo!»

«Rajk ha combattuto in Spagna» si intromise István. «È stato prigioniero in Francia e anche qui da noi. Non è una persona facile da piegare...»

«Lei non sa di cosa sta parlando» lo interruppe l'americano. «Al giorno d'oggi si avvalgono dell'aiuto di psicologi. Un paio di giorni di privazione del sonno, un'abile opera di persuasione e confessereste di aver pianificato un attentato contro il Papa, mi creda.»

Parlava un ungherese sorprendentemente corretto, anche se con una pronuncia atroce, aperta e strascicata come se avesse qualcosa in bocca.

István incrociò le braccia sul petto.

«*These are experts!*» proseguì Frank. «Ti fanno credere di essere colpevole. Magari non del crimine di cui sei accusato, ma sicuramente di qualcosa nei confronti di te stesso.»

Che significava? István capiva a malapena le parole dell'americano.

Légrády spiegò che Frank si era occupato a lungo dei processi di Mosca negli anni Trenta.

István scosse la testa. «E cosa c'entrano i processi di Mosca con Rajk?»

Frank lo guardò come se la risposta fosse ovvia, prima di riprendere la parola, visibilmente compiaciuto. «All'epoca era il Partito comunista che faceva pulizia all'interno delle proprie fila. Gli imputati venivano indeboliti con la privazione del sonno e poi coinvolti in complessi discorsi intellettuali. Gli esperti che conducevano gli interrogatori li convincevano che fosse necessario anteporre l'interesse del partito a quello del singolo individuo. Che la loro morte era necessaria per il bene della causa comune. Alla fine, la maggior parte di loro accettò il proprio destino nella speranza di una forma migliore di comunismo. Ma avevano fallito.»

István inarcò le sopracciglia.

«Loro stessi avevano sacrificato amici e colleghi in nome di questa teoria. Legga Arthur Köstler!»

István scosse di nuovo la testa. «Perciò sta dicendo che Rajk è innocente?»

«Esatto.»

Légrády fece un cenno di approvazione.

Ilona invece pareva scettica al riguardo. «Non facciamo che criticare il partito per la mancanza di trasparenza. Questo è il primo processo che si svolge a porte aperte. Il mondo intero sta guardando. Lei è libero di riferire quello che vede, Frank, no? E adesso insinuate che si tratti di un processo farsa?»

Légrády fece un gesto sprezzante, come a dire che lei non capiva niente di queste cose.

István lanciò uno sguardo dispiaciuto a Ilona, ma non disse nulla. Nemmeno lui era così sicuro che in ciò che sostenevano non ci fosse qualcosa di vero. Tutta quella storia puzzava di congiura, restava solo da capire chi fossero i congiurati. Nutriva anche lui i suoi dubbi sul sistema, ma davvero il partito era disposto ad annientare pubblicamente uno dei suoi, con il solo scopo di farne un esempio per tutti? Non riusciva a crederci.

«*That's politics, my friend*» concluse Frank con un ghigno, dando una pacca sulle spalle a István come fossero vecchi amici. Nel frattempo era arrivato qualche nuovo ospite e Légrády si congedò per andare ad accoglierli.

István colse l'occasione per avvicinarsi a un gruppetto di persone che ascoltavano suonare Kodály. Per tutto il resto della serata si tenne alla larga dall'americano.

11

Presentimenti

Budapest, 1949

Rebeka non era come le ragazze che István aveva conosciuto all'università. Quando riuscì a passare dal "lei" al "tu", quasi senza che lei se ne accorgesse, gli parve un grandissimo successo. La serata andò bene. Parlarono di teatro, di libri, di recitazione. Lui non mancava mai di fare osservazioni spiritose, nel suo ambiente naturale poteva tornare a essere se stesso. L'inibizione che aveva provato nei confronti di Rebeka si era ribaltata e trasformata in un senso di superiorità. Il vino fu d'aiuto, gli tenne i sensi all'erta e lo rese calmo, persino gentile. Era stato attento a mantenere la conversazione su un terreno sicuro, ma ora minacciava di sfuggirgli.

Lo stato d'animo di Rebeka oscillava. Gli occhi le si riempivano di lacrime, ora per la tristezza ora per le risate. A un tratto gli domandò che definizione avrebbe dato dell'arte, prima di prendere un altro sorso dal bicchiere. La fiamma della candela si rifletteva nei suoi occhi.

«È troppo tardi per questo» rispose lui. «L'arte non va discussa, va fatta.»

«È un consiglio o un ordine?» domandò lei con gli occhi sgranati. «Perché è così! Stanno tutti zitti per paura di essere catturati.»

István si guardò intorno. Solo l'oste, intento a fare i suoi conti su uno dei tavoli, aveva alzato la testa, ma non sembrava fare caso a loro.

«È proprio questo che intendo» sussurrò lei.

Lui le porse con aria conciliante la sigaretta che si era appena acceso. Rebeka fece un tiro. «Mio padre è una brava persona.» Evidentemente la sigaretta l'aveva calmata. «È uno che ha sbagliato in buona fede. Ha sempre trattato bene i suoi dipendenti e pagato buoni salari. Poi gli hanno portato via tutto, bollandolo come sfruttatore. Lui ha lasciato che succedesse e ora aspetta il risarcimento.» Rebeka scoppiò a ridere. «Ma non ci sarà alcun risarcimento, anzi! Ci ruotano intorno come avvoltoi, aspettano che moriamo di fame. Quante volte gli ho detto che dovremmo fare le valigie e andarcene.» Gli rese la sigaretta e István, pensieroso, fece qualche tiro facendo uscire il fumo in piccoli anelli.

«Gli piace questo paese complicato e si consuma nell'autocommiserazione, come se avesse vissuto personalmente il giogo secolare della dominazione straniera. Del trattato del Trianon, neanche a parlarne. È disposto a subire qualsiasi cosa, pur di non andarsene. La tradizione, il nome, per me queste sciocchezze non hanno significato. Oltretutto sono cose che non hanno più alcun valore.» Si chinò un po' in avanti. Gli occhi le brillavano di eccitazione e aveva le guance in fiamme. István percepì l'odore dolciastro dell'alcol nel suo alito. «Dobbiamo andarcene dall'Ungheria, andarcene dall'Europa. Qui regna il dispotismo, succederanno cose terribili, e alcune sono già successe!» Rebeka parlava a voce bassa, come se stesse rivelando un segreto.

István si godeva il suono della sua voce, non seguiva più le sue parole.

«Io mi preoccupo per mio padre, per ciò che ancora ci attende.» Le sue guance si rigarono di lacrime, mentre i seni si muovevano al ritmo affannoso del suo respiro. Era perfetta. Le sfiorò un braccio e lasciò che la mano vi indugiasse sopra. Lei non si ritrasse. István desiderò tenerla tra le braccia e cullarla, calmandola fino a farla tacere. Forse in quel modo si sarebbe salvato anche il paese.

Rebeka assunse un'espressione spaventata, spalancò gli occhi e si portò una mano alla bocca, respirando in modo affannoso. Era chiaro che non si sentiva bene.

István fece il giro del tavolo e la aiutò ad alzarsi. L'aria fresca aiutava a lenire la nausea, lui lo sapeva bene. L'unica certezza era che non poteva riportarla a casa in quello stato.

Lasciarono il locale tenendosi sottobraccio. Lei si abbandonò a lui, aveva rinunciato a ogni maschera e gli si consegnò senza remore. István si godette la sensazione.

Dopo qualche profonda boccata d'aria fresca, Rebeka sembrò sentirsi un po' meglio. Camminarono lungo la circonvallazione in silenzio, tenendosi per mano in un equilibrio incerto, e svoltarono nel viale Andrássy.

Rebeka alzò gli occhi e osservò la facciata di un condominio. «Il tuo appartamento è qui?»

«Lo vuoi vedere?»

Lei esitò e si nascose il volto tra le mani, poi fece riemergere gli occhi da sopra le dita e annuì con una certa cautela, come per sottolineare il desiderio che lui si prendesse cura di lei. «Voglio vedere il ritratto.»

Lui la prese per mano e le fece strada nell'ingresso semibuio della casa. Cassette delle lettere malandate, intonaco scrostato. István ci faceva caso ora per la prima volta.

Quando furono nel cortile interno, Rebeka guardò in alto, in direzione della fila di appartamenti. Il condominio era addormentato, solo una finestra era illuminata.

«Chi arriva prima al quarto piano vince!»

Lei accettò la sfida, si tirò su la gonna e si mise a correre ridendo. Lui le lasciò qualche gradino di vantaggio e poi le corse dietro.

Rebeka era veloce, saliva gli scalini anche due o tre alla volta, ma le risate le toglievano il fiato. Arrivata al terzo piano dovette arrendersi e István le passò accanto superandola. Si spinsero sfiniti e con passo traballante lungo il corridoio esterno, avvolto dalla penombra, sfilando davanti a finestre sconosciute.

Mentre István armeggiava alla serratura, Rebeka rimase appoggiata alla balaustra, poi si sporse e guardò nel vuoto. «Se mi butto che fai?»

«Mi butto anch'io» scherzò lui, cercando di far girare la chiave nella serratura. La porta si aprì con un cigolio.

A quel punto István si voltò. Rebeka era seduta sulla balaustra, con le gambe che oscillavano nel vuoto. La chiamò per nome. Lei non rideva più. Con un balzo fu da lei, la afferrò con forza per la vita e la riportò al sicuro. Quando i loro corpi si sfiorarono, lei emise un gridolino e si voltò verso di lui. La sua vicinanza lo eccitava. Fece scivolare le mani sui suoi fianchi, Rebeka non protestò. Le brillavano gli occhi, la sua bocca si schiuse leggermente.

Passò qualche istante, eterno, prima che le loro labbra si potessero sfiorare. István voleva dilatare quel momento, trattenere il suono di quell'attesa. Non per nulla in musica si chiama "pianissimo morendo", perché è come andarsene nel momento dell'estasi.

Ma non arrivò nessun momento di estasi. Probabilmente spaventata dalla sua stessa audacia, Rebeka si voltò di scatto e fuggì via senza dire una parola.

«Aspetta, ti prego! Non volevo...» Certo che voleva. Alzò le braccia in un gesto di scusa chiamando forte il suo nome, ma lei scomparve, inghiottita dal buio delle scale.

István camminò su e giù davanti alla sua porta come un animale in gabbia. Aveva voluto portarla a casa sua fin dall'inizio. Si era approfittato di lei, delle sue condizioni e della sua inesperienza.

Rebeka non glielo avrebbe mai perdonato. Ma se non le correva dietro subito era finita. Così si precipitò giù per le scale, tre o quattro gradini alla volta, quasi senza toccare terra.

Lei stava salendo su un taxi davanti all'appartamento. István gridò il suo nome nella notte, agitò in aria le braccia. Ma fu tutto inutile. La portiera dell'auto si richiuse con un tonfo sordo, che riecheggiò nel silenzio della strada. István scattò in avanti, batté sul cofano dell'auto, ma il taxi partì.

Sferrò un calcio all'aria con tutta la forza che aveva, poi lasciò ricadere debolmente le braccia lungo il corpo, chinandosi ormai senza fiato. Era tutta colpa sua!

Il taxi si fermò a pochi isolati di distanza. István si raddrizzò e sollevò la testa. Che stava facendo? L'autista inserì la retromarcia, rifece tutta la strada all'indietro e si fermò accanto a lui.

Rebeka abbassò il finestrino. «Puoi telefonarmi» gli disse con tono pacato e tranquillo.

István annuì senza proferire parola, si prese la testa tra le mani e scoppiò a ridere.

12

Il mattino seguente

Budapest, 1949

Qualcuno stava bussando alla porta. O era solo una sua impressione? Rebeka schiuse le palpebre e strizzò gli occhi alla luce del giorno. Il familiare disordine sul mobile da toeletta e i vestiti lanciati alla rinfusa sulla spalliera della sedia le fecero tornare a galla frammenti di ricordi. Sollevò la testa e una fitta le attraversò le tempie. Non sapendo che fare, si abbracciò le ginocchia rannicchiandosi sotto le coperte. Aveva ancora indosso la camicetta di seta della sera prima. Solo la gonna era buttata a terra come uno straccio usato, nel punto esatto in cui se l'era sfilata. La puzza di sigaretta dei suoi capelli aveva impregnato il cuscino.

Nella sua mente si affastellavano le immagini della serata, ripetendosi più volte come le scene di una prova teatrale. La mano nella sua, lo sguardo nel vuoto oltre la balaustra, la sua presa salda attorno ai fianchi... Quella presa! Rebeka fremette, chiuse gli occhi e strinse forte le gambe, come per reprimere le sue sensazioni. Si era goduta il contatto con il suo corpo, sì, e avrebbe voluto il suo bacio con tutta l'anima. Strinse le dita attorno alla coperta, poi si lasciò andare, esausta, e nascose il volto tra le mani. Non provava che disprezzo per se stessa.

Bussarono di nuovo. Sentì Dada chiamare il suo nome. Si tirò la coperta sulla testa, rimanendo immobile nel calore del suo respiro, con le orecchie tese.

La porta scricchiolò e Dada entrò nella stanza. «István Szabó chiede di te al telefono.»

«Non voglio parlarci!» ribatté lei da sotto le coperte con voce rauca e dolente.

«Stai bene?» Rebeka la sentì avvicinarsi. Il suo tono era discreto, ma pieno di preoccupazione, come se fosse rimasta sveglia tutta la notte in attesa di sentir scattare la serratura del portone per sapere che era rientrata, mentre il resto della casa dormiva e neanche il padre immaginava fin dove si fosse spinta sua figlia.

Rebeka abbassò un po' la coperta, e non poté più nascondere gli occhi ancora sporchi di trucco. «Digli di richiamare domani, corri!» ordinò alla vecchia balia, che annuì e camminò svelta verso la porta. Con la mano già sulla maniglia, si fermò e aggiunse: «Tuo padre è all'osteria, ti preparo un bicchiere di latte». Poi richiuse dolcemente la porta dietro di sé.

Rebeka avvertì un senso di nausea all'idea di bere del latte. Si tirò su e scivolò fino al bordo del letto. Sentiva gli occhi pesanti e la gola secca. Avrebbe dovuto essere furiosa con lui, eppure se lo rivedeva lì davanti, mentre la guardava con i suoi occhi cerchiati di nero e un sorriso complice. Lui non era come il professore che la corteggiava. Al loro ultimo incontro, Breitner le aveva detto che sarebbe stata la sua principessa e poi aveva ordinato da mangiare anche per lei. István la metteva in discussione, la sfidava. Ma la compagnia di uomini come lui rappresentava una novità per lei. Era come trovarsi nell'acqua alta senza saper nuotare. La sera prima il vino l'aveva fatta sciogliere, le aveva dato coraggio. Se solo non avesse perso il controllo! Lui l'aveva dovuta sorreggere, le aveva porto il braccio. Rebeka gli era stata grata e si era fidata di lui, aveva avuto voglia di sciocarlo, ecco perché era arrivata alla balaustra. Voleva sapere.

Davanti allo specchio si tolse con l'indice inumidito il trucco colato sotto gli occhi. Non doveva vergognarsi dei propri pensieri. Non era successo niente.

Una volta raggiunta Dada in cucina, dopo essersi lavata e pettinata, e sorseggiando una tazza di tè con lo zucchero al posto del latte, era tornata quasi a essere quella di prima.

«È una giornataccia» disse Dada incrociando le braccia sul petto, come in lutto.

Rebeka si guardò. Alla vecchia balia non sfuggiva nulla. Le era forse rimasta addosso una traccia della sera prima? Fece un respiro profondo e si preparò a confessare tutto. Era salita in casa di un uomo! Almeno, se avesse dovuto rendere conto a suo padre, avrebbe avuto Dada dalla sua parte.

Ma lei le porse il giornale. «Condannato all'impiccagione» titolava la prima pagina. Rebeka alzò gli occhi spaventata. Scorse l'articolo e tornò a posare lo sguardo sulla balia.

Il ministro degli Esteri era stato condannato a morte. Mise via la tazza di tè, doveva parlare subito con suo padre.

13

Tempo libero

Budapest, 1949

Quel sabato pomeriggio István, armato di un mazzo di fiori, riprese il tram fino all'ultima fermata. Nel frattempo conosceva Rebeka abbastanza bene da capire che non sarebbe bastato ritentare di chiamarla al telefono.

Perciò si era pulito ben bene le unghie, si era fatto tagliare i capelli da Éva, aveva indossato la camicia buona e comprato un mazzo di fiori. E tutto quel teatrino solo per il padre!

Quando fu davanti a casa Bárdossy, rimase lì in piedi qualche secondo tormentando il mazzo di fiori con le dita. Gli avvolgibili alle finestre erano abbassati e dalle fessure filtrava una debole luce.

Si tolse il cappello e suonò. Il silenzio durò più a lungo di quanto non vorrebbe la buona educazione. Finalmente udì un rumore di passi e un fruscio alla serratura. La porta si aprì lasciando comparire Rebeka. Il suo volto sembrava una maschera di gesso.

István si schiarì la voce e avanzò la sua richiesta di parlare con il padre. Sembrava che stesse declamando una poesia imparata a memoria. Accennò un sorriso di scuse, ma l'espressione della ragazza rimase immutata. Gli prese di mano il mazzo di fiori come fosse stato un oggetto di poco conto e gli disse di seguirla. Forse li stavano osservando? Era l'unica spiegazione che gli veniva in mente per un'accoglienza così gelida. Attraversarono l'ingresso, passarono accanto all'ampia scala ed entrarono nel salone dove era rimasto in attesa l'ultima volta che era stato lì.

«Mio padre non è una persona complicata, ma non gli dica niente del nostro...» ebbe un attimo di esitazione.

István sprofondò le mani nelle tasche. Com'è che adesso gli dava del lei?

«Sa cosa intendo» concluse Rebeka con tono severo.

Entrarono in una specie di anticamera, che evidentemente conduceva allo studio del padre.

István le prese una mano e la strinse. Il ricordo dell'istante in cui le loro labbra si stavano per sfiorare lo colpì come un fulmine.

Rebeka ritrasse la mano. «Gli parli di caccia, di macchine o di qualunque altra cosa siate soliti discutere voi uomini.»

Di caccia? István aggrottò la fronte.

Una volta nello studio, la prima cosa che attirò la sua attenzione fu il fucile da caccia appoggiato alla scrivania. Rebeka lo presentò e scomparve dietro la massiccia porta di legno, che si chiuse con un pesante tonfo alle sue spalle. A quel punto era rimasto solo con suo padre.

«Signor Szabó! Si avvicini!» Bárdossy mise via il canovaccio e una boccettina che stava usando per pulire il fucile. «Domani è giorno di caccia.» La sua barba fremette in una risatina benevola: l'insicurezza di István sembrava divertirlo. «Immagino che lei non sia un cacciatore.»

«La cosa non mi interessa.»

«Ah, capisco.» Seguirono una vigorosa stretta di mano e uno sguardo indagatore.

Bocciato, pensò István. *Ottimo*.

«Vorrebbe uscire con mia figlia?»

István gemette tra sé e sé. Il discorso che si era preparato sulle sue nobili intenzioni gli parve improvvisamente ridicolo. Si limitò a fare un cenno di assenso con la testa e a tirar fuori le mani dalle tasche, dove le aveva infilate subito dopo la stretta.

«Posso chiederle il mestiere di suo padre?»

«Faceva il fabbro» rispose István, accompagnando le sue parole con un gesto di giustificazione.

«Mi dispiace, è morto?»

«La guerra non l'ha ucciso, ma l'ha trasformato in un ubriacone.»

Bárdossy tirò fuori il fazzoletto e se lo passò sulla fronte. Probabilmente stava cercando di farsi un'idea sul ragazzo.

«Dove ha combattuto suo padre?»

«Alla fine ha combattuto la battaglia sul Don. Era nella cavalleria, consegnava i dispacci.»

«Nella seconda armata ungherese? È stata una battaglia micidiale per la nostra patria.»

«È tornato a casa con una medaglia al valore. A distruggerlo fu la notizia che il suo colonnello era stato impiccato per crimini di guerra.»

Bárdossy inarcò le sopracciglia. Scrutava il volto di István. «Giovanotto, il suo tono cinico è decisamente fuori luogo. In quella battaglia sono morti più di centomila soldati ungheresi.»

«Dimentica gli ebrei costretti ai lavori forzati e morti in quello stesso inferno.»

Bárdossy si schiarì la voce. «Lei è ancora giovane e pronto a dare giudizi. Sono stati fatti degli errori, è vero, ma ricordi che se non fosse stato per Hitler non avremmo mai riavuto indietro i nostri territori. Gusztáv Jány, il colonnello di suo padre, aveva guidato la campagna di riconquista della Transilvania. Era nostro dovere appoggiare i tedeschi nell'invasione dell'Unione Sovietica. I posteri ce ne daranno atto.»

Bárdossy fece finta di non notare la fronte aggrottata del giovane. La conversazione aveva preso una brutta piega e István si stava già immaginando l'anziano signore che lo accompagnava alla porta.

Invece Bárdossy gli voltò le spalle e tirò fuori una scatola di sigari. «Avanti, ne prenda uno!»

István si avvicinò e si servì. In silenzio si misero a preparare i sigari e a István quella pausa sembrò un'offerta di pace.

«È ancora all'università?»

«Studio arte.»

«Arte» ripeté Bárdossy con un tono che István conosceva bene. Sentì il bisogno di giustificarsi, ma lo represse. Bárdossy si tolse il sigaro di bocca e rimase a osservarne l'estremità che bruciava uniforme. «Posso chiederle quali sarebbero le sue intenzioni con mia figlia?»

Intenzioni? Il sigaro gli aveva lasciato in bocca un sapore amaro e gli parve di soffocare. Si raddrizzò sulla poltrona e lo posò nel posacenere. Quella conversazione era finita! Il maledetto sigaro che aveva tenuto in mano costava quanto tutta la cena che voleva offrire a Rebeka. Si alzò e ripulì lo schienale della poltrona dalla cenere che gli era caduta. Bárdossy scoppiò a ridere. «Non se la prenda, signor Szabó, un padre deve fare certe domande.»

In quel momento si spalancò la porta ed entrò Rebeka, che evidentemente aveva ascoltato tutto quello che si erano detti.

Bárdossy sfoderò un sorriso smagliante, porse a István la mano e lo congedò con la raccomandazione di riportare sua figlia a casa per le dieci.

Da quel giorno István andava e veniva da casa Bárdossy come voleva. Salutava la vecchia balia con un «Bacio la mano» e le teneva compagnia in cucina durante gli interminabili preparativi di Rebeka. Di solito aiutava Dada a pelare le patate o spilluzzicava il *kalács* appena sfornato. Quando aveva tempo, Bárdossy si sedeva con lui, chiedeva a Dada di tirare fuori il rum dalla credenza e facevano una partita a scacchi.

I giorni si accorciavano e István imparava a conoscere le mille sfumature della sua Rebeka come fossero l'infinita varietà dei colori dell'autunno. Si abituò all'incostanza del suo umore, volubile come il cielo sul mare. Un complimento maldestro o un complimento mancato… era un campo minato. Ora pretendeva da lui una critica sincera, ora lo rimproverava gelidamente per la sua sincerità. Se lui tardava dieci minuti a un appuntamento, lei non si faceva trovare e gli lasciava detto che la prossima volta avrebbe fatto meglio ad arrivare puntuale. Quante volte aveva giurato a se stesso di non rivederla più, senza mai mantenere la parola.

Piano piano imparò a decifrare i segnali che lei gli mandava. Sì, iniziava ad avere l'impressione che Rebeka si fidasse troppo di lui, che fosse stato oltrepassato un limite che rendeva impossibile osare il passo successivo. A volte lei gli prendeva la mano e appoggiava la testa sulla sua spalla, accoccolandosi tra le sue braccia come se quella vicinanza fosse la cosa più normale del mondo. Lo trattava come un amico, come un fratello, e non faceva niente per nascondere la sua relazione con Breitner. István fingeva di non curarsi dei fiori regalati dal professore o delle bottiglie di whisky per il padre che vedeva sulla credenza.

Quando confessò a Rebeka di aver venduto il suo ritratto a Breitner, lei lo derise: «Così impari, sciocchino che non sei altro. Adesso sarò costretta a sposarlo».

Le osservazioni di Rebeka su Breitner lo tormentavano. Era come se lo stesse ingannando apertamente. Ma István preferiva comunque la sua sincerità a un rapporto portato avanti di nascosto. Così chiudeva gli occhi e ascoltava i suoi discorsi come fossero il mormorio di una sorgente. Lei gli raccontava della sua amica Dóra, che aveva conquistato di nuovo chissà quale barone e, senza soluzione di continuità, passava a parlare dei problemi finanziari della sua famiglia. Se di tanto in tanto István dava sfogo alla sua gelosia concedendosi qualche battuta pungente su Breitner, lei protestava e gli rimproverava di comportarsi come se avesse dei diritti su di lei.

Passarono le settimane e i mesi. La prima nevicata della stagione imbiancò il paesaggio come un sottile strato di zucchero a velo. István si trovava sulla veranda dei Bárdossy a fumare. I rumori ovattati della casa illuminata a festa lo raggiungevano anche là fuori. Stavano arrivando gli ospiti in onore di Rebeka, che festeggiava il compleanno. Nel camino ardevano grossi ceppi di legna e camerieri vestiti di bianco e nero servivano da bere. Rebeka volteggiava per la stanza con l'eleganza di una regina e giocava a fare la padrona di casa. Da eccellente conversatrice quale era, dispensava complimenti alle signore e forniva ai signori argomenti di cui parlare. Nel suo vestito rosso scuro, István la trovava più incantevole che mai. Stava parlando con una ragazza alta e dai capelli neri, sicuramente la sua amica Dóra, che dopo l'accoppiamento si mangiava vivi i suoi uomini, come uno di quegli insetti di cui István aveva letto. Stava giusto gettando la sua attuale preda, un chirurgo, in pasto a una contessa dalla pelle abbronzata. E sì, la vecchia stava al gioco, scuotendo il decolleté avvizzito come fosse una ventenne. Poteva sentire la risata affettata della contessa anche dalla veranda. Il povero conte faceva finta di niente, forse non gli importava.

A István piaceva il conte. Era uno dei pochi lì dentro che si toglieva il cappello anche di fronte a lui.

Si allargò un po' il colletto, la stoffa dell'abito gli faceva prudere la pelle. Rebeka gli aveva chiesto se, per l'occasione, poteva indossare un completo. Fece un sospiro profondo e inspirò l'aria della notte a pieni polmoni. L'avvocato di Bárdossy, che István aveva segretamente ribattezzato "Guancia di maiale", arrivò insieme al regista Géza. Ad accompagnarli, anche due delle "ragazze" di Géza. Rebeka aiutò Dada a sistemare cappotti, cappelli e bastoni.

István li conosceva tutti. Era felicissimo di essersi risparmiato la pantomima. Dio mio, avevano invitato l'intero vicinato! Gli era stato chiesto di chiamare anche i suoi, di amici. E come avrebbe dovuto presentare Rebeka? Come la sua migliore amica, la creatura del trasognato mondo delle colline di Buda, con la sua aria pulita e gli alti muri di pietra? Come la donna per cui stava trascurando il lavoro e gli amici?

«Ecco dove ti nascondi!» Rebeka uscì sulla terrazza. «Torna dentro, tesoro, qui fuori si gela!» István le coprì le spalle con la sua giacca e la abbracciò. I suoi capelli sapevano di rose. «Hai un buon profumo stasera» le disse.

Lei si sottrasse all'abbraccio e gli sfiorò con una mano il panciotto attillato. «Anche tu non stai per niente male! Stai attento, Dóra ti ha messo gli occhi addosso.»

«Ma io resto quello di prima» rispose István alzando gli occhi al cielo. Rebeka rise facendo segno di no con le mani. Poi gli soffiò un bacio dalla mano e disse: «Tu sei mio, mio, mio, solo mio! Ora devo tornare dagli ospiti. Sii gentile, occupati tu di Róbert e tienimelo lontano, d'accordo?». Gli fece l'occhiolino e andò via.

Per l'appunto Breitner stava uscendo dalla biblioteca in compagnia di Bárdossy. Il vecchio era raggiante, sembrava avesse appena sparato a un cervo. A István si bloccò il respiro. Che Breitner gli avesse chiesto la mano della figlia? Non osava nemmeno pensarlo, scosse la testa come se non fosse un'eventualità da prendere in considerazione e rientrò nel salone. Si avvicinò all'anziano conte, che fumava vicino al camino. «Sigaro?» chiese il conte.

«Non dirò di no.» István si servì dalla scatola dorata. «Neanche lei è molto a suo agio in questa confusione?»

«Sono qui solo per affetto nei confronti di Rebeka» rispose il conte.

István annuì.

Nel sentire l'urlo di gioia di Rebeka, i due si voltarono nella sua direzione. La ragazza stava abbracciando Breitner e István avvampò, con il sangue che gli pulsava nelle tempie.

Rebeka li guardò e corse verso di loro. «István! Signor conte! Mi hanno chiesto di fare un provino per il ruolo di Antigone nell'opera di Jean Anouilh al Belvárosi!»

«Il regista è un mio buon amico» spiegò Breitner, che l'aveva seguita.

Che modestia, pensò István.

«Stavano facendo le prove e la protagonista si è ritirata.»

«Un crollo nervoso!» disse zio Géza, che incuriosito da quell'urlo di gioia si era unito a loro insieme a Bárdossy. «Questi giovani di oggi non vengono più spinti a uscire dalle convenzioni sociali. Vomitano prima di ogni spettacolo, perché devono ricordarsi ogni minimo dettaglio. Sono solo oggetti sul palco, non soggetti!»

Rebeka alzò gli occhi al cielo.

Breitner si schiarì la gola. «Il regista sta cercando una sostituta e io gli ho proposto di dare un'opportunità alla signorina Rebeka. Ovviamente si tratta solo di un provino e la concorrenza è feroce.»

«Sono sicuro che lo incanterà, signorina» aggiunse il conte.

«István, cos'è quella faccia da funerale? Non sei contento per me?»

Lui si morse il labbro. «Ma certo che sono contento! È un ruolo importante con il quale confrontarsi.»

«Ma tu mi aiuterai?» La mano di lei posata sul suo petto, la voce dolcemente supplichevole… István sentiva rimescolarsi il sangue.

«Sa, non è solo un pittore e un incisore, è anche un poeta» disse Rebeka rivolgendosi al conte.

Breitner osservava la scena con volto inespressivo.

«Non sono molto esperto in questo campo, ma sarò felice di dare una mano, ovviamente» disse István.

«Anche Géza può farlo» si intromise Bárdossy.

Si voltarono tutti verso il regista, che nel frattempo si era seduto sul divano accanto alla contessa e le stava versando dello spumante.

«Ci mancava solo questa» commentò Rebeka.

«Lei è un artista?» domandò il conte a István, fingendo di non aver notato il civettare della moglie.

«Un artista straordinario» intervenne Rebeka.

«Rebeka, ti prego.»

«In effetti il signor Szabó è uno dei nostri studenti più dotati» sottolineò Breitner. «I suoi dipinti sono particolarmente anticonvenzionali, al limite dello scandaloso.»

A István mancò il fiato. «Non li stia a sentire» disse al conte, scuotendo la testa.

«Trovo che l'arte dei giovani, contro le convenzioni, sia molto stimolante.»

«Perché non organizziamo una mostra privata qui da noi?» propose Rebeka. «Solo per pochissimi e selezionati ospiti. Che ne pensi, István?»

Lui si sentiva soffocare. Accennò un inchino e si allontanò velocemente dalla sala. Si strappò il papillon dal collo e lo appallottolò in tasca. Maledetto papillon. Maledetto completo.

Quando fu nell'ingresso si voltò. Nessuno sembrava aver notato la sua fuga. Aprì l'anta del guardaroba e cercò tra tutti i cappotti neri il suo. Non fu difficile distinguerlo, consunto com'era. Almeno aveva personalità.

«Ti prego, non te ne andare!» lo supplicò Rebeka, che lo aveva seguito, stringendogli dolcemente una spalla.

«Ho bisogno di una boccata d'aria.»

«Sei un ingrato!»

István diede uno strattone al cappotto, che non voleva saperne di togliersi dalla gruccia. «Come, scusa?»

Rebeka incrociò le braccia fissandolo dritto negli occhi. «Così non otterrai mai niente. Devi venderti un po' meglio.»

«Stai cercando di farmi diventare qualcuno che non sono. Io non c'entro niente qui, Rebeka. A quanto pare tuo padre ha già preso accordi con Breitner.»

«Che vuoi dire?»

«Non fare finta di cascare dalle nuvole.»

«Non so di cosa tu stia parlando!» Rebeka gli si mise davanti per sbarrargli il passaggio. Sembrava spaventata. «Mi perdoni? Domani vieni a pranzo e leggiamo insieme la parte, va bene?»

István sfuggì il suo sguardo e le scivolò accanto per superarla. Fece segno di sì.

«Bacio?» domandò lei sorridendo e porgendogli la guancia.

István le diede un bacio controvoglia. Poi si voltò e andò via.

14

Fantasmi del passato

Budapest, 1949

Al secondo piano la luce era sempre accesa. Rebeka si fece coraggio e suonò.

«Signorina Rebeka!» A quanto pareva, Breitner non era ancora andato a dormire. Da sotto la vestaglia sbucavano la camicia e i pantaloni che indossava alla festa.

Senza togliersi il cappotto, Rebeka gli passò accanto con un fruscio e buttò guanti e borsetta sul divano, come se fosse a casa sua.

«Posso?» Breitner si offrì di aiutarla a togliersi il cappotto, ma lei rifiutò e si lasciò cadere sul divano.

«Mi deve dire qualcosa?»

«Io a lei?» Breitner sembrava non capire. Alzò le mani in senso interrogativo. «Intanto porto del caffè. O preferisce forse dell'acqua?»

Rebeka annuì e Breitner uscì di corsa dalla stanza, dando l'impressione che stesse scappando.

Lei allora si alzò, si sbottonò il cappotto e prese a guardarsi intorno. Era la prima volta che andava a casa di quell'uomo. La sorprese la sobrietà della stanza. Girò intorno al pianoforte a coda e ne sfiorò la superficie liscia e piacevole al tatto. A ogni passo i suoi tacchi risuonavano sul parquet. In quel silenzio avrebbero fatto rumore anche le zampe felpate di un gatto. La scrivania era lustra e quasi del tutto sgombra, salvo delle matite perfettamente appuntate disposte in bell'ordine dentro un portapenne. Quell'appartamento la inquietava. Dov'erano i libri, i bicchieri vuoti, le pile di carte? E il suo ritratto?

Rebeka si voltò in direzione della porta da cui era uscito Breitner. Senza pensarci due volte, tentò di aprire il cassetto della scrivania. Era chiuso a chiave.

Fece un altro giro intorno al pianoforte, indugiando di nuovo con la mano sulla superficie lucida. L'unico elemento di disordine nella stanza erano gli spartiti buttati alla rinfusa sullo strumento. I tasti sembravano ancora vibrare, come se Breitner avesse smesso di suonare un istante prima. Rebeka si sedette davanti al pianoforte e posizionò le mani sui tasti, senza suonare.

Le cadde l'occhio su una fila di quadri di varie dimensioni appesi alla parete. In uno era ritratta una giovane donna con un libro aperto sulle ginocchia e la testa inclinata di lato; forse si era addormentata leggendo. Un caschetto nero le copriva il volto. Accanto a questo era appeso un nudo femminile, in una posa allusiva, con una mano nascosta tra le gambe. Rebeka distolse lo sguardo, si alzò e tornò di corsa al divano. Era infreddolita, ma si tolse comunque il cappotto per ottenere il giusto effetto.

Si era appena rimessa a sedere, quando Breitner rientrò con il bicchiere d'acqua e si accomodò accanto a lei. Si era tolto la vestaglia. La camicia sbottonata gli dava un'aria insolitamente disinvolta e giovanile.

«Quelli li ha fatti lei?» domandò Rebeka indicando i quadri alla parete.

«La maggior parte sì, ma ora non dipingo più, lo sa.»

Lei accavallò le gambe e Breitner la guardò dritto negli occhi. «Cos'è successo, Rebeka?»

La severità nella sua voce la spinse a raddrizzare la schiena.

«Avevo l'impressione che volesse discutere di qualcosa con me, prima di andare da mio padre a...»

«Mia cara signorina! Si comporta alla stregua di una bambina impaziente di aprire i regali la mattina di Natale.» L'aveva interrotta, come faceva sempre. Nella sua voce c'era una punta di esaltazione; che stesse addirittura cercando di scherzarci su?

Breitner dovette accorgersi della sua collera, perché alzò le mani quasi a scusarsi. «Ha ragione, avrei dovuto parlarne con lei. Speravo solo di poter prima sondare un minimo il terreno con suo padre.»

«Dunque ha chiesto a lui la mia mano?»

«Avrei voluto confessarglielo in circostanze un po' diverse.»

Rebeka sentì le guance avvampare. Si alzò e si avvicinò al pianoforte come per trovarvi un sostegno. Perché la sorprendeva tanto la conferma di qualcosa che già sospettava? D'impulso, era salita su un taxi per chiedergli una spiegazione, ma non si era domandata quale sarebbe stata la risposta alla domanda.

Breitner la seguì avvicinandosi piano. «Posso?» Le prese la mano e la attirò accanto a sé, sul panchetto del pianoforte. Il profumo del suo dopobarba le arrivò alle narici. Non era spiacevole, ma gli avrebbe chiesto di non usarlo più, in futuro.

Lui posò le mani sui tasti, vi indugiò qualche secondo e poi iniziò a suonare. Scivolava con grazia sui tasti bianchi e neri, traendone una soave melodia. Rebeka non aveva mai fatto caso alle sue mani sottili. «Questa l'ho composta per lei» le disse guardandola negli occhi, senza smettere di suonare.

Rebeka si passò una mano tra i capelli e piantò i piedi bene a terra per non perdere il controllo. La sua musica l'aveva colpita.

«Non ha appeso il mio ritratto?»

«Mi dica di sì e lo farò.» Breitner lasciò che i suoni riecheggiassero ancora qualche istante nell'aria, poi le passò un braccio intorno alle spalle. Rebeka rimase immobile.

«E chi è la donna raffigurata nei dipinti?»

Breitner ritrasse il braccio con la stessa lentezza e attenzione con le quali l'aveva posato su di lei. «È la mia defunta moglie.» Lo disse con disinvoltura, come se stesse descrivendo un quadro qualsiasi.

Rebeka lo guardò sorpresa. «Sua moglie?» Afferrò la gonna, lunga fino a terra, e si rimise in piedi. «E quando aveva intenzione di parlarmene?»

«Lo sto facendo adesso» disse Breitner, le mani abbandonate in grembo. «Avevo ventiquattro anni, la incontrai a Vienna, dove studiava pittura. Io avevo appena concluso i miei studi a Nagybánya ed ero andato lì a specializzarmi dopo la laurea. Ci siamo conosciuti frequentando lo stesso gruppo di giovani artisti espatriati. Ci siamo sposati, ma Aurelia è morta di polmonite tre anni dopo.»

«Aurelia!» Rebeka scandì le sillabe come se stesse tenendo in bocca una medicina amara. Aurelia, che si toccava con tanta voluttà tra le gambe. Rebeka distolse lo sguardo dal quadro. Breitner si sforzò di sorridere.

«E non dipinge più da allora» dedusse Rebeka, con un filo di voce. Aveva capito solo in quel momento l'importanza che quella donna aveva avuto nella sua vita.

Anche il sorriso di Breitner si spense. «È forse un rimprovero?»

«Non aveva alcuna intenzione di raccontarmi di sua moglie.»

«Rebeka, la prego! Sono passati quasi vent'anni, ne stiamo facendo un caso.»

Rimasero in silenzio, separati dalla presenza conciliante del maestoso strumento.

«Posso chiamarle un taxi? Credo che dovremmo entrambi calmarci un po'. Domani sera la convincerò della sincerità delle mie intenzioni portandola fuori, così come avevo previsto di fare, con tutto quello che si addice all'occasione.»

Rebeka provò un senso di vertigine. La sicurezza di Breitner la colpiva e la spaventava allo stesso tempo. Come poteva fidarsi di lui, dopo aver scoperto che quell'uomo, apparentemente perfetto e senza un passato, conviveva in realtà con un fantasma? Era per lei che aveva smesso di dipingere. Aurelia era presente, quanto meno su quelle pareti.

«Forse preferisce che io...»

Breitner doveva aver interpretato male il terrore negli occhi di Rebeka, che alzò le mani come per respingerlo. «Ma non capisce? Io non so niente di lei. Queste pareti sono tappezzate di ricordi della sua defunta moglie, di oscenità.» Indicò il nudo femminile con un'espressione di ribrezzo.

Breitner abbassò lo sguardo. «Quel quadro è appeso lì da molto tempo. Non aspettavo la sua visita.»

«Non sarei dovuta venire» disse Rebeka, incamminandosi verso la porta.

«Posso passare a prenderla lo stesso, domani?» domandò lui, aiutandola a infilarsi il cappotto.

Rebeka non rispose e lo lasciò solo con i suoi pensieri.

15

Un errore da principiante

Vienna, 2017

Dal momento in cui avevano deciso di interrompere la gravidanza, Anna ignorava le sue condizioni, considerando il problema alla stregua di un'influenza incipiente.

Il giorno successivo lo trascorse al telefono con curatori d'arte e galleristi di Budapest in vista del suo imminente viaggio: apportò alcune modifiche al piano finanziario della fiera e si occupò di Márta, che si tormentava nel dubbio che Krüger potesse male interpretare la sua opera. Su consiglio di sua madre, pregò Dorota, che da anni aiutava Rebeka con le faccende di casa, di fissarle un incontro con lei. Un caffè espresso doppio la aiutò a superare il pomeriggio. Aveva preso contatti con il consultorio Pro Familia, avrebbe fatto l'intervento tre giorni dopo. Aveva fissato l'appuntamento da sola, con la stessa disinvoltura con cui prenotava i biglietti aerei per i suoi viaggi di lavoro. A quel punto non le restava che evitare tempi morti, tenere sotto controllo i propri pensieri e restare lucida.

Per quanto si desse da fare, il pensiero del padre continuava ad affacciarsi alla sua mente. Compose di nuovo il suo numero, si attivò il trasferimento di chiamata e alla fine rispose la signora Wittig, la sua segretaria, dall'ufficio di Berlino. Suo padre era in riunione, l'avrebbe richiamata. Però non lo fece. Anna ebbe l'impressione che la stesse evitando di proposito. Non aveva detto neanche a sua madre che si trovava a Vienna. Da quando era in pensione, il padre viaggiava solo per motivi legati al ruolo che svolgeva nella commissione di vigilanza. In quelle occasioni, i suoi genitori univano volentieri l'utile al dilettevole.

Anna non accennò di Vienna alla madre. Vedeva il padre come un dilettante del crimine, che con il suo atteggiamento eccessivamente prudente attirava i sospetti su di sé.

«Non mi piace questa avvocatessa» disse a Michael, che lavorava al computer di fronte a lei. «Ho l'impressione che sia invadente con lui, non trovi? Che ci facevano sulla Mariahilferstrasse?»

Michael sollevò distrattamente lo sguardo. «Acquisti? Avevano un appuntamento lì vicino.»

Anna fece un cenno col capo. Suo padre non faceva acquisti, era la madre a occuparsi del suo guardaroba. A lui non interessavano quelle cose, così come non gli interessavano le questioni amministrative, che infatti sbrigava per lui la signora Wittig. Continuava invece a dettare le lettere o a scriverle con una delle matite copiative che portava sempre con sé nella ventiquattrore. Poi era la signora Wittig a batterle al computer. Lui usava l'iPad solo per leggere la posta elettronica. Anche le telefonate se le faceva passare da lei, come usava cinquant'anni prima. Le uniche chiamate che faceva da solo erano quelle personali. I messaggi dal cellulare sosteneva di non saperli mandare, perché i tasti erano troppo piccoli per le sue dita.

«Secondo te ha una storia?» domandò a Michael.

Lui la guardò con aria sorpresa da sopra lo schermo e scosse la testa. «Ma se tuo padre non si fa neanche il nodo alla cravatta, per conto suo» disse con un sorriso ironico.

Anche ad Anna sfuggì un sorriso.

Poi Michael tornò a concentrarsi sul suo computer, facendo scorrere gli occhi da sinistra a destra, riga dopo riga. Ad Anna piaceva il sottofondo del suo picchiettare sui tasti. Ma quel giorno l'inquietudine non le dava tregua. Cercava di concentrarsi sul lavoro, come se questo potesse offrirle un rifugio dalla sensazione sgradevole che aveva dentro.

Le tornò in mente una conversazione che aveva avuto con la madre in tema di tradimenti. Era accaduto molto tempo prima, quando Michael era ancora sposato. All'epoca, la silenziosa disapprovazione della madre era stata per Anna ben più dolorosa di quanto non lo sarebbe stato un confronto aperto. *La fai troppo facile*, le aveva fatto intendere sua madre solo con uno sguardo, mentre tirava fuori le scodelle dalla credenza e apparecchiava la tavola. Lei considerava Michael un uomo senza princìpi. La sua scrollata di spalle, come a dire «staremo a vedere», e l'ostentata disinvoltura con la quale aveva tolto le briciole dalla tovaglia avevano mandato Anna su tutte le furie. Non era detto, aveva poi affermato la madre in tono provocatorio, che due persone non si amassero più per il semplice fatto che la passione si era accesa altrove. Il matrimonio era un compromesso, senza il quale una vita mancava di stabilità e gioia. Secondo lei Michael aveva il dovere di salvare il suo matrimonio.

Il compromesso era il principio cardine della mentalità di sua madre. Eppure Edit non mancava affatto di passionalità. Non aveva mai conosciuto il suo padre biologico, e dal suo patrigno, l'unico uomo che avesse mai chiamato "padre", si erano allontanate quando lei era ancora piccola. A quanto pareva, Rebeka non gli aveva mai perdonato una scappatella.

Edit incolpava la madre della sua infanzia senza padre. Diceva che Rebeka attraversava la vita andando a dritto senza guardare in faccia nessuno e che non avrebbe riconosciuto la felicità neanche se gliel'avessero messa davanti agli occhi. Era stata incapace di scendere a patti.

Adesso Anna si domandava se la madre sarebbe stata disposta a scendere a compromessi anche se a essere tradita fosse stata lei.

Fece un sospiro profondo e guardò il telefono. Per certi versi, Edit era ancora più all'antica della nonna Rebeka, che si era ribellata a ogni regola dell'epoca e aveva trovato il coraggio di andarsene per la sua strada. Forse il rigore della madre nasceva da una forma di protesta.

L'inquietudine di Anna nel frattempo si era trasformata in una smania insopportabile.

«Vuoi dell'acqua anche tu?» domandò a Michael, alzandosi in piedi.

Lui scosse la testa quasi indispettito, senza nemmeno alzare gli occhi e borbottando tra sé le parole che stava rumorosamente battendo con due dita sulla tastiera. Detestava quando lei lo disturbava mentre era al lavoro. Anna scosse la testa, ma non riuscì a trattenere un sorriso. Non cedeva forse anche lei ad alcuni compromessi? Giorno dopo giorno, piccoli e grandi? La cosa non le pesava poi molto.

In realtà però non amava i compromessi. Voleva essere libera di fare e disfare, e, se necessario, di sbagliare e smarrirsi.

16

Il Caffè Weimar

Vienna, 2017

Il tram numero 41, uno di quelli nuovi, ripartì dalla fermata con un ronzio. Lungo la Währingerstrasse, deserta per via del riposo domenicale, apparivano di quando in quando piccole botteghe, di quelle che a Berlino era ormai quasi impossibile trovare: il negozio di cappelli, la ferramenta, la merceria. Davanti a una tenda ingiallita, un cartello pubblicizzava un insetticida. Da quando aveva scoperto di essere incinta, Anna non vedeva altro che negozi per bambini: abbigliamento per bambini, scarpe per bambini, passeggini, qualunque cosa, ma per bambini. Lanciò un'occhiata nervosa al cellulare che teneva sulle gambe. Era di una mezz'ora in anticipo per l'appuntamento al Caffè Weimar con Rebeka.

Vicolo dell'ospedale. Il tram si arrestò, ma Anna, seguendo un impulso del momento, rimase seduta e aspettò che le porte si richiudessero e il tram riprendesse la sua marcia. Non voleva arrivare per prima e sembrare così troppo zelante. Si sentiva una semplice mediatrice, e non la nipotina che vuole entrare nelle grazie della nonna.

Solo quando si cominciava a intravedere il teatro della Volksoper sulla destra, si alzò e premette il pulsante per scendere. Il tram si fermò e lei scese nella calura, proteggendosi gli occhi con un paio di occhiali da sole. Rifece la strada all'indietro, camminando piano tra le vie senza alberi del nono distretto.

Erano le tre in punto, quando mise piede sugli scalini d'ingresso della storica caffetteria. Con una mano sulla maniglia, si dette un'ultima occhiata, si aggiustò un po' il vestito e nascose il pizzo nero del reggiseno che spuntava dalla scollatura. L'abito le tirava e il reggiseno stringeva. I suoi seni gonfi sembravano estranei al resto del corpo. Entrando, il suo sguardo fu attirato dai maestosi lampadari di cristallo e dagli specchi appesi alle pareti. Poi, su uno dei divanetti, vide Rebeka. Il ricordo che aveva di sua nonna derivava principalmente dalle fotografie che aveva visto, ma la sua presenza, capace di riempire la sala, e il portamento da ballerina non lasciavano dubbi.

Anche Rebeka l'aveva riconosciuta. Restando seduta, tese una mano ad Anna, mentre con l'altra indicava il posto accanto a lei. Anna si sedette ubbidiente.

«Bambina mia, sei diventata una bellissima donna, che viso adorabile!» Rebeka le sfiorò il mento con il dorso della mano. Anna alzò istintivamente la testa scansandosi. Si sentiva colta in fallo e allo stesso tempo sotto esame. Imbarazzata, si tirò indietro una ciocca di capelli e guardò con la coda dell'occhio la mano rigida e ossuta che si ritraeva furtiva.

Rebeka nascose le mani tra le ginocchia con un sorriso conciliatore. «Hai gli occhi di tuo padre. Ma nei tuoi lineamenti dolci non c'è traccia degli Hartmann, sei fortunata. Non mi scorderò mai il momento in cui li vidi tutti insieme al tavolo nuziale: che famiglia di volti cavallini! La moglie del banchiere, ti ricordi, la sorella di tuo padre. Hedda, sì, Hedda si chiamava, vero? Dio mio, povera donna! Hanno preso tutti dalla madre. Tua nonna non sarà una bellezza, ma almeno ha un certo contegno e modi decorosi. Mi è piaciuta fin dal primo momento. È stata l'unica a degnarsi di parlare con la perfida madre della sposa. Nemmeno tuo padre è un granché, in compenso però è intelligente e ha un discreto potere. È questo che conta in un uomo.» Nel mentre, gli occhi di Rebeka vagavano per la sala, come se stesse parlando a se stessa.

Anna rimase sorpresa dal fatto che Rebeka parlasse in magiaro con lei, considerando che aveva lasciato il paese d'origine più di sessant'anni prima. La sua pronuncia era ancora perfetta.Pensò quindi che, per un'attrice, lo strumento più prezioso è forse proprio la lingua, e sua nonna utilizzava sempre l'ungherese nel tentativo di fare colpo su di lei.

«Alzati in piedi un attimo, Anna, fatti guardare per bene!»

Confusa e insieme affascinata, Anna si alzò e ubbidì anche quando Rebeka, con un cenno della mano, le ordinò di girarsi. Accennò una giravolta con poca convinzione e un lieve imbarazzo.

«Sei bella slanciata, non come tua madre, che si era lasciata andare ancora prima di sposarsi.»

Non come tua madre! Anna aveva sentito quelle parole, senza tuttavia capirle. Sentì le guance avvampare. Non aveva ancora proferito parola, mentre sua nonna aveva già sparlato di tutta la famiglia. Prima che Anna avesse il tempo di rimettersi seduta e ribattere qualcosa, Rebeka stava già facendo cenno a uno dei camerieri vestiti in bianco e nero, a cui ordinò una cotoletta e una Gösser alla spina. «Non ho ancora pranzato. Ti dispiace?»

Anna fu costretta a sfogliare il menù nonostante avesse già mangiato. Non riusciva a immaginarsi quella creatura così delicata che si finiva un'intera cotoletta. Alla fine scelse per sé degli gnocchi e un caffè lungo, pentendosene subito dopo. Il cameriere prese nota.

La figura di Rebeka era esile, eppure Anna aveva l'impressione che nessuna tempesta sarebbe stata in grado di nuocerle. Aveva accavallato le gambe ancora gradevoli e snelle e giunto le mani in grembo, sedendo in posizione perfettamente eretta, senza appoggiarsi allo schienale. Ci fu un momento di silenzio, durante il quale si rivolsero un sorriso tirato.

«Voglio farti vedere una cosa.» Anna tirò fuori il cellulare dalla borsa. Fece scorrere le sue foto personali su e giù, scostandosi leggermente mentre Rebeka sbirciava da sopra la sua spalla. Eccola lì. Anna con due dita ingrandì la foto del ritratto e passò il telefono a Rebeka.

«Cos'è?» La voce di Rebeka era ridotta a un sussurro, sembrava che avesse visto un fantasma. Prese il telefonino nella mano destra con delicatezza, come se si trattasse di una fragile scultura di zucchero. L'altra mano, segnata dal reumatismo e rimasta inerte sul collo nudo, si muoveva al ritmo del suo profondo respiro.

Anna le raccontò come fosse entrata in possesso del quadro. Quando ebbe finito, Rebeka guardò prima lei, poi di nuovo il quadro.

«Róbert è morto?»

Anna accennò di sì. «E tu sei la sua erede.»

Rebeka portò la mano malata alla bocca con uno scatto, come se all'improvviso le fosse venuto in mente qualcosa. «È il suo modo di chiedere scusa» sussurrò, in risposta all'espressione interrogativa di Anna. In realtà parlava tra sé, perché la sua voce era a malapena udibile e ad Anna parve di leggerle negli occhi una nota di apprensione o di resa. Forse era il dolore di un amore non corrisposto o la nostalgia per qualcosa di perduto e quindi impossibile da recuperare?

«Un tempo eravamo fidanzati» disse Rebeka dopo una pausa, tenendo lo sguardo fisso al soffitto rosso, come se vi fossero inscritte le coordinate della sua vita. «Mi fece la proposta nel dicembre del 1949, mancava poco a Natale. L'Astoria era un posto elegante all'epoca: uomini d'affari, donne in abiti da sera e l'orchestrina zigana che suonava piacevoli melodie. Si inginocchiò davanti a me.» Rebeka chiuse gli occhi e giunse le mani, rapita dall'emozione. «Aveva tenuto la scatolina con l'anello della madre, ormai scomparsa, nella tasca della giacca fin dall'inizio della serata, già durante il mio provino al teatro. Quando alzò gli occhi verso di me, l'orchestrina fece silenzio e i vicini di tavolo spostarono lo sguardo su di noi. Tutti aspettavano di sentire la mia risposta. Róbert adorava essere al centro dell'attenzione, era un uomo di mondo. E io... Io sarei diventata la moglie del professore. Scoppiò un fragoroso applauso, l'orchestrina suonò per noi. Ah, com'ero giovane e bella, allora. Avevo tutta la vita davanti. Róbert era più vecchio di quasi dieci anni ed era pazzo di me.» Il suo sguardo si smarrì nella sala, sembrava essere sprofondata nel passato. Con la punta delle dita si sfiorò il collo e il volto, come per ricercare la sua bellezza di un tempo. Anna osservò il volto sfiorito, maturo, segnato appena da qualche ruga e ancora bello per la sua età. Eppure non le riusciva facile immaginarsi la ragazza che era stata. L'unica cosa che era rimasta giovane in lei erano i luminosi occhi verde-oro che vagavano verso orizzonti lontani.

Anna non desiderava un anello, non voleva diventare la moglie del professore, né tantomeno la signora Reidl, eppure capiva bene la nostalgia di Rebeka per la sensazione di essere amata e desiderata. La donna fece una breve pausa, prima di richiudere gli occhi e proseguire nel suo racconto. «Róbert era il mio sostenitore!» spiegò con voce piena di orgoglio. «Usò la sua influenza per farmi ottenere un provino per il ruolo di Antigone al teatro Belvárosi. Non era una cosa scontata, viste le mie origini borghesi. Il mio povero padre diceva che dovevamo essere contenti che un uomo prestigioso come lui avesse chiesto la mia mano. Erano tempi duri.» Rebeka scrutò il volto di Anna, come per studiare l'effetto delle sue parole. Poi d'un tratto l'espressione sul suo viso mutò e lei sprofondò nel silenzio. Anna non sapeva bene come interpretare questo cambio di umore. Rebeka scoppiò in una risata amara inclinando la testa da una parte, pensierosa. Sembrava che la vita l'avesse spossata.

Il cameriere fece intanto arrivare su un vassoio il caffè lungo, accompagnato da un bicchiere d'acqua. Posò la birra di fronte a Rebeka e Anna osservò stupefatta quella gracile creatura svuotare il boccale in un solo colpo e asciugarsi poi le labbra con il tovagliolo di stoffa.

Aveva intenzione di provocare la nonna buttando lì la domanda su chi fosse il padre di Edit. Avrebbe potuto farlo mentre mescolava il caffè, o magari spostando lo sguardo con studiata indifferenza da Rebeka agli scintillanti lampadari della sala, come se non sapesse della discordia che questo segreto aveva generato negli anni tra sua madre e sua nonna.

Ma lo sguardo indagatore di Rebeka indugiava su di lei. Aveva già intuito dove voleva arrivare. Le sembrò che la nonna si facesse forza sulle mani per sollevarsi e riuscire a guardarla dritta negli occhi.

«Tua madre mi rimprovera di aver lasciato mio marito. Sarei curiosa di sapere se lei perdonerebbe al suo Hartmann una scappatella.»

Ad Anna andò di traverso il caffè e il cucchiaino le cascò rumorosamente sul piattino. Tossì portandosi la mano alla bocca. Rebeka allora si chinò leggermente aiutandola con qualche colpetto sulla schiena.

L'accesso di tosse si placò. Rebeka le passò il tovagliolo che era sul tavolo con un gesto severo. «Tua madre vive nel suo piccolo e perfetto mondo di casalinga e non ha nessuna idea dei sacrifici che ho compiuto per crescerla. Nella mia vita ho lottato molto più di quanto si possa pretendere da una donna. Ho rinunciato a tutto pur di offrirle una vita migliore. E lei cosa ha fatto? Ha buttato al vento la sua istruzione e la sua vita per questo Hartmann. Non le importa nulla se sono viva o morta.»

«"Questo Hartmann" è mio padre» disse Anna in tono duro. «E comunque mia madre chiede sempre notizie di te alla tua domestica.»

Per la prima volta da quando erano sedute lì insieme, Rebeka si appoggiò allo schienale del divanetto e rivolse ad Anna uno sguardo eloquente. «A quella ladra di Dorota? Sono anni che l'ho cacciata via!» Anna guardò interdetta Rebeka, che le stava mostrando i palmi delle mani. «Faccio tutto da sola, con queste mani tormentate dall'artrite: pulisco, lavo, faccio la spesa.»

«Ma mia madre paga questa Dorota tutti i mesi!»

Anna sussultò. Le parole erano uscite prima di aver avuto tempo di riflettere, prima di poter prevedere la reazione teatrale di Rebeka. Si morse il labbro, ma ormai era tardi.

Rebeka scoppiò a ridere e il sarcasmo della sua risata colpì Anna come uno schiaffo in pieno viso. «Lascia stare» esclamò Rebeka riprendendo fiato. «Tua madre sta comprando la sua serenità da un'imbrogliona.»

Il cameriere servì le pietanze, ponendo fine con la sua presenza a quella scena. Rebeka si sventolò con il tovagliolo riacquistando il suo contegno. Gli gnocchi erano fumanti e la cotoletta di Rebeka più grande del suo piatto. Con la mano sana, Rebeka posizionò il coltello nella sinistra, che si muoveva a fatica. Anna la osservò esitante.

«Ho giorni buoni e giorni meno buoni. Oggi non è uno dei migliori» disse Rebeka, rifiutando qualunque aiuto con un gesto sprezzante.

«Potrei accompagnarti a Budapest mercoledì prossimo, prendiamo il treno insieme e parliamo con l'amministratore patrimoniale. Devo comunque essere lì in serata.»

Rebeka pareva non sentirla. Era palesemente in difficoltà nel tagliare la cotoletta. Anna si offrì nuovamente di darle una mano, ma un cenno impaziente con la forchetta le fece intendere che non era necessario.

Dopo due o tre bocconi, Rebeka incrociò le posate sul piatto a indicare che aveva finito. «Non metto piede in Ungheria da oltre sessant'anni e non ho intenzione di farlo adesso» ribatté con un sorriso tirato, pulendosi la bocca con il tovagliolo. «L'ora di pranzo è passata da un pezzo» disse poi facendo segno al cameriere. Non avendo ottenuto risposta, reclamò la sua attenzione, stavolta con maggiore impeto, come se avesse fretta. «Nemmeno tu mangi più, vero?»

Anche Anna appoggiò le posate sul piatto.

Rebeka si fece incartare la cotoletta e pure gli gnocchi di Anna. «Questi si conservano bene.» Fu solo allora che ad Anna venne un sospetto. Di cosa viveva Rebeka? Di un sussidio statale? Evidentemente aveva bisogno degli avanzi altrui.

Rebeka si alzò da tavola e la salutò con un abbraccio appena abbozzato. Alla domanda se davvero non volesse dare un'occhiata alla sua eredità rispose con un cenno di assenso distratto, come se si trattasse di fissare una passeggiata ai giardini. Anna proprio non sapeva dire se un giorno Rebeka avrebbe preso in considerazione la possibilità di tornare a Budapest.

Seguì con lo sguardo quella signora anziana, sua nonna, e pagò il conto.

17

Ospiti

Berlino, 2017

Prima del colloquio obbligato al consultorio, ad Anna era sembrato di essere sotto processo. Era come se tutti quanti dessero per scontato che l'unica giustificazione per un aborto fosse la gravità delle circostanze. Lei non era né minorenne, né povera o sola. Anche Michael, nel suo completo Armani che gli calzava a pennello, non aveva esattamente l'aspetto di una persona indigente.

Alla fine gli aveva chiesto di non accompagnarla, nonostante fossero andati insieme a Berlino per quel motivo. Mentre era ancora in sala d'attesa, Anna si era sentita una truffatrice. Osservò i volti delle ragazze intorno a lei, tutte più giovani di dieci o vent'anni, e si chiese se le sue motivazioni avrebbero convinto la psicologa. E lei stessa, ne era convinta?

Non ne era sicura.

Ma poi le cose andarono diversamente. Una volta dentro la saletta, la psicologa la accolse con una stretta di mano e un sorriso, mossa da una tale cordialità che Anna avrebbe voluto baciarla per la gratitudine.

Alla fine del colloquio, con il certificato stretto tra le mani, ebbe l'impressione di aver ricevuto un'assoluzione morale.

Quella sera Michael sollevò gli occhi dallo schermo del PC,

per chiedere come fosse andato il colloquio con la psicologa, ma Anna non aveva voglia di parlarne. Preferiva mantenere un piccolo e intimo segreto personale, che lui, nel suo pragmatismo, non avrebbe potuto capire.

«Era una formalità» gli rispose, chinandosi per dargli un bacio.

«È arrivata una lettera per te, l'ho messa sulla mensola nell'ingresso.»

«Da quando in qua svuoti la mia cassetta delle lettere?» domandò Anna con un sorriso compiaciuto. Passandogli accanto gli diede un lieve pizzicotto sul fianco, lui sobbalzò e rise. «Io sono solo un ospite qui, a me non scrive nessuno.» Era una battuta che facevano spesso. Ad Anna succedeva la stessa cosa quando si trovava a casa di Michael a Vienna.

Non appena ebbe in mano la busta con il suo nome e indirizzo scritti a mano, sentì un peso sulla bocca dello stomaco. La aprì facendo scorrere l'indice sotto la linguetta e iniziò a leggere. Stava tornando verso il salotto, ma i suoi passi rallentarono man mano che scorreva le righe.

Lesse il contenuto due volte, scorrendo tra le linee ampie e inclinate della calligrafia di Rebeka, per accertarsi di aver capito bene. «Ma è assurdo!» Alzò lo sguardo su Michael e gli passò la lettera.

Cara Anna,
mi ha fatto molto piacere vedere che sei diventata una bella donna. Mi è dispiaciuto invece il motivo della tua visita e non mi riferisco solo alla morte del mio caro amico, ma anche al fatto che tu, dopo anni di silenzio e probabilmente istigata da tua madre, ti sei rifatta viva solo perché c'è un'eredità da spartire. Non ne vedo il senso. Vorrei chiederti di non disturbarmi più, in futuro. Sono una donna anziana e dalla salute precaria, e la tua visita mi ha molto scossa.

Che Dio sia con te.
Rebeka

Michael aggrottò la fronte.

«Tu lo sai che non è l'eredità a interessarmi!»

«A te interessa l'arte. Avere a che fare con gli eredi è sempre complicato. La maggior parte di loro non tiene in considerazione il peso culturale delle opere e la loro valorizzazione, vuole solo trarne velocemente un qualche guadagno. Almeno questa è la mia esperienza. Non mollare con lei, non lasciarti sfuggire questa occasione!»

«A me non interessano neppure le opere. Il fatto è che questo Breitner probabilmente era il padre di mia madre e penso che lei abbia il diritto di saperlo.»

Michael le restituì la lettera e si alzò, come a dire che la questione per lui era conclusa. «Lascia il passato dove sta, Anna. Sei proprio sicura che tua madre voglia sapere la verità?»

Anna si rigirò la lettera tra le mani. Ovvio che sua madre voleva sapere chi fosse il proprio padre biologico! Avrebbe almeno dovuto avere la possibilità di seppellirlo.

Ma non disse niente e si lasciò cadere la lettera sulle ginocchia. La testa di Michael era già palesemente da tutt'altra parte. Si era rimesso a sedere e stava di nuovo battendo al computer. Questa era la normalità, nella loro relazione. Lui rimaneva davanti allo schermo fino a tarda notte, a meno che lei non avesse organizzato una cena con gli amici, una serata a teatro o qualunque altra cosa le permettesse di riavere al suo fianco l'uomo spiritoso, profondo e divertente che Michael sapeva essere, soprattutto in compagnia.

Anche lei avrebbe avuto un bel po' da fare, ma non aveva la forza di mettersi al lavoro e nemmeno di leggere uno dei tanti romanzi che comprava e che sistematicamente finivano sulla libreria senza essere stati aperti. Vedere i suoi libri sugli scaffali, scrupolosamente ordinati per paese di provenienza dell'autore e data di pubblicazione, le dava una sensazione di superiorità intellettuale. Ma anziché mettersi a leggere, si era sdraiata sul divano, irritata dalla vista di Michael al computer e invidiosa della sua concentrazione assoluta. Lei non era in grado di lavorare senza sosta per tutta la notte come faceva sempre lui. Lei funzionava solo di giorno. Visti dall'esterno, i loro stili di vita sembravano incompatibili, ma in realtà erano perfettamente complementari. «Ti porta ancora a letto tutte le sere?» le aveva chiesto di recente un'amica con un misto di meraviglia e di invidia.

In effetti il loro rituale poteva sembrare molto romantico, ma a volte Anna avrebbe desiderato che si addormentassero insieme come le persone normali. Un tempo, dopo il sesso prendevano sonno stretti in un abbraccio. *Già, dopo il sesso*, pensò con un pizzico di nostalgia, come se ormai, anziana, ripensasse ai bei tempi andati. Adesso, le poche volte che andavano a letto insieme, lei non riusciva ad addormentarsi con addosso il peso del suo braccio. Nel frattempo si era abituata a farlo da sola, girata su un fianco, con il cuscino appallottolato sotto la testa e le ginocchia rannicchiate. Quando invece erano vicini nel letto, lei passava il tempo in ascolto del suo respiro regolare e si irritava per il calore che si formava tra i loro corpi. Lui sprofondava in un sonno pesante nel giro di pochi secondi, mentre Anna rimaneva a fissare il muro con lui che russava in sottofondo. Forse era stranita dalla sua presenza?

«Perché non vai a trovare István Szabó, il pittore?» le domandò Michael da dietro il computer.

Anna aveva appena fatto partire la sua serie televisiva e stava ascoltando la sigla iniziale, che le trasmetteva ogni volta una sensazione di benessere: era come se dei familiari a lungo attesi tornassero finalmente a casa. Mise in pausa, si alzò e si avvicinò a Michael.

Sullo schermo riconobbe gli angeli e le altre creature nervose tipiche dell'opera di Szabó. «Potresti usare il ritratto come scusa, chiedendogli di autenticarlo. Forse lui conosceva Rebeka e questo Breitner.»

Anna gli stampò un bacio sulla guancia. Perché lei non ci aveva pensato?

18

Antigone

Budapest, 1949

Rebeka non rispose alle telefonate di Breitner. L'idea di dover accettare la sua proposta di matrimonio le dava un senso di oppressione. L'immagine del ritratto di Aurelia, con il suo caschetto sfacciato e la mano tra le cosce, le compariva davanti agli occhi nei momenti più improbabili, colpendola come uno schiaffo. Allora chiudeva gli occhi e scacciava i pensieri negativi, cercando una distrazione. La trovava in István.

A volte tiravano fuori il testo quando erano ancora a pranzo. La balia preparava loro dei piccoli panini, in modo che potessero mangiarli comodamente seduti sul divano, mentre discutevano. Si passavano il pezzo a vicenda, leggevano una scena qua e una là, Rebeka si toglieva le scarpe e metteva i piedi sul divano. Certe volte, se la porta era chiusa, glieli posava anche in grembo. Lui glieli massaggiava nei punti dolenti, scrupoloso come un dottore. Rebeka lanciava gridolini di soddisfazione, in una sensazione a metà tra il solletico e il piacere. Se lui smetteva, si lamentava, gli avvicinava il piede con le dita aperte per farlo continuare.

«Forza, pigrona!» la rimproverava lui con una risata.

A quel punto lei si alzava dal divano e si dava un contegno assumendo una posa da palcoscenico. Poi chiudeva gli occhi per un istante, preparandosi a declamare la risposta di Antigone rispetto alla piccola felicità prospettata da Creonte. Ed era proprio quella piccola felicità l'argomento centrale di Antigone nella decisione di togliersi la vita.

«Voi tutti mi disgustate, con la vostra felicità e la vostra concezione della vita. Siete dei meschini! Come cani che sbavano leccando tutto ciò che trovano. Accontentarsi di una modesta felicità ogni giorno e non essere troppo esigenti. Ma io, io voglio tutto e lo voglio subito, e che sia perfetto, altrimenti meglio niente. Non posso esser modesta e accontentarmi delle briciole che mi vengono offerte per esser stata brava. Io voglio avere la certezza che sarà bello come quando ero bambina, altrimenti meglio morire.»

Anche quella volta, István la guardò recitare rimanendo steso sul divano, ma attento. Scuoteva la testa con aria pensierosa e un fremito appena percettibile gli contraeva un angolo della bocca. Vedendolo, Rebeka si fermò.

«Cos'hai per la testa?»

Lui corrugò la fronte. «È davvero paradossale.»

Rebeka lo guardò senza capire.

«Proprio Breitner deve vederti nel ruolo di Antigone?»

«Non capisco. Credi che possa ritenermi la bambina capricciosa, la tipa impertinente che interpreto?»

Sul volto di István comparve un'espressione stupita. «Antigone non è affatto una bambina capricciosa!» Fece un respiro profondo, prendendosi un momento per riflettere, poi si alzò e si mise di fronte a lei. «È la personificazione dell'onestà. Si erge contro il mondo dei compromessi pigri e meschini, contro l'opportunismo, contro la piccola felicità di Creonte, contro le idee predominanti. Devi far trasparire il suo desiderio di vita, non battere i piedi per terra! Non puoi dare una lettura superficiale del suo ruolo, come se fosse una mocciosa.» Le prese le mani e le allargò le braccia, come per disegnarle delle ali da angelo. «Rendila sensuale e appassionata. Falla sbocciare.»

Rebeka annuì senza troppa convinzione e lasciò ricadere le braccia lungo i fianchi. «Ma la sua è una ribellione infantile! E soprattutto inutile. Scava a mani nude per ricoprire di terra il corpo di suo fratello. Sa benissimo che Creonte la farà uccidere per questo. Si getta tra le braccia della morte per una romanticheria e trascina con sé altre due persone. Il suo idealismo è distruttivo.»

István scosse la testa. «Lei sa perfettamente quello che fa!»

Unì i palmi delle mani come se sorreggesse una sfera di cristallo, quasi la stesse implorando. «È una donna che ama la vita e che vuole viverla nella sua pienezza, una donna che ha affilato precocemente i suoi artigli e che lotta per difendere i propri valori. Anche se sa che è impossibile, per il ruolo che è costretta a interpretare. Creonte, con paterna saggezza, vuole farla ragionare, rendendola così l'oggetto della propria politica. Antigone ama la vita e ama anche Emone, suo promesso sposo. Ma sposarlo significherebbe farsi costringere nei lacci delle convenzioni borghesi. È una ragazza profondamente attaccata alla vita, ma non al prezzo di rimanerne strangolata.»

Rebeka vide la passione negli occhi di István. Le piaceva quando discuteva con lei, quando era così coinvolto e si lasciava trasportare in quel modo. Guardò le sue labbra che si muovevano e le venne voglia di baciarlo sulla bocca.

«Cosa c'è di tanto strano nel fatto che è stato Breitner a procurarmi questo ruolo?»

István sospirò e tornò verso il divano. Cercò una sigaretta in tasca. «Breitner è un tipo pragmatico, uno stratega, in un certo senso si può dire che sia simile a Creonte. Conosce benissimo i difetti della nostra società, ma è consapevole del suo ruolo e della necessità di stare al gioco. Non è una persona cattiva, ma è costretto a scendere a compromessi per mantenere la propria posizione. Lascia che gli altri lo strumentalizzino. Se lo sposi, dovrai fare come lui.» Prese un lungo tiro dalla sigaretta. L'indifferenza con la quale il fumo fuoriusciva dalla sua bocca non toglieva niente alla potenza del suo discorso: «Antigone non è disposta a farsi usare. Questo annullarsi, questo lasciarsi ingabbiare è inaccettabile per lei, inutile. È la morte». Si lasciò cadere sul divano, come se la sentenza fosse ormai stata pronunciata.

Le sue parole l'avevano colpita con violenza e le si erano fermate sullo stomaco come pietre. Sentiva che in esse qualcosa non tornava, anche se sembravano esprimere la verità.

Rebeka passeggiò scalza per la stanza, affondando le dita dei piedi nel morbido tappeto. Poi capì. Si portò istintivamente le mani al collo, come se così le fosse più facile respirare. La cosa che non tornava era il motivo che spingeva István a pronunciare quelle parole. «Quello che è inaccettabile è il modo in cui tu usi questo brano per mettermi contro Breitner.»

«Ma tu non lo ami!» István esplose come un'arma carica. «Se lo sposi, avrai semplicemente soddisfatto il desiderio di tuo padre e le tue origini borghesi.»

Rebeka scoppiò a ridere, con la sua risata stridula e fredda. «Sai che cosa penso io, invece? Che tu sia geloso e invidioso del mio successo.»

«Allora spiegami cosa ci faccio qui!» le urlò addosso lui, alzando una mano. «Faccio le prove con te ogni giorno, trascurando il mio lavoro. E questo mi renderebbe invidioso del tuo successo?» Vide l'espressione spaventata di Rebeka e abbassò la mano.

«Nessuno ti obbliga a stare qui. Se per te sono un peso, puoi andartene!» ribatté lei voltandogli le spalle. Dentro di sé sentiva montare una rabbia così profonda che voleva lanciarsi su di lui, sbatterlo a terra e affondargli le unghie e i denti nella carne, sentire il sapore della sua pelle. Nessuno le parlava come faceva lui e la cosa la irritava in un modo che neanche lei sapeva spiegarsi.

Fece un respiro profondo e poi disse, con tono calmo: «Vattene».

«Non essere stupida, non intendevo questo.»

«Fuori!» Stavolta urlò con veemenza, il suo sguardo era gelido.

E lui lo fece. Prese il cappotto e se ne andò.

Quella sera tardi, Rebeka era seduta al tavolo, china sul suo diario. Sentì bussare brevemente alla porta e suo padre entrò nella stanza. Lei coprì con la mano le ultime righe scritte e alzò gli occhi su di lui.

Bárdossy era rimasto in piedi sulla soglia grattandosi la nuca. A quanto pareva, stava cercando le parole giuste. «István ha intenzioni serie, vero?»

Rebeka assunse un'aria sorpresa. Non aveva voglia di parlarne.

«Quel ragazzo mi piace.»

Il padre sembrava in attesa di una qualche reazione di Rebeka. Si schiarì la voce.

Lei tacque, sapeva benissimo dove voleva andare a parare il padre.

«Non lo consideri un candidato, vero?»

Eccola lì, la sua domanda. Rebeka rimase colpita da come suonavano semplici quelle parole. Forse, in effetti, non lo aveva mai davvero preso in considerazione. In quel momento decise di arrendersi.

Scosse la testa, alzando lo sguardo verso di lui. Voleva mostrargli che per lei era facile dargli una risposta.

Suo padre annuì. Rebeka conosceva già la domanda successiva. Si raddrizzò sulla sedia e lo guardò negli occhi. Sentiva il cuore batterle forte per l'agitazione.

«Perciò non saresti contraria a una proposta del professor Breitner?»

«Non vi siete già accordati?»

Il padre si inalberò, come chi viene colto in fallo. «Possiamo essere contenti, mia cara. Il professore è un uomo stimato.»

«Essere contenti?»

«Sai cosa intendo.»

«E Róbert ti ha raccontato anche della sua defunta moglie?»

Il padre inarcò per un attimo le sopracciglia tradendo così la sua sorpresa.

«Si chiamava Aurelia ed è stata il suo grande amore. Vuole sposarsi solo perché è quello che si richiede a un uomo nella sua posizione. Non appena sarò sua moglie, potrò dire addio al palcoscenico.»

«Cos'altro ti aspetti?» Bárdossy scosse la testa. «Una donna deve sapere qual è il suo posto.»

«Non lo sposerò, papà!»

«Rebeka!»

«Mamma non lo avrebbe mai permesso. Io non lo amo!»

Al sentir nominare la moglie morta, Bárdossy abbassò lo sguardo assentendo con il capo. «Lo sai che quello tra tua madre e me è stato un matrimonio combinato. Ma abbiamo avuto...»

«Una vita serena, lo so, papà.»

«Tua madre non te l'ha mai raccontato.» Fece qualche passo verso di lei a testa china. Rebeka lo fissava senza capire.

«Quando aveva diciassette anni, fuggì con un giovane zingaro. Era un musicista.»

«Chi, la mamma? Non ci credo.»

«La polizia li beccò e tua madre fu cacciata dalla scuola; ne parlò tutto il paese. Per questo i tuoi nonni si trasferirono in città. Cercavano un uomo per bene per la figlia. È così che ho conosciuto tua madre.»

«E lei ti ha raccontato tutto quanto?»

«Tutto quanto. Mi ha chiesto se fossi disposto a sposarla lo stesso.»

«E…?»

«Mi ero innamorato di lei a prima vista.» Il padre accompagnò queste parole con un gesto della mano, quasi sentisse il dovere di scusarsi. «Tua madre fece la scelta giusta. È stato un buon matrimonio, Rebeka. Non è stata infelice al mio fianco.»

«Certo che no, papà!»

Rebeka chiuse gli occhi e pensò alla sua silenziosa e tenera mamma, e al breve periodo della sua vita in cui era stata felice.

19

L'Hotel Astoria

Budapest, 1949

István camminava nella notte come un cane randagio. Si era tirato su il bavero del cappotto e calato il cappello sulla testa per ripararsi dal freddo. Si trascinava per le strade, passando davanti a edifici con le pareti disseminate di fori di proiettile.

Era la sera del provino di Rebeka.

Si fermò all'incrocio di fronte all'Hotel Astoria. La luce proveniente dalle finestre del ristorante brillava sull'asfalto bagnato. István sbirciò dentro, passando in rassegna tutti i tavoli. Era lì che tempo prima Breitner gli aveva dato appuntamento per farsi consegnare il ritratto.

István lo aveva visto che leggeva il giornale accanto alle scale che conducevano al piano superiore, privato.

Allora aveva attraversato il ristorante portando l'ingombrante pacco sotto il braccio, cercando di non dare nell'occhio. Le sue scarpe sprofondavano nel tappeto pregiato.

Quindi scartò il ritratto e lo posò a terra, di fronte a Breitner.

«Si sieda, signor Szabó, beva un bicchiere di vino con me.»

«Grazie, ma non mi trattengo a lungo.»

Breitner ripiegò con cura il giornale. «La prego, si sieda!»

István ubbidì.

Breitner osservò a lungo il dipinto. István studiava i suoi lineamenti in cerca di un segno di compiacimento o di delusione, ma l'unica cosa che notò, un lieve tremolio delle palpebre, era indice solo di grande concentrazione. Maledisse la sua venalità, che lo aveva cacciato in quella situazione. Stava per alzarsi, quando Breitner finalmente alzò gli occhi su di lui.

«Un'opera decisamente fuori dal comune, Szabó.»

István fece molta fatica a nascondere la sorpresa e l'orgoglio che sentiva crescere dentro di sé. «Non mi sembra entusiasta.»

Breitner respirò a fondo, molto lentamente. «È insolita. Devo ammettere che non è quello che pensavo, ma conoscendola avrei dovuto aspettarmi qualcosa di imprevedibile.» Breitner si abbandonò contro lo schienale della sedia. «È molto espressivo, conturbante. Gli occhi della ragazza ardono di fierezza. Oserei dire che nel suo sguardo c'è qualcosa di inquietante.»

Così aveva detto.

Ora István se ne stava in piedi davanti allo stesso ristorante come un bambino, con il viso schiacciato contro il vetro della finestra, cercando Rebeka e il suo accompagnatore con lo sguardo. Avrebbero formato una coppia magnifica. Ovviamente non c'erano, per cui István si affidò alla propria fantasia. Immaginò Breitner che si chinava su di lei sopra il tavolo, tenendo la scatolina con la punta delle dita e sussurrandole quelle parole. Oppure si sarebbe inginocchiato davanti alla sua dama come un gentiluomo? Non era questo che contava, l'importante era l'esclamazione che sarebbe sfuggita a Rebeka nel momento in cui apriva la scatolina. Gli estranei lo avrebbero percepito come un grido di gioia, ma István vi avrebbe riconosciuto l'urlo silenzioso di chi già sa. Lei aveva deciso per il buonsenso. Proprio così, il buonsenso, perché quell'increspatura tra le sopracciglia, quell'attimo di esitazione, come se avesse avuto davvero una possibilità di scelta, era stata solo un'illusione. Lo sapeva anche lei. Non c'era altra scelta per una Bárdossy.

István, disgustato da se stesso, si staccò dal vetro e scosse via la polvere dal cappotto. Non aveva perso nulla, in quel posto. Sprofondò le mani nelle tasche e si voltò per andarsene.

20

Szabó

Érd (Budapest), 2017

«Le ho già detto che non parlo con i giornalisti» sentì dire attraverso la porta chiusa. Era un brontolio sommesso e ovattato.

Anna assicurò in ungherese che non era della stampa e abbozzò un sorriso prudente, ma non servì a nulla. Mise la foto del ritratto di Rebeka davanti allo spioncino. «Mi chiamo Anna Hartmann. Avrei qualche domanda su questo quadro.» Parlava alla porta, forse solo a se stessa. Era certa di aver sentito i suoi passi, lo scricchiolio del parquet, lo strascicare silenzioso delle pantofole sulle assi. Perché era così che si immaginava l'artista Szabó: un uomo anziano in pantofole.

Adesso non si udiva più nulla, per cui doveva essere ancora lì, fermo dall'altro lato della porta a origliare come lei. Magari aveva incollato l'occhio allo spioncino e la stava osservando. Anna si passò una mano sulla crocchia e si accorse che una forcina stava uscendo. In quell'istante la serratura scattò e la porta si aprì di uno spiraglio. «Dove ha visto quel quadro?»

Il tono era brusco e Anna indietreggiò leggermente. Era più alto e robusto di quanto si fosse immaginata e camminava scalzo sopra il parquet.

«Me l'ha offerto il proprietario. Avrebbe tempo per un caffè?» Si finse spavalda, sebbene il coraggio l'avesse già abbandonata da un pezzo. L'uomo sembrava irritato, come se la sua visita giungesse in un momento inopportuno. Eppure c'era qualcosa nella sua espressione, forse solo il suo sguardo penetrante, che sembrava tradire la sua incertezza, un dubbio sull'opportunità di farla entrare. Anna resistette qualche altro secondo in quella posizione, in piedi sulla soglia di fronte a lui, perché si era resa conto che qualcosa che aveva detto o fatto lo aveva indotto a cambiare idea. Era più allarmato o più irritato? Non riusciva a capirlo. Quanto meno i suoi capelli candidi e pettinati all'indietro corrispondevano allo stereotipo dell'artista che conduce una vita ritirata.

«Posso tornare in un altro momento» disse Anna, ormai pronta a fare marcia indietro. A quel punto la porta si aprì e l'uomo la invitò a entrare con un cenno della mano, come se non potesse fare altrimenti.

Anna osservò la cucina disadorna: da un lato c'era il ripiano e dall'altro degli scaffali di libri. Dal momento che lui non l'aveva invitata a sedersi, Anna si fermò accanto al tavolo al centro della stanza senza sapere bene che cosa fare.

Lui, dandole le spalle, prese una caffettiera dal pensile sopra il fornello e la sollevò come un trofeo. «Ho solo questa, non mi ritrovo con quegli aggeggi con le capsule.»

Anna si fece coraggio e si avvicinò alla libreria.

Intanto lui riempiva la macchinetta. «Venga qui, signora Hartmann, le mostro come funziona. I giovani d'oggi non sanno come si fa, invece viene fuori il caffè migliore di tutti.»

Szabó riempì un macinino elettrico con i chicchi di caffè, mentre Anna osservava da dietro. «Deve macinare i chicchi sul momento, altrimenti è inutile avere una buona caffettiera. Il filtro va riempito fino all'orlo e poi livellato. Vede? Sennò si brucia. E non va pressato troppo, sennò il caffè non riesce a venire su. Ecco, così.» Avvitò la parte superiore e aspettò. «Deve andare a fuoco lento» aggiunse, voltandosi verso Anna. «Lei non ha fatto bene i suoi compiti, mia giovane signora. Avrebbe dovuto chiedermi degli angeli piangenti, come fanno tutti i giornalisti. Questo ritratto non è rappresentativo della mia opera.» Il caffè salì, preannunciato da una nuvoletta di vapore. Szabó attese ancora qualche secondo, poi tolse la macchinetta dal fuoco e posò due tazzine sul tavolo. Dopo essersi seduto, le fece cenno di accomodarsi di fronte a lui.

«Ha mica latte e zucchero?» domandò Anna, ancora in piedi. Szabó la guardò come se gli avesse chiesto una dose di cocaina, poi si alzò controvoglia e andò al frigorifero.

«Ecco a lei, latte di soia.»

«Conduce una vita sana.»

«Lei è ancora giovane e il suo corpo è ubbidiente, ma alla mia età bisogna dargli una mano. Ho rinunciato all'alcol e allo zucchero, e mangio pochi carboidrati. Ogni tanto mi concedo un dolce, ma poi non chiudo occhio tutta la notte. Al mattino bevo un caffè doppio e mangio del muesli con yogurt, cereali vari, farro, avena e un po' di frutta, così sono sazio fino al pomeriggio. La sera insalata di ceci o lenticchie con tofu.»

«Il ritratto era un lavoro su commissione?»

Szabó sospirò, come se quella domanda gli avesse riportato alla memoria un antico dolore. «Ricevetti una cifra notevole, considerando le condizioni in cui mi trovavo all'epoca.» Spostò lo sguardo verso lo scaffale con i libri, quasi volendosi sottrarre a quel ricordo. Si alzò di nuovo e tirò fuori dalla libreria un volume illustrato, il catalogo di una mostra del 1971. Anna sapeva che quello era stato il suo periodo di massima creatività, dopo il quale sull'artista era calato il silenzio.

Szabó aprì il catalogo e glielo porse, invitandola tacitamente a guardare. Anna si chinò a osservare l'immagine: c'erano dei bambini in divisa che giocavano e, sopra di loro, si libravano dei corpi alati curvi e dalle dimensioni abnormi.

Anna alzò uno sguardo interrogativo su Szabó, che era rimasto in piedi accanto a lei come in attesa di un verdetto. «È un'opera degli anni Cinquanta. Mi era stata commissionata per la scuola materna che si trovava dentro al Parlamento.»

«Per una scuola materna?» domandò Anna sorpresa.

Szabó sorseggiò divertito il suo caffè: l'espressione seria del suo volto aveva lasciato posto a un sorriso compiaciuto.

Anna sfogliò qualche pagina del catalogo. «Vent'anni dopo, lo stato socialista le ha assegnato il prestigioso Premio Munkácsy.»

«Non riuscirono a convertirmi al realismo socialista, per cui dovettero imparare a tollerarmi.»

«Premiandola» precisò Anna, riportando gli occhi su di lui. Le faceva male il collo, ma resistette alla tentazione di sfuggire allo sguardo con cui lui la scrutava. «È per questo che non parla volentieri delle sue opere?»

«Allora vede che i compiti li ha fatti.»

«L'ho letto in un'intervista.»

«Se le mie opere non parlano da sole, significa che non valgono niente. L'arte è così.»

«Il regime ha strumentalizzato la sua arte, la cosa non le importa?»

Szabó scosse la testa. «Lei è molto peggio dei giornalisti.» Dal tono della sua voce traspariva una palese ammirazione. Poiché Anna non accennava a distogliere lo sguardo, Szabó rispose alla sua domanda. «Erano troppo stupidi per farlo. Ai loro occhi io seguivo la tradizione, dipingevo alla maniera dei maestri antichi e attingevo ai temi della mitologia. Nessuno poteva rimproverarmi per questo. La modernità dei miei dipinti la coglieva solo chi voleva. Io non sono politicizzato, dipingo semplicemente quello che vedo. Da sempre.»

«Non sta rendendo la cosa un po' troppo semplice?»

«Semplice?» Szabó scoppiò a ridere. Posò la tazzina sul tavolo e le rivolse un'occhiata che le parve porre fine alla conversazione.

«Conosceva bene la signora del ritratto?» domandò Anna in fretta, prima che lui potesse indicarle la porta.

Ma Szabó non fece nulla di simile. Si sedette di fronte a lei e la osservò. Il modo in cui la osservava e il suo sorriso pensieroso la fecero sentire a disagio. «Lei me la ricorda. È per questo che l'ho fatta entrare.»

«La donna del dipinto è mia nonna» disse Anna guardandolo fisso negli occhi.

Szabó si lasciò andare sulla sedia con le braccia incrociate al petto, in atteggiamento scettico.

«Si chiama Rebeka Bárdossy e vive a Vienna.»

Szabó distolse lo sguardo e allungò la mano verso una scatolina di legno in cima a una pila di giornali. «Lei fuma?»

Anna scosse la testa.

«Io ne fumo tre al giorno. Una dopo ogni pasto e una prima di dormire. I vecchi di solito hanno la scatola con le pasticche, io ho questa.» La aprì, conteneva due sigarette fatte a mano. Ne accese una con un sorriso un po' colpevole e tirò una lunga e profonda boccata, come se ne avesse sentito l'urgenza. «Di qualcosa bisogna pur morire» disse poi, lasciando uscire lentamente il fumo.

Anna aveva l'impressione che nel tono della sua voce fosse cambiato qualcosa. Sembrava meno irritato dalla sua presenza.

«Ognuno ha i suoi peccati da espiare, come si dice» commentò Anna. Voleva essere una battuta, una specie di offerta di pace.

«È un luogo comune» ribatté lui sarcastico, ma senza smettere di osservarla con attenzione. «Ma forse qualcosa di vero c'è.» Evidentemente si stava sforzando di essere gentile. Fece un altro tiro dalla sigaretta, che sfrigolò piano nel silenzio.

«E il suo peccato qual è, oltre al fumo?» domandò Anna.

Szabó lanciò un'occhiata in direzione della porta, come se stesse aspettando qualcuno, ma forse era solo un modo per evitare il suo sguardo. Continuò a fumare. «Sono un cattivo padre.» Anna pensò che un'affermazione come quella non si doveva certo fare così alla leggera. Il silenzio tra loro si fece più denso.

«Mio figlio mi scrive un biglietto una volta l'anno, per Natale» aggiunse lui dopo un bel po'. «Lo scrive sua moglie, per essere precisi.» Poi agitò la mano in aria, forse per scacciare quel pensiero. «Lei ha figli?» domandò invece.

Anna negò, con un gesto che sottintendeva che era troppo giovane per fare figli, lo stesso che usava quando troppo giovane lo era davvero. La sua mano andò a sfiorare il vestito, in un punto esatto, in cui ancora non si poteva vedere alcuna rotondità. «Un figlio non è garanzia di felicità» le sfuggì come se dovesse giustificarsi, ma si pentì immediatamente.

Szabó si massaggiò le tempie come se avesse mal di testa. «Un altro luogo comune! E cos'è la felicità per lei, signora?»

«Anna.»

«Anna, giusto. Cos'è la felicità per Anna?»

Lei girò il cucchiaino nel caffè, nonostante non ci fosse zucchero. «Il primo sorso di caffellatte al mattino. Il profumo delle strade di Berlino dopo un temporale estivo. Una mostra ben riuscita.»

«Tutto qui? Allora sarà senz'altro una persona felice.»

Anna sostenne il suo sguardo risoluto. Cosa ne sapeva quest'uomo di lei? Magari quelli erano solo momenti a cui ancorare la cosiddetta "felicità". E questo era tutto, non c'era nient'altro da scoprire.

«Andiamo a fare una passeggiata!» Le parole dell'uomo suonarono come un ordine, sembrava che avesse deciso di farsela piacere. Le spiegò che a quell'ora faceva sempre un giro nei dintorni e lei accettò di accompagnarlo.

Lo osservò mentre, seduto su uno sgabello a tre gambe, si infilava con fatica i calzini. La scena le sembrò troppo intima, e distolse lo sguardo per non imbarazzarlo.

«Di cosa si occupa suo figlio?» domandò tanto per riempire il vuoto.

«È un ingegnere meccanico della Siemens, a Berlino. Vive lì con la sua famiglia, è un bravo ragazzo.» Non era chiaro se il suo sorriso tirato derivasse dallo sforzo che stava facendo o dal pensiero del figlio. «Non abbiamo molte cose in comune» aggiunse. Si rialzò senza fiato dopo essersi allacciato una scarpa e le indicò l'altra, che doveva ancora indossare: «Hanno la suola morbida, vede? Per attutire il contraccolpo dei passi. Le ho prese al mercatino delle pulci, ma sono nuove. Il mio chiropratico sostiene che è indispensabile usare delle buone scarpe per camminare».

Szabó si mise in spalla uno zainetto, infilò la camicia nei pantaloni e si posizionò sulla soglia di casa come un bambino pronto per andare a scuola.

Anna lo seguì per il sentierino lastricato che attraversava il giardino, selvatico e allegro, decisamente in contrasto con la sobrietà della cucina.

Come scoprì, questo era in realtà l'esito di una composizione meticolosa e di un accurato lavoro di giardinaggio che non si sarebbe mai aspettata. Szabó le mostrò gli alberi da frutto, il ciliegio da un lato, i peschi dall'altro. «Per le mie dolci pesche è in ritardo di un paio di settimane, signora Hartmann.» Chiuse gli occhi e portò una mano alla bocca, facendo finta di affondare i denti in una pesca matura. Poi con la mano si pulì il mento dal succo immaginario che era colato giù. Anna non poté che sorridere davanti a quella messinscena così golosa. Le vennero in mente le estati della sua infanzia in riva al lago. Dalla ricchezza di dettagli con cui Szabó descriveva la potatura degli alberi da frutto e da come la guardava per assicurarsi che avesse capito, sembrava che volesse svelarle profonde verità sulla vita. Anna si interessava e faceva domande, lasciandolo parlare. La dinamica tra loro sembrava essersi spostata in suo favore. Scuotendo la testa e con l'indice sollevato come a denunciare un crimine, Szabó le spiegò che i peschi vanno potati solo in primavera, prima della gemmazione.

«Come ha conosciuto mia nonna?» domandò Anna cercando di riportare il discorso su Rebeka.

Szabó lasciò la presa sul ramo che aveva usato fino a quel momento per dimostrarle come andavano rimosse le ricrescite e, con le braccia dietro la schiena, la precedette verso il cancellino che conduceva fuori. «Ha importanza il come? Io la conoscevo meglio di quanto lei conoscesse se stessa; è questo ciò che conta.» Lo disse con una tale spontaneità e con una voce così esile che Anna quasi non sollevò gli occhi dal sentiero. Dopo aver aperto il cancellino, Szabó rimase lì in piedi facendo uscire prima lei dal suo giardino incantato e accompagnandola con uno sguardo pieno di attesa, come se fosse lei a dovergli una spiegazione per quella risposta.

Anna si voltò quindi per aspettarlo.

Lui sistemò con cura il lucchetto e chiuse il cancello dietro di sé.

«L'uomo da cui ho avuto questo quadro è morto da poco, era il professor Róbert Breitner» disse Anna. Szabó annuì: probabilmente, arrivato alla sua età, la morte non lo stupiva più.

Camminarono per un po' l'uno accanto all'altra, come se al mondo non esistesse niente di interessante, men che meno a Érd, quel misero paesino ungherese con le sue villette monofamiliari squadrate che si susseguivano come anelli di una catena ai lati della strada principale. La maggior parte era dipinta di bianco, anche se qua e là compariva qualche facciata di uno sgraziato giallo acceso o senza intonaco. Per lo più avevano piccole finestre rettangolari dalle tapparelle abbassate anche di giorno, come gli occhi di una bambola addormentata, per proteggersi dalla calura estiva. In quello scenario, la casa di Szabó, ricoperta di edera e nascosta dal rigoglioso e fiabesco giardino come se si trovasse lì da secoli, le sembrò un atto di pura ribellione.

«Mia nonna era fidanzata col professor Breitner, vero?» insistette Anna, continuando a scavare in quella torbida storia.

Nel frattempo avevano lasciato la strada principale e stavano proseguendo tra i vigneti.

«Se lo dice lei» rispose lui scrutando il cielo sopra di loro, dove si addensavano nuvole scure. «Dovremmo rientrare, sta per piovere.» Szabó invertì la direzione con passo lento ma deciso. C'era qualcosa nell'espressione del suo viso, nella curva severa delle sopracciglia e nel modo in cui era tornato indietro, che la metteva a disagio: sembrava quasi che non fosse stata la minaccia della pioggia a irritarlo.

Grandi nuvole grigie fecero piombare la vigna in un'oscurità grigiastra. I due camminavano fianco a fianco, senza parlare. Anna si sentiva con le spalle al muro e fu tentata di inventarsi che si era scordata di un appuntamento per andarsene, ma a quel punto doveva comunque rifare la strada con lui. Forse era a causa delle circostanze o forse dipendeva da lei stessa, ma in quel momento sentiva che l'unica via percorribile era quella di gettare il cuore oltre l'ostacolo.

«Mia madre non ha mai saputo chi fosse il suo padre biologico...» cominciò, con l'intenzione di spiegare quanto fosse difficile affrontare questo argomento con sua nonna.

«Lo chieda a Rebeka» la interruppe Szabó. Il tono era di rimprovero, come se per tutto il tempo avesse solo aspettato di dire quelle parole. Ma poi si frenò, forse perché non voleva immischiarsi nelle faccende familiari altrui.

Borbottò che non poteva saperne niente e affrettò il passo.

Anna lo raggiunse e camminarono insieme, in un cortese silenzio, fino alla casa.

21

Sangue in salotto

Budapest, 2017

Szabó l'aveva accompagnata alla macchina e non appena si erano salutati, Anna si era sciolta la crocchia scuotendo bene i capelli, come faceva sempre quando tornava a casa dopo una lunga giornata di lavoro. Poi si toglieva i vestiti e sfilava gli anelli, che le stringevano all'improvviso così tanto le dita da bloccarle la circolazione.

Caddero le prime gocce di pioggia e il selciato si coprì rapidamente di piccoli puntini. Anna premette il pulsante per aprire la macchina, che mandò un suono sfacciatamente allegro. Si lasciò cadere sul sedile e chiuse fuori il temporale che stava per esplodere. Con il cellulare già in mano, compose il numero della madre per raccontarle di Szabó, questo strambo e cinico personaggio con il quale le era sembrato di aver fatto un colloquio di lavoro più che una normale conversazione.

«Tuo padre…» iniziò lei non appena ebbe risposto, poi si interruppe. La sua voce sembrava rauca, lamentosa.

Anna capì immediatamente che il suo sospetto era fondato. Avrebbe dovuto parlarci, anziché scacciare il suo presentimento e ridurre il tutto a un atto stupido e infantile, fino a convincersi che in realtà non era successo niente.

«L'avvocatessa...» riuscì a capire Anna, fra i lamenti e le lacrime che provenivano dall'altro capo del telefono.

Poi sua madre si calmò. Forse si era alzata dal letto, sistemata il vestito, asciugata gli occhi dalle lacrime con il dorso della mano e aveva deciso che, per amore nei confronti della famiglia, avrebbe lasciato correre, come si addice a una moglie e madre amorevole.

«È finita?» Anna ripeté le parole della madre. Perché mai lui gliel'aveva confessato? Sperava per caso in un'assoluzione? Se la prese con la propria vigliaccheria. Avrebbe dovuto dirgli di chiudere la relazione, di tenere la bocca chiusa e di fare i conti con la propria coscienza da solo. Ma non aveva fatto niente di tutto ciò. Si era concentrata su se stessa, sperando che la questione si sarebbe risolta al pari di una banale influenza a cui non meritava prestare attenzione.

Alla madre però questo non lo disse. «E ora che pensi di fare?» le domandò invece.

Silenzio. Anna ascoltava il rumore della pioggia che scrosciava sul parabrezza dell'auto immaginando sua madre che si sedeva di nuovo, con la mano libera dal telefono abbandonata in grembo, confusa e profondamente minata nelle sue certezze.

«Che scelta ho?»

«Mamma, non puoi certo ingoiare il boccone amaro.»

«Anna, ti prego!»

Lei capì, imbarazzata. Rimase con il cellulare all'orecchio, grata di non dover dire niente. «Dopodomani sono a casa, passo a trovarti» mormorò dopo un po'.

Fece cadere il telefono sulle gambe e si lasciò andare poggiando la testa all'indietro, desiderando di poter restare lì per sempre. Ma un'occhiata all'orologio le ricordò che Michael la stava aspettando. Si era scordata dell'inaugurazione della mostra!

Percorse a tutta velocità la strada che costeggiava il Danubio con l'utilitaria a noleggio, mentre la pioggia lentamente diminuiva. I raggi del sole iniziarono a bucare il tappeto grigio del cielo, facendo scintillare l'asfalto. Il Ponte della Libertà brillava sopra la superficie del fiume. Anna iniziò a sentirsi più tranquilla. In cima alla collina Gellért, alla sua sinistra, la donna di bronzo del Monumento alla Liberazione vegliava sulla città come una mamma sul suo piccolo. Budapest le dava l'impressione di essere una diva dai mille volti. L'infamia dei vicoli di notte, con la loro legge della strada, restava nascosta agli occhi degli spiriti puri che si trovavano lì a passeggiare. In questa città degli opposti era cresciuta sua nonna, una ragazza di Buda fino al midollo, come le aveva fatto capire Szabó. Poi, con un'occhiata eloquente e sottolineando *Buda*, le aveva chiesto se ne conoscesse il significato. Le aveva spiegato che nella parola "Budapest" l'accento era su "Buda", come se fosse la sorella rivale sull'altra sponda del Danubio. Essere di Buda rappresentava uno stile di vita, un marchio di origine, ed era così ancora oggi. «Queste persone esigono appellativi speciali» aveva detto Szabó con un sorriso, anche se nella curva delle sue sopracciglia si leggeva una punta di cattiveria. Vivevano nascoste dietro mura di pietra, circondate di parchi tranquilli e piccole pasticcerie. Giravano per le eleganti gallerie della città con le unghie perfettamente curate, i tacchi alti e i sensi in estasi, come creature fatate. Anche Rebeka era stata una di quelle ragazze, una fiera Bárdossy. Mentre Szabó parlava, il suo volto lasciava trasparire una tale sofferenza che Anna aveva abbassato lo sguardo per l'imbarazzo.

Michael la aspettava di fronte al Bálna Pláza, un'imponente struttura di vetro di recente costruzione, che si stendeva ad arco sugli ex edifici portuali del Danubio. Le fece un cenno, impaziente come quando si richiama l'attenzione dei tassisti, con un piede già sulla strada.

«Scusami!» esclamò Anna nell'istante in cui lui apriva la portiera, per anticipare il suo rimprovero. Afferrò la borsa che stava sul sedile del passeggero e la spostò dietro.

«Com'è andata?» le domandò Michael mentre ripartivano.

«È stato intenso» rispose Anna. Era troppo stanca per raccontare. Spostava lo sguardo dalla strada al navigatore, senza il quale non sarebbero stati in grado di orientarsi tra i sensi unici di Budapest.

«Il ritratto è suo?»

Lei annuì, percependo con la coda dell'occhio l'espressione interrogativa sul viso di Michael. Procedevano a passo d'uomo, il traffico della circonvallazione scorreva lento come un fluido vischioso.

«Mio padre aveva davvero una relazione con quell'avvocatessa. La mamma pensa che adesso sia finita.»

Michael sbottonò le maniche della camicia e le arrotolò fino ai gomiti.

Anna svoltò in una delle stradine del quartiere ebraico e dovette frenare per far passare un gruppetto di turisti, che stavano fotografando le meravigliose facciate fatiscenti in stile Berlino Est prima del crollo del muro. Quella zona, dimenticata e abbandonata durante il socialismo, aveva riacquistato da tempo il suo antico splendore.

Svoltarono a sinistra nella via Király, che era stata ribattezzata Vicolo del Re, una strada un po' sciatta e malfamata che, con le sue sordide bettole, era tornata a rappresentare il cuore pulsante della città. Anna accelerava e rallentava, scansando le auto intente a parcheggiare. Una donna dai capelli grigi sbucò dal nulla e le si parò davanti, nel mezzo della carreggiata. Schiacciò il freno e inchiodò con le gambe che tremavano. La vecchia signora, per niente turbata, alzò il mento e proseguì come nulla fosse. Si era vestita di tutto punto per andare a fare le sue compere e si tirava dietro un carrellino per la spesa. La nuova ricchezza e il nuovo ritmo della città non parevano riguardarla.

Anna scosse la testa e ripartì con le gambe ancora tremanti.

«Non ti sembra una vigliaccheria?» domandò a Michael senza distogliere gli occhi dalla strada.

«Che cosa?»

«Mio padre che ammette la sua relazione.»

«Al contrario, mi pare un atto di onestà.»

«È un modo di scaricare i suoi problemi di coscienza su di lei.»

«È la relazione che ha distrutto la fiducia tra loro, non averla confessata.»

In mezzo al terreno non edificato di un fondo privato campeggiava un cartello azzurro con una grossa P. Ai due lati si innalzavano i muri tagliafuoco degli edifici adiacenti. Anna si fermò davanti alla sbarra. Un cartello riportava la scritta in tedesco e in inglese "Parcheggio custodito". Il gigantesco guardiano si alzò dalla sua sedia di plastica visibilmente irritato, come se fosse stato interrotto nel bel mezzo della telecronaca di una partita di calcio. Anna abbassò il finestrino e alzò gli occhi sulle sue braccia tatuate.

«*Four hundred one hour*» disse in un pessimo inglese.

«Ma è un furto!» gli rispose Anna in ungherese.

Il tizio si era parato davanti al finestrino a braccia conserte, come un poliziotto durante un alcol test. A giudicare dal suo sguardo sembrava chiedersi se fossero davvero ungheresi. Lanciò un'occhiata sospettosa a Michael, che evidentemente non considerava degno di fiducia, poi tornò a guardare lei. Anna lo contraccambiò con un'espressione ingenua da ragazzina.

«Trecento per il tuo bel sorriso» disse serio l'uomo, prima di riportare lo sguardo su Michael per capire se si fosse offeso per quel piccolo flirt con la sua donna. Poi porse ad Anna il biglietto scritto a mano.

Lei parcheggiò in uno dei posti liberi.

«Hai contrattato come un'ungherese» osservò Michael divertito.

Anna era tornata seria. «Come al solito, tutto il peso ricade sulla mamma. Mio padre lo sa benissimo. Lei ingoierà il boccone e farà finta che non sia successo nulla.»

«Pensi davvero che lo farebbe?»

Anna spense il motore e si voltò verso Michael. Dopo aver sganciato la cintura, lui si sporse verso di lei e le sfiorò il mento con due dita. «Se un giorno tu mi tradissi, io voglio saperlo, chiaro?»

«E mi lasceresti?»

Michael sorrise e la baciò sulla bocca. «Vedremo.»

Già da lontano intravidero una piccola folla di persone. Gruppetti di gente di ogni età se ne stavano di fronte alla caffetteria, fumando e bevendo calici di vino. Dal giardinetto pubblico lì vicino, nascosto alla vista da una siepe, arrivavano le grida attutite dei bambini che giocavano. Era un pomeriggio caldo, ma l'aria era mossa da una lieve brezza lasciata dalla pioggia. Un bambinetto di due anni sfrecciò loro accanto sul suo triciclo di plastica. «*Excuse me!*» esclamò alle loro spalle la madre, che si sbracciava e correva dietro al piccolo: «*Jacob, stop! Get over here!*».

«Che idillio, sembra di stare nelle zone residenziali di Berlino» disse Anna a Michael, che stava ancora seguendo la donna con lo sguardo scuotendo la testa. «Solo che qui la gente parla più *british*. Quindici anni fa questo era un quartiere difficile.» Nel frattempo le case erano state ristrutturate e si affacciavano oltre le chiome degli alberi del giardino pubblico: era una piccola oasi di pace in mezzo alla città, una zona abitata dagli espatriati che si potevano permettere di vivere in centro.

Entrarono nella caffetteria, un locale semplice, moderno, arredato sui toni del bianco e con i soffitti alti. Decine di persone si muovevano tra i tavolini in cerca di qualcuno di loro conoscenza. Dalle ampie vetrate entrava una luce calda a illuminare le gambe amputate e le teste mozzate dei quadri appesi alle pareti. I temi esplorati dal giovane artista ruotavano attorno alla mitologia, forse alle sofferenze dei santi, ma potevano anche far pensare a scene tratte da un film horror. Anna non era tanto impressionata dai fiumi di sangue colante, che guardava con lo stesso distacco con cui si osserva, comodamente seduti sul proprio divano, la ricostruzione di un massacro in TV, quanto piuttosto dagli elementi disturbanti che emergevano da quelle opere, come la pistola in mano a un bambino o il pene enorme come riferimento al tempo presente.

«Quello è l'artista» le disse Michael facendo un cenno in direzione del bar. Il pittore, con una camicia a scacchi a maniche corte, stava parlando con alcuni ospiti. Ogni tanto si guardava intorno da sopra gli occhiali, come se studiasse le reazioni dei presenti alle sue opere. Anna pensò che i temi tetri dei suoi quadri non gli si addicevano.

«E lui è Dorsch Wolfgang» aggiunse Michael indicando il proprietario del caffè, un sessantenne alto e robusto che stava andando loro incontro con aria festosa. Si conoscevano da poco dopo la caduta del muro, quando anche lui era venuto a Budapest e, come Michael, se n'era innamorato.

Anna si voltò verso Michael, che, probabilmente per abitudine, stava armeggiando con il colletto della camicia, dove di solito aveva la cravatta. Poi guardò compiaciuta gli avambracci muscolosi che spuntavano da sotto le maniche arrotolate.

«Amico mio!» lo salutò Wolfgang da lontano.

Michael prese Anna per mano e si avvicinò a lui. «Lei è Anna Hartmann, la mia compagna, non vi eravate mai conosciuti.» Anna gli porse la mano e si accorse di dover sollevare lo sguardo per incontrare quello di Wolfgang.

«Wolfgang è uno degli ultimi sognatori rimasti» spiegò Michael. «È uno studioso di letteratura, ma il suo sogno è sempre stato quello di aprire un caffè per poter osservare gli artisti nel loro atto creativo. A proposito, questo posto è ancora un caffè o fai concorrenza alla mia galleria?»

«Un salotto, forse?» domandò Anna.

«Salotto mi piace. Spero che diventi un piacevole luogo di confronto. Dovete assolutamente dare un'occhiata alla vetrina dei dolci!»

«Confronto tra gente che la pensa allo stesso modo?» domandò qualcuno dietro di loro.

Wolfgang si voltò. «Il vecchio cinico! Vieni, che ti presento!»

Anna sgranò gli occhi nel riconoscere Szabó. Indossava la camicia, i pantaloni e lo zainetto giovanile di poco prima. Poi guardò Michael con aria tronfia, come se Szabó fosse lì per lei.

«Credo che ci conosciamo già» disse Szabó in tedesco al proprietario del locale. Il suo accento aveva una leggera inflessione viennese, come è per la maggior parte degli ungheresi che abbiano imparato la lingua dagli abitanti della capitale austriaca. Szabó attirò Anna a sé con delicatezza, prendendola per la mano che lei gli aveva offerto. Il bacio sulla guancia, che in Ungheria è normale tra conoscenti, la colse impreparata.

Durò solo un istante, dopodiché Szabó si voltò verso Michael per presentarsi. I due uomini, alti uguale, stavano uno di fronte all'altro, l'artista anziano e il brillante uomo d'affari ancora nel fiore degli anni. Si strinsero la mano e ad Anna la stretta parve un po' troppo forte e prolungata, come se dovessero prima misurarsi. Le sembrò che Szabó avesse lo sguardo inquisitorio di un padre che incontra per la prima volta il nuovo amico della figlia.

«Cosa intende con "confronto tra gente che la pensa allo stesso modo"?» domandò Anna, ponendo fine alla cerimonia dei saluti.

Avanzarono insieme nella sala.

«Si guardi in giro, cara Anna!» Szabó le circondò le spalle con un braccio e le indicò le persone intorno a loro. «Lo vede quel tizio incravattato insieme alla ragazza carina? Quello è un professore universitario della ELTE, mentre quella signora anziana con l'abito ampio è una mercante d'arte viennese; e il signore con la barba e il berretto che sembra un mafioso? Quello è un curatore, viennese anche lui.»

Nel presunto mafioso Anna riconobbe un vecchio amico. Fece un cenno con gli occhi a Michael per avvisarlo che c'erano Georg e Maja, poi scivolò appena di lato per sfuggire all'abbraccio di Szabó.

Szabó non sembrò accorgersi del suo disagio, perché mantenne il braccio ostinatamente posato sulla sua spalla. «E quella laggiù? Quella tipa tosta vestita di nero? La conosce di sicuro, è una premiata scrittrice ungherese. Scrive in tedesco e vive a Berlino. Tutti sorseggiano prosecco o bevono un buon espresso, indignandosi per la politica di Orbán. Ci faccia caso, ci sono più viennesi che ungheresi. Più professori che studenti, più curatori che artisti. Siamo tutti della stessa opinione, nei nostri circoli eleganti!» Finalmente Szabó tolse il braccio e la guardò con le sopracciglia alzate.

Michael prese la parola, con il tono pacato ma leggermente acuto di quando era irritato. Anna lo conosceva molto bene. «Non crede che gli intellettuali abbiano il dovere di prendere una posizione, a prescindere dalle circostanze?»

«Anche lei è di Vienna, vero?» domandò Szabó.

Michael non rispose.

Anna lanciò un'occhiata ammonitrice a Szabó, che reagì con una smorfia indecifrabile, forse un sorriso mal riuscito, per poi tornare subito a rivolgersi a Michael. «Io stimo il suo lavoro, signor Reidl. Non mi fraintenda. Immagino che conosca bene l'Ungheria. Viviamo in un paese profondamente diviso, la gente si fa la guerra all'interno della stessa famiglia. A volte, quando parlo con persone che non conosco, mi sorprendo a scandagliare le loro opinioni. Se sono opposte alle mie, la conversazione implode. In questo nuovo tempio della cultura del nostro amico Dorsch non succederà. Ecco cosa intendevo quando ho detto che qui la pensiamo tutti allo stesso modo. Qui non si fanno discussioni utili, si conversa tra intimi.»

Michael si sistemò gli occhiali sul naso. «E lei cosa propone?»

«Non ho proposte da fare, io mi sento esattamente come questo giovane collega.» Szabó con un gesto circolare indicò le opere appese alle pareti. «Un tempo i suoi quadri avevano un loro umorismo, prendevano in giro la società ungherese. Ma in questi lavori non leggo altro che rassegnazione, e lo capisco. Comunque sono un po' troppo sanguinolenti per i miei gusti.» A un tratto Szabó parve distratto da qualcosa. Si voltò dalla parte opposta della sala e, con un accenno di inchino, disse: «Spero che non me ne vogliate, cara Anna e caro signor Reidl, ma è arrivata la mia compagna. Stasera andiamo a ballare».

Anna si sentì attraversare da una strana scossa, mentre Szabó si portava la sua mano alla bocca.

«Un baciamano» commentò Michael in tono sarcastico. Lo seguirono con gli occhi. Arrivato all'ingresso, Szabó salutò la sua signora, mentre Anna si sforzava di non far trapelare la sua curiosità. La "compagna", come l'aveva definita Szabó, era una donna della sua stessa età, forse di qualche anno più giovane. Lo guardò e gli sorrise. Appariva curata e spontanea. Anna non avrebbe saputo come altro descriverla. La sua gonna lunga e pesante avrebbe reso un bellissimo effetto se ballando avesse fatto una giravolta.

Anche Michael, a gambe larghe e col suo cipiglio virile, osservava la coppia da lontano. Per non dargli il tempo di commentare, Anna gli indicò con un cenno Georg e Maja. Andarono a salutarli.

«Dove avete lasciato i bambini?» domandò Michael dando delle pacche sulle spalle all'amico.

L'espressione sorpresa di Georg si trasformò in un ampio sorriso non appena riconobbe Michael. «A letto a dormire, spero.»

Anche Anna e Maja si abbracciarono. Seguirono dei baci appena accennati, in punta di labbra, come se incontrarsi a una mostra a Budapest fosse la cosa più normale del mondo. Le due donne avevano fatto amicizia durante gli anni di studio a Berlino: insieme frequentavano i corsi, visitavano le mostre, andavano ai concerti e amavano gli stessi film. Anna aveva persino trascinato Maja al concerto di Sokolov per non uscire da sola con Michael la prima volta. Quella sera Michael aveva portato il suo amico Georg, che di mestiere faceva il fisico, anche se avrebbe dovuto fare il pianista. Quando gli chiedevano perché la sua carriera musicale fosse naufragata, lui raccontava sempre della breve malattia che lo aveva colto durante la pubertà: una volta guarito, si era spenta anche la voce interiore che fino a quel momento gli aveva suggerito le note da suonare.

Quella serata fu un punto di svolta per tutti e quattro. Anna aveva ricordi vaghi dei loro discorsi sull'origine dell'universo, la metafisica nell'arte, i film dell'orrore e la pena di morte in Giappone. Aveva passato la notte in una sorta di stato di incoscienza, avvolta dal dolce respiro di Michael. Ma una cosa se la ricordava bene: Georg abbandonato sul tavolino appiccicoso del bar che fissava Maja dritto negli occhi. Aveva fatto tutto il possibile per fare colpo su di lei e non aveva neanche dovuto sforzarsi troppo, perché le scintille che sfavillavano tra Michael a Anna nella fumosa penombra del localino seminterrato avevano contagiato anche Maja. Quella sera stessa, dopo che i due avevano fatto salire le ragazze su un taxi e si erano concessi un ultimo bicchierino dentro una delle sudicie bettole sulla via Oranienburg, Georg aveva detto a Michael che quella bellissima artista era senza dubbio l'amore della sua vita. Erano le prime luci dell'alba, il momento in cui locali come quelli si trasformavano in un ricettacolo per gli ultimi rimasti del popolo della notte: camerieri, sfruttatori e prostitute dalle gambe chilometriche.

Nel frattempo quel notevole genio di Georg era diventato un curatore d'arte e aveva sposato la bella Maja.

Negli ultimi anni, Anna e Michael non li avevano frequentati molto. Un anno sì e un anno no facevano un figlio ed era diventato impossibile fissare un incontro. C'era costantemente qualche ostacolo, tra allattamento, malattie e babysitter sempre nuove. L'ultima volta che si erano visti a Berlino, Anna e Michael avevano aspettato al ristorante oltre un'ora prima che i due si presentassero, affannati e con i nervi a fior di pelle perché il piccolo non voleva saperne di addormentarsi. E ora si incontravano qui.

«Adesso abbiamo un giorno fisso, un appuntamento ogni due settimane» disse Georg trionfante.

«Così finalmente riusciamo a finire le frasi quando parliamo, cosa impossibile quando ci sono i bambini» aggiunse Maja, con quella sua incantevole timidezza che la faceva sembrare perennemente a disagio. Era ancora la stessa giovane fragile e dai lunghi capelli scuri, che portava sciolti come vent'anni prima. «È tutto più semplice, ora che i bambini sono grandi. A settembre Lena andrà a scuola. Dovremmo farlo una volta a settimana, tesoro» disse a Georg con un velo di imbarazzo. Sembrava quasi che stesse parlando di sesso e Anna e Michael non poterono fare a meno di sorridere.

Anche Georg aveva avuto lo stesso pensiero e si lasciò sfuggire una risatina, mentre passava la mano sui capelli lucidi della moglie. Poi le carezzò il viso con il dorso della mano, accompagnando una ciocca ribelle dietro l'orecchio. Il modo in cui la guardava fece stringere d'invidia il cuore di Anna. Lanciò un'occhiata furtiva a Michael, che però non sembrò farci caso. Le sue mani, comodamente sprofondate nelle tasche, non cercavano il contatto con Anna.

«Lasciamo le due ragazze un po' da sole e procuriamoci qualcosa da bere» propose Michael, avviandosi verso il bar insieme all'amico.

Anna e Maja si guardarono come due bambini che non si conoscono ma sono stati costretti a giocare insieme dai genitori. Eppure un tempo erano state così vicine! Avevano condiviso un intero periodo della vita, con tutti i suoi dubbi e le sue incertezze. Georg all'epoca non era sposato come Michael, ma era comunque molto più grande di Maja.

«Come state?» domandò Anna. Stare in piedi la affaticava e sentiva dei crampi al basso ventre come durante il ciclo.

Maja le rispose con un sorriso esitante. «Lena sta per iniziare la scuola. L'ho già detto?» Si passò una mano tra i capelli. «In questo momento non parliamo d'altro. Georg lavora un sacco, ha appena concluso un grosso progetto a Stoccolma.»

«E tu hai ripreso a disegnare?»

Maja lasciò scorrere i capelli tra le dita, scuotendo la testa e agitando una mano a indicare che la cosa era fuori discussione. «Leo ha solo due anni. L'anno prossimo andrà alla materna.»

Anna fece segno di avere capito, aspettando poi di capire se avrebbe aggiunto qualcosa, magari una giustificazione. A quanto pareva però Maja aveva finito. «Certo, ha solo due anni» ripeté Anna, come se avesse scordato l'età del bambino. Voleva esprimerle la sua empatia, sarebbe stato suo dovere come amica e come donna, ma quel cenno affermativo con la testa le uscì un po' forzato. C'era stato un tempo in cui critici importanti avevano definito i disegni di Maja trascendenti e senza tempo.

«Sai, certe volte ti invidio» disse Maja. «Su Facebook seguo i vostri viaggi, le tue mostre. Siete felici, vero?»

Anna sollevò la testa. «Ma sì!» esclamò istintivamente. «La galleria di Berlino è finalmente in attivo. Eravamo presenti alla Art Cologne e la Berlin Art Week è dietro l'angolo.» Deglutì. Il basso ventre continuava a farle male e sentiva lo stomaco sottosopra. Non capiva se fosse fame o nausea. Certo che erano felici, che domande. Si guardò la pancia, l'elastico della gonna le stringeva. Sarebbe potuta andare in bagno e abbassare leggermente la cerniera dietro.

«Michael fa ancora su e giù tra Berlino e Vienna?»

«Come sempre.» Anna faceva il possibile per mascherare il suo stato d'animo, nonostante sentisse una gran voglia di piangere.

«È bello rivederti» mormorò Maja.

Anna si sforzò di sorridere, ma tutta quella conversazione le pareva una menzogna. «Eccoli che tornano!» disse sollevata, indicando i due uomini che camminavano verso di loro parlando fitto e tenendo in mano due calici per uno.

«È sempre più dura a Budapest» stava dicendo Michael. «Continuo a perdere collezionisti, lasciano tutti l'Ungheria. Non si tratta più di casi isolati.»

L'espressione di Georg era stupita.

Maja li guardò senza capire.

«Parliamo dell'ambiente artistico di Budapest» spiegò Georg.

«Pensavo che sotto la superficie, all'apparenza piatta, delle cose ci fosse un gran fermento, come in Polonia.»

Michael passò ad Anna il suo bicchiere e, preso com'era dalla conversazione, non si accorse del suo pallore. La vista, l'odore e anche solo il pensiero dell'alcol le fecero montare un senso di nausea.

«È proprio il contrario» disse Michael. «L'Ungheria è la bella addormentata nel bosco. Il governo promuove temi nazionali, l'arte dei paesi stranieri viene sempre più respinta. Gli artisti sono costretti a porsi standard sempre meno internazionali e questo si ripercuote sulla qualità delle opere.»

«E la Galleria d'Arte? Un tempo non era una delle istituzioni più importanti della regione?» domandò Maja. Georg annuì in segno di approvazione e posò un braccio sulle spalle della moglie.

«Non ci lavora più nessuno, con la Galleria. La mediocrità regna sovrana.»

«È sovvenzionata dallo Stato?»

Michael fece cenno di no. «La maggior parte dell'arte contemporanea è retrograda, persino l'interpretazione della storia è politicizzata. Gli artisti si lamentano e si piangono addosso. Ákos Birkás e Csaba Nemes sono le poche eccezioni, non trovi, Anna?»

E a quel punto, finalmente, la guardò. Anna si sforzò di annuire, ma il volto le si contrasse per la nausea. Corse allora in direzione del bagno tenendosi una mano sulla pancia. Sentì che lui la chiamava, ma non aveva tempo di fermarsi a dare spiegazioni. Si precipitò dentro, con una mano si tirò indietro i capelli e con l'altra si aggrappò alla borsa, mentre si sporgeva sulla tazza del gabinetto.

Non riuscì a liberarsi, ma almeno i conati erano passati. Guardò con sollievo la tazza vuota. Era pulita. Nell'aria aleggiava addirittura un profumo chimico di pesca. Dopo un po' si rialzò e si lisciò le pieghe della gonna. Si fermò a osservare la sua immagine allo specchio, in attesa. Doveva aspettarsi una nuova ondata di nausea? Passò il dito indice sulle ombre che le cerchiavano gli occhi e si massaggiò le piccole rughe ai lati, come faceva ogni mattina. Si vide vecchia, più vecchia dei suoi quarant'anni. Poi tenne le dita sotto il getto d'acqua fredda, facendola scorrere. Ne raccolse un po' tra le mani unite a coppa, si piegò in avanti e lasciò che labbra, bocca e gola si rinfrescassero. Poi si rialzò, si asciugò con il dorso della mano e tornò dagli altri.

«Stai bene?» domandò Michael.

«Mi sento male, possiamo andare?» Anna fece finta di non notare le occhiate significative che Maja le stava lanciando.

«Fammi solo parlare un minuto con l'artista, va bene?»

Anna acconsentì.

Michael e Georg scomparvero di nuovo, lasciandole sole.

«Sei incinta?» domandò Maja scrutandola.

Anna fece un gesto di diniego, ma le sue mani andarono istintivamente a congiungersi sul ventre e abbassò lo sguardo. Perché era così difficile mentire?

Maja batté le mani per la gioia. «Povera, povera e fortunata! La nausea è terribile, ma devi pensare che è per una buona causa.»

La strinse forte in un abbraccio e Anna sentì che le faceva bene, anche se per una ragione diversa da quella che immaginava Maja. Posò la testa sulla spalla dell'amica e desiderò poterle dire la verità. Si sentiva una truffatrice.

«Vedi, adesso ti invidio ancora di più. Anch'io vorrei tanto il quarto.»

«Il quarto?»

Maja, imbarazzata, fece segno di no. «Ho solo nostalgia di un bimbo piccolo tra le braccia. Leo non rimarrà così coccolone ancora a lungo.»

Maja sembrava sapere di cosa parlava. Le ricordava sua madre, entrambe avevano un'idea precisa di quello che volevano dalla vita.

Anna e Michael decisero di lasciare per la notte la macchina nel parcheggio custodito e si avviarono all'hotel a piedi. Passeggiarono a braccetto lungo la via Király. La spalla di lei trovava un incastro perfetto sotto il braccio di Michael. I loro passi risuonavano all'unisono sull'asfalto, come se negli anni avessero raggiunto una sincronia.

«Stai meglio?» domandò Michael prendendole la mano che gli circondava la vita e attirandola ancora più vicino a sé.

«È normale» rispose lei, come se la cosa non la turbasse affatto. E non era nemmeno per una buona causa, come aveva osservato Maja. I conati di vomito che partivano dal fondo della gola, la sensazione di malessere allo stomaco… non servivano a nulla, se non a ricordarle il suo stato, come una punizione.

Sulla piazza Deák Ferenc si affacciava il famoso Palazzo Anker, un imponente edificio di inizio Novecento di cui si parlava in ogni guida turistica. Dopo la statalizzazione della compagnia assicurativa di cui era stato originariamente sede, negli anni Cinquanta, il palazzo era stato riconvertito in appartamenti ed era proprio uno di quelli che Breitner aveva lasciato in eredità a Rebeka. Anna aveva fissato di incontrarsi lì con Karsay, l'amministratore patrimoniale, ma poi Rebeka aveva disdetto l'appuntamento. La facciata adorna di colonne, la torre centrale e le due più piccole che svettavano ai lati avevano superato indenni le due guerre mondiali. Anna si chiedeva se in quelle torri vivesse qualcuno, magari uno scultore che riceveva lì le sue modelle. In realtà la cosa più probabile era che fossero polverose e abbandonate come una soffitta in cui non mette piede nessuno da anni. Passeggiarono intorno all'edificio e Michael commentò ridendo che gli faceva venire in mente il fascino dei vicoli londinesi. Anna teneva la borsa stretta a sé. Le serrande abbassate dei negozi lungo la facciata annerita dalla polvere e dal fumo la mettevano a disagio. Solo ai piani superiori si vedevano delle luci accese.

Si fermarono di fronte all'imponente portone scavato nel granito nero. Michael provò a girare la maniglia, ma era chiuso. Anna alzò gli occhi per guardare l'imponente portone. «Un tempo questo era un palazzo» disse.

«Un tempo. Tua nonna rischia di avere un bel po' di noie.»

L'accusa della nonna di essere interessata solo all'eredità bruciava ancora ad Anna.

«Domani torno con te a Vienna e vado a trovarla. Non posso ignorare la sua lettera.»

Michael si schiarì la voce e le prese una mano. «Non mi è piaciuto il modo in cui ti ha abbracciato questo Szabó.» La attirò dolcemente a sé per baciarla.

Anna lo scansò. «Ho ancora la nausea, scusami.»

Michael la guardò preoccupato. Camminarono fianco a fianco lungo tutta la via Király, fino alla circonvallazione. Il traffico sul viale imperversava anche a quell'ora della sera.

«Ho paura, Michael. E se poi ce ne dovessimo pentire? Le cose torneranno come prima?»

Michael si portò la sua mano al petto. Percepire il suo battito calmo e regolare le diede una sensazione di benessere. Stando al suo cuore, non c'era alcun dubbio. Ma come faceva a essere così sicuro?

«Ci abbiamo riflettuto e abbiamo fatto una scelta, Anna. I tuoi dubbi sono colpa degli ormoni, non appena sarà tutto finito ti sentirai meglio.»

Anna desiderò che avesse ragione. Guardò avanti e procedette mano nella mano con Michael, come se non ci fosse più nulla da aggiungere. Ed era quella l'impressione che dovette dare a Michael e a tutte le persone che li incrociavano e che vedevano una coppia che si teneva per mano, non più giovanissima ma ancora innamorata. Anna però avvertiva un senso di oppressione al petto. Deglutì e lottò contro le lacrime.

Al semaforo si fermò una lunga limousine bianca; l'alto volume della radio rimbombava dietro i suoi vetri oscurati.

«Ma guarda che idioti! La gente ci muore per strada!» urlò Anna ai finestrini chiusi della macchina. Si sentiva piena di rabbia fino a scoppiare.

«Che ti prende?» Michael se la trascinò dietro sull'incrocio come un bambino che abbia fatto una cosa sciocca. La limousine ripartì, e il suo rimbombo festoso scomparve nella notte.

Giunti sull'altro lato della strada, Anna scoppiò a piangere. «Ho osservato Maja e Georg stasera.» Le lacrime soffocavano le sue parole, singhiozzava. «Hanno tre figli e tra loro sono affettuosi come due appena innamorati. E tu...» Le si ruppe la voce, si trattenne dal pronunciare ciò che stava per dire e abbassò lo sguardo, gonfio di tristezza. «Non mi hai guardato nemmeno una volta in tutta la serata.» Il rimprovero le sfuggì di bocca senza che potesse controllarlo, avrebbe preferito tenerselo per sé. Una volta esternati, i pensieri sembravano fatti concreti, cosa che in realtà non erano.

Era sicura che Michael si sarebbe infuriato. Invece lui si immobilizzò, come se lo avessero bastonato. La sua fronte si increspò: forse stava cercando di capire cosa potesse aver fatto di sbagliato. Sembrava sempre più preoccupato. «Perché ci confronti con gli altri? Non sai quello che c'è tra di noi?»

La delusione che riconobbe nella sua voce la fece sentire in colpa. Abbassò lo sguardo e capì di avergli fatto un torto. «Scusami.»

Michael la riprese per mano, stringendola più forte di prima. Svoltarono in un vicolo poco illuminato e con un marciapiede talmente stretto che chi abitava lì quando usciva era praticamente già in strada. «Il nostro hotel è lì dietro» disse Michael, guardando lo schermo del cellulare. Camminarono spediti e con lo sguardo basso, come se la via fosse disseminata di ostacoli da evitare.

«Alla curatrice del Centre Pompidou interessa l'opera di Birkás.»

Anna avrebbe voluto fingere di non aver sentito, ma le venne spontaneo alzare lo sguardo. «Il Centre Pompidou? Ma è fantastico!»

Un tremito sul labbro di Michael tradì la sua soddisfazione.

«Il museo ha un nuovo settore dedicato all'Europa centrorientale. Tutto ruota attorno al concetto di arte come rappresentazione, al dialogo che si crea tra l'arte esposta e lo spazio museale in cui si inserisce. Mi sono subito venute in mente le foto di Birkás degli anni Settanta. Ti ricordi? Girava per le sale del Museo di Belle Arti con la macchina fotografica e ha immortalato l'edificio anche da fuori, con tanto di fori di proiettili sulla facciata. È perfetto.»

«Parigi! E me lo dici solo adesso?» esclamò Anna entusiasta.

«Il team dei curatori si riunisce già lunedì, ma abbiamo ancora modo di rientrare nella selezione.»

«Sono più di mille foto.»

Michael annuì, sembrava aver già pensato a tutto. «Dovremo sceglierne settanta o ottanta, su due o tre temi differenti. La mia assistente si è già messa al lavoro, io rimango a Budapest e le do una mano.»

«Certo per lunedì sarà difficile. Ti posso aiutare in qualche modo?»

«Abbiamo tempo solo fino a venerdì» rispose lui, a voce talmente bassa che non sembrava neanche parlare a lei.

Anna lo guardò come se non avesse capito bene.

«Venerdì incontrerò la curatrice del museo qui a Budapest. Nel fine settimana vola a New York e da lì direttamente a Parigi.»

Anna gli lasciò la mano. «Venerdì ho l'operazione!»

Il volto di Michael rimase inespressivo.

Lei fece un passo indietro vacillando e si appoggiò con la schiena alla pietra fresca del muro di una casa. La questione meritava di essere attentamente analizzata, in fin dei conti si parlava pur sempre del Centre Pompidou.

Michael continuò a parlare, accennò alla qualità della clinica e a sua madre. E poi disse quelle parole, che suonarono come una bomba. «È un'operazione di routine, sei in ottime...»

Lasciò la frase a metà. Doveva aver notato lo sguardo inorridito di Anna, perché si bloccò e rifletté in modo concitato, come se potesse rimediare al danno.

«Magari Birkás può...» Esitò, tornò sui suoi passi. «Anna, devo incontrare la curatrice.»

«Hai detto "operazione di routine"? Routine, come se mi dovessero togliere l'appendice?» La sua voce fremeva. Che fosse un malinteso? Non poteva mettere in discussione la sua fiducia in lui e nei valori che condividevano. Scrutò il viso di Michael in cerca di un barlume di ragionevolezza, di un segno qualsiasi, ma cosa stesse succedendo dietro quella facciata apparentemente inconsapevole rimase un mistero. Stava guardando un volto vuoto. Anna lottava contro il proprio sconcerto.

Michael aveva le braccia sul petto, il pugno destro nella mano sinistra come una palla da baseball nel guantone. «Hai ragione» disse meccanicamente, con il tono di chi si è arreso. «Sono stato stupido, mi inventerò qualcosa.»

«Bene!» disse Anna con durezza e le labbra che tremavano. Per un istante rimasero fermi così, l'uno di fronte all'altra davanti al muro di una casa, nella penombra, spaventati da ciò che era appena successo.

I pensieri di Anna si avvitavano su se stessi, nonostante lei provasse a concentrarsi e a riflettere. Poi si allontanò a passi svelti, come se non ci fosse più niente da salvare. Routine?

Il marciapiede davanti a lei era interrotto da una buca, in cui terra e grumi di cemento si impastavano alla stregua dei suoi pensieri. Un nastro sottile segnalava il cantiere. Anna aggirò l'ostacolo spostandosi sulla strada deserta. La notte era silenziosa, si sentivano solo i colpi frenetici dei suoi tacchi sul selciato, seguiti dall'eco dei passi lenti e cupi di Michael.

Il Gerlóczy era un ottimo ristorante con poche, raffinatissime camere al piano superiore. Una scala a chiocciola portava di sopra e dava l'impressione di condurti all'interno di una conchiglia. Anna attraversò la terrazza illuminata da lanterne ed entrò nel locale, passando accanto a tavoli apparecchiati di bianco e camerieri dai lunghi grembiuli, in cerca della reception. Era come isolata dal resto del mondo, non vedeva e non sentiva nulla. «Piano, signora!» le sussurrò un uomo anziano dal bar, forse un cameriere a fine turno o magari il proprietario, la cosa non le faceva alcuna differenza. L'uomo, con aria solenne e sguardo severo, si portò l'indice alla bocca.

Fu solo allora che Anna udì il suono di un'arpa. Si voltò e vide qualcuno che stava pizzicando le corde di questo strumento aggraziato. Sembrava leggero come una piuma. Michael la raggiunse e insieme aspettarono le chiavi della stanza ascoltando quei suoni cristallini. Anna ebbe la sensazione di essere stata sbalzata nel mondo sbagliato. L'uomo al suo fianco le parve un perfetto estraneo.

Quando furono in camera, si infilarono nel letto senza dire una parola e sfilarono il lenzuolo troppo teso da sotto il materasso, come facevano sempre. Ognuno dei due borbottò un «buona notte» davanti a sé. Anna spense la luce e si voltò di lato, verso l'esterno, ma rimase a lungo sveglia. Pensò al Centre Pompidou e all'occasione che si prospettava a Michael. Il suo talento per immedesimarsi nelle situazioni altrui, smarrircisi dentro e finire per dimenticare le proprie, era follia pura.

Anche Michael sembrava non dormire ancora, continuava a girarsi e rigirarsi nel letto.

Gli occhi di Anna si erano abituati al buio, dalle tende filtrava appena la luce soffusa dei lampioni sulla strada. Ascoltò il respiro di Michael, che ogni tanto sembrava sospendersi, come trattenuto. Stava rimuginando? Sicuramente sì, altrimenti si sarebbe addormentato già da un pezzo, cominciando a russare. Invece emetteva un suono più leggero, più gutturale, come nella respirazione yoga. In una notte normale, Anna gli avrebbe sussurrato che stava facendo rumore e gli avrebbe dato un colpetto su un fianco. A quel punto lui si sarebbe girato e avrebbe continuato a dormire in silenzio. Ma quella non era una notte normale.

«Michael?» Anna posò una mano sul suo braccio.

Lui sollevò la testa. «È tutto a posto?»

Lei annuì nella semioscurità. In realtà non c'era proprio nulla che fosse a posto. Per Michael l'ordine era la misura di tutte le cose. Il disordine gli creava delle difficoltà.

Anna gli mise una mano sulla spalla per invitarlo a rimettersi giù. «Devi incontrarla. Io posso farcela anche da sola.» Ma il suo bisbiglio non era convincente.

Lui si voltò a guardarla e si tirò su, sostenendosi su un avambraccio. Non stava dormendo, questo era certo.

Lo sentì sospirare, forse stava cercando di capire se dicesse sul serio. Di certo non gli avrebbe rinfacciato il fatto a posteriori, non era da lei. Ma come poteva essere sicura che quella cosa non sarebbe rimasta lì come una spina, una ferita aperta capace di cambiare tutto tra di loro?

Michael si mise a sedere, facendo frusciare la coperta e sollevando il lenzuolo, in mezzo a loro. Si appoggiò alla testata del letto con un respiro profondo. «Mi dispiace, non mi sarebbe dovuto nemmeno venire in mente di lasciarti da sola.»

Anna gli andò vicino e posò la testa nell'incavo del suo braccio. Non stavano scegliendo una vita senza figli proprio per non doversi perdere occasioni come questa?

«Ci ho pensato bene, Michael» gli disse in un sussurro.

Lei avvertì il suo cenno di assenso. «Adesso dormiamoci su, Anna. Ho capito solo adesso quanto questo aborto sia difficile per te.»

22

L'incontro

Budapest, 1951

Era passato un anno e mezzo dal provino di Rebeka. All'università István era venuto a sapere del suo fidanzamento con Breitner. Non l'aveva mai più vista. I manifesti del teatro portavano il suo nome da ragazza, ma senza l'aristocratica ipsilon finale del cognome, che evidentemente stonava con lo spirito dell'epoca. Era felice del successo di Rebeka, si sarebbe rallegrato volentieri con lei, ma non lo fece. Ormai apparteneva a un altro.

Si buttò anima e corpo nel lavoro, passò settimane e mesi nei seminterrati del Museo di Belle Arti a studiare le incisioni dei maestri antichi. Studiava l'effetto delle luci e delle ombre, il ritmo delle linee, la scelta degli spazi e delle proporzioni. Il suo dialogo con Dürer, Rembrandt e Goya era tanto fertile quanto struggente. Affinò il suo stile osservando, ascoltando e imparando dai giganti del passato. Più cose imparava, più i dubbi lo laceravano. Si rendeva conto della mostruosità del compito che si era autoimposto: la ricerca di un senso. A che serviva tutto questo? Quanto vale un uomo e quanto vale un artista? Lavorava nottate intere, fumando e bevendo vodka, che costava poco e funzionava subito. Da sobrio si sentiva sopraffare dall'enormità del suo proposito. Voleva lasciare una testimonianza ai posteri, per quando tutto quello che conosceva fosse diventato polvere. Era una battaglia solitaria e l'urgenza che lo spingeva a combattere lo lasciava senza forze. I dubbi, le nottate di lavoro e l'alcol lo indebolivano. Ogni volta si rimetteva in piedi e ricominciava la sua opera febbrile nel tentativo di lasciare una traccia dietro di sé, ma i suoi sforzi erano destinati al fallimento. Il suo lavoro rimaneva transitorio, come lui.

All'università Hózer lo lasciava in pace: Breitner aveva mantenuto la parola e aveva interceduto affinché lo spostassero al corso di incisione. Il professor Kovács era una guida benevola, capiva l'indole di István e la rispettava.

E così il ricordo di Rebeka era pian piano scolorito. La ferita si era richiusa.

Era una notte particolarmente calda della primavera del 1951. István osservava da una distanza adeguata le stampe che aveva disteso sul pavimento della sua stanza. L'afa era insopportabile. Spalancò la finestra, ma anche in cortile l'aria non si muoveva. Stappò una birra godendosi quel suono familiare e bevve il primo, rigenerante sorso.

Ai suoi piedi, sul pavimento, giaceva il popolo, sotto forma di una schiera di angeli travolti da un carro armato e schiacciati al suolo. Un uomo anziano in ginocchio implorava a mani giunte un cavaliere corazzato. István si inginocchiò sulle assi di legno del pavimento, sperando di cogliere, da quella nuova prospettiva, l'essenza dell'opera. Il tema di quella serie era la rivolta. Da cosa nasce l'impulso collettivo delle masse? Quand'è che si smette di pensare a noi stessi nell'interesse di una causa più nobile? István cercava il giusto ordine delle cose. Posò la bottiglia di birra, prese in mano un foglio e lo mise da parte. I miagolii dei gatti ruppero il silenzio del cortile. *Non è niente*, pensò. Osservò la massa di angeli, riprese il foglio e lo sistemò in fondo alla serie. Poi ne afferrò un altro e mise da parte anche quello.

Sentì bussare, allora si guardò intorno tendendo l'orecchio: tutto era immobile. L'orologio che teneva al polso segnava le due e venti. Era scattata di nuovo dentro di lui l'inquietudine? Si rimise al lavoro, ma il filo dei suoi pensieri ormai era spezzato.

Un'ombra scivolò dietro la finestra. István si alzò di scatto, un pensiero gli balenò in testa. Forse gli sfuggì addirittura un gemito, uno di quegli errori dai quali cercava costantemente di difendersi, che voleva cancellare come segni sbagliati dal foglio.

Quei colpi immaginari fecero da innesco. A volte bastava un profumo o una donna che le somigliava, intercettata con la coda dell'occhio, e la ferita dentro di lui tornava a sanguinare. Ma quelli erano passi, passi veri. Percepì una voce flebile e umida di pianto provenire dal ballatoio: «Sono io». Era la voce di Éva. Si guardò, indossava la sua solita camicia a scacchi e pantaloni sformati. Si strofinò il grembo come per ripulirlo da briciole immaginarie. Come se a lei importasse qualcosa del suo aspetto, come se non lo avesse visto in condizioni ben peggiori.

«Un attimo» esclamò, affrettandosi a tirare su le stampe e a impilarle al sicuro in un angolo della stanza. Tirò la coperta sul letto e andò ad aprire.

Lei era lì, con gli occhi rossi e gonfi di lacrime. Avrebbe voluto dire qualcosa, ma la voce non le usciva.

Lui la spinse dentro, le tolse la macchina fotografica dal collo e l'accompagnò al letto. Éva si abbandonò tra le sue braccia, nascose la faccia nel suo petto e si strinse forte a lui. István dovette tenerla così un bel po' prima che si calmasse.

«Non ce la facevo più» gli disse piano. «Gli sento addosso il loro odore, István. Ogni volta che è stato da loro e poi si infila nel letto, io sento l'odore, l'odore delle donne, capisci? Allora faccio finta di dormire e nel giro di qualche minuto lui si addormenta, lo capisco dal suo respiro regolare. Io invece me ne sto lì e piango finché non crollo nel sonno. Sono scappata.» Singhiozzava.

«Intanto per stanotte rimani qui e fatti una bella dormita. Domani potrete chiarirvi.»

«Chiederò il divorzio.»

Éva era come una sorella per lui, li legava una confidenza che István non aveva con nessun altro. A volte, mentre camminavano a braccetto per strada, lui la sollevava per aria e le faceva fare una piroetta, perché era leggera come una bambina. Ma non c'era mai stato nulla di più tra loro, ovviamente.

Adesso però, percependo il battito del cuore di Éva, István si sentiva in colpa. Anche lui l'aveva tradita, perché sapeva da tempo delle altre donne di Rudi e si era limitato a fargli qualche ramanzina, nulla di più.

«Ce n'è una in particolare o sono tante? Me lo dici?»

István esitò, domandandosi se Éva volesse davvero conoscere la risposta. La baciò sulla fronte e si fermò a osservare il suo lungo collo. Lei, un po' in imbarazzo, chinò la testa e si accovacciò sul letto come un gatto. Lui le mise addosso la coperta.

«Lei non va bene per te, dovresti dimenticarla» disse Éva dopo un po'.

«Chi?»

«Rebeka. È ovvio.»

István si preparò un giaciglio per terra e spense la luce.

Il sole splendeva alto nel cielo. István sbatté le palpebre. Stava sognando? Nell'aria si sentiva un odore pungente di cipolla stufata e paprika.

Aprì gli occhi. Éva stava preparando qualcosa alla cucina economica che István usava come portaoggetti. La stanza era riordinata, i pennelli riposti nel loro barattolo, le bottiglie vuote di vino e vodka erano scomparse e il tavolo che la sera prima era ancora ingombro di libri, giornali e schizzi di disegni era apparecchiato con coltello e forchetta. István si voltò preoccupato verso il punto in cui aveva appoggiato le stampe.

«Non le ho toccate» disse lei, porgendogli un caffè.

Lui prese la tazza, come se non sapesse che farsene.

«Sono andata a fare la spesa, ma ho dovuto chiedere in prestito una padella dalla tua padrona di casa. Non hai niente qui.» Éva posò la padella fumante sul tavolo e si asciugò le mani alla gonna. «Non hai fame?»

István si alzò a fatica dal pavimento e si stirò la schiena dolorante.

Éva gli mise davanti una generosa porzione di uova strapazzate e si sedette sulla sedia libera vicino a lui.

«Tu non mangi?»

«Ho già mangiato.»

István divorò con appetito la colazione ed espresse il suo apprezzamento senza smettere di masticare, con dei cenni del capo, mentre si chiedeva come interpretare il buon umore di Éva. Cosa significava quella sollecitudine? Non poteva fermarsi da lui, questo lo sapeva.

Faceva caldo e nella piccola stanza l'aria era viziata.

«Passiamo a prendere Levin e andiamo alla Galleria d'Arte. Ci guardiamo la pseudoarte del proletariato operoso, che ne dici?» le propose.

Quando lo guardava con quegli occhi smarriti e le labbra serrate, quasi a evitare che si curvassero tristemente all'ingiù, Éva sembrava più fragile che mai. Ma comunque annuì. «È una buona idea.»

Al pensionato dove abitava Levin la sua stanza era vuota. Il letto era disfatto e la scrivania stracolma di carte, come se avesse cercato qualcosa e poi se ne fosse andato in fretta e furia. Di solito teneva tutto in ordine come gli armadietti di una caserma, nonostante non avesse mai fatto il militare. Éva e István si scambiarono un'occhiata, preoccupati. A quel punto comparve il suo coinquilino e raccontò che quella notte l'AVO aveva prelevato qualcuno. Levin? No, un amico di suo padre, ma lui era scappato senza dire una parola.

István si buttò sul letto di Levin e tirò su le gambe. «È come ai tempi del fascismo» commentò.

Éva si mise a rassettare. «Sciocchezze! Forza, alzati. Non abbiamo idea di cosa sia successo veramente.» Tirò via la coperta da sotto István.

Lui le fece spazio. «La gente viene prelevata per poi sparire nel nulla, o no? Levin sarà da suo padre. Probabilmente è in pericolo anche lui» disse.

Éva stirò la coperta con le mani. «Suo padre non ha fatto niente. Le persone innocenti non vengono certo portate via così.»

Levin tornò poco dopo. Éva lo abbracciò e poi si mise a tastarlo per assicurarsi che non fosse ferito.

«Mio padre è convinto di essere il prossimo» spiegò Levin togliendosi gli occhiali, che gli avevano lasciato un segno rosso sul naso. Si massaggiò il punto dolente e poi li rinforcò.

«Intanto siediti» disse Éva.

«Stanotte uno dei suoi clienti è stato prelevato dall'AVO.»

Éva e István tacquero, turbati.

«Avete letto i giornali?» domandò Levin. «I proprietari delle ville a Budapest vengono portati via. Sarebbe un provvedimento a favore della democrazia del popolo! Arrivano all'alba, ti danno ventiquattr'ore per sistemare le tue cose e preparare le valigie, e poi ti spediscono in Siberia o Dio sa dove.»

«È una bugia!» esclamò Éva. «Non puoi credere a ogni notizia assurda messa in circolazione da gente scontenta di come vanno le cose. Se questo cliente di tuo padre è stato arrestato, avrà infranto la legge. Chi viene trasferito non è affatto portato in Siberia, gli viene assegnata un'abitazione in campagna. Ci sono famiglie di operai con sei figli che vivono in una sola stanza, tuo padre ha comunque spazio a sufficienza nella sua villa, anche adesso che si è spostata lì una famiglia di funzionari.»

«Due stanze.»

«E la biblioteca.»

«E comunque non sono famiglie di operai quelle a cui vengono assegnate le ville, ma funzionari di alto rango, gente dell'AVO.»

«Certo!» sbottò Éva, alzando le mani come a scusarsi.

«Évica, sembri una macchina della propaganda» osservò István, con un sorriso cinico.

«Smettetela, per favore!» Éva aprì la porta e rimase in piedi sulla soglia. «Non è forse la giustizia lo scopo di questo paese? Tuo padre parla dell'idea marxista di una società senza divisioni di classe. Ma solo nella teoria. Io questa la chiamo ipocrisia!»

«Io ci sono cresciuto in quella casa, Éva. Era di mio nonno. Per quanto mi riguarda, possono anche statalizzare le fabbriche, ma non possono togliere alla gente la propria casa!»

István sospinse i due fuori dalla stanza. «Venite, andiamo a sgranchirci un po' le gambe!»

La passeggiata sul viale Andrássy baciato dal sole allentò le tensioni tra loro. Il maestoso viale era stato rinominato da tempo e intitolato a Stalin, ma nessuno ci aveva ancora fatto l'abitudine. Éva prese Levin sottobraccio con fare conciliante. «Scusa, non volevo ferirti.»

«Neanch'io, amico» scherzò István, scoppiando a ridere da solo.

«E dài, non fare il broncio! Se i giornali parlano dei trasferimenti, significa che ormai sono finiti.»

Levin si fermò. «Mio padre vuole lasciare il paese.»

Le conseguenze di una tale decisione erano chiare a tutti. Se Levin avesse permesso al padre di andare via, non lo avrebbe visto mai più. Avrebbero sequestrato il passaporto di Levin e la sua fedina penale sarebbe rimasta macchiata a vita. Se invece fosse andato con lui, avrebbe dovuto lasciare l'Ungheria per sempre.

Levin scrollò le spalle perplesso. «Ho provato a fargli cambiare idea.»

István avanzava calciando a più riprese un sassolino sul selciato, a ogni colpo faceva un balzo e poi rotolava lentamente davanti a sé. Cosa significava davvero il termine "patria"? Era un luogo? Era la sua città? Questa creatura generosa, irrequieta e maleodorante che riteneva sua complice? O erano le persone della sua vita? I suoi amici? O forse il concetto di patria era legato alla sua lingua madre, quella che lo collegava ai giganti della letteratura ungherese, a Ady, József Attila, Petőfi? Di certo era l'unica lingua che possedeva. Senza di essa, le sue radici, cosa rimaneva di lui? Un sordomuto, un analfabeta, un eterno postulante. Persino la sua arte ammutoliva al di fuori del suo paese. Con la punta del piede continuava a far rotolare il sasso. Doveva provare a ricominciare da capo? La vita gli stava comunque scivolando accanto. La gente accumulava soldi, dava fondamento alla propria esistenza, trovava la propria felicità, si innamorava, si separava, e prima o poi moriva. E lui? Lui non aveva né successo, né soldi, né amore. Quindi cosa aveva da perdere?

I tre amici camminarono ancora un po' senza dire niente. Nel boschetto cittadino Éva fece qualche foto a István e Levin, poi loro la presero a braccetto e insieme percorsero tutta la strada fino alla Piazza degli Eroi. Oltrepassarono la fila di statue dedicate ai soldati caduti in guerra e infine arrivarono alla Galleria d'Arte, riaperta da poco.

La coda alla cassa era spaventosamente lunga. István vide che il ragazzo che controllava i biglietti all'ingresso era un suo amico. Prese Éva per mano e la trascinò oltre la fiumana di gente in fila. Levin li seguì a ruota.

«E dài, fammi questo piacere!» István implorò il suo amico. Lui lanciò un'occhiata alle persone in attesa, come per valutare le probabilità di essere linciato, e li fece sgusciare dentro. Fecero in tempo a sentire il mugugno di protesta che si alzava dalla folla, prima che la porta si chiudesse alle loro spalle.

L'interno era piuttosto spoglio, le sfarzose sale di un tempo erano state riverniciate con una sobria mano di bianco. Il soffitto di vetro era stato sostituito da un controsoffitto, mentre il parquet aveva dovuto lasciare spazio al cemento nero. Gli organizzatori della mostra erano sorpresi dall'affluenza di visitatori.

Una donna imponente e dalle spalle il doppio più larghe di quelle di Éva la superò sgomitando. Il corpulento marito la seguì affannato e spintonò a sua volta Éva, chiedendole scusa. La donna impediva a Éva la visuale su *Il tempo della mietitura*, un quadro piuttosto grande che raffigurava i contadini intenti a raccogliere le messi.

«Guarda, non si riconoscono i volti!» La donna sembrava arrabbiata. Il marito ubbidì, voltandosi verso il dipinto con un'espressione di sofferenza, come se quel movimento gli fosse costato uno sforzo indicibile. Era chiaro che la mostra non lo interessava affatto.

«I contadini sono senza faccia!»

Un giovane che stava osservando la stessa opera si mostrò d'accordo.

Intervenne a quel punto una signora anziana che aveva seguito la conversazione, affermando che l'artista in quel modo si rendeva sospetto. Sembrava indignata e si sistemò il fazzoletto che teneva sulla testa. Qualcuno obiettò che i colori però erano molto vividi, a simboleggiare speranza e gioia. Il dibattito si accese.

Éva si rifugiò nella sala successiva, sulla cui parete campeggiava un gigantesco ritratto di Mátyás Rákosi.

Accanto a lei c'era di nuovo la donna col fazzoletto in testa che aveva giudicato sospetto il quadro sulla mietitura. «Guarda guarda, la signorina qui pensa di essere speciale» disse a voce alta, rivolgendosi a Éva.

Le persone si girarono verso la coppia all'ingresso.

La giovane donna, che aveva attirato lo sguardo di tutti i presenti, procedette in direzione del ritratto di Rákosi, consapevole di essere osservata. Indossava un completo estivo, scarpe col tacco e, nonostante il caldo, vere calze perlon, come non mancò di notare Éva. Il suo accompagnatore stava alle sue spalle, con fare protettivo. Era il professor Breitner! Allora lei doveva essere la Rebeka di István! Éva si guardò intorno con aria preoccupata in cerca del suo amico, ma Breitner stava già alzando la mano in segno di saluto. Salutava István? No, stava salutando lei. Éva, sorpresa, si girò di nuovo indietro, stavolta per assicurarsi che Breitner si stesse rivolgendo proprio a lei. L'aveva riconosciuta? Tornò con lo sguardo all'ingresso, István e Levin sarebbero potuti entrare da un momento all'altro.

«Signora Varga, che piacere incontrarla! Ed è bello vedere il vivace interesse delle persone semplici per l'arte.» Il suo sguardo di riprovazione andò a posarsi sull'anziana signora, che aveva seguito Éva come un'ombra.

«Róbert, smettila» disse Rebeka posando una mano sulla sua per tranquillizzarlo.

La vecchia sgattaiolò via inosservata.

«Scusa, ma non potevo farne a meno» disse Breitner a Rebeka, per poi voltarsi di nuovo verso Éva. «Signora Varga, posso presentarle la signorina Bárdossy o, per meglio dire, la signora Breitner?» Rivolse un sorriso a Rebeka. «Tra qualche giorno questa incantevole signorina diventerà mia moglie.»

Éva strinse la mano di Rebeka, senza mai distogliere gli occhi dall'ingresso: István e Levin stavano entrando nella sala. Lo sguardo di Rebeka seguì il suo.

István divenne pallido come la parete alle sue spalle. Anche Breitner lo riconobbe immediatamente. Si fecero un cenno, poi István si avvicinò e salutò con aria formale.

Rebeka porse a lui e a Levin la mano guantata.

«È da tanto che non abbiamo più sue notizie, Szabó! Niente più scandali?»

«Faccio del mio meglio» rispose István a Breitner, ma con lo sguardo fisso su Rebeka. Le strinse la mano, la scrutò in cerca di un segnale, uno qualsiasi destinato a lui. Ebbe l'impressione di leggerle negli occhi una tristezza così sottile che nessuno, oltre a lui, sarebbe stato in grado di vederla. Lo assalì una sensazione dolorosamente familiare, un malessere che gli serrava la gola e che era convinto di aver cancellato per sempre.

István fu grato a Levin per i suoi tentativi di coinvolgere Breitner in una discussione sul quadro della mietitura, dandogli il tempo di cercare e incontrare lo sguardo di Rebeka.

«Non posso crederci, signor Légrády! Ricordo ancora lo scompiglio che crearono all'interno dell'università gli "angeli piangenti" del signor Szabó. Provi a immaginare che discussione avrebbe suscitato qui dentro.»

István distolse con fatica lo sguardo da Rebeka e fece un cenno di diniego con la mano. «Quel quadro si intitola "La Pace dell'Umanità", professore.»

«Ma certo!» Breitner sogghignò.

Rebeka lo prese a braccetto sussurrandogli qualcosa all'orecchio. Breitner annuì preoccupato e poi disse, scusandosi, che dovevano andare.

Al suo braccio, quella donna forte sembrava un cerbiatto ferito. Mentre cercava di raggiungere l'uscita facendosi strada tra la folla, István pensò con amarezza che formavano proprio una bella coppia. Fece un gesto in direzione di Éva, che lo stava chiamando: il messaggio era inequivocabile, voleva stare solo. Non avrebbe sopportato i suoi consigli. Corse tra la gente con gli occhi socchiusi finché non fu finalmente fuori, all'aria aperta. Si appoggiò contro il muro esterno dell'edificio.

Rebeka era infelice, sì, infelice! Adesso vedeva tutto molto chiaramente. Il suo amore non era disposto a farsi ingabbiare, scacciare o curare come fosse una malattia. Il suo stupido cuore si stava ribellando e batteva furioso nel petto. Anche lui voleva felicità e amore come tutti gli altri. La testa cercava di razionalizzare, ma il cuore di István era sordo. Si raddrizzò e sorrise.

Éva e Levin lo ritrovarono dopo un po', appoggiato con disinvoltura al muro, con una sigaretta tra le labbra.

«Va tutto bene?»

István alzò il pollice senza dire una parola.

Éva si insospettì. «István, è praticamente sposata.»

«Appunto, "praticamente"! Avrebbe potuto sposarlo già un anno e mezzo fa, eppure non l'ha fatto.»

«È morta la madre di Breitner, lo sai.»

István fece un gesto come a dire che non aveva importanza.

«Sarà meglio che lo sposi in fretta, prima che l'AVO passi a trovare anche lei. I Bárdossy vivono vicinissimo a mio padre» disse Levin.

István si rabbuiò, non ci aveva pensato. «Credi che sia in pericolo? Pensavamo che la storia dei trasferimenti fosse ormai finita.»

«Si occuperà Breitner di lei, dimenticala una buona volta!»

István buttò in terra la sigaretta fumata a mezzo e corse via.

23

Delirio

Budapest, 1951

«Grazie, Mari, siamo a posto.»

«Buona fortuna, signora Bárdoss!» Mari, la truccatrice, chiuse la sua valigetta e fece per andarsene.

Rebeka le fece un cenno dallo specchio. Il suo nome d'arte le suonava ancora estraneo, nonostante lo usasse da mesi. Il direttore le aveva spiegato con aria dispiaciuta che l'aristocratica ipsilon del suo cognome avrebbe potuto portare qualcuno a fare associazioni sconvenienti nell'attuale contesto culturale.

Uscendo, Mari raccolse con discrezione un paio di abiti buttati a terra.

Rebeka aveva nascosto la sua impazienza. Finalmente sola! Prima dello spettacolo aveva bisogno di un quarto d'ora di solitudine per fare i suoi esercizi di respirazione. Quando sentì la porta chiudersi alle sue spalle, buttò indietro la testa con un sospiro di sollievo. Si massaggiò la nuca per qualche secondo e poi raddrizzò nuovamente la schiena. Fece qualche respiro lento e profondo. Dopo aver inspirato, tratteneva il fiato per dieci secondi. Ripeté l'esercizio più volte, finché il suo battito non fu regolare e i crampi allo stomaco non furono spariti. Eppure le cose andavano bene. Lo sfarzoso mazzo di rose sul tavolo testimoniava le premure da fidanzato di Róbert, il difficile periodo cominciato dopo la morte della madre era ormai passato e il matrimonio era alle porte.

Qualcuno bussò. Rebeka si voltò verso la porta, irritata dalla difficoltà di ritagliarsi cinque minuti per sé.

La porta si aprì con cautela e sulla soglia comparve lui. La guardava.

«Non puoi sposarlo» disse István con tono posato, quasi paterno.

Niente saluti, niente scuse.

Le si avvicinò. Rebeka trattenne il fiato. Non poteva succedere, non in quel momento.

Espirò lentamente e gli voltò le spalle. Fece finta di sistemarsi il trucco allo specchio, passandosi l'indice sotto l'occhio. «Chi sposo non ti riguarda.» Muoveva a malapena le labbra, come se anche il più piccolo movimento potesse fare danni.

«Eccome se mi riguarda. Io ti amo!»

Rebeka si concesse di chiudere gli occhi per un secondo. Non era ciò che diceva a sconvolgerla, ma il suono familiare della sua voce.

István le sfiorò le spalle, lei sussultò e si alzò di scatto. «Cosa ti viene in mente?»

Lui le prese una mano e la strinse nella sua. Era una presa piacevole, forte e decisa. Rebeka si ritrasse. «Sei scomparso da un giorno all'altro.»

«Io c'ero. La tua Antigone era sensuale, forte, piena di struggimento per la vita. Ne hai fatto un'interpretazione appassionata, avevo la pelle d'oca. Ma il modo in cui hai abbracciato Breitner… Non ho potuto sopportarlo.»

Rebeka sollevò le sopracciglia.

Era rimasta ferita per non aver visto István al provino e quando quella stessa sera Breitner aveva tirato fuori l'anello dalla tasca e glielo aveva messo al dito senza dire una parola, limitandosi a guardarla con occhi pieni di sicurezza; lei non aveva detto di no.

L'anello le calzava perfettamente e la loro unione le sarebbe calzata altrettanto bene. Erano giusti l'uno per l'altra.

«Diventerò sua moglie perché è la cosa migliore da fare» disse con voce ferma e con la mano stretta a pugno. Sembrava un gesto fatto per sottolineare la sua decisione, ma in realtà le servì a smettere di tremare.

«Ma tu non lo ami!» Il suo tono non ammetteva repliche. «Vuoi solo diventare la moglie del professore, tutto qui.»

Che sfacciato! Cosa ne sapeva lui? Rebeka gli indicò la porta. «Non ti devo nessuna spiegazione.»

«Rebeka! Breitner è un opportunista, non ti renderà mai felice.» Lei avvertì l'odore acre e pungente di alcol del suo alito.

«E tu invece? Comincia a pagare l'affitto e smetti di bere.»

Per un istante si fissarono spaventati. Poi lui distolse lo sguardo e si incamminò lentamente verso la porta.

«Non volevo!» gli gridò dietro lei, mentre la porta si richiudeva alle sue spalle.

István non provò alcuna emozione, né percorrendo il corridoio, né per le scale, né quando fu in strada. Rebeka non esisteva più. Fine. Il profondo e nobile dolore al quale era pronto ad abbandonarsi non si era manifestato. Si sentiva vuoto, vuoto come mai prima di allora. Si sentì sopraffare da una stanchezza infinita, un sapore amaro gli impastava la bocca. I suoi pensieri giravano a vuoto.

Vagò per le strade e finì in una bettola qualsiasi. Tornò a casa a notte fonda, stravolto e ubriaco, con una bottiglia di vodka ammezzata sottobraccio. Gli aveva dato dell'ubriacone. Non riusciva a provare nient'altro che disprezzo per se stesso. Sprofondò con la faccia nel cuscino e si addormentò.

Si svegliò molte ore dopo come da un sonno comatoso, senza sogni. Sentì l'orologio della vicina battere le undici. Era di nuovo buio fuori? Com'era possibile? Provò a tirarsi su, ma le forze gli vennero meno. Il cuore gli batteva all'impazzata, sentiva la testa come un macigno e la fronte bruciante di febbre.

Tese l'orecchio nel silenzio. Niente. Tornò a sprofondare nel cuscino e si godette la sensazione di abbandonarsi alla sofferenza. Che lo colpisse pure con violenza! Delle immagini scomposte si affastellavano davanti ai suoi occhi.

Gli sembrò che passassero delle ore. Qualcuno bussò. Si alzò a fatica e rimase in ascolto. Tutto taceva. Allungò la mano verso la bottiglia di vodka sul comodino. Sentì l'alcol bruciare nella gola. Aveva i brividi. Erano tornate le voci. Sentì di nuovo bussare, stavolta più forte, come se qualcuno stesse battendo con violenza il pugno sulla porta. István si spaventò. Erano venuti a prenderlo! Aveva le palpebre talmente pesanti che riuscì a malapena a schiuderle, prima che cadessero di nuovo giù come lame di una ghigliottina.

Per un istante riuscì a mettere a fuoco nella semioscurità un paio di stivali da uomo. Qualcuno gli stava puntando una pistola alla testa. István si tirò su, ma poi si arrese alla stanchezza invincibile e ricadde sul cuscino. Una voce gli stava parlando, la sentiva ovattata come se provenisse da lontano. Era una voce femminile. Chi erano quelle persone? Qualcuno lo tirò per un braccio. Raccolse tutte le forze che aveva e aprì gli occhi. Gli stivali erano scomparsi. Sbatté le palpebre.

«István, svegliati! Santo cielo, tesoro, hai la febbre alta.»

Il grazioso volto di Éva gli comparve davanti agli occhi come quello di una santa. Gli stava tamponando la fronte con la stoffa fresca del suo foulard.

«Ho sognato che mi arrestavano.»

«Va tutto bene. Eravamo preoccupati per te.»

Levin, ai piedi del letto, gli rivolse un sorriso di incoraggiamento. «Dopo la tua folle fuga, sei scomparso per due giorni.»

«E tuo padre?»

«La verità è che si sente legato a questo infelice paese esattamente come me.»

István annuì.

«Sei stato da Rebeka?» domandò Éva.

István chiuse gli occhi. «È tutto passato. Sono guarito una volta per tutte.» Si sforzò di sorridere.

Éva emise un sospiro e gli posò una mano sulla fronte. «Hai la febbre, hai bisogno di mangiare qualcosa.»

Uscì e andò a prendere un piatto di minestra dalla vicina. «La vecchia strega è diventata carina tutta insieme» disse rivolta a István. «Voleva buttarti in mezzo alla strada, ma Levin ha pagato i tuoi debiti e ha anticipato l'affitto del mese prossimo.»

«Tranquillo, amico mio. Me li renderai quando puoi.»

István non aveva le forze per protestare. Si lasciò cadere sul cuscino.

Venne il dottore, lo auscultò e gli prescrisse il riposo. Aveva detto a Éva che era un problema di nervi. E poi doveva assolutamente smettere con l'alcol e le sigarette, aveva aggiunto, scuotendo la testa e indicando il comodino con le tracce delle notti precedenti.

Éva rimase qualche giorno da lui. La febbre scese e gli incubi passarono. István era contento di non dover stare da solo con i suoi pensieri e si godeva le premure di Éva. Lei gli cucinava, gli lavava la biancheria e parlava tutto il giorno, distraendolo.

Rudi non si fece vedere. Probabilmente passava le giornate a bere per dimenticare. Éva lo aveva lasciato. István era contento di non dovergli dare spiegazioni, anche perché tra lui ed Éva non c'era niente e Rudi questo lo sapeva.

In breve tempo si sentì meglio, tanto che una sera, mentre Éva si preparava il solito giaciglio di coperte sul pavimento, István la costrinse a fare a cambio.

«Pensi ancora a Rebeka?» gli domandò lei nell'oscurità.

István tentava di trovare una posizione decente sul pavimento. Come aveva fatto Éva a resistere lì per tante notti?

«Ti ho detto che la questione è chiusa.» Le coperte sotto di lui si spostavano, gli faceva male la schiena.

Passò qualche minuto, poi István sentì dei flebili singhiozzi e dei gemiti soffocati.

«Éva, piangi?»

Lei non rispose.

«È per Rudi?» István si alzò a fatica e si sedette vicino a lei sul letto.

«Mi manca, István.»

La prese tra le braccia ed Éva posò la testa sulla sua spalla. «Sfogati, ti farà stare meglio.»

István la cullava e lei singhiozzava.

Fu solo un impulso, quello che lo portò a baciare i morbidi capelli che le ricadevano sulla nuca. Lei sollevò la testa e gli porse le labbra socchiuse. Respingerla avrebbe significato ferirla. Il suo odore era familiare, la pelle era morbida. Non riuscì ad allontanarla. Era come un fiore che si era schiuso solo per lui e che adesso lo stordiva col suo profumo. Succhiò il suo nettare e abbandonò ogni resistenza.

24

L’ordine

Budapest, 1951

Dopo lo spettacolo Rebeka trovò la macchina di suo padre ad aspettarla.

«La signorina ha avuto una serata piacevole?» domandò il vecchio autista, che la conosceva da quando era nata. Rebeka si abbandonò sul sedile. «Parta pure, Péter.»

«Qualcosa non va, cara signorina?» Da sotto le folte sopracciglia si intravedevano le rughe scavate dagli anni.

Rebeka dovette sorridere. «A lei non sfugge niente, vero, caro Péter? Non si preoccupi per me, sono stata acclamata dal pubblico e il direttore mi adora, va tutto a meraviglia.» Il volto di Rebeka si contrasse per il dolore.

L’autista guardò nello specchietto retrovisore. «Vuole che mi fermi?»

«Sono i crampi allo stomaco. Vada pure avanti.»

Il vecchio scosse la testa.

I crampi la assalivano regolarmente dopo ogni spettacolo, come presagi di sfortuna. Sul palco piovevano rose, ma dopo c’era solo il precipizio. Quante volte era stata ripresa per un pelo sull’orlo del baratro e salvata dalla voce balsamica del vecchio Péter, con il monotono ronzio del motore in sottofondo.

Lo stomaco ora si era placato. Rebeka si sporse in avanti. «Lei conosceva mia madre fin da ragazza. Si ricorda della famiglia di zingari in paese?»

L'autista guardò di nuovo nello specchietto retrovisore.

«Lei fuggì con quel ragazzo, vero?» domandò Rebeka.

Lui si voltò per un istante. «Perché me lo chiede, signorina?»

«Erano innamorati, lo sapeva tutto il paese.»

Lui si schiarì la voce. «Questo non me lo ricordo, cara signorina.»

«Come si chiamava il ragazzo?» domandò ancora.

L'autista inchiodò lo sguardo alla strada, come se guidare gli richiedesse un grande sforzo di concentrazione. Accanto a loro scorrevano boschi e prati, dal finestrino aperto entrava una brezza fresca e leggera.

Rebeka ripeté la sua domanda. Nel frattempo era scivolata in avanti sul sedile e teneva lo sguardo fisso su di lui.

«Il suo nome era János Balogh, noi lo chiamavamo Jimmy» disse Péter alla fine.

«Jimmy? Lei lo conosceva?»

«Era più grande di me. Mio fratello suonava con lui, Jimmy era un cantante piuttosto bravo.»

«E poi cosa gli è successo?»

«Ha scontato la sua pena.»

«In prigione?»

«Gli hanno dato otto anni.»

«Otto anni!» Gli occhi di Rebeka si spalancarono per lo stupore. «Ma per cosa?»

«Avevano preso l'arma d'ordinanza di suo nonno, solo Dio sa cosa volessero farci. Lo ha giudicato il tribunale militare, Jimmy era appena stato arruolato. Sua madre era minorenne e lui era uno zingaro.»

«Otto anni?» Rebeka si abbandonò contro lo schienale. La sua giovane fronte si increspò. «Il nonno non avrebbe potuto fare qualcosa per lui?»

Il vecchio Péter non distolse lo sguardo dalla strada, ma a giudicare dal fremito che lo percorse, sembrava che avesse voglia di confidarsi.

Rebeka insistette: «Fu mio nonno a volere quella condanna?».

Stavolta scosse la testa. «Correvano delle voci su questo, ma sono solo congetture.»

Rebeka guardò con impazienza nello specchietto. «Avanti!»

«Suo nonno non fece niente per aiutare il ragazzo.»

Rebeka lo guardò con aria interrogativa. «Ma nella sua posizione avrebbe potuto?»

L'autista annuì.

«Vede, signorina Rebeka, il dovere di un padre è quello di proteggere i propri figli. Sua madre era finita sulla cattiva strada.»

L'auto arrancò ronzando su per la salita. Davanti a loro, sulla curva, comparve la villa. Si fermarono e il brusio del motore si spense, lasciando spazio al silenzio della notte. «Sulla cattiva strada» ripeté Rebeka.

«Può sembrare un'ingiustizia» disse l'autista con il tono di un padre preoccupato. «Ma se un giorno avrà dei figli, capirà la posizione di suo nonno.»

«E lei la capisce, Péter? Lei ha figli.»

Il vecchio esitò. «Io non ho mai avuto il potere di suo nonno.»

«Lei è un brav'uomo, Péter.»

Il vecchio aprì la portiera senza rispondere e fece il giro della macchina per aiutarla a scendere.

«Che ne è stato di Jimmy?» domandò Rebeka.

Péter l'accompagnò come sempre fino alla porta di casa. Lì si fermarono. «Vive ancora nello stesso paesino, fa il manovale e ha cinque o sei figli. È una persona perbene» disse Péter.

«Perbene» ripeté Rebeka a bassa voce, annuendo pensierosa.
«Posso chiederle come mai le è venuta in mente questa cosa?»
«Solo così, Péter, si dimentichi delle mie domande.»

L'ordine di trasferimento obbligato li raggiunse tre giorni dopo, il 20 giugno del 1951, alle sei del mattino.

Tra i rituali mattutini di Dada, c'era quello di raccogliere in una crocchia i suoi lunghi capelli bianchi, non più folti come un tempo. Stava proprio facendo questo quando un'auto accostò di fronte alla casa. Ne uscirono due uomini che si tolsero il cappello di fronte alla porta, alla maniera dei funzionari statali.

Dada se lo aspettava. Notte dopo notte, aveva nascosto il volto nel cuscino e aveva pianto tutte le sue lacrime. Lisciò con le mani il grembiule che indossava in casa sopra il vestito buono, e andò ad aprire. Con un'espressione gelida in volto, comunicò ai due uomini che il signore non si era ancora alzato.

«Allora vada a chiamarlo, e veloce!»

Svegliò Bárdossy come se fossero arrivati degli ospiti attesi. Bárdossy annuì, convinto di poter chiarire il malinteso. Si alzò, indossò la vestaglia annodando la cintura in vita e seguì Dada nel corridoio.

L'ordine di trasferimento dava loro ventiquattr'ore per impacchettare lo stretto indispensabile, non più di cinquanta chili a persona. Quando capì che non c'era più niente da fare, Bárdossy urlò che era una vergogna.

I due uomini restarono indifferenti, uno gli comunicò con tono impassibile che l'indomani alla stessa ora sarebbe arrivato il camion. «Nell'avviso è citata anche la mia povera Irma; che errore inammissibile» brontolò Bárdossy quando i due uomini se ne furono andati. E Dada? Dada poteva restare in città, ma aveva comunque l'obbligo di lasciare la casa, aveva detto l'uomo tarchiato.

Bárdossy distese una mappa sul tavolo in cucina e indicò un

punto della pianura ungherese. Lì c'era Szolmár, il paesino in cui, stando all'avviso, li avrebbero deportati.

Rebeka si chinò sulla mappa e guardò interdetta il padre. «Ma è in mezzo al niente!»

«E che ne sarà di me?» piagnucolò Dada con gli occhi al soffitto.

Rebeka abbracciò la vecchia balia. «Non si preoccupi, papà sistemerà tutto» le disse.

Bárdossy salutò l'avvocato sulla soglia di casa. Domokos entrò con aria avvilita, grattandosi la testa calva. Disse di aver fatto ogni tentativo possibile, incluso quello di farli portare in uno dei paesini più richiesti, nei dintorni di Budapest, ma non c'era stato nulla da fare.

Bárdossy girava per la casa come un ossesso, tuonando che non sarebbero andati da nessuna parte. Prese il ricevitore del telefono. «Centralino? Mi passi il dottor Fakete, al ministero dell'Interno. È urgente!» ruggì nella cornetta. Mentre aspettava il collegamento, tappando il microfono con la mano bisbigliò ancora qualcosa sull'inaudito scambio di persona che doveva esserci stato. Continuava a ripetere come una cantilena che quando si era trattato di statalizzare la fabbrica aveva dimostrato un grande spirito di collaborazione e che al ministero erano bendisposti verso di lui.

Rebeka prese la mano di Dada. Aspettarono, ma all'altro capo del telefono non si muoveva nulla. Bárdossy fece tintinnare le monetine nella tasca dei pantaloni, una mania alla quale cedeva nei momenti di impazienza.

«Non può venire al telefono? Mi sa dire quando… Pronto?» Era caduta la linea.

Bárdossy urlò nella cornetta rimasta muta. Chiamò di nuovo il centralino. «Sono il dottor Bárdossy. È caduta la linea. Come, scusi?» Si rabbuiò in volto. Riagganciò.

«Cos'è successo?»

«La segretaria ha riattaccato. Non sapeva neanche chi fossi.»

Rebeka alzò gli occhi al cielo. «Dammi il telefono.»

«Che vuoi fare?»

Rebeka prese in mano il ricevitore. «Chiamo Róbert.»

Bárdossy si lasciò cadere su una sedia, con la testa incassata tra le spalle. Evitò lo sguardo di Domokos, che seguiva ora lui e ora Rebeka come se assistesse a una partita di tennis.

«Un ordine di trasferimento, stamattina!» urlò Rebeka nella cornetta. «Papà non è riuscito a contattare nessuno.» Fece un cenno incoraggiante a Dada e a suo padre. «Va bene, quindi noi aspettiamo? Grazie, Róbert!» Riagganciò con un sorriso trionfante sulle labbra. «Non dobbiamo preoccuparci. Ha detto che non permetterà che la sua famiglia venga trattata in questo modo.»

Dopo quella telefonata, Domokos se ne andò. I tre si sedettero al tavolo in cucina e attesero. Non c'era niente da fare, niente di cui parlare. Nonostante le speranze che nutriva, Rebeka si sentiva a disagio. Immaginarsi il futuro scenario era impossibile, le conseguenze indicibili. Avevano letto tutti le notizie sui giornali delle settimane precedenti. Cinquemilacinquecento famiglie erano state espropriate e allontanate dal capoluogo. Bárdossy aveva qualche conoscente tra loro. Avevano giudicato questi episodi terribili e inauditi, ma alla fine non avevano fatto nulla.

Il ticchettio dell'orologio in cucina divenne insopportabile. La lancetta si trascinò avanti di uno scatto e raggiunse le dieci. Il telefono ancora non squillava.

«Ma perché ci vuole tanto?» Rebeka alzò lo sguardo, l'orologio a cucù del salotto si mise a battere l'ora. Lei contava con lui.

Quando alla fine il telefono squillò, saltarono tutti sulla sedia. Rebeka alzò la cornetta, mentre Bárdossy e Dada rimasero in ascolto. Rebeka portò una mano alla bocca e disse in un sussurro:

«È Róbert. Dice che non è riuscito a parlare con chi prende queste decisioni».

Bárdossy annuì: era la conferma di quanto aveva detto lui stesso. Aveva alzato le mani, come a dire: «Visto? Gli è andata come a me».

«Non puoi dire sul serio, Róbert. Essere ragionevoli? E quando riuscirai a tirarci via di lì?» Rebeka chiuse gli occhi. «Allora vieni qui, intanto… Come, scusa?» Si fece paonazza in volto. «Allora puoi anche non farti vedere mai più. Va' al diavolo!» Riagganciò.

Bárdossy e Dada la fissavano esterrefatti. «Cosa ha detto?»

Rebeka emise un sospiro, come se lei stessa non potesse ancora crederci. «Dice che al momento non può fare niente e non può neanche venire qui. Quel verme ha paura che essere messo in relazione con noi potrebbe nuocere alla sua reputazione.»

Bárdossy si tormentava la barba, pensieroso. «Cos'altro?»

«Che un qualche stupido funzionario avrà fatto un errore. Dice che intanto dovremmo andarcene e che lui farà il possibile per portarci via.»

«Lo sapevo!» esclamò Bárdossy battendo la mano sul tavolo. «Neanche Breitner può fare niente.»

Rebeka fece cenno di no e nascose il volto tra le mani.

«È finita» disse Bárdossy.

Dada singhiozzava.

A Rebeka tornarono in mente le parole di István e la verità la colpì come un pugno in faccia. Breitner era un opportunista e lei non sarebbe mai diventata sua moglie, per nessuna ragione al mondo!

Tornò al telefono.

«Mi passi il signor Rosenthal, in via Váci» disse nella cornetta.

«Che fai?» domandò Bárdossy.

«Chiamo il rigattiere e vendo i nostri mobili.»

«Ma è assurdo!»

«Róbert non si sporcherà le mani per noi, papà. Non ci torneremo mai più, qui, lo vuoi capire?»

«Ma è ridicolo» insistette Bárdossy, stavolta con meno convinzione. Si lasciò cadere sulla sedia, sembrava invecchiato tutto d'un colpo.

Rebeka contrattò a lungo con il venditore, che alla fine per tutto l'arredamento offrì seicento fiorini, una cifra comunque ridicola.

Poi vennero parenti e amici a prendere ciò che rimaneva. Non era il momento di discutere se si trattasse di una custodia a lungo termine o di un regalo. Zio Géza giurò che avrebbe conservato i loro libri in cantina da lui, dove probabilmente sarebbero ammuffiti. Regnava il caos più assoluto: entravano e uscivano persone che Rebeka nemmeno conosceva.

Bárdossy si rintanò nel suo studio e non si fece vedere per tutto il giorno. Rebeka gli chiese di occuparsi dei documenti e lo lasciò solo. Con Dada discussero su cosa prendere tra lenzuola, utensili di cucina e stoviglie. Cercarono di stipare lo stretto indispensabile in un enorme baule, comprese le posate d'argento, che avrebbero venduto con calma per una cifra migliore. Gli abiti furono messi in valigia. Rebeka scavò nella suola di sughero dei suoi sandali per nasconderci le perle di sua madre. L'anello di fidanzamento le brillava ancora al dito, come se non fosse successo nulla. Doveva tenerlo o restituirlo? Nascose anche quello nella suola della scarpa, senza pensarci troppo su. Almeno l'anello le sarebbe stato di una qualche utilità, a differenza di quel verme.

Verso sera la casa si era svuotata, i mobili erano stati portati via, la maggior parte dei tappeti e dei quadri venduti o regalati. Solo il ritratto di sua madre era ancora appoggiato al muro, tra pile di riviste e roba senza valore. Anche i lampadari non c'erano più, era rimasta una sola lampadina, nuda nella sua montatura, che penzolava dal soffitto emanando una flebile luce. Rebeka parlò al telefono con la signora Szalai, che aveva al servizio la sorella di Dada. Anche lei si lamentò dei tempi duri che correvano, ma si rese disponibile ad accogliere la loro governante. Rebeka le assicurò che si trattava di una situazione temporanea, ma non credeva neanche lei a quelle parole.

Dopo la telefonata, crollò esausta su uno sgabello e si accese una sigaretta. Una piacevole sensazione di calore si propagò nei suoi polmoni. Osservò la sigaretta sottile che bruciava in fondo al bocchino. Le venne in mente la famosa canzone della Karády sulla sigaretta che si spegne lentamente nel posacenere. Giravano voci che l'artista fosse fuggita verso ovest già mesi prima. Era stata abbandonata, buttata via mentre ancora ardeva, come la sigaretta della sua canzone. I Karády se n'erano andati prima che fosse troppo tardi. E suo padre? Non aveva già vissuto tutto questo? Lo aveva forse dimenticato? Sentì la rabbia attanagliarle la gola. Dov'era suo padre?

Spense la sigaretta e andò a cercarlo. Lo trovò alla sua scrivania, dove lo aveva lasciato quella mattina. I suoi mobili, i suoi libri e i suoi quadri erano tutti al loro posto, come se non fosse successo nulla.

«Papà, non hai fatto i bagagli?»

«Non ne ho la forza, tesoro.» La sua voce era esile come quella di un bambino. Teneva lo sguardo fisso sulla finestra, le mani appoggiate sulla superficie ordinata della scrivania. Rebeka sentì tutta la sua rabbia svanire di fronte alla desolazione del padre. Gli prese le mani e carezzò i segni che il tempo vi aveva impresso.

Suo padre era invecchiato, ora toccava a lei crescere.

25

L'addio

Budapest, 1951

All'alba del giorno dopo Rebeka trovò il padre nello studio. Si era impiccato.

Il corpo senza vita pendeva da una trave del soffitto. Il collo era cinto da un cappio perfetto, che con il peso del corpo si era teso e gli aveva serrato la gola. Il padre aveva indossato un abito scuro, aveva lucidato le scarpe e allontanato lo sgabello sotto di sé con un calcio.

Rebeka toccò la sua vecchia mano familiare. Era fredda. Gli cercò il polso, ma il cuore le batteva talmente forte nel petto che lei stessa si stupiva di essere ancora viva. Il volto del padre era senz'anima come un involucro abbandonato. Rebeka urlò.

In casa non si mosse nulla. C'era un silenzio tombale.

Era accaduto qualcosa di così inconcepibile da soffocare le sue lacrime. Si sentì le gambe molli e si accasciò a terra. Doveva controllarsi. Se si lasciava andare in quel momento, non avrebbe avuto le forze per affrontare ciò che ancora la aspettava. Dada era già con sua sorella, lei era sola.

Si alzò, doveva chiamare un'ambulanza, avvisare la polizia, far venire Domokos… L'orologio a muro segnava le quattro, non le restava molto tempo.

Sulla scrivania trovò due lettere, una era indirizzata all'avvocato, sull'altra c'era il suo nome. Sotto le buste trovò il suo certificato di nascita, qualche documento ufficiale e tutti i contanti che il padre aveva in casa. Aveva tirato fuori anche il certificato di morte della madre, visto che sull'ordine di trasferimento veniva citata erroneamente pure Irma Bárdossy e i tizi dell'AVO si erano limitati a cancellare il suo nome con un frego.

Rebeka chiuse gli occhi.

Quando arrivò l'ambulanza le sembrò passata un'eternità. Lo slegarono, lo coprirono con un lenzuolo e lo portarono via. La polizia la interrogò, venne la vicina di casa. La incoraggiò a dare sfogo alle lacrime, ma Rebeka aveva voglia di prendere qualcuno a schiaffi, non di piangere.

Finalmente arrivò Domokos, che prese il controllo della situazione e lasciò Rebeka libera di ritirarsi. Si sedette al tavolo di cucina, quello stesso tavolo attorno al quale il giorno prima avevano condiviso l'attesa, quando ancora c'era una speranza, quando pensavano che il trasferimento in provincia fosse il peggio che potesse loro capitare.

L'orologio della cucina, una delle poche cose rimaste in casa, emetteva il suo ticchettio regolare, ignaro di ciò che accadeva intorno a lui. Maledetto, non avrebbe dovuto fermarsi? Davvero il mondo aveva già ripreso a girare?

Aprì la lettera di suo padre e ne osservò la tipica calligrafia inclinata. Il suo tratto deciso le era familiare. Tutto quanto lasciava supporre che lui sapesse esattamente ciò che faceva.

> Mia figlia adorata,
> Dio perdonerà il mio gesto e mi chiamerà a Lui. Lì, riunito a tua madre, veglierò su di te. È dovere di un padre fare tutto ciò che è in suo potere per garantire una vita serena alla propria figlia.

Il modo migliore che ho io per farlo è lasciare questo mondo. I valori di un tempo, il duro lavoro e la parola di un uomo al giorno d'oggi non contano più nulla. Un uomo vecchio come me non cambierà più. Loro questo lo sanno, ed è il motivo per cui devono liberarsi di me. Ma tu, figlia mia, sei intelligente, bella e hai tutta la vita davanti. Andrai per la tua strada. Dammi ascolto e sposa il professore, un uomo che ti ama e che ti offrirà una vita serena. Il tuo vecchio padre non ti sarà di ostacolo. Fa' la cosa giusta, bambina mia.

Con amore eterno,
Tuo padre

«Fa' la cosa giusta, bambina mia!» Rebeka colpì il tavolo con una tale violenza che sentì il dolore salirle fino al gomito.

La lancetta segnava le cinque. C'era ancora un'ora prima che arrivassero. Il suo sguardo si spostò sulla finestra aperta. Doveva scappare? Si era formato un capannello di persone attorno all'auto della polizia ferma davanti a casa, anche il ragazzo che consegnava il latte era sceso dalla bicicletta e osservava incuriosito la scena. Rebeka scrisse due righe su un biglietto, prese una banconota dalla borsa e si precipitò fuori.

«Ehi, tu! Vieni qui!»

Il ragazzo del latte si voltò a guardarla.

«Quando ci metti ad arrivare a Pest?»

26

In treno verso Budapest

Vienna, 2017

Anna scosse l'ombrello prima di premere il campanello che sovrastava la targhetta ingiallita con scritto, a mano, "Bárdossy". Sentì la borsa vibrare. Due chiamate perse: Christoph e Márta. E una nuova mail di Krüger nella posta in arrivo. Diede una scorsa al messaggio: Márta aveva mandato istruzioni a Krüger riguardo ai suoi quadri? Era ora di tornare a Berlino.

Sulla porta comparve Rebeka, ben vestita e munita anche lei di ombrello e borsetta. Salutò Anna con la stessa freddezza che le aveva riservato al telefono.

«Dalla pasticceria Diglas!» Anna le porse una torta incartata.

«Il nostro treno parte alle quattordici» disse Rebeka senza degnare di uno sguardo il pacchetto.

Anna abbassò il braccio. «Il nostro treno?»

«Incontriamo l'avvocato Karsay nell'appartamento di Róbert. Se vuoi accedere all'eredità, almeno prima potresti farmi un favore.»

Anna aveva previsto di rientrare a Berlino quella sera stessa, non aveva neanche un cambio di biancheria con sé.

Prima che potesse obiettare, Rebeka agitò l'ombrello come per far spostare Anna e proseguì nel corridoio dell'ingresso, dove c'era la sua valigia in attesa di essere portata fuori.

«Potrei perlomeno usare il bagno, prima?»

Rebeka, indispettita, fece dietrofront e andò nella piccola cucina adiacente all'ingresso, dove si sedette su uno sgabello. Tenne la borsa in grembo. «Muoviti!» urlò dietro ad Anna.

Quel corridoio dalle tante porte chiuse era per Anna una memoria d'infanzia, anche se lo ricordava più ampio e lungo. Nell'aria si sentiva l'odore dell'umidità che invadeva i muri, macchie di muffa scendevano dal soffitto sulla carta da parati.

Il bagno era in fondo al corridoio a sinistra, di fronte al salotto. Le venne voglia di buttare un'occhiata lì dentro, per un attimo. Si guardò intorno, premette la maniglia e sbirciò nella semioscurità della stanza. La luce entrava dalle finestre filtrata dalle vecchie tendine e dalle inferriate. Il divano spigoloso era sempre là, come pure i suoi cuscini. Da bambina aveva giocato con quelle nappine dorate, spazzolandole come fossero una chioma e facendo scivolare la loro morbida seta tra le dita. Su quel divano era dovuta stare seduta, buona e composta, per tempi che le erano sembrati infiniti. Non poteva toccare nulla, in realtà nemmeno le nappine, per non parlare dei bellissimi tasti del pianoforte.

La stanza era piccola e con il divano, il vecchio televisore a tubo catodico e il pianoforte era già piena. Le cadde l'occhio sul busto di gesso appoggiato sul pianoforte, rappresentava sua madre da giovane. Anche quello era un suo ricordo d'infanzia. Il parquet scricchiolò sotto i suoi passi mentre si avvicinava al pianoforte e prendeva in mano una delle foto incorniciate. Quelle ritratte erano lei e la madre il giorno della sua maturità. Rimise la foto al suo posto e corse fuori in punta di piedi, come se fosse stata colta in flagrante. Poi attraversò il corridoio e raggiunse il bagno.

Il taxi sfrecciava sulla circonvallazione. L'autista, un ragazzo mediorientale, si muoveva agile nel traffico. Con una mano sul volante e l'altra sul cambio, passava da una corsia all'altra come un audace ballerino, accelerando, sorpassando e infilandosi negli stretti passaggi tra le macchine. Dal sedile posteriore, Anna osservava la sua barba straordinaria. Di certo quell'opera d'arte necessitava di cure meticolose. Non aveva mai visto da vicino una barba così rigogliosa e lucente. Se fosse stata in treno, avrebbe distolto lo sguardo, magari per educazione, senza ammettere la propria timidezza.

Rebeka invece non si interessava affatto alla barba del tassista. Se ne stava impettita e si reggeva al poggiatesta del sedile davanti a lei, guardando la strada come se temesse che l'uomo non avrebbe preso la via più veloce per arrivare alla stazione.

«Devi anche prenotare due singole all'Hotel Duna» disse ad Anna senza staccare gli occhi dalla strada.

«All'Hotel Duna?»

Rebeka la guardò come se fosse un'aliena. «Forse adesso si chiama in un altro modo. Puoi cercarlo sul tuo apparecchio, no?»

Anna la fissò con la fronte aggrottata, ma poi fece quello che chiedeva. La sua ricerca di "Hotel Duna" e del suo corrispettivo ungherese "Duna szálló" non diede alcun risultato, finché non incappò in un articolo sulla storia della passeggiata lungo il Danubio. Anna accavallò le gambe e si rivolse a Rebeka. «L'Hotel Duna è stato abbattuto negli anni Sessanta, al suo posto adesso c'è il Marriott. Vuoi dormire lì?» le domandò con tono pungente.

Rebeka guardò dritto davanti a sé con le labbra serrate.

«Non possiamo andare avanti così, nonna. Io non sono la tua segretaria e non voglio nemmeno la tua eredità. Ti ho solo offerto il mio aiuto.»

Rebeka si voltò a guardarla con aria severa. «Sono vecchia, ma non stupida. Lo sai anche tu che la questione non ha a che fare con l'appartamento. Róbert mi ha lasciato la sua collezione d'arte. L'ha lasciata a me, non alla Galleria Nazionale!»

Anna si sentì avvampare.

«Tu amministrerai la collezione per conto mio, in parte la venderai, in parte forse la erediterai. Vedremo.» Sottili rughe di trionfo danzavano attorno alle sue labbra.

L'auto si fermò a un semaforo e il motore si spense automaticamente.

Anna scivolò in avanti sul sedile e cercò di parlare nel tono più professionale possibile. «Dopo che avremo visto la collezione, redigerò un contratto.»

Stavolta fu Rebeka a stupirsi. Ad Anna sembrò che fosse sul punto di dire qualcosa, invece si limitò a fare un breve cenno del capo.

Scattò il verde e il motore si riaccese vibrando lievemente. Davanti a loro si vedeva già la stazione.

Quando furono al binario gli altoparlanti annunciarono il RailJet per Budapest-Keleti. Le due non si scambiarono neanche una parola. Arrivò il treno e si fermò cigolando. Salirono quindi nella loro carrozza e Anna lasciò a Rebeka il posto al finestrino di fronte a uno dei tavolini. Le sistemò la valigia nell'apposito ripiano e si sedette accanto a lei, lato corridoio.

Il treno ripartì e uscì lentamente dalla stazione. Rebeka se ne stava seduta con le mani in grembo a guardare fuori dal finestrino; sembrava offesa.

Anna si scambiò dei messaggi con Christoph e lesse i quotidiani online. Mise via il telefono solo dopo che Vienna era stata superata da un bel pezzo e nella carrozza era sceso il silenzio.

Accanto a loro sfrecciava l'ampio paesaggio della Bassa Austria. Anna si domandò come Rebeka trascorresse le sue giornate. Probabilmente se ne stava nella sua piccola cucina ad aspettare. Perché gli anziani aspettano: aspettano il pranzo, aspettano la sera, aspettano una visita, aspettano la morte. Passano tutto il loro tempo ad aspettare ciò che resta della vita. Ma Rebeka sembrava superiore a tutto questo, non le importava nulla di cosa ancora doveva succedere. Era dominata dai suoi ricordi. Viveva di quelli, si inventava nuovi ruoli, reinventava il copione della sua vita con la massima libertà. Anche Anna aveva fatto esperienza di certe forze evocative capaci di riportarla alla sua infanzia, come l'odore di pane bruciato o il profumo di sua madre addosso a un'estranea. A Rebeka però bastava uno spunto minimo a spalancare la porta del proprio mondo interiore. Se ne stava sempre seduta a guardare fuori dal finestrino, in silenzio.

«Hai detto che Breitner con questa eredità vuole fare ammenda?» domandò Anna sforzandosi di sembrare disinvolta, e con un tono pacato e confidenziale, come se avessero chiacchierato per tutto il viaggio.

Rebeka non reagì. Forse non l'aveva sentita? La signora che le sedeva di fronte alzò la testa; anche lei sembrava aspettare una risposta.

Anna fissò lo sguardo verso sua nonna e si pentì della domanda. Poi, imbarazzata, si riappoggiò allo schienale. La signora davanti a Rebeka, una donna sulla cinquantina, sfogliava una rivista con pigri movimenti della mano. I ciondoli del suo braccialetto sbattevano contro il tavolino. Anna era irritata da quel suono, mentre la signora non sembrava affatto turbata.

«Erano i terribili anni Cinquanta» cominciò Rebeka. Anna non avrebbe saputo dire se stesse rispondendo alla sua domanda o semplicemente inseguendo la sua memoria. «Minacciarono Róbert di togliergli il posto all'università, se non avesse preso le distanze da noi. Io ero una Bárdossy, una borghese espropriata, una "persona non gradita". Fece quello che doveva fare.» Rebeka spostò lo sguardo al soffitto, come se vi cercasse il filo conduttore dei suoi ricordi. Scandiva le parole in modo molto chiaro, sembrava quasi che parlasse di fronte a un pubblico, ma allo stesso tempo dava l'impressione di essere lontana dalle persone attorno a sé. «Róbert non era una persona cattiva. Sapeva quello che mi stava facendo, ma erano tempi difficili. Si atteneva al ruolo che gli era stato assegnato, la sua posizione richiedeva dei compromessi. Mi ci sono voluti anni per capire e riuscire a perdonarlo.»

Le labbra di Anna si schiusero per parlare. Ebbe un attimo di esitazione. «E mia madre?» Era già stata concepita all'epoca? Era legata all'umiliazione per essere stata abbandonata, incinta, e ripudiata dalla società, la ragione per cui Rebeka non aveva mai svelato l'identità del padre di sua figlia? In quel momento ad Anna la sua sembrò una reazione comprensibile e umana.

Il volto di sua nonna rimase immobile come una maschera. «Non avrei dovuto mettere al mondo tua madre» disse. La voce profonda di Rebeka era l'unico suono udibile nel silenzio del vagone. Ad Anna venne la pelle d'oca. Anche la signora di fronte a Rebeka aveva smesso di sbatacchiare i ciondoli del suo braccialetto e aveva posato la rivista sulle ginocchia.

Rebeka sembrava non curarsi del suo pubblico, anzi, quasi ne traeva forza. Si era accorta dell'indignazione di Anna. «Pensi che una madre non abbia mai di questi pensieri?» Scoppiò in una risata sprezzante.

Anna le fece segno di abbassare la voce.

«Forse hai ragione» continuò piano. «Solo chi può scegliere può avere dei rimpianti. Io ero incinta e ho tirato avanti come potevo.»

Queste parole suonarono come un rimprovero e Anna ebbe l'impressione che fosse diretto proprio a lei, come se la sua vita autodeterminata dovesse per forza di cose essere più appagante e felice di quella che Rebeka avrebbe mai potuto avere. Ma era davvero così? Non era forse ancora più difficile vivere un'esistenza in cui le possibilità di scelta si sono moltiplicate?

«C'erano donne che prendevano una pompetta di gomma sterilizzata, un po' di acqua distillata e facendo molta attenzione...» Rebeka non concluse la frase. Poi annuì, come se si fosse appena resa conto di qualcosa. «Io ero troppo codarda, troppo ingenua. Se avessi saputo quanto è difficile tirare su un figlio da sola ed educarlo a essere una brava persona, probabilmente avrei corso il loro stesso rischio.» Fece un gesto sprezzante con la mano sana, mentre l'altra riposava immobile in grembo, quasi una creatura senza vita. Posò i suoi occhi verdi su Anna e la guardò come se fosse la causa di tutte le sue sofferenze.

«Ho amato mia figlia, l'unica cosa che volevo era farla diventare una donna indipendente.»

Rebeka la vittima! Anna, fuori di sé, batté il pugno chiuso sulla coscia. «Ma se l'hai rinchiusa in collegio e volevi farne una cantante lirica! Le hai mai chiesto cosa voleva? Secondo te per quale motivo alla prima occasione è fuggita da Vienna e da te?»

Rebeka rivolse alla nipote uno sguardo severo e penetrante, che lei questa volta sostenne. Anna doveva difendere sua madre, che non era affatto spietata e irriconoscente, ma che aveva semplicemente bisogno di aria pulita per sfuggire al narcisismo soffocante di Rebeka!

Dei soldati di frontiera entrarono nella carrozza. A quanto pareva, il treno era appena entrato nella stazione di Hegyeshalom. I funzionari si avvicinarono con passi pesanti, erano tre o quattro uomini in fila.

Anna distolse lo sguardo da Rebeka ed estrasse i loro biglietti dalla borsa. Ma dov'era il suo passaporto?

La donna di fronte a Rebeka aveva preparato tutti i documenti e li teneva sulle ginocchia, con il sorriso soddisfatto di una cittadina che ha compiuto il suo dovere. Anna si mise a frugare in borsa.

Gli uomini procedevano rapidi lungo la carrozza, probabilmente in cerca di qualcuno in fuga. Finalmente Anna riconobbe la forma del passaporto tra le dita, in mezzo alle carte e al portatile. In quel momento i doganieri proseguirono senza fermarsi.

«A loro basta un'occhiata» bofonchiò l'uomo dall'altra parte del corridoio, scuotendo la testa.

Il battito di Anna rallentò. Ripose i documenti di viaggio in borsa. La signora davanti a lei aveva incrociato le braccia sul petto, apparentemente contrariata. Era delusa di non essere stata sottoposta al controllo? Aveva sperato in uno scandalo, in un po' di agitazione? Se avessero portato via qualcuno che viaggiava senza biglietto, come ai tempi della cortina di ferro, avrebbero distolto tutti quanti lo sguardo? Anna fece un respiro profondo, ma l'oppressione che avvertiva al petto rimase.

Sua nonna si era lasciata andare contro il sedile e aveva chiuso gli occhi. Sembrava proprio che la loro conversazione fosse finita.

27

Il viaggio verso l'ignoto

Ungheria, 1951

I primi raggi di sole illuminavano la stanza di una luce ancora fredda, fastidiosa, che faceva danzare il pulviscolo nell'aria. István sbatté gli occhi e guardò l'orologio al polso. Non erano nemmeno le cinque, era troppo presto per alzarsi. Si girò di lato e tirò la coperta sulla spalla che era rimasta fuori.

All'improvviso lo assalì il ricordo della notte precedente. Fu preso dal panico. Con la gola arsa si mise a sedere e guardò la donna che dormiva placidamente alla sua sinistra, respirando piano.

Éva. La moglie del suo migliore amico.

Strinse la mano in un pugno, avrebbe voluto spaccare qualcosa. Invece doveva fare piano. Doveva andarsene, e subito! Scese con cautela dal letto, ma nel tentativo di non fare rumore finì per farne di più. Éva non si svegliò, si mosse appena e piegò le braccia candide e graziose sotto la testa.

Con la camicia aperta, i calzini appallottolati nella tasca dei pantaloni, scarpe e borsa in mano, István strisciò verso la porta.

Poi, con la mano sulla maniglia, si fermò. Era il caso di scappare? Poteva funzionare con altre, ma non con lei. E comunque, dove sarebbe andato? Rassegnato, posò di nuovo la borsa, si lasciò cadere sulla sedia alla scrivania e osservò con sgomento la donna nel suo letto. Il sonno dava al suo volto la grazia di una bambina.

Aveva detto che Rudi le mancava. Era sola. István era malato e anche lui solo. Non avevano fatto altro che unire le loro solitudini. Le circostanze avevano portato l'uno nelle braccia dell'altra. Era stato più forte di loro. Se ne vergognava? Perché?

Éva si voltò con un sospiro, sembrava che il rumore dei pensieri di István l'avesse svegliata. Le sue sopracciglia ebbero un tremito e la sua fronte si corrugò appena, come se stesse provando piacere o dolore. Un sorriso le increspò le labbra, accompagnato da due fossette agli angoli della bocca che le donavano un'aria colpevole e voluttuosa insieme. Anche lei si era ricordata della notte prima?

Éva aprì gli occhi. «Sei già sveglio?» domandò dolcemente, tirandosi a sedere sul letto. Una mano reggeva la coperta davanti al petto, l'altra era tesa verso István.

Lui non si mosse.

Éva abbassò il braccio, delusa. Con l'altro si strinse addosso la coperta, come fosse uno scudo dietro al quale proteggersi. «Ti sei pentito di quello che è successo?»

«Non doveva succedere» rispose lui.

Cercò una conferma nel suo sguardo, ma Éva si limitò a cingere le ginocchia con le braccia e a chiudere gli occhi. «Credevo che provassi qualcosa per me.»

«Infatti è così.»

«Sei ancora innamorato di quella donna.»

«Ti ho già detto che quello è un capitolo...»

«Chiuso, sì, lo so.»

Éva nascose il volto tra le braccia e lui resistette all'impulso di avvicinarsi e stringerla a sé.

«Ci sentivamo soli tutti e due» sussurrò. «Io ero troppo debole e tu stupenda. Non ho saputo resistere.»

«Non lo so» sospirò Éva. Le sue parole sparirono in un singhiozzo. «Forse ti ho solo usato per ferire Rudi, o forse invece mi sono innamorata di te.»

«Éva, non possiamo.»

Sembrava così vulnerabile, seduta nuda sul letto con le ginocchia strette al petto. István desiderò di poterla amare.

«È meglio se vado, adesso» fu l'unica cosa che gli venne da dire.

Éva aveva un'aria così triste da spezzargli il cuore. Si diresse di nuovo verso la porta e questa volta si costrinse a non voltarsi.

In quel momento qualcuno bussò. István, spaventato, ritrasse la mano dalla maniglia e si girò verso Éva. Lei lo fissò allarmata continuando a tenere nascosto il suo corpo nudo sotto la coperta. Doveva essere Rudi. Chi altro poteva presentarsi da lui a quell'ora?

Bussarono di nuovo, con più forza.

«Facciamo finta che non ci sia nessuno» gli sussurrò Éva raggiungendolo in punta di piedi, avvolta nella coperta.

István le fece segno di fare piano. Si avvicinò con cautela alla finestra polverosa e guardò sul ballatoio esterno. Per riuscire a vedere chi c'era davanti alla porta, avrebbe dovuto aprire la finestra e sporgersi.

Bussarono un'altra volta. István esitò ancora un istante, poi si fece coraggio e andò alla porta. Aveva deciso che affrontare la situazione era l'unica strada possibile. Aprì.

Fuori c'era un ragazzo che non aveva mai visto prima.

«Ehi, hai bussato tu?»

«Lei è il signor Szabó?»

István annuì e il ragazzo gli porse un biglietto ripiegato. «Deve venire subito!»

Lui aprì il foglietto e riconobbe immediatamente la scrittura.

István!

Papà si è ucciso. Alle sei vengono a prendermi. Sono sola e

non so cosa fare.
Ti prego, devi venire!
Rebeka

István impallidì, sentì lo stomaco sprofondare e le gambe cedere. La mente e il buon senso potevano anche ingannarlo, ma il suo corpo gli rivelava i suoi sentimenti. Lanciò uno sguardo afflitto a Éva e le passò il biglietto. Sapeva cosa le stava facendo, ma non aveva scelta. Si chinò per posarle un bacio leggero sulla fronte. Andò via senza una parola.

Rebeka aspettava alla finestra di cucina. Tutta la polvere sollevata il giorno prima era andata a posarsi sull'interno dei vetri, il cui filtro grigio conferiva alla strada deserta una desolazione che si sposava perfettamente con lo stato d'animo di Rebeka. Aspettava che accadesse qualcosa. Le forze l'avevano abbandonata, aveva rinunciato all'idea di fuggire. Si era convinta che István non sarebbe venuto, e comunque, se anche fosse venuto, cosa avrebbe potuto fare?

Alle sei in punto un camion telonato si fermò di fronte alla casa e ne scesero due agenti dell'AVO in giacca di pelle nera. Un terzo saltò giù dal vano di carico e iniziò ad aprire il telone. Non erano gli stessi del giorno prima.

Rebeka chiuse le finestre con gesti calmi, controllò la manopola del gas e attraversò un'ultima volta le stanze vuote. In camera sua erano rimasti i libri, gli album di foto e gli abiti che non poteva portarsi dietro, piegati con cura sul pavimento. Chissà cosa ne sarebbe stato, di quelle cose. Suo padre, la sua vita, la sua casa... stava lasciando tutto quanto. Aveva dato via persino il cane; non avrebbe sopportato il suo sguardo triste quando avesse visto che se ne andava.

Due famiglie, il conte e la contessa del vicinato e un'altra con un bambino che Rebeka non conosceva, erano già seduti sotto il telone. Le loro cose erano ben sistemate sul lato della cabina di guida.

«Date una mano!» ordinò uno degli agenti.

Il vecchio conte, che aveva ormai poche forze, e il padre di famiglia si alzarono. Quest'ultimo fece cenno al conte di rimettersi seduto e scese da solo dal retro del camion per aiutare a caricare le cose di Rebeka.

Lei, sollevata all'idea di non essere sola, fece un cenno di saluto. Il conte le mormorò le sue condoglianze.

Il più giovane degli uomini dell'AVO, con l'aiuto del padre di famiglia, caricò sul camion il materasso di Rebeka, la credenza, il tavolo di cucina, il baule con i suoi effetti personali e la valigia. Non rimase molto spazio per le persone che facevano parte del carico.

L'uomo dell'AVO aiutò Rebeka a salire su. «Mi dispiace, signorina Bárdoss» disse con voce talmente flebile che nessuno poté udirlo tranne lei.

Rebeka riconobbe il suo nome d'arte, si voltò e vide un viso gentile e animato da un timido sorriso.

«Sono un suo ammiratore, ho visto tutti i suoi spettacoli.»

D'impulso le venne da ringraziarlo, ma poi ci ripensò, serrò le labbra e fece finta di non aver sentito.

Si sedette per terra come gli altri. Uno degli uomini dell'AVO salì insieme a loro, poi il telone venne richiuso dall'esterno. Nessuno diceva una parola. Erano tutti fisicamente ed emotivamente spossati dagli eventi del giorno precedente, dalla notte insonne e dall'ignoto che li attendeva.

Il mezzo procedeva a scatti. Rebeka afferrò un palo della struttura che sosteneva il telone per non essere catapultata dall'altra parte del camion. Il veicolo era partito da poco, quando inchiodò di colpo. «Maledetto idiota!» sentirono urlare dall'abitacolo. Il rombo del motore sovrastava le voci. Si scambiarono occhiate interrogative, ma l'uomo dell'AVO non sembrava preoccupato, era solo in allerta.

Rebeka riconobbe la voce di István. Era davvero lui? Come pensava di tirarla fuori di lì? Li sentiva discutere, anche se non riusciva a capire cosa dicessero. Alla fine li sentirono armeggiare col telone: qualcuno ne slegò un lato, aprendo una piccola fenditura che fece filtrare la luce all'interno del vano di carico.

Rebeka esultò dentro di sé, pronta ad alzarsi e a essere salvata all'ultimo istante, come per un miracolo. Per un attimo vide il volto dell'uomo che l'aveva aiutata a salire e poi István, che montò con loro sul camion.

Rebeka si premette una mano sulla bocca per la gioia, le sfuggì un grido. «István!»

Da fuori richiusero e tirarono le corde.

«Ma che fanno?» Rebeka spostò lo sguardo incredulo da István al telone e poi di nuovo su István.

Lui le fece cenno di fare piano. L'uomo dell'AVO che era con loro assunse un'aria più diffidente e scontrosa. István gli rivolse un cenno disinvolto, come se fosse la situazione più normale del mondo, poi si sedette accanto a Rebeka e le passò un braccio attorno alle spalle. «Starò con te finché non sarai al sicuro.» Parole sussurrate, ma risolute.

Rebeka scosse la testa. Non era il suo salvatore! Era un pazzo, un idiota che anziché tirarla fuori di lì si stava gettando nell'abisso per niente, per meno di niente. Sentì le lacrime inumidirle gli occhi, tentò di contenersi, ma quella follia fu la goccia che fece traboccare il vaso. In singhiozzi, si aggrappò a István e nascose il volto sulla sua spalla. Quando il camion si rimise in marcia, lo strinse ancora più forte. Il suo pianto sgorgava senza più freni, in una marea incessante di lacrime.

Il viaggio trascorse in silenzio. Nessuno aveva voglia di scambiare convenevoli. Il veicolo sovraccarico crepitava sul selciato delle strade di Buda e il fondo sul quale stavano seduti era duro. Nelle curve Rebeka doveva reggersi con tutte le sue forze a István e alla struttura del telonato. La sua rabbia era svanita, ma il martirio di quel giovane non le dava coraggio, anzi, la rendeva ancora più vulnerabile, perché il fatto di averlo lì con lei non la costringeva più a essere forte.

Il camion si fermò e si udì lo stridere del freno a mano. I passeggeri alzarono gli occhi, in ascolto. Risuonò l'annuncio di una stazione ferroviaria.

«Dev'essere lo scalo merci di Magdolna» disse il conte.

Quando scesero, videro che sulla banchina si accalcavano masse di deportati e di uomini dell'AVO. Sul binario sostava un treno merci in cui i vagoni scoperti, destinati ai mobili, si alternavano ad altri chiusi, destinati alle persone. Sembravano carri bestiame, con i loro ampi portelloni scorrevoli e le fessure ai lati per far entrare l'aria.

La famiglia che aveva viaggiato con loro fu presa in consegna da un paio di agenti con le giacche di pelle; Rebeka li perdette subito di vista in quel brulichio umano. Sarebbero saliti su un altro vagone dello stesso treno o erano diretti altrove?

Uno di quegli uomini aiutò István a scaricare i mobili dal camion e a issarli su uno dei vagoni scoperti. Se sfortunatamente durante il viaggio si fosse messo a piovere, si sarebbe bagnato tutto.

I vagoni sui quali furono fatti salire erano davvero vecchi carri bestiame. Qualcuno doveva aver spruzzato dell'acqua con un tubo di gomma e ricoperto di paglia fresca il pavimento, ma l'odore di maiale si sentiva ancora. Incrostazioni di sterco sbucavano qua e là da sotto la paglia. Rebeka era nauseata. Il conte e la contessa, ai quali era stato assegnato lo stesso vagone, mantenevano un certo contegno, nonostante la rovinosa caduta sociale che dai ranghi più alti della nobiltà li aveva trascinati sempre più giù, fino a quel carro. Ai viaggiatori era stato messo a disposizione un secchio pieno d'acqua con un mestolo, un cesto con qualche pagnotta e un altro secchio coperto, probabilmente per i bisogni.

István stese la sua giacca per terra, vicino alla parete, e mise Rebeka a sedere accanto a lui. Anche il conte fece lo stesso, avendo cura che la fodera fosse rivolta in basso, e invitò la moglie a occupare il posto tra lui e Rebeka. La contessa da prima esitò, poi si sfilò il cappotto di visone lungo fino ai piedi, che peraltro non si addiceva a quelle calde giornate di giugno, lo ripiegò con cura e se lo strinse al petto mentre si sedeva.

Sul vagone salirono altri deportati, incalzati dagli agenti dell'AVO. Davanti alla stazione continuavano a fermarsi vetture da cui uscivano fiumane di gente. Ovunque occhi rossi e lacrime.

La contessa domandò a Rebeka l'indirizzo del suo alloggio forzato.

«Szolmár, un paesino da qualche parte vicino a Miskolc» rispose lei.

La contessa annuì: «Anche noi andiamo a Szolmár!».

Un uomo seduto di fronte a loro sussurrò che non c'erano garanzie. «Di sicuro ci portano in un campo di lavoro in Siberia.»

«Non dica sciocchezze! Nessuno verrà portato in Siberia» disse il conte.

«E lei come fa a saperlo?» domandò qualcuno.

«Il mio avvocato ha preso informazioni al riguardo. Verremo sistemati in campagna, presso famiglie di *kulaki* benestanti. Si tratta solo di un periodo di transizione.»

«Questo carro bestiame non fa pensare a una vacanza in campagna» obiettò l'uomo.

Una ragazza in un angolo scoppiò in singhiozzi e si strinse al fidanzato.

«Sono voci infondate» insistette il conte con voce calma, rivolgendosi alla giovane donna.

L'altro scosse la testa e si ritirò all'angolo opposto del vagone.

La contessa spiegò a Rebeka che la ragazza era la figlia di un banchiere ebreo e che tutta la sua famiglia era stata deportata nel 1944. Solo lei, che all'epoca aveva tredici anni, era sopravvissuta. Il padre l'aveva sistemata a casa di alcuni amici cristiani, che l'avevano fatta passare come figlia loro.

Rebeka nascose il volto tra le mani.

Nel vagone calò il silenzio, ma l'atmosfera rimase carica di tensione, che non si sciolse nemmeno quando il convoglio, finalmente, si mise in moto. La porta scorrevole venne chiusa dall'esterno, si udì lo scatto del catenaccio. Il treno cominciò la sua marcia cigolando.

Non c'era più via di scampo. Erano completamente in balìa dell'AVO.

Il treno sferragliò per ore attraverso il bassopiano ungherese, senza fare soste. I vagoni procedevano a scatti regolari, cullando al loro ritmo i gravi pensieri della gente che trasportavano. Nonostante le aperture, l'aria era irrespirabile e il secchio d'acqua in breve tempo era stato svuotato. Molti dei passeggeri seduti a terra si erano addormentati, gli altri tenevano lo sguardo fisso davanti a loro, nella semioscurità.

István osservava il vasto paesaggio attraverso una delle fessure. Ogni tanto attraversavano stazioni con cartelli sbiaditi. C'erano campi di grano a perdita d'occhio. Là fuori tutto procedeva come sempre, come in una qualsiasi giornata di giugno. István, con Rebeka addormentata tra le braccia, ascoltava la cantilena del treno respirando il profumo dei suoi capelli. In un certo senso, un senso assurdo e folle, si sentiva felice.

Erano in mezzo alla campagna quando sentirono i freni cigolare. Il treno rallentò gradualmente la marcia fino a fermarsi.

«Dove siamo?» domandò Rebeka nel sonno.

István guardò dalla sua fessura e scosse la testa incerto. «Non ne ho idea, non c'è traccia di stazioni.»

Tesero tutti le orecchie, senza osare muoversi. Non si udiva alcun suono, né di passi né di voci. Niente. Solo il vento che scuoteva i campi di grano. Ogni minuto che passava, senza che succedesse nulla, il caldo si faceva più soffocante.

«Ora ci faranno scavare una fossa e quando avremo finito ci spareranno alla nuca» disse l'uomo che aveva parlato della Siberia. Poi si mise a ridere, una risata nervosa e disturbante che a István fece venire la pelle d'oca.

Nel vagone si alzò un mormorio. Una donna scoppiò in un pianto isterico. Il marito la strinse forte a sé, ma non riuscì a calmarla.

Finalmente udirono delle voci provenire da fuori, lungo il binario; degli uomini passarono vicino al vagone. Il parlottio nel vagone cessò di colpo. Non si capiva cosa stesse accadendo, neanche István riuscì a distinguere niente attraverso lo spiraglio da cui guardava.

«István,» disse Rebeka prendendogli la mano «non ti avrei mai scritto, se avessi saputo che…»

Lui le indicò di fare silenzio. Le voci da fuori si erano fatte più ovattate, lontane. Uno scossone li fece trasalire e il treno riprese la sua corsa cigolando. Alcuni si fecero il segno della croce, altri placarono l'angoscia con un profondo sospiro. La sensazione di essere sfuggiti alla morte sciolse le lingue, portò addirittura un velo di allegria.

«Sono così felice che tu sia con me» disse Rebeka, stringendosi più forte a István.

Nel tardo pomeriggio arrivarono a Miskolc. I portelloni scorrevoli si aprirono con fragore e la luce del sole invase l'interno del vagone, abbagliandoli. Fuori c'erano degli uomini dell'AVO diversi da quelli di prima, che tenevano in mano dei fogli con lunghe liste e abbaiavano un nome dopo l'altro.

«Bárdossy!» Rebeka fu tra i primi a essere chiamata.

Rebeka e István si alzarono. L'uomo controllò l'ingiunzione di trasferimento e indicò loro un collega dell'AVO che se ne stava accigliato sul binario. Seguirono quel tipo fino al vagone merci adiacente e a István fu ordinato di tirare giù le cose di Rebeka. Nessuno li aiutò, per cui dovettero arrangiarsi. Insieme portarono a terra la credenza e il vecchio baule, li spinsero fino a un camion che li aspettava con il motore acceso e li caricarono sopra. Il resto, mancavano solo la valigia e il tavolo della cucina, riuscì a portarlo István da solo.

L'agente dell'AVO rivolse a Rebeka un sorriso con aria di sufficienza e la invitò a sedersi nella cabina di guida. Lei rifiutò e si arrampicò sul retro del veicolo, sperando dentro di sé che István non ci mettesse troppo. Dopo che ebbe caricato le ultime cose, István fece per tornare indietro e aiutare i conti, ai quali era stato assegnato lo stesso camion, ma l'uomo dell'AVO gli si parò davanti e gli sferrò un pugno allo stomaco. «Il vecchio può farcela da solo, torna dalla tua puttana, giovanotto.»

Anche quest'altro telonato era angusto e opprimente come quello che li aveva condotti allo scalo merci di Pest quella mattina, solo che stavolta non c'erano membri dell'AVO seduti con loro nel retro. Dopo mezz'ora di viaggio il camion inchiodò. Rebeka si resse alla struttura del telone, mentre il conte venne sbalzato dalla parte opposta del vano e dovette tornare carponi dalla moglie. Per un po' non successe niente. Rimasero in attesa, attenti a cogliere qualche voce dall'esterno. Finalmente qualcuno iniziò a trafficare alla serratura.

«Tutto a posto lì dentro?» domandò divertita una guardia con la giacca di pelle. Rebeka riconobbe l'uomo che aveva colpito István allo stomaco.

Il telone fu aperto lateralmente e alla loro vista comparve l'uomo dell'AVO accanto a un signore anziano con i baffi che non sembrava un agente della polizia segreta. Indossava dei semplici pantaloni di tela, una camicia a maniche corte e la cravatta. «Kálmán Bárdossy?» domandò loro.

István si alzò incerto.

Rebeka lo imitò. «Io sono Rebeka Bárdossy» disse, senza che nessuno glielo avesse chiesto.

Il vecchio li osservò, sfogliando le sue carte con la fronte aggrottata. Guardava alternativamente loro e l'uomo dell'AVO. Nel frattempo era sceso dall'abitacolo anche il secondo agente, che adesso se ne stava lì in piedi con aria stizzita, come se quel vecchio fosse ormai l'unico ostacolo che lo separava dalla cena.

Rebeka era pietrificata e vide István sbiancare accanto a lei. Se gli avessero chiesto i documenti, avrebbero scoperto la verità.

Invece il volto del vecchio si schiarì. Aggiunse un segno di spunta sul foglio e fece cenno all'uomo dell'AVO di procedere.

«Bene allora, è tutto a posto» disse l'agente alzando gli occhi al cielo.

István riprese colore e allungò una mano al conte per salutarlo.

«Venga, le do una mano» disse il conte indicando la credenza di Rebeka. «Non penso che picchieranno un anziano come me.»

«Più in fretta, Bárdossy! Non abbiamo tutta la notte» urlò l'agente.

Rebeka annuì spaventata e si voltò verso István, che le tese una mano per aiutarla a scendere dal camion.

Il conte fece scivolare lentamente la credenza dal vano di carico sulla schiena di István, che a sua volta la posò con cautela sulla terra ancora scivolosa per la pioggia dei giorni passati.

Nel frattempo Rebeka e la contessa si davano da fare per scaricare il tavolo. Quello dell'AVO stava in piedi lì accanto a fumarsi una sigaretta. L'uomo anziano con i baffi accorse verso Rebeka e le prese il mobile dalle braccia. «Ehi, giovanotto, ma che modi sono? Veda di dare una mano!» ruggì.

La guardia buttò controvoglia la sigaretta e montò sul retro del camion.

«Questa è sua?» domandò a Rebeka indicando una valigia. Al suo cenno affermativo, la afferrò e la scaraventò nel fango, accanto al baule e agli altri mobili.

L'uomo con i baffi scosse la testa. «Vi chiedo scusa, signora Bárdossy. Non siamo soliti comportarci in questo modo, qui.» Si presentò come il presidente del consiglio comunale di Szolmár. Rebeka gli strinse la mano, stupita dalla sua gentilezza.

Il presidente del consiglio comunale fece cenno agli agenti in giacca di pelle che li avrebbe raggiunti subito. I due risalirono sul camion e se ne andarono portandosi via il conte e la contessa.

Szolmár era un sonnacchioso villaggio di ottocento anime nel bassopiano ungherese. Misckolc, la città più vicina, che solo il giorno prima Rebeka aveva liquidato come borgo di provincia, ora le sembrava una metropoli.

Il sole di fine pomeriggio riversava sulla strada sterrata del paese una luce calda. Non c'era anima viva in giro, da un altoparlante poco lontano risuonava della musica popolare: probabilmente era il centro del paese. Semplici case contadine, giardinetti curati, un nano di coccio con un ghigno: erano arrivati.

Il presidente indicò loro la casa che avevano di fronte. «Questo sarà il vostro alloggio fino a nuovo ordine.»

Rebeka sgranò gli occhi. Sul cancello campeggiava la scritta "Cane che morde!". Poi udì il rumore di una catena e si riparò dietro a István. La catena tintinnava, il cane dava degli strattoni e abbaiava con tutta la forza che aveva in corpo.

Il frastuono fece uscire la padrona di casa, che zittì il cane pastore bianco con un gesto perentorio della mano. «Qui non c'è posto per questa gente!» esclamò poi.

Il presidente tentò di placarla mostrandole la lettera ufficiale, cosa che la rese ancora più aggressiva. «Devono andarsene, altrimenti libero il cane.»

I suoi figli, una bambina e un bambino di quattro e sei anni circa, osservavano la scena dalla soglia di casa.

L'uomo fece un gesto in direzione di István per assicurargli che avrebbe sistemato la faccenda e tentò di nuovo di convincere la donna.

Ma lei non lo ascoltava nemmeno. «La riforma agraria ci ha portato via la nostra terra! Sapete cosa significa fare la fame? Come faccio a dar da mangiare ai miei figli?»

Rebeka fissava la donna, che doveva avere qualche anno più di lei.

«Cerchi di controllarsi, Mariska» le intimò il presidente, stavolta in tono più duro.

«Sette ettari!» ruggì lei. «È un contributo sufficiente per la costruzione del socialismo, mi sembra!» Il cane ricominciò ad abbaiare. Rebeka indietreggiò di un altro passo.

Un uomo, probabilmente il marito, venne loro incontro dal terreno accanto, aprì il cancellino e raggiunse la donna infuriata. Ordinò alla moglie e al cane di tacere ed entrambi ubbidirono. Poi condusse in casa la donna tenendola per un braccio, come fosse un bambino che ha combinato una marachella.

Il presidente, István e Rebeka non si mossero. Il cane li fissava ringhiando. Finalmente l'uomo tornò fuori e chiuse l'animale nella sua gabbia. Poi fece un cenno al presidente per chiedergli di parlare con lui in privato. Rebeka guardò István con aria interrogativa.

I due uomini sembrarono arrivati a un accordo, si strinsero la mano. Poi il padrone di casa andò verso di loro: «Lipót» si presentò asciutto, tendendo la mano a István.

István contraccambiò la stretta.

«Il signor Lipót vi farà vedere il vostro alloggio» disse il presidente del consiglio comunale. «Avete tre giorni per cercare un lavoro e venire al consiglio a riferire in merito. Non potete allontanarvi dal paese, intesi?»

Rebeka e István annuirono e l'uomo anziano si allontanò a piedi, evidentemente diretto non lontano.

Lipót indicò il sentiero che attraversava il cortile e loro due lo seguirono a fatica lungo la stradina fangosa. Il gigante bianco andava su e giù nella sua gabbia fissandoli come un cacciatore la sua preda.

Arrivati al fienile, il padrone di casa si fermò e guardò i piedi di Rebeka scuotendo la testa. «Avrà bisogno di un paio di scarpe robuste qui.» Poi aprì la malconcia porticina di passaggio ritagliata nel portone del fienile. Per entrare dovettero abbassare la testa. «Ecco il vostro alloggio.»

I raggi obliqui dell'ultimo sole illuminavano l'interno. Rebeka osservò quello che Lipót aveva definito un "alloggio": dalle assi delle pareti passava il vento e il pavimento era di argilla cotta.

«Non può dire sul serio!»

«Senta, signora, non ho scelto io di ospitarvi. Mia moglie sarà anche isterica, ma ha ragione. Ho due figli e devo mantenerli con il ridicolo stipendio della fabbrica di mattoni. E adesso ho a carico anche voi. Se non si adegua, non andremo molto d'accordo.»

Rebeka incrociò le braccia distogliendo lo sguardo.

Lipót indicò a István una pila di assi nel cortile. «Per il pavimento. Le do una mano a portarle dentro.»

István annuì sorpreso. «Adesso?»

Come prima cosa i due andarono a recuperare i mobili, appoggiarono il tavolo, il materasso e la valigia contro il muro del fienile. Poi iniziarono a trascinare dentro le travi e le assi di legno. Lipót andò a prendere la sua cassetta degli attrezzi, quindi aiutò István a posare le assi sul pavimento e a inchiodarle perpendicolari alle travi.

Rebeka osservava il lavoro di squadra di quei due uomini che sembravano conoscersi da sempre, cosa che le fece montare una rabbia furiosa. Camminava impacciata su e giù per il polveroso pavimento di argilla, intralciando costantemente il loro lavoro. Non poteva disfare i bagagli finché non aveva un pavimento. C'era odore di paglia marcia. La polvere le irritava la gola facendola tossire. Si portò le mani al collo, come se non riuscisse a respirare.

Lipót scosse la testa e uscì dal fienile. Tornò dopo qualche minuto impugnando una vecchia scopa, la appoggiò alla parete e si rimise all'opera senza dire una parola. Rebeka fece un respiro profondo e spalancò il portone del fienile per far entrare l'aria fresca. Poi si slacciò i sandali, si legò la lunga gonna in vita e si mise a spazzare.

Quando finirono erano le tre di notte passate. Rebeka e István si sedettero esausti schiena contro schiena sul pavimento nuovo. Il fienile, alla luce della lampada a petrolio, era irriconoscibile. La posa delle assi in terra risultava un po' grezza, ma almeno avevano un pavimento concreto sul quale appoggiare i piedi. Dietro a un lenzuolo appeso su un filo per i panni, Rebeka aveva allestito una specie di bagno composto da una bacinella e da uno specchietto appeso. Lipót aveva promesso di portare loro dei mattoni di scarto dalla fabbrica e di aiutare István a costruire una vera parete sul lato del fienile esposto al vento.

«Per quanto tempo immagina che resteremo in questo posto, quel tizio lì?» domandò Rebeka.

A István sfuggì un sorriso. Le passò un braccio attorno al collo e osservò il risultato del loro lavoro. «Non è poi tanto male.»

Rebeka lo guardò come se fosse diventato matto, poi scoppiarono entrambi a ridere. Fu una risata liberatoria, che si portò via la tensione della giornata.

Fino a quel momento Rebeka non aveva detto una parola riguardo al padre. L'atmosfera di angoscia sul vagone del treno, le angherie dell'AVO e l'incertezza su cosa la aspettasse le avevano fatto mettere da parte il lutto.

«Hai voglia di parlare di lui?» domandò serio István.

Rebeka tirò fuori la lettera d'addio dalla tasca del vestito e prese a tormentarla con le mani. «Non c'è niente di cui parlare, mi ha abbandonata.»

«Posso?»

Rebeka gliela passò con gli occhi fissi al pavimento. István spiegò con cautela il foglio e lesse le poche righe redatte in una calligrafia ordinata, una volta, poi un'altra. Le lettere slanciate testimoniavano la fermezza della mano che le aveva stilate. Immaginò la leggerezza del momento in cui Bárdossy, con la corda intorno al collo e lo sgabello ancora saldo sotto ai piedi, doveva aver guardato in basso. Quanto gli erano dovute apparire semplici le avversità della vita in quell'istante, in cui era a un passo dall'essere libero da obblighi e umiliazioni terreni! Bárdossy si era cullato nella convinzione che la sua morte fosse quella di un martire, l'unica possibilità di salvezza per la figlia.

«Tuo padre era un vecchio pazzo, ma ti amava molto» disse István mentre richiudeva la lettera seguendone con cura le pieghe. «Pensava che se lui fosse morto, ti avrebbero risparmiata e avresti potuto trovare la tua felicità con Breitner.»

Rebeka scosse la testa e nascose il volto tra le mani. «Breitner per me è morto» rispose con voce tremante.

István la attirò a sé invitandola a smettere di parlare, calmandola come un padre farebbe col figlio. Rebeka gli si strinse contro e sollevò la testa appoggiata al suo petto, come un girasole teso verso la luce. Le labbra socchiuse che gli porgeva sembravano potergli infondere una nuova vita. István si sentì struggere nel voluttuoso intreccio delle loro lingue, fece un respiro profondo e continuò a nutrirsi del suo nettare con avidità.

A Rebeka sfuggì un gemito, che evocò in István l'immagine di Breitner. Lo immaginò esplorare il corpo di Rebeka, sfiorarla in punti che a lui erano negati.

Fu come se qualcosa in lui si fosse strappato. La scostò con dolcezza. Farle la domanda diretta era impensabile. Aveva il diritto di sapere? Cosa sarebbe cambiato?

Forse tutto.

Le premette un bacio sulla fronte. Lei lo scrutò in volto in cerca di spiegazioni, ma lui sfuggì al suo sguardo e si concentrò su uno scarafaggio che si muoveva sul pavimento, cercando di schiacciarlo con la punta della scarpa. L'animale si trascinò un po' più in là, probabilmente era già ferito.

«Pensi a Róbert? Lo sai che ormai è finita.»

István attese il momento giusto e schiacciò lo scarafaggio. Certo che pensava a Breitner, non poteva essere altrimenti. Sollevò lo sguardo. «Sei stata a letto con lui?»

Rebeka si ritrasse. «Ma come ti viene in mente?» I suoi occhi spalancati, colmi di indignazione, lo accusavano come se avesse commesso un crimine.

«Sareste già sposati da un pezzo, se non fosse morta sua madre» osservò lui.

«E per te è questa l'unica cosa che conta?»

István fece un sospiro profondo e sentì per un attimo le forze venirgli meno. Si chinò in avanti, appoggiando i gomiti sulle ginocchia, e fissò il pavimento.

«Voi uomini siete meschini.» Rebeka si alzò, si voltò e cercò degli asciugamani nel baule. «Perché non vai a prendere l'acqua? Una boccata d'aria fresca ti farà bene» gli disse dandogli ancora le spalle, mentre spariva dietro la tenda con due asciugamani.

István allora uscì fuori. Per lui cambiava davvero tutto. L'avevano fatto più volte? Aveva provato piacere o aveva solo subìto per quieto vivere? Se solo non avesse sollevato la questione! Girava la manovella con gesti meccanici, facendo scendere il secchio nella profondità del pozzo. Lo sentì atterrare sulla superficie dell'acqua. Rivolse lo sguardo al cielo con la tranquilla certezza che almeno la luna e le stelle si sarebbero fatte trovare al loro posto. Sganciò il secchio pieno d'acqua dal supporto, si riempì i polmoni della fresca aria notturna e rientrò nel fienile.

Senza dire una parola, appoggiò la bacinella riempita d'acqua sullo sgabello oltre la tenda e lasciò a Rebeka quell'ambiente separato. Lei si spogliò e si lavò.

István si trascinò a letto. L'idea del corpo bianco e morbido di Rebeka sotto il peso di Breitner lo tormentava. Eccome se cambiava tutto!

Quando lei, dopo essersi lavata come meglio poteva, rispuntò dalla tenda con una camicia da notte lunga fino ai piedi, István fece finta di dormire.

«Tu mi giudichi, non è vero?» Rebeka si chinò sopra di lui a braccia conserte. István aprì gli occhi, si tirò su a fatica, come un malato, e la guardò confuso. Era stravolto, sfinito nel corpo e nell'anima. Non pensava proprio un bel niente! Non le aveva fatto alcun rimprovero! L'unica cosa che voleva era dormire.

«Ma sciocchino mio» continuò Rebeka in tono materno, sedendosi accanto a lui sul letto. «Di Róbert si possono dire tante cose, ma è sempre stato un gentiluomo, di questo gli va dato atto.»

István la fissò come se gli fosse comparsa davanti agli occhi la Madonna. Il suo sorriso innocente lo confermava: non era successo niente! Sentì che la vita riprendeva a pulsargli dentro, il sangue a scorrergli nelle vene.

Lei gli si accoccolò accanto, sotto le coperte, e appoggiò la testa sulla sua spalla. «E non illuderti neanche tu, signor Bárdossy!»

Quel sussurro all'orecchio, quel corpo morbido e il profumo di rose dei suoi capelli lo facevano impazzire. Gli sfuggì un sospiro di sollievo, come se si fosse scrollato un peso di dosso.

«Andrò a lamentarmi dal prete» disse lui in un bisbiglio, poi allungò la mano verso la candela e ne spense la fiamma con due dita.

28

Il villaggio

Szolmár, Ungheria, 1951

Nel corso della notte un forte temporale aveva trasformato la via principale del paese in una striscia di fango. Era una giornata calda, Rebeka si tolse i sandali e attraversò la strada scalza, per non rovinarli.

Le distanze non erano lunghe, a Szolmár. Attorno alla chiesa, che era stata distrutta da un incendio durante la ritirata dei tedeschi, si sviluppava il centro del paese, costituito da un ufficio postale, il municipio e un edificio che si autoproclamava "centro culturale", dove si svolgevano i matrimoni, le riunioni di partito e le messe. Per motivi di spazio, il crocifisso era stato appeso accanto al ritratto di Rákosi, ma nessuno ne sembrava turbato.

Un po' più lontano, nella parte sud della strada principale, che i paesani chiamavano "la via di sotto", c'era la vecchia fabbrica di mattoni, che manteneva numerose famiglie. Vi lavorava anche Lipót da quando era stato espropriato delle sue terre. In paese aveva subìto la stessa sorte dei Lipót anche un'altra famiglia di *kulaki*, presso la quale viveva già un gioielliere ebreo di Budapest con la figlia e che adesso dava alloggio anche ai conti.

La maggior parte dei contadini viveva grazie ai modesti introiti dei loro raccolti, dei quali erano costretti a consegnare anche metà allo Stato. Accumulavano il più possibile, nascondevano il vino e il mosto nelle cantine e nei magazzini di lamiera destinati al granturco. Per buone ragioni, fino ad autunno inoltrato ai bambini era vietato giocare tra i fasci di pannocchie alti pure due metri. Gli esattori dell'AVO, che i paesani chiamavano "finanzieri", arrivavano dopo la raccolta con i loro stivali da città e le cartelline portadocumenti sottobraccio. Rastrellavano le soffitte, trafiggevano con lunghe bacchette i fasci di granturco lasciati ad essiccare e guai a chi veniva colto in fallo.

Lungo la strada che portava Rebeka all'emporio, l'unico negozio presente in paese, c'era l'osteria, un postaccio maleodorante e fumoso, nel quale nessuna signora perbene metteva piede. Un paio di ceffi disfatti dalla notte insonne bighellonavano sul marciapiede di fronte al locale. Rebeka avvertì i loro sguardi come mani sporche sul suo corpo. Trattenne il fiato e affrettò il passo.

Lì vicino si trovava il negozio dello zio Tungli, l'unico ebreo del posto. Rebeka si lisciò le pieghe del vestito ed entrò. Scalza e con i sandali appesi al polso, passò accanto a ceste di frutta piene di pesche profumate, pomodori e peperoni, a secchi di latta e a cesti di vimini, fino a raggiungere il banco.

Due donne e un bambino di cinque o sei anni erano in fila. Le donne la scrutarono dalla testa ai piedi, la notizia dell'arrivo dei cittadini si era sparsa in fretta. Il saluto energico di Rebeka disarmò la più giovane delle due. La ragazza, esile e dallo sguardo nervoso, strinse le labbra e si voltò di scatto in direzione della lavagnetta appesa sopra il banco, come per studiarne l'offerta. Sopra l'imponente cassa campeggiava un cartello con la scritta: "Non si fa credito". L'altra donna, una contadina alta e robusta, continuava a fissare i piedi nudi di Rebeka.

Il campanaccio sulla porta del negozio mandò un suono metallico a indicare un nuovo ingresso. Entrò una signora anziana vestita interamente di nero, seguita da una giovane incinta. La vecchietta, sostenendosi al suo bastone, passò accanto a Rebeka.

«Venga, signora Bözsi, passi pure avanti!» esclamò la contadina robusta, che era la seconda in coda dopo il bambino. Poi prese il ragazzino per un braccio e lo ammonì: «Bálint, dài, fai passare avanti la signora Bözsi!».

Il ragazzino le fece spazio senza aprir bocca.

«Tu sei il figlio di Szekér, non è vero, figliolo?» domandò la vecchietta.

Lui annuì.

«Bravo bambino!»

«Ha sentito le campane, stamani?» domandò la donna robusta.

«Erano per il ciabattino della via di sotto.»

«Un colpo apoplettico?»

«Il cuore!»

La vecchia alzò lo sguardo al cielo. «Beato lui!»

«Andi, carissima!» disse poi la donna robusta alla ragazza incinta. «Quanto manca?»

Lei sospirò, carezzandosi affettuosamente la pancia. «Altre due settimane, signora.»

«Ma guardate che pancione rotondo» commentò l'altra, posandole una mano sul ventre. La ragazza ebbe un leggero sussulto e il suo sguardo, in cerca di aiuto, incontrò quello di Rebeka.

Il negoziante tese alla vecchia la pagnotta che le aveva messo da parte e poi si rivolse al bambino. «Come posso aiutarti, Bálint?»

Lui si avvicinò al banco, si mise in punta di piedi e iniziò a leggere da una lista. «E due dolcetti, per piacere» disse alla fine, con una certa enfasi.

Il vecchio Tungli gli rivolse un sorriso benevolo e iniziò a preparare tutti i prodotti con molta calma. Mise le fette di salame sulla bilancia, ne annotò il peso e le avvolse con cura nella carta oleata.

Con un moncone di matita, che poi fece sparire dietro l'orecchio, trascrisse il prezzo su un blocchetto. Ripeté lo stesso procedimento per ciascun prodotto, con gesti lenti ed esperti, come se nel negozio ci fosse solo il bambino da servire.

Rebeka lanciò uno sguardo impaziente all'orologio appeso sopra il banco.

Zio Tungli si interruppe. «Di' un po', Bálint, c'erano anche i dolcetti sulla lista della nonna? Fammi un po' vedere il biglietto.»

Bálint accartocciò la lista nella tasca e annuì convinto.

«In questo caso...» mormorò il vecchio negoziante. Contrasse le labbra in un sorriso di complicità e tirò giù dallo scaffale un barattolo di vetro pieno di dolcetti ricoperti di cioccolato. Scosse il vetro e i cubetti rotolarono gli uni sugli altri. Ne tirò fuori due con una pinza, uno lo incartò e l'altro lo mise in mano al bambino.

Gli occhi di Bálint brillarono.

Il vecchio sommò rapidamente i prezzi che aveva annotato, poi strappò la pagina e la diede al bambino come ricevuta.

Il totale corrispondeva perfettamente ai soldi che il bimbo tirò fuori dalla tasca.

«Al centesimo! La nonna non sbaglia mai i conti, eh?»

Bálint, guardandosi i piedi, salutò con un "bacio la mano" e si avviò verso la porta trascinandosi dietro il grande cesto con la spesa. Poi si fermò e si voltò a guardare Rebeka.

«Lei è una dei criminali?»

«Bálint!» esclamò la ragazza incinta.

Rebeka si sforzò di sorridere.

La vecchia, che fino a quel momento aveva conversato vivacemente, si mise ad armeggiare con il fazzoletto che aveva in testa.

Rebeka e Andi, la ragazza incinta, fecero la strada di ritorno insieme. Andi le tese la mano per presentarsi. Le disse che se era femmina l'avrebbe chiamata Katalin, come quell'attrice famosa, che sicuramente lei conosceva.

Rebeka annuì.

Il volto di Andi si illuminò di un sorriso orgoglioso. Poi si scusò, dicendo che in paese alla gente piaceva chiacchierare, come poteva immaginarsi. Naturalmente le persone di città non erano criminali. Anzi, lei conosceva personalmente il gioielliere di Budapest, un uomo molto gentile e niente affatto snob come la maggior parte. Anche Rebeka le pareva una persona carina, era così simpatica!

Andi parlava senza nemmeno riprendere fiato. Le raccontò dei suoi gemelli, Áron e Attila, due veri diavoli! Le disse che non avrebbe voluto un terzo figlio perché era già abbastanza difficile tenere a bada quei due. In autunno avrebbero iniziato la scuola, come il piccolo Bálint, che avevano visto poco prima nel negozio. E a malapena sarebbero riusciti a sostenere le spese. Tutti quei libri e la cartella… Ma cosa poteva farci lei? Dio aveva fatto loro un dono. Sorrise. Lajos, suo marito, sperava che fosse maschio per avere due braccia in più ad aiutarlo nei campi, tra qualche anno, naturalmente. Poi chiese a Rebeka di raccontarle qualcosa di lei.

E Rebeka raccontò.

Gli occhi di Andi scintillarono. «Attrice? In teatro?» Le prese la mano e, nel farlo, le cadde l'occhio sui suoi piedi scalzi. Finalmente qualcuno che teneva testa a quelle vecchie pettegole. Dovevano assolutamente diventare amiche! Andi sorrise timidamente. Pure lei amava il palcoscenico, si esibiva spesso davanti ai bambini. Lo avrebbe fatto anche quell'anno al centro culturale per la festa di San Giacomo.

Rebeka si sforzò di dimostrare interesse, mentre ritraeva la mano con la scusa di spostare il peso della borsa della spesa.

Lipót aiutò István a ottenere un posto alla fabbrica di mattoni come aiutofochista. Il suo incarico consisteva nello spalare il carbone, grattar via la cenere incandescente dal forno, metterla in una carriola e buttarla via. Era un lavoro di grande fatica. All'inizio si ustionava continuamente ed era convinto che sarebbe morto. Per la prima volta in vita sua si ritrovò a pregare Dio perché lo liberasse da quella situazione. Pregava che Stalin morisse e che ogni cosa tornasse come prima. Lipót, di poche parole come sempre, disse che l'uomo si abitua a tutto.

Nonostante i guanti, le mani di István divennero rudi, da operaio, e si cosparsero di bruciature.

Passarono le settimane e Lipót risultò avere ragione: le cose andavano meglio. Le prime volte István trasportava le carriole a mezzo carico e dopo tre giri quasi cadeva al suolo privo di forze. Dopo il primo mese faceva agilmente tre giri con la carriola a pieno carico. Lavorava dieci ore al giorno e riceveva la paga ridicola di centoventi fiorini al mese. I soldi non bastavano neanche per iniziare, ma avevano ancora i risparmi del padre di Rebeka. István finì per adattarsi alla sua nuova vita. Lui e Lipót uscivano di casa alle sei e mezzo del mattino e rientravano insieme la sera. Al lavoro raggiunsero ben presto una grande sintonia. Lipót parlava solo se aveva qualcosa da dire e István lo rispettava per questo.

Dopo che Rebeka era andata a informarsi alla scuola, alla sartoria sulla via principale e al negozio dello Zio Tungli, capì che nessuno, in paese, avrebbe dato da lavorare a una deportata. Era stato Lipót a convincere il presidente del consiglio comunale che sua moglie poteva aver bisogno dell'aiuto di Rebeka nei lavori di casa. Visto che vivevano da loro, quei cittadini potevano rendersi utili. Ma il clima tra le due donne era ostile. Se Rebeka preparava la cena, la signora Lipót se ne stava dietro la tenda antimosche della cucina a spiare i suoi errori. Per quanto Rebeka cercasse di accontentarla, sentiva sempre su di sé gli occhi attenti della padrona di casa, come fosse la sua sorvegliante. Se Rebeka dava lo straccio, la signora Lipót se ne stava sulla soglia a braccia conserte e brontolava che il pavimento andava sfregato per bene, non accarezzato. Le fece pulire il letame nella stalla e poi la mandò all'ufficio postale, e quando Rebeka andò a lavarsi, la apostrofò dicendo che non era necessario «farsi bella».

Lipót fu felice quando István riuscì a procurare a Rebeka un fornello a gas e le due donne non dovettero più avere a che fare l'una con l'altra.

La sera Rebeka curava le ferite di István e gli preparava uova, gnocchi ai semi di papavero e patate alla paprika come una novella sposina. Per la cena apparecchiava con la tovaglia bianca damascata e le candele che aveva messo nel baule insieme allo stretto indispensabile.

Dopo il turno in fabbrica, barcollante di stanchezza, István non si accorgeva delle candele accese o del rossetto che Rebeka si era messa per lui. Si limitava a mandar giù tutto con immensa gratitudine. Il più delle volte era il primo a buttarsi a letto, sgranchendosi gli arti come un cane stanco.

Rebeka si dedicava alla sua toeletta serale con straordinaria lentezza. Sapeva che lui la osservava. A volte lasciava in giro una canottiera o una mutandina, fingendo di averla dimenticata sullo schienale della sedia. Alla fine si sdraiava accanto a lui nel letto e a volte gli leggeva qualche pagina dalle poesie di Petőfi, il loro unico libro.

«Il vento d'autunno sussurra triste agli alberi» recitò anche quella sera a occhi chiusi, scandendo con profondità e dolcezza le sillabe ormai imparate a memoria. Passava le dita tra i suoi capelli ingarbugliati, lo accarezzava, gli sfiorava la nuca affaticata, andando su e giù: «… me ne sto disteso a leggere, mentre qui al mio fianco, con la testolina posata placida sul braccio, dorme la mia piccola signora, lontana dal mondo». István sollevò la testa a stento, come se dovesse spostare un masso, e la appoggiò nel grembo di Rebeka. Con le braccia le cinse la vita, lasciandosi cullare dal ritmo del suo respiro.

Il fiato caldo di István attraversava il suo corpo come un'onda. La voce le tremò, le venne meno. «Sento il battito del suo cuore nella mano sinistra, che le cinge i dolci seni…» Rebeka si schiarì la voce e sentì la mano salirle dolcemente su un fianco. Trattenne il respiro. Gli afferrò la mano e se la portò sotto al cuore, ma il libro… «Nella mia destra tenevo un libro sacro…» Il volume le scivolò di mano. E per lei fu la fine.

«Vieni qui da me» gli sussurrò quasi impercettibilmente, mentre le dita affondavano nei suoi capelli.

Lui la guardò incredulo. «Sei sicura?»

No che non era sicura. Sera dopo sera erano stati distesi supini a spiare i respiri l'uno dell'altra. Lei aveva sperato che lui la prendesse, che si fondessero insieme, che si struggessero in una qualche felicità. Ma non aveva mai avuto il coraggio di muoversi.

Adesso che quel momento era arrivato, riusciva solo a pensare che stava succedendo. Non sentì altro che un dolore sordo da qualche parte, in mezzo ai loro corpi mescolati.

Quando ormai era successo, tornarono a guardare le travi sulle loro teste e a spiare i respiri l'uno dell'altra. Erano rimasti senza parole.

29

Il litigio

Szolmár e Csád, Ungheria, 1951

Il sole estivo scottava sui campi di frumento. Era il tempo della mietitura. István aveva smesso di contare i giorni, mentre per Rebeka diventavano sempre più lunghi. Da quando non lavorava più per i Lipót, non le era rimasto altro che mettersi a disposizione come bracciante. Anche il conte e la contessa condividevano lo stesso destino.

Dopo una settimana di lavoro nei campi, a trenta gradi e sotto il sole cocente, la canottiera di seta che aveva addosso si era disfatta. Rinunciò a darsi una sistemata al mattino prima di uscire e in ogni caso mancava l'acqua corrente per lavarsi i capelli. Col passare delle settimane, finì per non importarle più niente del suo aspetto. I pantaloni da lavoro venivano lasciati in fondo al letto, mentre sullo schienale della sedia, al posto delle canottiere maliziosamente dimenticate, pendevano calze strappate. Nella ristrettezza del loro alloggio, l'effetto di quello sciatto erotismo si consumò in fretta e il disincanto prese il sopravvento. La sera Rebeka si addormentava esausta, come un cane bastonato, senza nemmeno voltarsi verso István.

Si svegliava ogni mattina alle cinque e camminava per quattro chilometri per andare nel campo.

Passo dopo passo, i contadini mietevano le maree ondeggianti del grano. Le donne seguivano a ruota per raccogliere le spighe. Il sole bruciava nonostante il fazzoletto che Rebeka teneva sulla testa, la polvere del grano si incollava sulla sua pelle sudata e la sete le attanagliava la gola. *Mancano cinquanta passi al limite del campo, cinquanta passi alla brocca dell'acqua.* La pelle prudeva, le stoppie acuminate delle spighe tagliate bucavano i piedi. Ogni singolo passo le procurava dolore. Rebeka contava: ancora quarantanove, ancora quarantotto, quarantasette.

«Quelle manine delicate non sono adatte al lavoro nei campi» le disse con genuina benevolenza la contadina alla sua destra. Superò Rebeka con placida leggerezza, i suoi movimenti erano efficienti e precisi. Con la falce raccoglieva bracciate di grano e lo legava con fasce di spighe. Aveva mostrato a Rebeka come tenere la schiena per evitare di sentire dolore quando si raddrizzava. Univa una fascina dopo l'altra con le sue mani piccole e forti. Gli uomini poi sistemavano i covoni per farli seccare.

Rebeka trascinava un piede avanti all'altro come un ronzino stanco, e intanto covava vendetta. Pensava ai criminali e agli assassini che nei campi di lavoro stavano meglio di lei. Almeno sapevano la durata della pena che dovevano scontare! Lei invece era stata condannata senza un verdetto, fino a nuovo ordine, per mesi, per anni. Nessuno sapeva quanto potesse protrarsi quella situazione. Il conte, che Rebeka frequentava spesso, ascoltava la radio americana e riceveva qualche visita da Budapest. Diceva che sarebbero venuti gli occidentali a liberarli. Non c'erano guardie armate di sorveglianza, eppure nessuno insorgeva. Il gioielliere era convinto che, se avessero tentato la fuga, sarebbero stati spediti in Siberia. Il conte sosteneva che gli americani avrebbero comprato la loro libertà, pagando migliaia di dollari per ciascuna famiglia.

Arrivò l'autunno a sfoltire le chiome degli alberi. Una nebbia fitta avvolgeva i campi. Patate e rape erano al riparo dal gelo, la segale e il grano erano stati trebbiati e i campi seminati. Adesso dovevano zappare i terreni da coltivare in primavera. La vangatura era un'operazione difficile e ingrata. A Rebeka dolevano le mani, ormai consunte e spaccate. Si lasciò cadere al bordo del campo con un gemito e nascose il viso tra le braccia. Non ce la faceva più, detestava quella maledetta vita e quel lavoro monotono e infinito! Una fila di rape era una fila di rape, ma vangare chilometri e chilometri di terra era una tortura. Quell'odioso campo rimaneva identico a prima.

«Adesso basta!» disse a István quella sera. «Mi rifiuto di rimettere piede in un campo.» Gli versò col mestolo un po' di minestra di lenticchie riscaldata, la stessa del giorno prima e di quello prima ancora. Almeno lui non si lamentava, non lo faceva mai.

«Col tempo andrà meglio, vedrai» rispose, come se la situazione non fosse poi così penosa. Continuava a ripeterglielo, ma non c'erano mai miglioramenti. Quante volte aveva dovuto sorbirsi i suoi discorsi sulla capacità che Dio aveva donato all'uomo di abituarsi a qualsiasi cosa. Doveva forse attraversare l'inferno, per fare questa esperienza?

«Certo, tu ti abitui a qualsiasi cosa, è tipico di te. Lasci che ti facciano di tutto, non è così?» Rebeka parlò senza curarsi di nascondere il disprezzo nella voce. Non ne aveva più voglia.

«Ma tu mi hai mai chiesto come sto?» proruppe lui quasi per caso, continuando a mangiare la minestra.

Rebeka trasalì dentro di sé. Gli fece cenno di lasciar perdere con la mano, già non facevano che litigare. Litigavano in continuazione. Avevano i nervi a fior di pelle, erano come corde troppo tese su uno strumento: qualunque inezia poteva portare alla rottura. Ombre scure cerchiavano gli occhi di Rebeka e i suoi vecchi abiti le pendevano addosso come sacchi vuoti. E comunque ormai indossava sempre il vestito grigio adatto a stare nei campi, non si curava più di niente.

«Cosa mai potranno farmi?» chiese con un lampo di risolutezza negli occhi.

«Metterti in prigione?»

«Che mi ci mettano, sempre meglio che lavorare come una schiava.»

Rebeka desiderò che lui le dicesse qualcosa di gentile, anche solo che riconoscesse quanto ingiusta era la vita.

Ma István si limitò a fare una smorfia. «Il tuo continuo lamentarti, il piagnucolare, i tuoi capricci sono irritanti, Rebeka. Fai il tuo lavoro come tutti gli altri!»

I lineamenti di Rebeka si irrigidirono. Si alzò con le labbra tese in una linea e andò a lavare i piatti. Lo avrebbe punito ignorandolo per l'intera serata.

«Mi sono mai lamentato io?» domandò piano lui, quasi rassegnato. Rebeka non si voltò. Lo sentì sospirare violentemente: sembrava che István avesse aperto la valvola della sua rabbia, come se ne avesse abbastanza di lei, della vita, di tutto quanto.

István si sbatté la porta alle spalle e nella stanza calò il silenzio. L'unico rumore era il tintinnio dei piatti nella bacinella. Rebeka si asciugò le mani, appese il grembiule al chiodo accanto ai fornelli e con tutti i vestiti addosso si buttò a letto, dove si mise piangere provando a non fare rumore.

La mattina seguente aprì gli occhi che il sole era già alto nel cielo. Avvolta nelle coperte, si mise al tavolo in cucina e scrisse lettere a Domokos, al ministero dell'Interno, al ministero della Cultura e persino alla segreteria di Rákosi. Rebeka sapeva che le sue lettere sarebbero state aperte all'ufficio postale, per cui indossò abiti pesanti, si legò un fazzoletto in testa alla maniera delle anziane del paese e si incamminò verso l'ufficio di Csád. Il conte conosceva la ragazza che smistava la posta. In cambio di una confezione di vero caffè in grani, gli consegnava le sue lettere personalmente. Così lui aveva potuto mantenere i contatti con i suoi conoscenti di Budapest, che gli mandavano notizie e pacchetti di caffè e di cacao.

Rebeka fece ogni giorno il tragitto fino a Csád, ma le sue lettere rimasero senza risposta. La sua angoscia crebbe mentre l'attesa di notizie si trasformò in ossessione.

Un giorno non si alzò neanche dal letto. «E perché dovrei? Sono sepolta viva in questo miserabile paese» disse ad Andi tra un accesso di tosse e l'altro.

Le sue parole ferirono Andi, che pure continuò a far visita all'amica ogni giorno con la sua bambina.

«In questo buco non esiste nemmeno una biblioteca» tuonò Rebeka. «Che accidenti fa la gente per l'intera giornata? Sempre e solo lavorare? Tutto il maledetto giorno a sgobbare nei campi come le bestie? Questo insensato e ripetitivo battere la terra. Stare sempre proni! Ecco perché alle donne di qui viene la gobba come agli zebù.»

Andi, imbarazzata, abbassò lo sguardo. Non disse nulla, se ne stava lì, paziente come un bue, aspettando che Rebeka si fosse sfogata.

Rebeka prese un sorso dal suo surrogato di caffè e sospirò. «Sto appassendo, Andi! Guarda le mie mani! Sono vecchie e rugose come quelle di un'ottantenne. Guarda come sporgono in fuori le vene!»

«È perché non mangi nulla, Rebeka. Sei dimagrita molto.» La voce di Andi era pacata, il suo sguardo mite.

Rebeka ebbe un nuovo attacco di tosse, aprì il colletto della camicia da notte ed espose il collo e lo sterno al freddo del fienile. «Tocca qui! Mi sto avvizzendo.»

«Non parlare così tanto» la esortò Andi, facendola adagiare con dolcezza tra i cuscini. La coprì premurosamente e le posò una mano fresca sulla fronte febbricitante.

«Che mi prendano pure, questi schiavisti! Tanto tra poco sarà tutto finito comunque.»

«Scotti! Vado a chiamare il dottore, tu rimani a letto da brava.»

Il cuore di Rebeka ebbe un sussulto. «Ci sarà un'altra guerra, Andi. Tutto il paese andrà a fondo con una violenta esplosione. Queste cose le sento.»

Andi, superstiziosa com'era, ritrasse la mano, si infilò il cappotto e se ne andò via di corsa.

Non appena aprì la porta, nel fienile entrò una folata di vento autunnale. L'aria fresca fu un toccasana per i nervi tesi di Rebeka. Fuori il vento imperversava tra le chiome degli alberi, facendo vorticare in aria le foglie.

Quando Andi rientrò con il dottore, Rebeka si era addormentata. Il medico auscultò Rebeka, le prese il polso, le picchiettò sulla schiena e si guardò intorno, osservando il fienile spoglio e le sue pareti ammuffite. Un'influenza. Le prescrisse di stare a letto per le settimane che restavano alla fine della stagione.

A quel punto l'inverno era ormai alle porte e i campi erano pronti per il periodo di riposo. La terra si indurì sotto le prime gelate e i contadini si ritirarono sulle panche accanto alle stufe: il paese andò in letargo.

Rebeka si rimise in forze grazie alle cure di Andi. Le portò una tale quantità di brodo, che Rebeka si impegnava a guarire anche solo per non doverne mangiare più. Trascorreva le giornate nella noia, la domenica giocava a bridge con i conti e il gioielliere ebreo. Il vecchio era stato deportato con la figlia diciottenne, una creatura timida, prelevata da scuola pochi giorni prima dell'esame di maturità. La ragazza una volta aveva mani morbide ed eseguiva le sonate di Beethoven. A quel punto il lavoro nei campi le aveva rese ruvide e callose.

Non appena i gemelli uscivano di casa, al mattino, Andi andava a trovare Rebeka con la piccola Katalin, prima di mettersi a cucinare. Sebbene l'aspettassero anche gli animali e la fattoria, trovava sempre il tempo di prendere un caffè. In realtà si trattava di un surrogato che ottenevano dal frumento, ma lo bevevano come se fosse vero.

Rebeka preparava ogni volta la tavola con cura, neanche avessero qualcosa da festeggiare.

«Sei sempre così elegante» le diceva Andi entusiasta. «Anche col grembiule ti muovi come una signora.»

Rebeka era affettuosa con lei. Le piaceva quella ragazza che, a differenza della maggior parte dei contadini, era piena di sogni. L'eccitazione di Andi la lusingava, anche se si stupiva ogni volta della gioia che le vedeva provare per le cose semplici, come quando Lajos tornava con un mazzo di fiori di campo per lei. Era innamorata di suo marito. Rebeka osservava i gesti amorevoli, le piccole attenzioni che avevano l'uno per l'altra, e faceva il confronto con lei e István. Lajos accettava con la rassegnazione di un bambino che Andi a tavola gli legasse il tovagliolo al collo, gli pulisse gli angoli della bocca col pollice in pubblico o gli togliesse le pagliuzze dai capelli. Loro ci scherzavano su e Rebeka si chiedeva se fosse quello il vero amore.

Andi aveva lasciato la scuola del paese dopo la prima media. La sua vita ruotava attorno ai figli, alla casa e alla fattoria, ma assorbiva ogni parola di quello che le raccontava Rebeka. Dall'alba al tramonto non faceva che cucinare, lavare, pulire e occuparsi degli animali, dei bambini e del marito. Eppure insisteva per cucinare anche per Rebeka e István, purché lei stesse seduta lì accanto e le raccontasse. Due bocche in più o in meno, non facevano differenza. I Takács avevano pochi soldi, ma possedevano tutto ciò di cui c'era bisogno.

Rebeka non si opponeva, lo scambio le pareva equo. Le dava denaro a sufficienza per coprire abbondantemente le spese. Bastarono anche per comprare una stoffa nuova, con la quale Andi si cucì un bel vestito. I soldi che portava a casa István erano troppo pochi. Mese dopo mese, stavano spendendo quelli lasciati dal padre di Rebeka.

Quella sera István non aveva ancora aperto bocca. Divorò la sua zuppa di gulasch come se non mangiasse da giorni. Stava con il collo proteso, avvicinandosi col busto al piatto a ogni cucchiaiata.

«Mangi come un contadino» disse Rebeka schifata.

István fece cadere il cucchiaio nella scodella. «Anche questa zuppa l'ha fatta Andi?»

Rebeka annuì. «È buona, vero?»

«Non mi va che Andi cucini per te» disse lui, scostando il piatto vuoto e incrociando le braccia.

«Che c'è di male? Io farei lo stesso per lei. Quando finalmente ci faranno andare via di qui, la porterò con me a Budapest. Le farò vedere la vita, la vizierò come si deve.»

István alzò gli occhi al cielo sospirando. «Non pensi mai che magari non tutti vogliono vivere come te?»

Rebeka rimase con il cucchiaio a mezz'aria e si chinò in avanti fissandolo. Avrebbe voluto leggergli la mente, come se fosse un libro. «Ma tu che ci fai qui? Dico sul serio, insomma, non sei su nessuna delle loro liste. Potresti prendere le tue cose e andartene quando vuoi. Cos'è che ti tiene qui? Perché è evidente che non sono io.» Rebeka posò il cucchiaio. La concitazione le aveva fatto arrossire le guance, gli occhi le brillavano.

«Dici sul serio?» domandò István inarcando le sopracciglia.

Rebeka lesse l'ombra di odio nei suoi occhi. Istintivamente indietreggiò spingendo la sedia. «Non mi sopporti più, vero? Allora vai! Non preoccuparti per me, me la caverò a meraviglia.»

István batté il pugno sul tavolo. I piatti vibrarono e Rebeka sussultò, chiudendo gli occhi per lo spavento.

Lui si alzò dalla tavola diretto alla porta.

«Rimani qui e parla con me» gli disse lei in tono pacato.

«Mi serve una boccata d'aria fresca, altrimenti soffoco. Hai ragione. Non ho idea di cosa ci faccia qui. La donna per la quale ho buttato al vento i miei studi e alla quale ho messo in mano la mia vita non esiste più. Mi spezzo la schiena per centoventi fiorini al mese, e questo per una sconosciuta piena di amarezza, ingrata e snob, incapace di adattarsi, che non ritiene necessario lavorare e non riesce nemmeno a cucinare una stramaledetta cena. Devo essere diventato pazzo!» Afferrò il cappotto appeso accanto alla porta.

«Almeno io ho mantenuto un briciolo di rispetto per me stessa e non dico sempre di sì» sbottò Rebeka. «Se domani ti mettessero su un treno per la Siberia, tu ci monteresti sopra ubbidiente e trarresti il meglio da quell'esperienza, non è vero?»

«Proprio così!» rispose István, prima di sbattersi la porta alle spalle.

30

Una visita inaspettata

Szolmár, Ungheria, 1951

Rebeka percepì che István non era disteso accanto a lei. Girò la testa aprendo gli occhi. Il suo cuscino, intonso, era al solito posto. Fuori albeggiava.

Lo aveva aspettato per tutta la notte, rimuginando sulle cose che si erano detti a vicenda per ferirsi. Non aveva più bisogno ora di trattenere le lacrime, che salirono in superficie e le rigarono le guance.

István se n'era andato.

Il fuoco nella stufetta di ghisa si era spento durante la notte. Rebeka si lasciò sfuggire un profondo sospiro e il suo alito si condensò nell'aria fredda del fienile. Si avvolse addosso la coperta e si alzò per aggiungere legna. Mentre si inginocchiava di fronte alla stufa, sentì un crampo allo stomaco. Il dolore, il suo ospite fastidioso, era tornato a farla contorcere. István se n'era andato! Rebeka chiuse gli occhi.

Il ceppo era troppo grosso e non ardeva. Lo tolse con mano tremante e formò un mucchietto di legnetti piccoli, come aveva visto fare a István. Funzionò. Prese fuoco. Vi appoggiò sopra il ceppo più grande e, per sicurezza, aggiunse un po' di carta. L'acqua nella bacinella era di nuovo gelata. Rebeka sfiorò il sottile strato di ghiaccio con un dito. Spaccarlo era una delle piccole gioie con cui si tormentava ogni mattina. Infilò la mano nell'acqua gelata e resistette all'impulso di ritrarla. Il formicolio doveva prima trasformarsi in un dolore pungente e intollerabile. Il dolore salì fino al gomito. Solo allora Rebeka ritrasse la mano con un brivido di piacere.

Poi qualcuno bussò alla porta e lei sollevò la testa.

La ragazza sulla soglia non sembrava una donna del paese. Con quel cappello, le scarpe col tacco e il suo cappotto troppo leggero non sarebbe andata lontano sulle strade di campagna. Nelle notti precedenti il fango si era ghiacciato, formando blocchi informi in mezzo alla via.

L'uomo che le stava accanto, troppo bello per lei, sollevò il cappello in segno di saluto.

Rebeka riconobbe Rudi, la giovane accanto a lui doveva quindi essere Éva.

Improvvisò una scusa per giustificare l'assenza di István, disse che era andato a raccogliere della legna e li invitò a sedersi al tavolo. Raccolse in fretta e furia gli abiti sparpagliati in giro, ripose le stoviglie sporche in un catino e diede una sistemata alle coperte. Poi sparì dietro alla tenda per guardarsi allo specchio. Trasalì. Quella che vedeva era una sconosciuta senza trucco. Dopo essersi sciacquata il viso con l'acqua gelata per dare un po' di colore alle guance ed essersi raccolta i capelli in una crocchia, la situazione era un po' migliorata. Si sfilò dalla testa la camicia da notte, indossò un paio di calze grosse e un vestito di lana.

Quando tornò da loro, Rudi ed Éva non si erano seduti. Rudi camminava in su e in giù con le mani intrecciate dietro la schiena e osservava le macchie di muffa sulle pareti come fossero le piaghe di un uomo ferito.

«Almeno abbiamo una stufa» disse Rebeka con un gesto di scusa.

Rudi si voltò verso di lei annuendo. Aveva un'espressione triste.

«Posso offrirvi un caffè? Cioè un surrogato, quello vero non lo abbiamo.»

Éva accettò di buon grado. «Abbiamo lasciato l'auto al limitare del bosco e siamo venuti fin qui a piedi.»

«L'AVO di solito fa le ispezioni di notte, non a quest'ora.»

Éva la guardò allarmata. «Perché, fanno controlli?»

Rudi la interruppe e indicò un pacco sul tavolo. «Abbiamo portato un po' di viveri.»

Éva aprì i regali: chicchi di caffè, tè, salame... Era come se fosse Natale. Rudi estrasse anche un cognac dalla tasca del cappotto. Rebeka avrebbe voluto ringraziarli da parte sua e di István, ma un nodo le serrava la gola.

Éva scartò anche una scatolina con dentro delle tempere nuove di zecca. «Queste sono per István!» disse con un sorriso.

Rebeka chiuse gli occhi.

«Si sente male?»

Tutto faceva male. La gentilezza forzata di Éva e lo sconcerto con il quale Rudi si guardava intorno avevano il sapore di un'accusa.

«Prego, sedetevi» li invitò Rebeka in tono energico. Sentì la testa girare e si resse al bordo del tavolo.

Rudi le si avvicinò, offrendole il braccio.

Rebeka però scosse la testa. «Sto bene, grazie. Vado a chiamare István, vi prego, aspettate qui.» La voce le veniva meno, si portò le mani al collo. «Sarà felicissimo di vedervi.»

Poi indossò il cappotto e corse fuori.

Le cornacchie gracchiavano nella luce dell'alba. Sulla strada principale incombevano delle nuvole dense, che filtravano i raggi del primo sole. Il gelo aveva avvolto il paesaggio in quello che pareva un sottile strato di zucchero a velo. Rebeka si strinse nel cappotto, rabbrividendo sotto le sferzate del vento gelido, che le entrava fin dentro le ossa. Dalle scale che scendevano alla bettola un odore asprigno arrivava fino in strada. Ebbe un attimo di esitazione, poi scese le scale e si fermò sulla soglia. Al bancone sedeva qualcuno con la testa tra le mani. Le sedie erano già tutte tirate su, solo a un tavolo c'erano ancora quattro uomini che giocavano a carte. La radio trasmetteva musica leggera in sottofondo.

«Un altro giro, Józsi!» gridò uno dei giocatori con voce rauca.

L'oste spense la radio. «Adesso basta. Si fa festa!»

Rebeka andò al banco e domandò di István. Si sentiva addosso gli sguardi degli uomini.

L'oste si strinse nelle spalle. «Signorina, cosa vuole che ne sappia? Pensa forse che tenga nota di tutti i clienti che entrano ed escono?»

«Non è tornato a casa.» Il viso che aveva tradiva la sua disperazione.

«A volte succede» esclamò uno dei quattro uomini. Gli altri scoppiarono a ridere.

Il cuore di Rebeka batteva all'impazzata. «La prego, sono preoccupata!»

«Forse è passato per un bicchierino o due» disse l'oste.

«Sa dirmi a che ora è andato via?»

L'oste alzò le braccia stizzito.

Rebeka allora si incamminò verso la porta.

«Non si preoccupi,» aggiunse l'oste «alla fine tornano sempre.»

«Provi al bordello, da quella grassona della Moni!» sbraitò uno dei giocatori. Seguirono altre risate.

Rebeka, furiosa, si precipitò fuori. Di fronte a lei, si apriva la strada deserta verso Csád, a sinistra il sentiero conduceva alle cantine tra i vigneti e a destra al campo da calcio e poi allo stagno.

István, arrivato davanti alla porta del fienile, si diede un'ultima occhiata, si ripulì un po' il cappotto e soffiò nei palmi delle mani. Il suo alito aveva un odore dolciastro di alcol. Si preparò mentalmente alla battaglia e premette sulla maniglia.

«István!»

Di fronte a lui Éva si stava contorcendo le mani dalla gioia.

«Dio mio, Éva!» Poi si accorse di Rudi, che stava buttando giù un bicchiere di cognac in un sorso solo.

«Posso averne uno anch'io? Ma che ci fate qui?»

Éva si allungò per abbracciarlo e il ricordo di quella mattina, quando l'aveva lasciata nel suo letto, tornò con violenza nella mente di István. Se ne stava sul letto cingendo le gambe magre e lo guardava con occhi pieni di sofferenza. Quella scena gli aveva spezzato il cuore.

István tese la mano a Rudi. Aveva la gola talmente secca che non riuscì a proferire parola.

«Hai un aspetto orribile» disse Rudi dopo una pausa, dandogli una vigorosa pacca sulla spalla.

István studiò lo sguardo dell'amico e percepì con la coda dell'occhio la fede al dito di Éva e il suo sorriso. Sembrava tutto a posto. Provò un'ondata di sollievo. «Non potete neanche immaginare quanto sia felice di vedervi!»

«Brindiamo!» propose Rudi riempiendo i bicchieri.

István si guardò intorno. «Dov'è Rebeka?»

«Era venuta a cercarti.»

«Abbiamo litigato» tagliò corto István.

Rudi gli passò il bicchiere ed Éva si mise a raccontare del loro viaggio rocambolesco, della macchina a noleggio lasciata all'inizio del bosco, della camminata all'alba attraverso i campi gelati. Ma István non ascoltava. Éva ammutolì, seguendo con lo sguardo i movimenti di István, che portava il bicchiere di cognac alla bocca e lo svuotava in un colpo solo.

«István?»

Lui alzò la testa di scatto. Rebeka era lì fuori, al freddo, che lo chiamava, lo cercava! Aveva voluto punirla non tornando a casa, ma adesso era preoccupato per lei.

«Passi ancora le notti tra una bettola e l'altra?» lo prese in giro Rudi.

«Vieni a casa con noi» lo supplicò Éva.

«Voi non capite.»

«Ma guardati, sei a pezzi!» Éva gli rivolse uno sguardo implorante.

István aveva abbassato gli occhi.

«Lascialo in pace, Éva.» Rudi passò un braccio attorno alle spalle di sua moglie. «Allora, racconta. Com'è la vita di campagna?»

István raccontò della fabbrica, del taciturno Lipót, che lo aveva aiutato a risistemare il fienile, e dei suoi due bambini, Juli e Pityu, che dopo la scuola lo aiutavano a dar da mangiare agli animali. Tritavano i gambi di granturco, grattugiavano le rape e vi aggiungevano un po' di acqua e crusca di grano, ottenendo foraggio per le mucche e per i due bellissimi cavalli dei vicini. Adesso anche lui e Rebeka possedevano una mucca e una settimana prima erano nati dieci pulcini. Con occhi raggianti raccontò che Boriska, la mucca, stava nella stalla di Lipót, dove c'era spazio a sufficienza, e in cambio loro si occupavano di dar da mangiare agli animali la sera. Disse anche che i Lipót erano un po' burberi, ma che in fondo erano brave persone, che avevano attraversato molte difficoltà. Rebeka e i Lipót! István scoppiò a ridere. La vita di campagna le dava parecchi problemi, ma sarebbe andata meglio in estate. In quella stagione al mattino le mucche percorrono la via guidate dal pastore e il suono dei campanacci riecheggia per il paese, la vecchissima vicina se ne sta ricurva e tremolante alla rete del suo giardino con in mano due pesche profumate, il vicino viene con il suo liquore fatto in casa e i ragazzi urlano e giocano alla guerra per strada, mentre il piccolo Pityu, di appena quattro anni, salta di gioia perché di notte il suo cavallo a dondolo ha mangiato tutta la biada come quelli veri, mentre in realtà è István a farla sparire.

«Posso di nuovo respirare liberamente» concluse. Dalla sua bocca uscivano nuvole di vapore.

Éva incrociò le braccia sul petto rabbrividendo.

«Ci si abitua anche al freddo» commentò István passandole una coperta.

Rudi si finse convinto. «E il tuo lavoro?» Si guardò intorno in cerca di disegni, di colori, del disordine tipico delle abitazioni degli artisti.

István voltò loro le spalle e si accucciò davanti alla stufa per aggiungere legna. «Non dipingo più» disse con forzata disinvoltura, come se stesse parlando del tempo.

Il sorriso benevolo di Rudi scomparve, sostituito da un cipiglio. Éva, pensando di non essere vista, scosse la testa facendo cenno a Rudi di lasciar perdere.

István stava in ginocchio di fronte alla stufa e soffiava sulla brace per ravvivare la fiamma. Il fuoco riprese bene. Nel fienile intanto regnava il silenzio.

«Imbecille!» sbottò Rudi.

István alzò lo sguardo, stupito.

«Il tuo lavoro è la tua identità e tu la butti via per questa donna?» La voce di Rudi fremeva.

István fece un respiro profondo. Teneva a Rudi e voleva dargli una spiegazione. Il suo ritiro non derivava da una sua rassegnazione; era un fallimento, forse, ma ben ponderato. Si pulì la cenere dai pantaloni e si avvicinò a Rudi. Per poterlo guardare dritto negli occhi doveva allungarsi, addirittura alzarsi un po' sulle punte dei piedi.

«Ho sempre avuto la pretesa di voler creare qualcosa di significativo» iniziò a dire. «Una pretesa che mi ha logorato l'animo. Cercavo disperatamente di lasciare un segno. Ma per cosa? Per chi?» István alzò le braccia con aria interrogativa e si fermò un istante per capire se Rudi lo stesse seguendo. «Poi ho visto queste brave e semplici persone, che ogni giorno danno vita a qualcosa usando le loro mani. Hanno ben poco, eppure sono felici. I loro figli sono la traccia che lasciano del loro passaggio. Io ho fallito con l'arte in ciò che un uomo semplice riesce a fare senza bisogno di pennelli.»

Il viso di Rudi si contrasse in una smorfia di cinismo. «Perciò vuoi fare dei figli e fine della storia?»

«Tu non capisci» rispose calmo István. «Noi viviamo, moriamo e diventiamo polvere esattamente come gli animali e le piante. Non basta?»

István aspettò una reazione da parte di Rudi, ma lui si limitò a sospirare.

«Qui si tratta della felicità!» continuò István nel tentativo di convincerlo. «Siamo solo atomi che esistono per puro caso in questo universo. Dovremmo sfruttare al meglio il tempo che abbiamo fintanto che dura la nostra vita terrena, invece di logorarci per realizzare qualcosa che è destinato a trasformarsi in polvere esattamente come noi.»

«Queste non sono le parole dell'artista brillante che definivo mio amico» disse Rudi intristito.

«Ne ho abbastanza del mondo dell'arte, ne ho abbastanza di dovermi piegare al suo volere. La vita di campagna è dura, ma almeno sai quello che stai facendo. In autunno pianti le patate e in primavera le raccogli.»

«Stai ingannando te stesso, amico mio. Ti convinci che questo fienile pieno di muffa sia una reggia. Eri proprio tu a dire che l'arte è l'unica cosa che ci sopravvive e che può arricchire le generazioni future. Avevi l'ambizione di diventare uno dei pochi in grado di lasciare una testimonianza per chi verrà dopo di noi.»

István negò con un cenno della mano. «Mi sbagliavo. Tutto questo non ha nessuna importanza. Per la gente, qui, conta solo l'essenziale. Dopo aver grattato via la fuliggine dai forni della fabbrica di mattoni per otto ore, una minestra di pollo calda la sera è la gioia più grande al mondo. Noi artisti vaneggiamo sull'idea di trovare un senso. Non esiste un senso, esiste solo la sopravvivenza. E sai una cosa? La soddisfazione che provo nel veder crescere ciò che ho seminato o nel costruire un muro di mattoni non l'ho mai provata come artista.»

Rudi scrutò il volto di István, probabilmente in cerca dei suoi veri pensieri, nascosti dietro la maschera. Nello sguardo di Rudi si leggeva la sua tristezza. István sapeva cosa vedeva in lui l'amico: il sorriso di una persona accecata.

Si guardarono fissi negli occhi. Era il loro gioco di sempre: il primo che distoglieva lo sguardo avrebbe dato ragione all'altro.

Fu Rudi a farlo per primo. Doveva aver capito dal luccichio feroce negli occhi di István che la sua decisione era irremovibile. Gli tese senza convinzione la mano e István la strinse con gratitudine.

Intanto Rebeka vagava per il paese deserto. Imboccò la via principale e si guardò intorno. Forse Andi e Lajos avevano notizie di István.

Man mano che la nebbia si diradava, anche i suoi pensieri si facevano più lucidi. István aveva rinunciato agli amici, al lavoro, al futuro. Per lei. Se non era già sul treno per Budapest, sarebbe comunque ripartito con i suoi amici. Ripensò all'espressione orripilata di Rudi mentre scrutava il fienile. Lei ormai non sentiva neanche più la puzza di paglia umida che ristagnava lì dentro. Gli sguardi di Rudi esprimevano il suo giudizio senza bisogno di parole. Tornare era impensabile.

Lanciò un'occhiata al giardino dei Takács e decise di entrare da loro.

Un repentino cambio del tempo aveva portato la burrasca. Il cavallo scalciava contro le pareti della stalla con tale violenza da far ballare le immagini sacre dentro la credenza e tintinnare i piatti. Lajos andò a controllare che fosse tutto in ordine mentre Rebeka rimase in cucina con Andi, che buttò un cucchiaio abbondante di strutto nella padella. Il grasso sfrigolò e il vapore che saliva andò ad appannare i vetri delle finestre.

Rebeka era seduta sulla panca della stufa, avvolta in alcune coperte. Teneva in grembo una tazza di tè, stretta fra le mani, e fissava inespressiva l'orologio a cucù appeso alla parete.

Andi tolse la padella dal fuoco. «Non ci si libera così facilmente di un marito, sarà a casa ad aspettarti già da un pezzo.» Lì dentro intanto regnava un silenzio sospetto. I gemelli giocavano a carte al tavolo della cucina senza litigare.

«István non è mio marito» disse piano Rebeka.

Il mestolo nella mano di Andi si fermò.

«Non siamo sposati» ripeté Rebeka, stavolta più decisa.

Andi portò una mano alla bocca aggrottando la fronte. Da fuori arrivava il sibilo del vento, la tempesta infuriava. «Forza, pigroni, andate ad aiutare vostro padre! Via, via!» Andi cacciò i due gemelli che stavano giocando pacifici, spingendoli fuori tra proteste, lamenti e battere di piedi.

Rebeka si strinse ancor di più nelle coperte, tremando. Andi lanciò un'occhiata nervosa alla nonna, che si era assopita sulla poltrona e sbuffava nel sonno. Poi andò a sedersi sulla panca vicino a Rebeka, si girò un'ultima volta e poi le si avvicinò ancora un po'. Il suo sguardo non era di condanna, ma esigeva una spiegazione.

Rebeka cominciò a strusciare un piede sul pavimento, nervosa. Raccontò di Breitner, il professore colto e altolocato verso cui tutte le sue amiche provavano invidia. Insieme erano una coppia che faceva girare la gente per strada. Riferì nei dettagli la giornata in cui era arrivata l'ingiunzione di trasferimento. Parlò anche della frustrazione del padre, di come in quelle poche ore fosse invecchiato di anni e del vuoto che aveva sentito quando al mattino lo aveva trovato appeso alla trave.

«Per molto tempo l'ho odiato, mi sono imposta di non versare neanche una lacrima. Ero arrabbiata con lui perché mi aveva abbandonata.» La voce di Rebeka tremava. «L'unica cosa che mi ha impedito di impiccarmi a mia volta è stata la vigliaccheria, capisci?»

Andi le prese una mano senza dire niente.

«Poi è arrivato István. Era lì, senza richieste né pretese. È salito con me sul camion ed è rimasto.»

Andi asciugò le lacrime di Rebeka con un lembo del suo grembiule.

«Per tutto questo tempo sono stata talmente presa da me stessa che ho dato il suo amore per scontato.» Rebeka scoppiò in una risata amara. «Ho sempre pensato che per trovare la felicità avrei dovuto sposare qualcuno come Breitner. A ogni tentativo di avvicinamento da parte di István, tornava a parlare, come una lingua materna, la mia mentalità borghese. Mio padre diceva sempre che essere una Bárdossy implicava obblighi e sacrifici. Avevo la felicità davanti agli occhi e non l'ho voluta riconoscere.»

Il volto di Andi si illuminò. «Sono certa che ti sta aspettando a casa!»

«Se n'è andato da un pezzo, Andi. Non me la sento di restare sola, oggi. Posso rimanere qui da voi?»

Rintoccarono le campane di mezzogiorno. Andi lanciò un'occhiata furtiva ai fornelli: la minestra sobbolliva a fuoco lento e il soffritto di strutto e farina si stava cominciando a intiepidire nella padella.

Le strinse la mano. «Vieni, andiamo a vedere insieme. Scommetto che è a casa. E se è andato via rimarrai da noi.»

Le due donne si incamminarono e Lajos le accompagnò, anche se Rebeka non mancò di notare che lo faceva di malavoglia. E non tanto per il suo pranzo, quanto piuttosto perché riteneva Rebeka una cattiva compagnia per sua moglie. Temeva che le instillasse un senso di insoddisfazione per ciò che avevano. Ma quando Andi lo pregava in quel modo e lo guardava con quegli occhi dolci… non riusciva a dirle di no.

Camminarono a fatica contro le raffiche di vento e la pioggia che sferzava loro il volto. Cinquanta metri li dividevano dalla casa dei Lipót. Una volta alla porta, Andi abbracciò Rebeka e le promise che avrebbe aspettato lì finché lei non le avesse fatto cenno che era tutto a posto.

La pioggia si fece più intensa e batteva ora da ogni direzione. Persino il grosso cane dei Lipót si era rintanato nella sua gabbia a guaire. Lajos, con le mani sprofondate nelle tasche dei pantaloni, spostava il peso da una gamba all'altra con impazienza. Con un'occhiata fece intendere a Rebeka di sbrigarsi.

István in quel momento si stava preparando un panino alla flebile luce del fienile. Spalmò lo strutto e sbucciò una cipolla come se fosse una mela, guardando la buccia allungarsi sotto la lama del coltello. Per quanto assurdo potesse sembrare a Rudi, lui non provava nostalgia per la città o l'università. Sognava di affittare una casina tutta sua, un giorno. Mucca e galline le avevano già. Se solo lei fosse stata felice con lui!

Si aprì la porta e i fogli di giornale volarono in aria. Sulla soglia c'era Rebeka, scompigliata dalla tormenta. Prese a battere le mani come una bambina davanti all'albero di Natale.

Lui alzò gli occhi su di lei, rimanendo seduto. Quella dolce visione fu la risposta a tutti i suoi dubbi: lui amava quella donna, era così semplice.

Lo sgabello cigolò, mentre István si alzava per raggiungerla. Le asciugò le gocce di pioggia dalle guance con il dorso della mano.

«Pensavo che te ne fossi andato» disse Rebeka rabbrividendo. Un velo di lacrime le bagnava gli occhi.

«E dove sarei dovuto andare?»

Rebeka fece un profondo sospiro. Lui le tolse di dosso lo scialle bagnato e aprì, bottone dopo bottone, il pesante abito di lana che avvolgeva il suo corpo. Apparve la sua pelle, risplendente alla luce della lampada a petrolio. Il vestito cadde a terra.

Rebeka abbassò gli occhi imbarazzata, come se István non conoscesse già ogni singolo centimetro del suo corpo nudo. «Tutte quelle cose orribili che ho detto ieri sera...» iniziò a dire, alzando lo sguardo verso di lui.

Lui le posò con delicatezza un dito sulla bocca, poi si chinò su di lei e la baciò nel punto in cui l'aveva sfiorata. Con le labbra asciugò le perle di lacrime dalle sue guance e seguì la linea del suo collo fino alla clavicola. Rebeka fece un respiro profondo. Pensò ad Andi e Lajos, che aspettavano fuori sotto la pioggia. Ma non ebbe la forza di sottrarsi alle sue carezze. Gli passò le dita tra i capelli. Lui la sollevò come fosse una piuma e la portò nel loro letto.

31

La festa di Natale

Szolmár, Ungheria, 1951

Il presidente del consiglio comunale acconsentì al trasferimento dei Bárdossy a casa dei Takács, definendoli un esempio virtuoso di solidarietà reciproca.

Mentre Rebeka e István traslocavano nel loro salotto, Andi non riusciva a tenersi per la contentezza. Aveva preparato tutto con amorevole cura ed era visibilmente irritata con Lajos, che invece andava su e giù per la cucina come un leone in gabbia. Con un cenno cercò di rassicurare Rebeka, dandole a intendere che andava tutto bene e che non doveva preoccuparsi.

Dopo cena István e Rebeka si ritirarono per lasciarli da soli. Il salotto buono dei Takács era la loro nuova casa. Era spazioso e riscaldato da una stufa in ceramica. Al centro della stanza c'era un lungo tavolo che la famiglia apparecchiava per gli ospiti solo due volte l'anno: per la festa di San Giacomo a luglio e il giorno in cui si macellava il maiale in inverno. Durante il resto dell'anno serviva a conservare pane e prosciutti, mentre Tera Mama, la nonna, ci stendeva la pasta fresca per farla seccare. In una grande credenza erano riposti i piatti e le posate del servito buono, nel baule decorato a fiori la biancheria da letto. Rebeka non aveva mai capito perché i contadini non usassero il "salotto buono" ma si radunassero tutti in cucina. La casa dei Takács, composta di una camera da letto, il salotto e la cucina, era relativamente grande per una famiglia di sei persone. Era stato il bisnonno di Andi, che chiamavano Nonno Giudice, a costruirla. Ogni notte vegliava impettito su di lei dalla foto scattata il giorno del suo matrimonio, appesa alla parete. Accanto c'era un'altra fotografia, che ritraeva Andi, Lajos e i bambini di fronte a un carro carico di fieno. Doveva essere stata fatta poco dopo che Lajos era rientrato dalla guerra. Il matrimonio era stato combinato da un lontano parente, che aveva presentato Lajos come un uomo semplice e onesto, un bravo contadino. Andi lo aveva trovato anche bello. L'unica cosa per la quale si era lamentata con il padre erano quelle sue mani enormi, dalle quali non sarebbe stato affatto piacevole prendere uno schiaffo. Dopo la fine della guerra lo aveva aspettato per due anni senza avere alcuna notizia. Un bel giorno, mentre era a mungere le vacche, aveva sentito sua madre che la chiamava. Gli era corsa incontro con lo sgabello da mungitura ancora legato in vita! Da allora non avevano più trascorso un solo giorno lontani.

Spostarsi nel salotto buono rappresentava un enorme passo avanti per Rebeka. Si infilò nel letto già riscaldato da István e si accoccolò accanto a lui appoggiando la schiena sul suo petto. Lui la abbracciò.

A quel punto dalla cucina si udì uno schianto, come di qualcosa fracassato a terra. I due tesero l'orecchio. Poi dei passi, poi silenzio.

«Un periodo di transizione?» tuonò Lajos.

«*Shh!*»

«Non ci credi nemmeno tu! Non ci sarà nessuna amnistia!» Lajos aveva abbassato un po' il tono della voce, ma Rebeka e István riuscivano a distinguere ogni parola.

Ci fu di nuovo silenzio. István rivolse a Rebeka uno sguardo interrogativo. «Avevi detto che Lajos era d'accordo.»

Rebeka si portò un dito alle labbra, poi si alzò e si avvicinò scalza alla porta.

Andi piangeva. «L'hai visto anche tu quel fienile» sussurrò.

Ancora passi, poi il rumore di una porta che sbatteva. Probabilmente Lajos era uscito per andare a occuparsi degli animali. Nella casa calò il silenzio. La striscia di luce che filtrava da sotto la porta si spense.

Rebeka tornò a letto in punta di piedi. Dalla cucina arrivava solo il piagnucolio sommesso della nonna.

«Non possiamo restare qui. Devo parlare con Lajos» disse István, mettendosi a sedere.

«Aspetta!» sussurrò Rebeka mettendogli una mano sulla spalla. «Lascia che si chiariscano, ci parleremo domattina.»

István, riluttante, tornò sotto le coperte. Rimasero in silenzio qualche minuto.

«Mi abbracci?» domandò Rebeka dopo un po', facendosi più vicina.

István la strinse a sé e nel giro di qualche minuto aveva già il respiro calmo e profondo del sonno. Rebeka invece non riusciva a dormire. Che ne sarebbe stato di loro? Non potevano tornare dai Lipót, piuttosto si sarebbe fatta mandare in Siberia. Prese in considerazione l'idea di fuggire, forse sarebbero riusciti a lasciare il paese.

Un rumore di risatine sommesse la distrasse dai suoi pensieri. Sollevò la testa e si mise in ascolto. La raggiunse il cigolio ritmato del letto nella stanza accanto. A quanto pareva si erano riconciliati, pensò Rebeka con un sorriso. Poi si girò da un lato e abbracciò il cuscino.

Le campane suonavano per annunciare l'avvento. Dai comignoli saliva il profumo di biscotti appena sfornati e i bambini giravano di casa in casa a consegnare gli inviti per la recita di Natale. Si ritoccavano gli abiti, si rammendavano giacche e pantaloni, si preparavano dolci e si tirava a lucido il salotto. Per il pranzo del giorno di festa, Tera Mama agguantò un pollo bello grasso e strinse la bestia starnazzante tra le sue braccia corte e muscolose. Con la mano sinistra gli piegò la testa indietro e con la destra prese il coltello affilato. Rebeka chiuse gli occhi, mentre Áron accanto a lei esultava. Un fiotto di sangue si riversò nella bacinella smaltata.

L'evento più atteso del Natale era la recita dei bambini. Gli abitanti di tutto il paese si vestirono a festa e si riunirono nel centro culturale. All'ingresso venivano controllati i biglietti e all'interno della sala la gente si spintonava per accaparrarsi i posti migliori sulle scomode sedie di legno.

Rebeka osservava il frenetico brulichio nella sala. Quante volte aveva spiato il pubblico che riempiva una sala da uno spiraglio dietro le quinte!

Andi era raggiante nella camicetta nuova che aveva ricamato con le sue mani nelle notti precedenti. Anche István faceva la sua figura nel completo di seconda mano che gli aveva procurato lo Zio Tungli. A Rebeka piacevano le spalle larghe e la schiena forte che il duro lavoro in fabbrica gli aveva fatto venire. Un ragazzino aprì il sipario. La maestra Vilma aveva disposto tutti i bambini a formare un coro. Il pubblico applaudì.

«Che carini, questi bimbi.»

«Guarda, quello è Attila e davanti sulla destra c'è Áron» sussurrò Andi, torcendosi le mani per la soddisfazione.

Tutti in coro iniziarono a cantare: «Tu scendi dalle stelle…».

Poi fu la volta di una bimba di cinque anni, con due lunghe trecce e un grande nastro bianco nei capelli, che fece un passo avanti e intonò con voce angelica un altro canto natalizio.

«Quella è Juli, la figlia dei Lipót» esclamarono da dietro. Il pubblico era entusiasta.

«La maestra Vilma ha fatto un buon lavoro con i bambini» disse Andi a Rebeka.

«Basta con queste sciocchezze!» sibilò qualcuno alle loro spalle. «I maschi dovrebbero dare una mano in casa, il coro è roba da femmine!»

«Vuoi che anche tuo figlio diventi uno scemo?»

«*Shh!*»

Toccò quindi al piccolo Bálint, che era in classe con Áron e Attila. Il pubblico lo incoraggiò. Il piccolo fissò quella massa di gente e lasciò cadere le braccia lungo i fianchi, come fossero attaccate al corpo con ago e filo. Poi declamò il titolo della famosa poesia di Sándor Petőfi: «*La gallina di mia mamma*».

Dai presenti in sala si sollevò qualche risolino, subito soffocato. Calò di nuovo il silenzio; erano tutti in attesa di sentir recitare Bálint. Il bambino si guardò intorno.

Rebeka si domandò perché non portasse una poesia sul Natale. Conosceva benissimo la sensazione che doveva provare quel povero fanciullo in quel momento e le venne da stringere i pugni, per solidarietà.

Bálint riprese: «*La gallina di mia mamma* di Sándor Petőfi».

Silenzio. Rebeka trattenne il fiato. Percepiva lo sgomento del bambino, lo viveva come suo. Sentì una fitta allo stomaco e scambiò un sorriso ansioso con István. Alla sua sinistra anche la signora Szekér, la madre di Bálint, era agitata.

Silenzio.

Bálint ripeté le stesse parole una terza volta, con voce più forte e con un certo ritmo. Sembrava aver acquisito un po' di sicurezza, ma non appena ebbe declamato titolo e autore fece un profondo inchino, si impettì, girò i tacchi e lasciò il palco.

Tutti si ammutolirono di nuovo.

Rebeka si riscosse e iniziò ad applaudire da sola, prima piano, poi sempre più convinta. István allora si unì all'applauso, seguito da Andi e Lajos. Anche le persone sedute accanto a loro si lasciarono contagiare e dalla platea si alzò anche un fischio di approvazione. «Sei stato coraggioso!»

Calò il sipario.

Mentre i bambini si preparavano per la scena di Betlemme, nella sala si creò un po' di scompiglio. Qualcuno si era alzato e si sentiva il rumore delle sedie spostate. La madre di Bálint, scusandosi, stava cercando di farsi spazio tra le file per raggiungere il palco. Rebeka si alzò per seguirla.

«Posso?» domandò. La madre di Bálint annuì. Attraversarono il palco e andarono dietro le quinte, dove fervevano i preparativi per la parte successiva della recita.

Bálint se ne stava seduto accanto alla maestra Vilma a labbra strette.

«Non vuole parlare» bisbigliò la maestra alla madre.

La signora Szekér si sedette accanto a suo figlio. Bálint, che teneva la schiena dritta ma non guardava in faccia sua madre, stava lottando per trattenere le lacrime. «Non dovrai mai più vergognarti di me, mamma» mormorò.

Lei gli sfiorò la fronte.

Bálint sussultò e si sottrasse al suo tocco. «Non sono malato!»

Rebeka osservava da dietro la madre e la maestra che cercavano di consolare il bambino. Poi Bálint si alzò di scatto e fuggì via.

«Gli passerà» disse la maestra. La signora Szekér nascose il volto tra le mani.

Rebeka seguì il bambino fuori e lo trovò sulle scale coperte di neve. Si sedette qualche gradino più su e si accese una sigaretta. «Vuoi fare un tiro? Ti riscalderebbe.»

Bálint alzò la testa.

Lei gli passò la sigaretta. «Hai già provato?»

«Certo» rispose Bálint prendendola tra pollice e indice, come doveva aver visto fare a suo padre. Fece un tiro e non gli venne neanche da tossire.

«È successo anche a me una volta.»

«A lei?» Bálint si girò a guardarla.

«Io sono un'attrice, lo sapevi?»

«Io non ho nessun talento, mi rendo solo ridicolo.»

«Non è questione di talento, ma di tecnica. Certe cose si possono imparare.»

Bálint scosse la testa e le restituì con naturalezza la sigaretta. «La gente rideva perché non è una poesia natalizia.»

«Io la trovo bellissima comunque.»

Bálint annuì. «Le risate mi hanno mandato in confusione. Di sicuro è stato Áron.»

«Il pubblico può essere spietato. Devi conoscere molto bene il tuo testo e non lasciarti distrarre da niente.»

«La sapevo a memoria.»

«Ti credo.» Rebeka fece un tiro dalla sigaretta e soffiò il fumo in piccoli cerchietti. «Ma a volte non basta. Devi essere in grado di recitarla a memoria anche mentre dormi. A quel punto neanche la risata di Áron può mandarti in confusione.»

«Perché sei diventata un'attrice?»

«Perché amo il palcoscenico.»

«Anche quando il pubblico è così cattivo?»

Rebeka sorrise, pensierosa. «Se invece gli piaci, è come volare.»

«Volare?»

Rebeka rimase con lo sguardo fisso sulla sigaretta. «Sì, come volare.»

«Me lo potrebbe insegnare? Intendo recitare le poesie» domandò Bálint.

Rebeka sputò fuori il fumo, che le uscì dalla bocca in una nuvola bianca, insieme al respiro. «Pensavo che non volessi più recitare.»

«Voglio fargliela pagare, a Áron.»

«Perché no?»

«Davvero?» Bálint saltò in piedi e per la gioia strinse la mano in un pugno, pieno di fierezza.

La vigilia di Natale fervevano i preparativi per il banchetto. Rebeka e Andi avevano pulito insieme la casa. Il tavolo e la panca erano stati lustrati, il pollo sfrigolava nel forno e i tronchetti alle noci dorati emanavano il loro profumo dalla panca della stufa. Tera Mama, che aveva indossato un grembiule inamidato e si era legata in testa un fazzoletto pulito, sbirciava i progressi del pollo nel forno e ogni movimento che faceva era accompagnato dal fruscio delle sue sottane. Anche il telo appeso dietro ai fornelli era stato sostituito da un altro senza macchie di unto.

Rebeka, dal canto suo, si stava preparando con altrettanta cura. Indossò le calze buone, legò i capelli nella solita crocchia e indossò le perle di sua madre. Con la coda dell'occhio vide che István osservava i suoi preparativi. Da quando vivevano a casa di Andi e Lajos, il suo corpo era tornato alle rotondità di un tempo e le cose tra loro andavano bene.

Non appena fece buio, si sedettero tutti a tavola. Andi aveva acceso le candele dell'albero di Natale decorato con noci, mele e zucchero avvolto nella carta dorata, e aveva portato il Gesù Bambino. La luce delle candele donava alla stanza un'atmosfera di festa e il profumo di arrosto e noci caramellate riempiva l'aria.

István e Rebeka avevano ancora da parte qualche soldo del padre di lei e pensavano di comprare un secondo cavallo. In primavera István avrebbe lasciato l'impiego in fabbrica e dato una mano a Lajos nei campi.

Lajos riempì i bicchieri con la grappa alle pere. «Brindiamo al lavoro!» esclamò di buon umore. Non lo avevano mai visto così contento. Persino i bambini ricevettero un goccio di liquore.

Andi parlò con entusiasmo della sua idea di creare un gruppo di teatro per i bambini guidato da Rebeka. Subito dopo Natale, sarebbero andate dalla maestra Vilma. Rebeka sorrise dondolando la testa come se stesse valutando l'offerta. La grappa scaldò i loro animi e portò allegria. Tutto sembrava possibile.

Dopo cena, le donne lavarono i piatti e si prepararono per andare in chiesa. Rebeka si spostò poi nella stalla per vedere che fine avessero fatto István e Lajos.

«Mangia, bella mia! Tanti auguri!» stava dicendo Lajos alla cavalla, mentre le buttava una razione in più di frumento nella mangiatoia. Anche gli animali avevano diritto a godere del Natale.

István li raggiunse con delle coperte che sistemò sul sedile posteriore del carro. Gli uomini, con i cappelli da chiesa ben calati sulla fronte, si sedettero a cassetta, mentre le donne e i bambini prendevano posto sulla panca dietro. La comitiva imboccò quindi la strada innevata che portava alla chiesa di Csád.

Rebeka sorrise. Era stata una giornata felice.

32

L'agonia

Szolmár, Ungheria, 1952

Era passato un anno. La neve ricopriva la valle come un manto di piume. Il silenzio era interrotto solo dal gracchiare dei corvi.

Prima di andare alla fabbrica, István si era messo a spalare la neve dal viottolo di accesso alla casa. Anche Rebeka era in piedi dal primo canto del gallo e stava dando da mangiare agli animali. A Rigó, il cavallo, toccava il fieno, un po' di granturco tritato e, finché ce n'erano, anche qualche carota. L'avena era già finita e anche il fieno scarseggiava; non restavano che paglia e granturco tritato per quella bestia smagrita, che masticava con aria triste.

Lajos andava su e giù per il cortile: batteva, martellava, riparava il carro e gli attrezzi da lavoro in vista della primavera. I campi dormivano ancora sotto lo spesso strato di neve e il tempo si trascinava lento come se quei giorni bui dovessero durare per sempre.

Rebeka si tratteneva spesso con Tera Mama, la osservava cucinare e preparare dolci e si faceva raccontare storie sul nonno e sulla guerra.

Quell'anziana donna era speciale. Teneva i capelli argentati raccolti in una grossa crocchia sulla nuca, nascosti dal fazzoletto. Dalla morte di suo marito non aveva mai smesso di vestire a lutto, ma non per questo trascurava il suo aspetto. Doveva essere stata una bella donna. A volte Rebeka senza farsi accorgere la osservava mentre si vestiva. Si legava in testa il fazzoletto con la stessa cura con la quale si indossa un abito da sera. Ripiegava il grande pezzo di stoffa inamidata in un triangolo perfetto, controllava scrupolosamente che le tre punte fossero ben sovrapposte, e poi, con gesto esperto, sistemava il lato lungo sulla fronte, aggiustando poi l'angolo posteriore sulla nuca e annodando sapientemente i due laterali ben stretti sotto il mento. Il bordo sulla fronte doveva essere perfetto. Quando Rebeka le aveva chiesto perché lo portasse, la nonna l'aveva guardata con i suoi occhi azzurri e vispi che le sorridevano. Poi le aveva risposto che lo faceva perché era abituata così. I suoi occhi brillavano ancora, ma i fatti della vita le avevano lasciato profonde rughe sul volto. Il lavoro nei campi aveva incurvato la sua schiena e l'aveva trasformata in una vecchia.

Andi stava facendo il pane mentre Rebeka aiutava i gemelli con i compiti al tavolo in cucina. I due bambini si esercitavano nella lettura con la testa china sui libri. Tutto era in ordine.

Rebeka si sentiva a suo agio con il ruolo che aveva assunto nella famiglia. Il sostegno dei Takács e il lavoro con i bambini della scuola le avevano fatto guadagnare un certo rispetto in paese. Insieme alla maestra Vilma aveva creato un gruppo di teatro all'interno della scuola. Si era sparsa la voce che era un'attrice professionista e per la maggior parte della gente non era più "la deportata", anzi alcuni genitori la chiamavano addirittura "signora artista".

«Metti via le carte!» disse Rebeka a Áron in tono ammonitore. «Adesso è Attila che deve leggere la sua parte.»

Attila scorse con il dito sotto le sillabe e lesse a voce alta: «Mamma orso aveva strappato il cuore al suo cucciolo...».

Áron scoppiò a ridere. Rebeka lo zittì e si rivolse ad Attila. «Stai dritto e rileggi la frase da capo, però piano stavolta, sillaba per sillaba.»

«Mam-ma or-so a-ve-va strap-pa-to il cu-o-re al suo cuc-cio-lo.»

«Cosa c'è scritto qui?»

«Portato al cuore il suo cucciolo!» esclamò Áron, con aria sfottente.

«Adesso basta!» disse Lajos, che era rientrato dalla stalla e aveva assistito a tutta la scena. Spedì Áron in un angolo per punizione.

Anche Rebeka rivolse uno sguardo severo al bambino, nonostante in fondo le facesse pena. Ormai Áron doveva conoscere a memoria le piccole irregolarità di quella parete venata di bianco. Una volta le aveva raccontato che nelle lunghe ore passate lì ad aspettare studiava un ragno che stava tessendo la sua ragnatela nell'angolo tra la credenza e la parete. Quando aveva fortuna, vedeva il ragno mangiarsi una delle sue prede. Se si annoiava, distruggeva la ragnatela tessuta con tanto impegno solo per il gusto di osservare l'insetto catturato che si liberava e il ragno che correva via, per poi rispuntare dopo poco e ricominciare tutto da capo.

A quel punto, del gioco di carte dei bambini non se ne fece più niente. Rebeka lasciò andare Attila e si sedette sulla panca vicino alla stufa con un romanzo preso in prestito dalla piccola biblioteca del paese, che aveva istituito nel centro culturale grazie al sostegno della maestra e a un finanziamento comunale.

«Rigó ha di nuovo mal di pancia» disse Lajos con la fronte aggrottata. «Gli faccio fare un giro.»

Tera Mama batté le mani sopra la testa. «Santo cielo! Che ne sarà di noi, se non dovesse superare l'inverno?»

«Stia tranquilla, mamma, non è così grave!»

«Non dovremmo chiamare il veterinario?» domandò Rebeka.

Lajos si tirò indietro il cappello e si massaggiò la barba. «Sono sicuro che non è nulla.»

«L'ultima volta ha avuto una brutta colica, meglio non correre rischi» disse Andi posando una mano sul braccio del marito.

Lajos annuì. Il veterinario costava e Rebeka lo sapeva.

Lajos e Andi uscirono insieme. Tera Mama si asciugò gli occhi con il grembiule e soffocò un singhiozzo. Rebeka pensò che quella era la seconda brutta notizia della giornata.

In fabbrica era stata comunicata la scadenza per il pagamento della sottoscrizione ai prestiti allo Stato. Ogni operaio doveva consegnare cento fiorini, i deportati il quadruplo. István aveva protestato che erano oltre tre mesi di stipendio e il suo capo aveva commentato che avrebbe avuto tempo per riflettere sulla cosa al commissariato di polizia.

Anche i Takács dovevano pagare quanto l'anno prima, ma per i contadini il termine era stato prorogato a dopo la raccolta.

Quel che restava dei soldi del padre di Rebeka sarebbe bastato a malapena a coprire la sottoscrizione, mentre lo stipendio di centoventi fiorini di István serviva a coprire le spese di vitto e alloggio che avevano pattuito con i Takács. Da quel momento in poi non avrebbero avuto più denaro da parte e il sogno di acquistare un secondo cavallo era andato in fumo. Se Rigó moriva, probabilmente sarebbero dovuti tornare dai Lipót.

Quando venne il veterinario confermò che Rigó aveva una colica. István e Lajos si davano il cambio per farlo passeggiare in cortile. Di notte legarono in alto la fune che lo teneva per paura che l'animale si sdraiasse e non si rialzasse più. Lajos e István si allestirono un giaciglio nella stalla, mentre i gemelli, che avrebbero partecipato volentieri all'avventura, furono rispediti nei loro letti.

Il veterinario aveva spruzzato nel naso del cavallo un composto di sale di Glauber e olio di paraffina, che però non sembrava sortire alcun effetto. Rigó era ancora inquieto, strusciava gli zoccoli a terra e si guardava la pancia. Lajos dovette legargli anche il muso. Nella notte i crampi peggiorarono, l'animale smaniava per il dolore e scalciava contro la parete della stalla. La casa tremava a ogni colpo sferrato. Rebeka e Andi, in camicia da notte, corsero nella stalla.

«Tranquillo, bello, tranquillo.» Lajos cercava di placare il cavallo, ma Rigó non lo lasciava neanche avvicinare. Ansimava e aveva la groppa madida di sudore ghiacciato.

Lajos andava su e giù per la stalla. «Santo Dio dei cieli! Ti supplico, non prenderti il mio cavallo!»

Lajos e István sciolsero il sostegno e Rigó cadde a terra, rigirandosi. Ormai era in agonia, tanto valeva accelerare le cose.

Rebeka e Andi, non sopportando la vista di tanta sofferenza, tornarono di corsa in casa. I colpi lanciati dal cavallo contro le pareti della stalla rimbombavano in casa come tuoni. Tera Mama piangeva e pregava.

In qualche modo riuscirono a superare la notte, e al mattino scoprirono che i crampi si erano attenuati. Rigó era esausto ma calmo, teneva la testa bassa e continuava a rifiutare sia il cibo che l'acqua. Le orecchie e le zampe erano fredde. Lajos sapeva che Rigó aveva smesso di lottare.

«Sta meglio, non è vero?» domandò Andi al veterinario.

«Vedremo» rispose lui. Gli somministrò di nuovo il composto nel naso, per evitare che si seccasse troppo.

István si incamminò per andare in fabbrica e, quando quella sera rientrò, Rigó era morto.

«Che ne sarà di noi?» cantilenava piano Tera Mama tra le lacrime.

Rebeka le massaggiava la schiena disegnando dei piccoli cerchi con il palmo delle mani. La nonna aveva passato tutta la notte a pregare Dio perché salvasse la vita all'animale. Ma Dio aveva altri piani. Tera Mama aveva capito cos'era successo quando Boriska, la vacca, si era messa a muggire.

Per lei gli animali erano i messaggeri della natura. Era in grado di prevedere la pioggia osservando il comportamento delle rondini, delle vacche e delle oche. Gli stessi animali le preannunciavano un inverno rigido o un raccolto abbondante. Ma anche per Tera Mama la volontà di Dio restava enigmatica e imperscrutabile come una notte stellata d'agosto. Rebeka la consolò tenendola tra le braccia finché non si fu calmata.

Poi si ritirò nella sua stanza, si chiuse la porta alle spalle e si lasciò cadere sul letto. Detestava l'idea di diventare un peso, ma non c'era nessun segnale che facesse sperare in un miglioramento della situazione. I comunisti continuavano a statalizzare le proprietà private facendosene un grande vanto e c'erano state solenni celebrazioni per il compleanno di Stalin. Di un'amnistia per i deportati, non si era fatto alcun accenno. Anche il conte, ormai, aveva rinunciato all'idea che stessero arrivando degli aiuti da ovest. Domokos scrisse tramite canali segreti a Rebeka per informarla che aveva tentato tutto ciò che era in suo potere per farla tornare a casa, ma senza successo. Non poteva nemmeno mandarle dei soldi, perché il patrimonio di suo padre era stato confiscato fino all'ultimo centesimo.

Rebeka si avvicinò all'armadio a muro. Quando lo aprì, l'anta emise un cigolio lamentoso. Nell'angolo più remoto del ripiano erano nascosti i suoi sandali con la zeppa che, dopo i primi giorni lì a Szolmár, non aveva più indossato. Sollevò con cautela la suola di sughero della scarpa destra, nella quale aveva nascosto l'anello di fidanzamento di Róbert. Era ancora al suo posto, dove lo aveva messo a suo tempo. Nessuno sapeva dell'anello, nemmeno István. Ebbe un attimo di esitazione: quell'anello doveva servirle per ricominciare da capo. Lo tirò fuori con due dita, lo indossò e si mise a osservarlo, pensierosa.

Nella casa regnava un'atmosfera malinconica. István e Lajos sedevano in silenzio al tavolo in cucina a bere grappa. I bambini stavano giocando a carte senza litigare, mentre Andi metteva a letto la piccola. L'acqua sul fuoco si era scaldata: Rebeka si legò il grembiule in vita e la versò nella bacinella che usavano per lavare i piatti. L'anello che portava al dito brillò sotto la superficie dell'acqua.

Il passato tornava dolorosamente a galla. Ripensò alla sera del fidanzamento con Róbert. Il tappeto del ristorante era talmente spesso e soffice che i suoi tacchi vi sprofondavano. Avevano mangiato usando porcellane finissime e posate d'argento. Ora stava strofinando e grattando le pentole sporche. I residui di grasso aderivano caparbi ai tegami. La parete dietro alla stufa era nera, il tetto non era del tutto impermeabile e sulle pareti c'erano gocce di umidità. Aveva trascorso mezza giornata a lavare le tendine, senza riuscire a togliere lo strato grigio che le ricopriva. La pioggia batteva sulle assi in legno del tetto.

Mise da parte il tegame sporco e con il piede spostò il secchio nel punto esatto in cui il tetto perdeva. Ogni goccia colpiva con un rumore metallico il centro del fondo. La piccola Katalin scoppiò a piangere e Andi si chinò amorevole su di lei, le controllò il respiro e le coprì la gambetta che sbucava da sotto la coperta. Aveva gli occhi innamorati di una madre che guarda il figlio dormire e Rebeka pensò che István aveva proprio ragione. Probabilmente Andi non avrebbe scambiato la sua vita con quella di nessun altro.

Fuori il vento piegava le chiome degli alberi mentre la pioggia batteva contro le finestre. La luce di un fulmine rischiarò la stanza. Rebeka si asciugò le mani al grembiule e si sfilò l'anello dal dito. Andò dai due uomini, mise una mano sulla spalla di István e con l'altra posò l'anello sul tavolo, di fronte a Lajos. «Quello che voglio proporvi è un affare, non elemosina.»

Lo sguardo di Lajos si spostò dal brillante a Rebeka. Anche Andi si voltò verso di loro con la bocca aperta.

«Il valore di questo anello dovrebbe bastare per l'acquisto di un nuovo cavallo. In cambio avremo vitto e alloggio per tutto il prossimo anno.»

Lajos sollevò le sopracciglia. Prese l'anello con due dita e lo osservò con cautela, come se non riuscisse a capacitarsi del fatto che una cosa così piccola potesse valere quanto un cavallo. Tra le sue dita massicce, quel gioiello sembrava ancora più fragile.

«Dovrete venderlo» disse Rebeka rivolgendosi ad Andi, che aveva ancora gli occhi sgranati per la sorpresa.

«Qui non c'è modo di vendere questa roba» disse Lajos scuotendo la testa e riappoggiando l'anello sul tavolo, come se considerasse l'idea morta sul nascere.

«Ma a Budapest sì» fece notare István lanciando un'occhiata di approvazione a Rebeka, come se fosse informato sui fatti e d'accordo con la sua proposta. Ma Rebeka non si accorse della lieve contrazione agli angoli della sua bocca, delle sue labbra serrate. Non lo aveva interpellato! Non sapeva nemmeno che Rebeka avesse tenuto l'anello di fidanzamento.

Nella testa di István si mise in moto una spirale di pensieri, che si incatenavano l'uno all'altro, fuori controllo. Finché non si ritrovò con la mente inondata dall'antica gelosia.

Ascoltò a braccia conserte il piano di Rebeka, l'asso nella manica che l'avrebbe elevata a salvatrice della famiglia: Andi e Lajos sarebbero andati a Budapest; li avrebbe aiutati il gioielliere di via Alsó, che era un'autorità nel suo campo. L'avvocato di Rebeka li avrebbe assistiti durante la vendita per tutelare i loro interessi e occuparsi della contrattazione. Andi doveva assolutamente essere presente, perché a una donna si fanno sempre meno domande.

Lajos si grattò la nuca interdetto. Guardò con aria incerta la moglie, che si era infilata l'anello al dito e sembrava provare l'ebbrezza di un'altra vita. Sorrideva, ammirando la mano da lontano come per metterla meglio a fuoco e muovendo la pietra per farla luccicare sotto la luce. Non appena si accorse dello sguardo di biasimo di Lajos, socchiuse gli occhi per l'imbarazzo e si tolse il gioiello.

«Possiamo farcela» disse al marito. Le sue parole suonarono come una supplica.

Lui scosse la testa, scettico. «Finiremo nei guai!»

Andi fece il giro del tavolo e lo abbracciò da dietro. Non era mai stata a Budapest.

E se avesse funzionato? Se avesse davvero funzionato?

33

Risvegli di primavera

Szolmár, Ungheria, 1953

Il sole si fece ogni giorno più forte e sciolse lo strato di neve che ricopriva i campi. La rugiada bagnava la terra seminata. Il cinguettio degli uccelli risvegliò il paese dal torpore invernale. Zio Jani, il vicino duro d'orecchi, aveva piazzato il suo sgabello a tre gambe di fronte alla porta ed era tornato a osservare quello che accadeva in strada. Rebeka e Lajos lo salutarono da dietro la rete. Il vecchio si guardò intorno, incerto se avesse udito qualcosa o meno, e ricominciò a masticare il suo tabacco. Lajos sorrise scuotendo la testa, prima di rimettersi a lavorare alla struttura di legno della serra, dove Rebeka avrebbe piantato insalata e cavoli. Intanto lei sradicava le erbacce.

«Guarda, stanno spuntando i tuoi ravanelli!»

Rebeka sollevò il capo e ammirò le sue piantine con la gioia di una bambina. Erano giornate positive per lei. L'aria fresca le aveva colorito le guance, l'umore era buono e sentiva persino tornarle il desiderio.

Da oltre la rete la raggiunse un fischio, a quanto pareva lo zio Jani si era finalmente accorto di lei. Lo salutò con un cenno della mano. «Buongiorno, zio Jani!»

Il suo ampio sorriso mise in mostra gli ultimi due denti che gli rimanevano. Rebeka distolse lo sguardo imbarazzata.

Lajos rise. «Il vecchio Jani ormai è cieco e sordo, ma una bella ragazza non gli sfugge mai!»

Dove si era cacciato István? Voleva fargli vedere le sue piantine. Lajos le indicò la stalla, sicuramente stava dando da mangiare agli animali. Rebeka non poté reprimere la sua soddisfazione. Si concedeva sempre più spesso questi momenti, erano per lei come piccole, lussuose divagazioni. Le pareva di vedere se stessa sul palcoscenico. Interpretava così bene la sua parte da sentirsela cucita addosso. Ma una volta calato il sipario, sarebbe tornata alla sua vecchia vita.

Andi e Lajos avevano ottenuto una cifra ragguardevole dalla vendita dell'anello, persino il gioielliere di Budapest ne era rimasto soddisfatto. István, come deciso, aveva lasciato il suo impiego in fabbrica per aiutare i Takács con il lavoro nei campi. Gli piaceva stare all'aria aperta e con Lajos andava d'accordo. Rebeka sentiva che nella sua vita si era instaurato un certo ordine: ormai facevano parte della famiglia, avevano trovato il loro posto. Lei si occupava della casa, degli animali e dei bambini, mentre Andi e i due uomini partivano all'alba con il cavallo per andare nei campi. Era marzo, andavano piantate le patate. Rebeka non doveva camminare prona con un peso attaccato ai fianchi, tutte le odiate fatiche di quando lavorava la terra le venivano risparmiate. In cambio preparava i bambini per la scuola, si occupava della piccola Katalin e dava da mangiare agli animali. Dalla panca vicino alla stufa osservava Tera Mama cucinare e ascoltava i suoi racconti sulla guerra. Il pranzo doveva essere pronto in tavola quando gli altri rientravano a mezzogiorno, stanchi per il duro lavoro. Avevano un'ora di pausa; su questo Lajos era intransigente. A volte avanzava un po' di tempo per un breve riposo, che Rebeka amava condividere con István.

Lui aveva iniziato a parlare di matrimonio. Solo pochi giorni prima, mentre andavano a dormire, le aveva ripetuto scherzosamente che aveva intenzione di andare a denunciare al prete che vivevano nel peccato. Rebeka aveva fatto caso all'espressione solenne sul suo volto, ma aveva ignorato la provocazione. Forse aveva distolto lo sguardo, forse aveva sorriso per l'imbarazzo, non se lo ricordava neanche più.

Non voleva pensare alle nozze. La sua vita si trovava in una specie di limbo, un periodo di transizione nel quale lei non poteva adagiarsi. Chi mai vorrebbe vivere tutti i suoi giorni in una stanza di passaggio?

Eppure, la presenza di István nel suo letto le era divenuta familiare come i luoghi della sua infanzia. Non era solo il primo uomo ad aver conosciuto il suo corpo, ma anche l'unica persona al mondo che la vedeva per quella che era.

Buttò il secchio nel pozzo e ne tirò su acqua fresca. In lontananza vide Attila che camminava per strada tirando calci a un sasso. Una pedata più forte spedì la pietra nel fossato che costeggiava la strada. Quando fu davanti al cancello di casa, si batté i pantaloni sporchi con le mani e si rinfilò dentro la camicia.

«Che è successo? Dov'è Áron?» gli domandò Rebeka.

Lui si limitò a scrollare le spalle e le passò accanto per entrare in casa. Rebeka allora si lavò le mani nel secchio e se le asciugò sul grembiule prima di seguirlo.

Lo trovò intento a fare un solitario al tavolo della cucina.

«Avete litigato?»

«Roba da uomini.»

Rebeka soffocò una risata e lo lasciò in pace. Doveva riaccendere il fuoco per scaldare la minestra del pranzo. Aprì il tiraggio, si accovacciò davanti alla bocca della stufa e la riempì di carta appallottolata e legnetti. Il fiammifero si accese con uno sfrigolio e l'odore di zolfo le riempì le narici. Aspettò qualche secondo, finché il legno non arse bene.

Attila intanto fissava le carte di fronte a sé. Doveva essere successo qualcosa.

Rebeka aggiunse un ceppo più grosso e lasciò lo sportello accostato, in modo che entrasse abbastanza ossigeno. Avrebbe dovuto funzionare.

Attila lasciò le carte sul tavolo e andò a sedersi sulla panca della stufa. Tera Mama era fuori, i due erano soli.

«Zia Rebeka?»

Lei alzò lo sguardo verso il bambino.

«Áron e io abbiamo fatto a pugni.»

«Mi puoi dire il motivo?»

Prima di mettersi accanto a lui, Rebeka controllò un'ultima volta che i ceppi avessero preso bene fuoco e aggiunse altra legna. Poi si alzò e avvicinò una mano alle piastre di ghisa. Si stavano scaldando. Vi appoggiò sopra la pentola con la minestra, sollevò il coperchio e infilò dentro il mestolo. Sulla superficie galleggiavano grossi cerchi di unto.

«È una cosa grave» disse Attila. «Mi promette che non dirà a nessuno che ho fatto la spia?»

«Promesso.» Rebeka tirò fuori il mestolo, lo appoggiò su un piatto e lo guardò seria.

«Áron ha raccontato a tutti che lei e lo zio István...» Il bambino si interruppe. Sembrava che cercasse le parole giuste o forse il coraggio di pronunciarle.

Rebeka si preparò al peggio.

«Dormite nello stesso letto.»

Scoppiò a ridere, sollevata. «Ma non è così strano, no?»

Anche il volto di Attila si aprì in un cauto sorriso di sollievo. «E anche che non siete sposati.»

Rebeka sollevò la testa, mentre una vampata di calore le dava le vertigini. Prima di parlare respirò profondamente. «Come lo sapete?»

Attila non rispose.

Lei esitò. «È una storia complicata.»

«Áron lo ha detto a tutti, per questo gli ho dato un pugno. Poi lui mi ha dato un calcio.»

Rebeka si schiarì la voce. Stavolta era lei a dover cercare le parole giuste. Si inginocchiò di fronte al bambino e lo guardò negli occhi. «Ci hai difeso e per questo ti sono grata. È vero che non siamo sposati. Le cose sono andate così.»

Attila la guardò con gli occhi sbarrati per lo spavento. Rebeka gli mise le mani in grembo, sopra le sue, che sembravano due piccole pagnotte di pane.

«Non è giusto dormire nello stesso letto, hai ragione. Ma non è una cosa così grave, perché...» Si fermò un attimo per riflettere. «Perché ci vogliamo bene.»

La sua fronte di bambino si corrugò per la preoccupazione. «Ma poi vi sposerete?»

Rebeka ritrasse le mani per scostarsi una ciocca di capelli dal viso e guardò il soffitto. Poi rispose: «Un giorno o l'altro» e le sue parole suonarono come una domanda.

«È arrabbiata?»

Rebeka gli carezzò la testa e chiuse gli occhi con fare rassicurante.

Attila emise un sospiro di sollievo. Poi si alzò di scatto, come se gli fosse appena tornata in mente una cosa importante. La sua cartella giaceva ancora nell'angolo in cui l'aveva buttata rientrando. «Questa è per la mamma da parte della maestra.» Tese a Rebeka una lettera e aggiunse: «È meglio se la legge prima lei».

Rebeka lo guardò con aria interrogativa. La lettera era indirizzata ad Andi.

«Avevo intenzione di nasconderla, ma poi Áron è stato così cattivo e io ho pensato che...» Non concluse la frase.

L'indice di Rebeka era già scivolato sotto l'aletta della busta. Man mano che scorreva le righe, la sua sorpresa aumentava. «Áron ha tastato la gallina della signora Lipót?» Rebeka scoppiò a ridere.

«Anche Pityu!» disse Attila con aria solenne.

Rebeka, vedendo l'espressione seria del bambino, cercò di ricomporsi. «Non dire niente a tuo padre! Sistemo tutto io.»

Sentirono il carretto che arrivava in cortile con un cigolio.

«Lascia che me ne occupi io, intesi?»

Attila annuì. Rebeka nascose la lettera nel grembiule e andò incontro ai lavoratori che rientravano dai campi. La cavalla si fermò di fronte alla stalla. Rebeka prese le briglie e carezzò l'animale sul collo. «Ehi, bellezza. Avevi fretta di tornare a casa oggi.»

La cavalla sollevò la testa, impaziente di raggiungere la mangiatoia con l'avena.

István saltò giù dal carro e le andò incontro per abbracciarla.

«Non toccarmi, sei tutto sporco!» strillò lei, scoppiando a ridere e allontanandolo. Lajos sganciò il cavallo, mentre Rebeka spingeva István verso il pozzo. Lui si bagnò il viso e il collo con l'acqua fresca. «Ho una fame da lupi!»

«Áron ha tastato la gallina dei Lipót» gli raccontò in tono serio. *Proprio con loro doveva succedere!*

István non riuscì a trattenere una risata.

«La maestra Vilma ha scritto una lettera ad Andi.»

István si ricompose e si grattò la nuca. «Guai in vista.»

«Non dobbiamo dire niente a Lajos.»

«Ma ne parlerà tutto il paese.»

Rebeka annuì.

«E Attila?»

«Lui non c'entra niente, avevano litigato. István, c'è un'altra cosa che devo dirti.»

«Prima mangiamo.»

«Ma è importante.»

István la sospinse verso casa.

Rebeka prese Andi da una parte e le raccontò di Áron.

Andi scoppiò a piangere. «Lajos lo ucciderà!» Si lamentò tra i singhiozzi di non avere il controllo su suo figlio, che la situazione con Áron le stava sfuggendo di mano. Dove si era cacciato, a proposito? «Sto sbagliando tutto?»

«Non stai sbagliando proprio nulla. Dài, non è così grave.» Andi non riusciva a smettere di piangere e Rebeka, mentre la stringeva tra le braccia, pensò che lei e István si trovavano lì insieme grazie a una menzogna, che ora rischiava di essere scoperta. István viveva con lei sotto falso nome. L'AVO lo avrebbe interrogato e Lajos li avrebbe buttati fuori. Andi si sciolse dal suo abbraccio. «Non so come farei ad affrontare tutto questo senza di te» le disse baciandole una mano.

Rebeka distolse lo sguardo, si sentiva la coscienza sporca.

La cena si svolse in un silenzio opprimente. Áron stava inginocchiato in un angolo, in attesa delle cinghiate che suo padre gli aveva promesso. Andi e Tera Mama mangiavano la minestra senza fiatare.

«Lajos, ci ripensi, per favore» disse Rebeka. «Il bambino è già stato messo in punizione a scuola, ha capito di aver fatto una cosa sbagliata.»

Lajos tamburellò con le dita sul tavolo e guardò prima Andi e poi Áron. Quindi si alzò, accigliato, sollevò lo sgabello come se non pesasse niente e lo posò davanti al bambino. «Non si intrometta, Rebeka. Il ragazzo mi ha messo in ridicolo di fronte a tutto il paese, deve essere punito.»

Áron si schiacciò al muro mentre Lajos si sfilava la cinghia. «Piegati sullo sgabello, avanti!»

Áron non si mosse, era come impietrito. Era capitato solo un'altra volta che il padre li picchiasse, quando lui e Attila erano andati al lago di notte. Áron un giorno lo aveva raccontato a Rebeka.

«Anche la nonna tasta le galline» disse Áron a fil di voce.

Rebeka abbassò lo sguardo in attesa dello scoppio d'ira di Lajos. Il bambino aveva avuto addirittura il coraggio di controbattere! Áron teneva le labbra serrate e fissava il padre dritto negli occhi.

Effettivamente la nonna tastava le galline per controllare se avevano da fare le uova. Rebeka scosse la testa e chiuse gli occhi. Sapeva benissimo che Áron non avrebbe pianto, specialmente di fronte a lei.

Poi qualcuno bussò alla porta.

Entrarono lo zio Jani, il vicino sordo, e sua moglie. La donna era sul punto di piangere e lui la teneva sottobraccio, impettito come un soldato. «Avete saputo? Il compagno Stalin è morto!»

«Che cosa?»

«Sono tutti davanti al centro culturale ad ascoltare la notizia alla radio. È morto per un colpo apoplettico.»

«Stalin è crepato?» si udì esclamare dall'angolo.

«Áron!»

Rebeka si portò una mano alla bocca, si sentiva mancare il fiato.

Il cuore le sussultò nel petto. Stalin era morto? Avrebbe voluto urlare per il sollievo, ma riuscì a controllarsi: i vicini dovevano interpretare la sua eccitazione come turbamento. Si alzò con calma. «Ho bisogno di una boccata d'aria» disse, prendendo il cappotto e uscendo di casa.

Fuori il silenzio era totale. Rebeka alzò lo sguardo verso il mare di stelle che si stendeva sul villaggio come un soffitto affrescato. Ringraziò il cielo, il cosmo, Dio, in caso esistesse, e lasciò che i suoi polmoni si riempissero dell'aria fredda della sera.

La porta di casa si aprì e uscì István, che la raggiunse. Aveva la fronte corrugata. «Sigaretta?»

Rebeka annuì.

Il fiammifero mandò un baluginio di luce. István si accese una Munkás e la passò a Rebeka. «Devi controllarti» le disse. Ovviamente si era accorto della sua agitazione.

«Ci sarà l'amnistia, vedrai! Le cose cambieranno, István! Rákosi non è altro che un burattino, lo sanno tutti.»

István si lasciò sfuggire un sospiro, che si condensò nell'aria. «I cambiamenti non portano per forza a qualcosa di buono.»

Rebeka chiuse gli occhi. *Vedrai*, pensò.

«Voglio dei figli da te» sbottò István.

«Adesso?» domandò lei. Poi si fece seria. «István!»

«Che c'è?»

«Ma che stai dicendo?»

István non aveva scelto il momento più adatto, decisamente no, ma ormai non gli interessava più.

«Rebeka, adesso ascoltami bene.» Le prese la mano e si inginocchiò davanti a lei. «Vorrei fare dei progetti con te, vorrei condividere la mia vita con te e un giorno vorrei dei figli da te.»

L'espressione di spavento sul volto di Rebeka lo fece ammutolire. Ormai non poteva più tornare indietro.

«So che questa non è la vita che immaginavi. Ma in questi due anni ho capito che siamo fatti l'uno per l'altra, io ti renderò felice!» Si interruppe, ma solo per un istante. Aspettò una sua reazione e strinse più forte la sua mano, come in cerca di un appiglio.

«Vuoi essere mia moglie?»

Mantenne lo sguardo fisso nel suo, in trepidante attesa.

Lei lo distolse, poi tornò a guardarlo. Eccola lì, dunque, la domanda. La sigaretta tra le sue dita brillava nell'oscurità. Rebeka stava tremando. Ogni secondo che passava tacendo colpiva István come uno schiaffo in pieno viso.

Calcolò il silenzio, la sua impotenza. Era come un fumo bianco che risaliva da terra e lo soffocava lentamente. István spostò lo sguardo verso l'orizzonte lontano.

«Non lo so» rispose lei in un sussurro.

Lui la guardò, come annientato. Il suo corpo sembrò crollare sotto un peso infinito e si accasciò su se stesso, le braccia caddero lungo i fianchi, inerti. Si sentiva spossato, era come se un vortice lo stesse risucchiando verso il basso.

«E se non dovesse arrivare nessuna amnistia? In quel caso che faremo?»

L'amnistia? Che diavolo c'entrava l'amnistia con loro? Cosa poteva saperne lui, accidenti! Magari non sarebbe mai arrivata! Era stanco di dover pensare a cosa sarebbe successo dopo, in ogni caso non avrebbero potuto farci niente. Non gli interessava. Quello che contava, per lui, era il qui e ora.

Le aveva urlato addosso senza neanche accorgersene. La sua durezza l'aveva fatta trasalire. István cercò di calmarsi, prese aria. «Dobbiamo avere pazienza. Quest'inverno tornerò a lavorare alla fabbrica, metteremo da parte dei soldi e un giorno prenderemo in affitto un pezzo di terra tutto nostro. Avremo una casa e un giardino. Non sei felice con me?»

Rebeka lo guardò negli occhi. «Io vorrei sposarti. Ma non qui, non così, capisci? Io non voglio una casa e un giardino, voglio tornare alla vita che avevamo prima.» Aveva le guance rigate di lacrime. Abbracciò István e gli posò la testa sulla spalla, quella spalla che sembrava fatta apposta per lei.

Lui ricambiò l'abbraccio con circospezione. Era un sì? Non aveva il coraggio di chiederlo. «Andrà tutto bene» disse piano. «Allora, vuoi essere mia moglie?»

Rebeka annuì e sollevò la testa. «István...» Fece per aggiungere qualcosa, ma la voce le venne meno. Ci provò di nuovo. «Possiamo affrontare la questione con calma? Voglio dire, possiamo rimandare la storia del matrimonio, della casa e dei figli a quando sarà chiaro come andranno le cose?»

István sentì che gli stava passando l'intorpidimento di poco prima.

«Ma certo, bellissimo amore mio, faremo tutto quello che vuoi.» Fu solo in quel momento che István si rese conto che gli aveva detto di sì. Si sentì spuntare le ali, la prese in braccio, avrebbe voluto portarla a passo di valzer per tutto il cortile.

Si udì scricchiolare la porta, i vicini stavano andando via. István la posò a terra e Rebeka si asciugò gli occhi.

La vicina allargò le braccia e in tono consolatorio le disse che era giusto dare libero sfogo alle lacrime. «A noi donne fa bene piangere. Stalin era proprio un brav'uomo.»

La gente in paese diceva che a ucciderlo era stato un colpo apoplettico. István interpretava i loro sguardi rivolti al cielo come segni di gratitudine verso Dio. Cosa significasse davvero quella notizia per tutti loro, nessuno lo sapeva. Ufficialmente, il villaggio piangeva la sua morte. Gli edifici pubblici issarono la bandiera rossa a lutto. Alle finestre la gente appese il ritratto di Stalin coperto da un panno nero. Per strada István incontrava uomini dall'espressione seria e donne con gli occhi rossi di pianto. La maestra Vilma fece marciare i bambini, vestiti con gli abiti della domenica, in un corteo funebre. In fabbrica invece venne interrotto il lavoro per osservare un minuto di silenzio. Gli operai si riunivano in gruppetti per discutere della situazione. C'era chi parlava del futuro e chi temeva per la stabilità della pace. Sostenevano che gli imperialisti avrebbero approfittato della morte di Stalin per scatenare una terza guerra mondiale.

La gente si chiedeva chi sarebbe stato il prossimo. Nelle strade si diceva che il suo successore sarebbe stato senz'altro il compagno Molotov. Nella settimana che seguì la morte di Stalin l'AVO fece due retate nel cuore della notte. Tenevano d'occhio i deportati. Anche Rebeka diceva di sentirsi osservata e che la gente rispondeva ai suoi saluti a occhi bassi.

La voce su lui e Rebeka si era sparsa rapidamente in paese, anche se le reazioni erano state più contenute di quanto István si sarebbe aspettato. Forse la notizia della morte di Stalin aveva contribuito a far scivolare quella storia in secondo piano. A chi lo chiedeva dicevano di essere fidanzati. Tutti avevano dato per scontato che fossero sposati e loro non avevano detto la verità per paura di venire separati. Resero nota la data delle nozze, cosa che placò definitivamente gli animi. István aveva notato che qualcuno, quando si incontravano per strada, si voltava dall'altra parte, ma la maggior parte dei suoi conoscenti assicurava che si sarebbe comportato come lui.

Ciononostante, i genitori tolsero i propri figli dal gruppo di teatro gestito da Rebeka. *Sa com'è, le chiacchiere!* La maestra le disse che ne era dispiaciuta. Era una donna istruita e stimava Rebeka. Per quanto la riguardava, dopo la spiegazione di Rebeka il caso era chiuso.

István fu convocato al commissariato di Csád e interrogato. Fu accusato di aver aggirato le autorità fornendo un'identità falsa, di aver appoggiato le forze antisocialiste e di avere probabilmente anche aiutato qualcuno a fuggire. Il suo movente doveva senz'altro essere stato quello! Lo trattennero per una mezza nottata, finché il presidente del consiglio comunale non garantì per lui. Assicurò che era un lavoratore modello, perfettamente integrato nella comunità. Disse che era un uomo libero e che, in quanto tale, poteva vivere dove voleva. Oltretutto, la deportata era la sua ragazza, e l'avrebbe sposata di lì a breve.

István aveva avuto l'impressione che l'AVO non ci fosse andata troppo pesante con lui e infatti il presidente del consiglio comunale, un uomo moderato, che aveva accordato il loro trasferimento dai Takács, gli disse in confidenza che avevano avuto fortuna, perché dopo la morte di Stalin c'era stato un certo ammorbidimento nei protocolli.

Anche Lajos alla scoperta della loro bugia reagì con inaspettata disinvoltura. Quando gli chiese se a questo punto si sarebbero sposati, István rispose di sì. Lajos gli consigliò di farlo in fretta e senza dare troppo nell'occhio, per mettere a tacere le voci una volta per tutte. Con questo, la questione per lui era risolta.

34

Al bivio

Szolmár, Ungheria, 1953

Passeggiando nei dintorni, István aveva scoperto una casa colonica disabitata con annesso un pezzo di terreno incolto. Era l'ultima costruzione sulla strada sterrata del centro abitato di Szolmár. Le case intorno non avevano aiuole di rose all'ingresso e la zona era infestata di cani randagi. Una mucca pascolava indisturbata sul ciglio della strada, nonostante l'orda di ragazzini urlanti che correvano facendo rotolare davanti a loro la ruota di un carro. In quella zona del paese tagliata fuori dalle infrastrutture vivevano le famiglie più povere di Szolmár. Tra loro c'era anche l'unica famiglia zingara della regione. Il padre, Vendel, era considerato un lavoratore indefesso e sopravviveva grazie a incarichi saltuari. Anche Lajos gli dava qualcosa da fare nel periodo della raccolta.

La modesta abitazione in fondo alla strada era abbandonata da anni. Le mura erano cosparse di crepe e il tetto sfondato. István venne a sapere dal vicino che la casa e il suo terreno erano rimasti senza eredi e per questo finiti in gestione al comune, che da un bel pezzo cercava di affittarli.

István era entusiasta, andava ogni giorno lì in pellegrinaggio e osservava le distese di granturco e frumento attraverso le colonne diroccate del portico. Per la prima volta dopo tanto tempo prese in mano un carboncino. Nei suoi disegni, la balaustra coperta di vite era decorata da rigogliosi motivi intagliati nel legno. Di sera era impegnato ai progetti di restauro. Lajos e Lipót si offrirono di dargli una mano con i lavori e Lipót promise anche di procurargli i mattoni di scarto della fabbrica.

L'unica cosa da fare, a quel punto, era convincere il presidente del consiglio comunale ad affittargli la proprietà a un buon prezzo. L'uomo stimava István ed era intenzionato a fare del suo meglio. Dopo averlo ascoltato, aveva cominciato ad arricciarsi i baffi sovrappensiero. Poi gli aveva detto di serbare ancora un po' di pazienza. Allo sguardo interrogativo di István, aveva risposto inarcando le sopracciglia e chiedendogli a sua volta se non avesse saputo che il governo Rákosi era caduto e che il ministro dell'Agricoltura, Imre Nagy, sarebbe diventato Primo ministro.

István sussultò: questo presupponeva un cambiamento. Non restava altro che aspettare di vedere in che direzione avrebbe soffiato il vento. Il presidente del consiglio comunale si impegnò a non affittare la casa ad altri, per il momento.

Nelle ore pomeridiane l'aria era immobile. La calura si alzava sul paesaggio pianeggiante come se l'estate fosse ancora ai primi respiri. Il cane se ne stava sdraiato all'ombra dell'albero, fermo e con la lingua di fuori. Nemmeno i polli beccavano il mangime. Nel sentire i campanacci delle mucche sulla via di sotto, Rebeka corse fuori. Il pastore accompagnava la mandria fino all'imbocco del paese, da lì in poi le mucche trovavano la strada da sole.

La vecchia signora lo aspettava già con pazienza di fronte al cancello, fissandolo con occhi sazi di erba di pascolo.

«Eccoti qui! Vieni, tesoro, ti prendo subito dell'acqua fresca dal pozzo.» Rebeka accompagnò Boriska nella stalla. Le piaceva lo sguardo devoto della mucca e le raccontava volentieri le sue gioie e le sue preoccupazioni. La stalla era il suo rifugio, il luogo dove si nascondeva per sfuggire ai discorsi di Tera Mama e ai litigi dei bambini.

«Fa caldo, vero?» Rebeka posò l'acqua fresca di fronte alla mucca e rialzandosi troppo in fretta cominciò a vedere tutto nero. Dovette sedersi, per fortuna lo sgabello a tre gambe si trovava lì vicino. Si asciugò la fronte con il grembiule e appoggiò la testa sul ventre caldo dell'animale. Piano piano la sua vista si schiarì.

Boriska bevve grata l'acqua fresca. Rebeka le pulì con cautela le mammelle e iniziò a mungerla con movimenti ritmati. I fiotti di latte tiepido cadevano nel secchio tintinnando. Dalla strada risuonavano voci di bambini. Era già l'ora?

La porta della stalla si aprì con un botto e i bambini si precipitarono dentro come un turbine.

«Santo cielo! Che c'è di così urgente?»

Attila teneva tra le mani un rospo gigante e lo agitava freneticamente davanti a lei. Rebeka schizzò in piedi facendo rovesciare il secchio con un tonfo sordo. Il rospo emise un gracidio lamentoso. Era grosso come il palmo di un uomo adulto.

«Portate via quel rospo! Sparite!»

L'animale approfittò della concitazione del momento per farsi forza sulle zampe di dietro e con una spinta si liberò dalla presa del bambino, lanciandosi in direzione di Rebeka. Atterrò su di lei e le si aggrappò addosso come un neonato al seno materno.

Rebeka strillò con tutto il fiato che aveva in gola. Cominciò a saltare e si staccò il rospo di dosso. L'animale cadde a terra con il rumore di una spugna bagnata e saltellò via gracidando.

«Fuori di qui, voi due!»

I bambini non se lo fecero ripetere due volte.

Rebeka si chinò sullo sgabello e vi si lasciò cadere sopra. Per tutto quel tempo aveva creduto di essere felice! Si era abbandonata alle piccole gioie quotidiane nella convinzione che il ritorno alla sua vera vita fosse ormai imminente. Era felice del suo prossimo matrimonio, della cerimonia nella chiesetta di Csád e dei festeggiamenti nel giardino dei Takács. Sarebbe stata una cosa intima, ma gioiosa.

A chi domandava cosa stessero aspettando, István rispondeva che la sua sposa meritava una bella festa. In realtà István stava rimandando tutto di proposito. Rebeka se ne rendeva conto solo adesso! Si era messo in testa che prima doveva avere qualcosa da offrirle, una casa, un futuro. Per questo era tanto ossessionato dagli schizzi con i progetti della nuova abitazione. La sua idea era di stabilirsi a Szolmár per sempre.

Rebeka buttò la testa indietro. Come aveva fatto a non pensarci!

Un paio di giorni dopo, Rebeka se ne stava nel salotto riordinato e pulito, aspettando il rientro di István. Aveva una sorpresa per lui e non vedeva l'ora di mostrargliela.

Lanciò un'occhiata all'orologio sulla parete e chiuse il libro che teneva in grembo. Nemmeno Emma Bovary, con la sua aspirazione a qualcosa di più elevato l'avvinceva come al solito. Il rumore del carro! Stavano entrando nel cortile.

«E questi da dove li hai presi?» domandò István in tono rabbioso non appena vide i colori disposti sul tavolo.

«Ho chiesto a zio Tungli di procurarmeli a Csád. Non sei contento?»

«Che accidenti avevi in testa?» Vedendo la delusione di Rebeka, abbassò un po' i toni. «Ma tesoro, io non dipingo più.»

«Però hai ricominciato a disegnare. Un tempo l'arte era tutto per te.»

István fece cenno di no. «Era un'altra vita.»

Rebeka incrociò le braccia con fare ostinato. Sperava che quei colori avrebbero risvegliato in lui il desiderio della creazione artistica. Solo adesso si rendeva conto della goffaggine del suo tentativo e se la prese con se stessa per non esserci arrivata prima.

István aveva capito tutto e sorrise, mentre cercava di allentare la stretta delle sue braccia.

Anche a lei sfuggì un sorriso. «Senti, tesoro,» gli disse buttandogli le braccia al collo «secondo me sei inibito dalla monotonia di questo posto. Non appena sarà tutto passato, ti tornerà anche l'ispirazione, vedrai.»

István si liberò dal suo abbraccio e scosse la testa, come se Rebeka non avesse capito niente. «Ma io non voglio che passi tutto. La nostra vita è questa. Perché non lo accetti una volta per tutte?» Frugò nella tasca dei pantaloni, ne estrasse un ritaglio di giornale e glielo tese con aria di rimprovero.

Rebeka scorse rapidamente le righe. «L'amnistia! È scritto qui. Da questo momento in poi i deportati possono stabilirsi dove vogliono. Siamo liberi!» Alzò lo sguardo su István perché le desse conferma di aver capito bene.

Lui annuì.

Rebeka saltò di gioia, lo prese per mano e iniziò a saltellargli intorno. Lui si girò sui tacchi per seguirla. «Devi essere felice, István! Non capisci cosa significa?»

«Sarò felice quando avremo in mano un documento ufficiale.»

«Abbiamo un decreto emesso dal Parlamento. Non ti pare abbastanza ufficiale?»

«Non voglio che ti faccia false illusioni.»

Questa frase le fece venire in mente suo padre. Rebeka smise di ballare, i suoi occhi lampeggiavano. «Domattina andremo dal prete a sposarci! Saremo solo noi e i Takács. Poi raccogliamo le nostre cose e scappiamo via. Ce ne andremo di notte, non si accorgeranno di noi. Ci nascondiamo sul treno per Miskolc e da lì torniamo a

Budapest. Nessuno si interesserà a noi, adesso che c'è il decreto. Perché dovrebbero cercarci?»

«È una follia! Vuoi rischiare di mandare tutto all'aria proprio adesso che vediamo la fine?»

«Ma cosa vuoi che ci facciano?»

«Per esempio, metterci in galera?»

Rebeka non rispose. L'apatia di István le aveva smorzato l'entusiasmo. Cosa gli stava succedendo?

«Prima ho parlato con il presidente del consiglio comunale. Viste le attuali circostanze, può affittarci la casa. È nostra.»

«La casa?» Rebeka non capiva.

«Sono settimane che facciamo progetti!»

«Ma solo perché davamo per scontato di essere imprigionati qui.»

«Avevo l'impressione che tu fossi felice con me.»

«E io sono felice con te! Solo che rivoglio indietro la mia vita di prima. È scritto nero su bianco sul giornale, cos'altro vogliamo? Andiamocene da cittadini liberi e basta.»

István si lasciò cadere su una sedia.

Lei fissò le sue unghie tonde e nere, la camicia sporca di sudore e polvere. «Davvero vuoi vivere così, István? Dov'è finito l'uomo di cui mi sono innamorata?»

István ritrasse irritato la mano e nascose le unghie nel pugno. «Quindi il matrimonio non significa niente per te?»

«La festa?» Rebeka abbandonò le braccia lungo i fianchi. «Cerca di capire, io non sono come Andi. Io sono un'attrice. Te ne sei dimenticato? Io non mi accontento di passare la vita a coltivare il campo e a crescere i figli. Mi sono innamorata di un artista emergente pieno di ambizioni e di ideali, non di un contadino. Di un uomo che non avrebbe mai tradito ciò in cui credeva, che si batteva contro le ingiustizie e aspirava a qualcosa di più elevato. Un maestro che mi sgridava e mi incitava a fare del mio meglio per raggiungere i miei obiettivi, un intellettuale che analizzava con me i testi teatrali e filosofeggiava su Dio e sul mondo. A volte ho l'impressione che l'uomo di allora non esista più.»

Le sue parole dovevano colpirlo duramente, ma Rebeka sentiva che era suo dovere scuoterlo da quel torpore. Scrutò il suo volto e vi trovò dolore e disperazione. Lui aveva già capito. Adesso lo capiva anche Rebeka: in quel posto non c'era futuro per lei. Doveva andarsene da lì, anche senza di lui.

Poi il volto di István cambiò espressione. I suoi occhi fiammeggiavano di odio, era pieno di rabbia. Sembrava sull'orlo di un abisso, pronto a saltare. Rebeka si rese conto che quel litigio era tra i peggiori che avessero mai avuto e che si sarebbe trascinato per giorni. Ma doveva insistere, doveva tirar fuori István dalla sua apatia, strapparlo via, se necessario.

«L'uomo di allora?» sbottò lui stringendo il pugno. «Ebbene sì, sono cambiato! In una notte ho buttato via la mia vita, i miei amici, i miei studi. La signora non se n'era accorta?»

Rebeka gli prese la mano in quello che voleva essere un gesto di rappacificazione, ma lui la respinse stringendo le dita tremanti in un pugno. Lei si ritrasse.

«Sei un'ingrata!» le urlò addosso. «Tu sarai sempre insoddisfatta di quello che hai. Questa vita non ti piace? Allora scappa, vattene finalmente, così la smetterai di rendere infelice anche la mia, di vita!»

Seguì un lungo silenzio. Rebeka lo fissava, il suo corpo era sconvolto come da tante piccole scosse. Le lacrime proruppero, rigandole le guance.

Lui si alzò e andò alla porta. Aveva già afferrato la maniglia, quando si fermò e aggiunse: «Non andartene senza aver salutato Andi».

Poi chiuse con calma la porta dietro di sé.

Rebeka cercò di non mettersi a urlare. Cos'era appena successo? Provò l'impulso di corrergli dietro, ma resistette. Non esisteva un sentiero comune per loro. Lei non poteva condividere quella vita con lui un solo giorno di più. Piuttosto era disposta a farsi lacerare il cuore dal dolore. Non si sarebbe fatta ingabbiare in una vita regolata al minimo, una vita così piccola da toglierle il fiato.

Respirò profondamente nel tentativo di calmarsi. Ciò che amava di lui erano il suo spirito, il suo acume, il suo talento. Ma non dipingeva più, non leggeva un libro, gli unici argomenti di conversazione erano la raccolta, il tempo, la quantità di latte prodotto da Boriska, le uova deposte dalle galline e, ovviamente, i bambini. Cosa sarebbe successo quando ne avrebbero avuto uno loro? Fatta eccezione per l'infinito rincorrersi delle stagioni e il ciclo della semina e della raccolta, a Szolmár regnava una totale immobilità intellettuale.

Con le guance bagnate di lacrime, Rebeka prese carta e matita dal cassettone e si sedette di fronte al foglio bianco.

Si immaginò István rientrare a casa ubriaco alle prime luci dell'alba e guardarsi intorno con gli occhi cerchiati da profondi solchi neri. La stanza era a posto, il letto rifatto e coperto con cura, come fosse un oggetto di pura contemplazione. I nuovi colori sonnecchiavano nel loro incarto sul letto e il cavalletto se ne stava appoggiato al muro.

István si avvicinò alla busta sul cassettone, vi lesse sopra il suo nome e capì cos'era successo. Nonostante questo, andò all'armadio e aprì appena l'anta. Era vuoto. Fece un cenno col capo. E così se n'era andata.

L'unica cosa che aveva lasciato erano queste righe:

Amore mio,
torno a Budapest. Non lo faccio né per ripicca, né per rabbia, né per abbandonarti.

Devo andarmene. Lo faccio per noi. Spero che tu capisca e mi segua. Io ti aspetto.
Tua Rebeka.

P.S.: Lascerò il mio indirizzo a Domokos.

35

L'Hotel Marriott

Budapest, 2017

L'idea della separazione nasce nella pancia, non nella testa. E quando si realizza non lo fa secondo un piano preciso. Matura nell'inconscio, risale da sola in superficie e poi prorompe nell'emozione. La parola espressa diventa verità e non si lascia più negare. Seguono altre parole, acquisiscono autonomia, si fanno inarrestabili.

Dopo il loro litigio all'aeroporto Anna era convinta che non avrebbe visto Michael mai più. Ricordava i suoi occhi ardenti di rabbia, dopo che gli aveva dato l'ultimatum. O lei o sua moglie.

Il treno sfrecciava a tutta velocità attraverso i paesaggi monotoni dell'Ungheria. Accanto a lei, Rebeka teneva gli occhi chiusi.

Anna ripensò a quando Michael, dopo la loro litigata, aveva superato il controllo di sicurezza, lasciandola in mezzo all'aeroporto pieno di persone, da sola con il vuoto che le sue stesse parole avevano creato.

In quel preciso istante avrebbe voluto tornare indietro e rimangiare ogni frase. Sperò che Michael si rifacesse vivo prima della partenza del suo volo, ma non arrivò nessuna chiamata, nessun messaggio, niente, neanche molto tempo dopo l'atterraggio. Anna aveva passato la notte da sola, inspirando i profumi inebrianti che l'amore aveva lasciato sul suo cuscino, come una tossica. Soffriva, si struggeva per lui.

La mattina successiva, dopo un paio d'ore di sonno senza sogni, si era svegliata al suono dei suoi messaggi. Aveva bisogno di tempo per riflettere. Nient'altro. Questa era la sua punizione. Eppure era sicura che lui stesse male quanto lei.

Quel silenzio era solo una strategia, ma la sua freddezza l'aveva ferita, trasformando il suo dolore in rabbia. Era venuta la sua amica Maja per cercare di tirarla fuori dal pantano logorante dei suoi pensieri, ma Anna non aveva trovato neanche la forza di alzarsi dal letto.

Dal loro ultimo incontro erano passate settimane miserabili, in cui era stata incapace perfino di lavorare. Si era data malata e stava rintanata in casa. Poi finalmente era arrivato il suo messaggio. «Mi vuoi ancora?»

Con dita tremanti aveva digitato «Ti voglio ancora» sulla tastiera del telefono e aveva inviato.

Avevano fissato di vedersi al Marriott Hotel di Budapest, proprio il luogo nel quale sembrava che i suoi ricordi e quelli di Rebeka si incrociassero. A Berlino Michael era stato suo ospite, ma a Budapest i ruoli si invertirono. Pur essendo ungherese, lei era un'estranea in città. Lui la prese per mano e la condusse per le vie del quartiere ai piedi del castello, passeggiarono accanto a vetrine piene di fragole profumate e ceste di legno colme di ciliegie dolcissime. Michael era entrato in un negozio e ne era uscito con un sacchetto pieno di ciliegie. Mano nella mano, con il sacchetto che ondeggiava tra loro, avevano bighellonato per le stradine, ridendo come due adolescenti al loro primo amore. Il suono di una fisarmonica li attrasse nel parco di Horváth, dove bevvero vino e ballarono all'ombra dei castagni. Il sole di fine pomeriggio scendeva già sui tetti della città e la fatidica domanda aleggiava ancora tra loro senza risposta. Anna indugiava, aspettando un segnale da parte sua. Aveva paura di chiedere. Una parola sbagliata e avrebbe rovinato tutto per sempre.

Portarono con loro il profumo inebriante della notte estiva sul Ponte Elisabetta e poi nella camera d'albergo, dove quegli stessi profumi esplosero, si mescolarono ai loro odori, ai loro desideri, alle paure e alle parole sussurrate.

«Non sono riuscito a dirglielo» le aveva detto a un certo punto con un filo di voce, come se desiderasse non essere sentito.

Ma certo che Anna l'aveva sentito! Le sue parole la colpirono con la violenza di un terremoto. Le sue giustificazioni riecheggiarono nell'aria e scoppiarono come bolle di sapone.

L'unica cosa che alla fine rimase fu il lenzuolo spiegazzato nel letto vuoto dell'albergo, il disincanto e lo spazzolino usa e getta che Anna si portò via come reliquia della sua relazione.

36

Il Palazzo Anker

Budapest, 2017

Anna riconobbe da lontano l'avvocato Karsay all'ingresso di Palazzo Anker. Sopra la sua testa campeggiava l'ampia scritta a lettere maiuscole dorate: AZ ANKER. Era il nome della compagnia assicurativa che aveva avuto sede in quel palazzo fino alla statalizzazione degli anni Cinquanta. L'ingresso in granito nero le ricordava quello di una tomba di famiglia e Karsay, nel suo abito scuro, un rappresentante di pompe funebri.

Il volto dell'avvocato si illuminò. Salutò Rebeka con un ampio sorriso. «Bacio la mano, cara signora!» Ad Anna rivolse un cenno. Poi Karsay inserì il codice di accesso e la porta si aprì automaticamente.

Varcarono l'ingresso sorretto da colonne. All'interno le pareti erano attraversate da crepe sottili come ragnatele e qua e là le decorazioni in porcellana lungo le scale erano state rimpiazzate da semplici piastrelle. In tutto l'ambiente dominava però un'atmosfera d'altri tempi, che riempiva l'aria come il respiro stanco di una corpulenta, vecchia signora.

Karsay fece loro strada salendo l'ampia scalinata. Rebeka si fermò al primo gradino. «Non c'è l'ascensore?» domandò Anna all'avvocato.

Karsay, imbarazzato dalla sua sbadataggine, si girò e scese nuovamente di corsa le scale. «Mi deve perdonare, cara signora. L'ascensore purtroppo è guasto.»

Al suo braccio, Rebeka salì tutti i gradini a piccoli passi, superando un pianoterra rialzato e un mezzanino. Arrivarono così al primo piano, che in realtà era il terzo. Da ogni piano partiva una specie di corridoio che conduceva all'interno del palazzo. Quando arrivarono al tipico ballatoio, Anna pensò a quanto doveva essere facile perdersi tra quei passaggi e quei pianerottoli.

Karsay si fermò di fronte alla prima porta e infilò la chiave nella toppa superiore. La serratura si aprì con uno scatto. Ma il paletto era rimasto chiuso e Karsay tentò allora con un'altra chiave. Scuotendolo leggermente riuscì a sbloccarlo. A quel punto la porta si aprì senza intoppi. Rebeka aveva osservato tutta la procedura. Karsay commentò che inferriate e serrature erano normali in edifici come quelli. Anna sbirciò nell'appartamento attraverso le sbarre di una finestra coperta da una tenda. La cucina doveva trovarsi subito accanto all'ingresso. Entrando, rimase sorpresa dalla pulizia e dall'eleganza dell'anticamera. Per qualche motivo si era immaginata un posto trascurato. Le pareti erano tappezzate di disegni e dipinti di piccole dimensioni. Si spostarono nella penombra del salone: non avrebbe saputo come altro definire la grande stanza dai soffitti alti almeno quattro metri nella quale si ritrovarono. Al centro troneggiava un pianoforte a coda e gli unici arredi erano un divano ad angolo, una poltrona e un tavolino da fumo. Il pavimento era lucido e le tende di lino avvolgibili sobrie e funzionali come quelle di un museo.

L'attenzione di Anna fu attirata da un grande Kassák alla parete. Ne aveva riconosciuto le forme geometriche astratte, mentre non riuscì subito a identificare la serie di incisioni appese attorno al dipinto.

I muri erano tappezzati da opere d'arte. Vide un disegno della *Signora con violoncello*, probabilmente uno studio preliminare per il famoso dipinto di Róbert Berény esposto alla Galleria Nazionale Ungherese. Karsay spiegò loro che Berény e Breitner avevano studiato insieme all'università. Indicava i dipinti come un direttore d'orchestra che presenti i suoi musicisti. «Csernus, Vajda, Lachner!» Scandiva i nomi dei grandi maestri dell'arte ungherese con una gioia quasi maligna. Anna pensò che il suo rapporto con l'avvocato non fosse partito nel migliore dei modi.

Attraverso delle grandi porte a due ante, il salone si collegava da una parte allo studio di Breitner e dall'altra alla sua camera da letto. Anna avrebbe voluto percorrere quelle sale a braccia spalancate, ma rimase vicino alla portafinestra e tirò su l'avvolgibile. La luce del sole inondò il salone. Anna aprì la portafinestra e si affacciò dal balconcino alla francese. Si sporse in avanti per guardare giù verso il traffico della via Bajcsy-Zsilinszky. La calura tremolava sulla città e dalla finestra aperta entrarono nel salone il rumore e la polvere della strada.

Karsay la invitò a rientrare. Anna si separò a malincuore dalla vista sulla Basilica di Santo Stefano e sulle cabine oscillanti della ruota panoramica. Non fece in tempo a voltarsi e allontanarsi dalla portafinestra, che Karsay si era già precipitato a richiuderla e a tirar giù l'avvolgibile, per rivolgerle poi uno sguardo di disappunto, come se non si fosse aspettato un gesto simile proprio da lei. I dipinti! Anna fece finta di non accorgersi del suo biasimo. Il vecchio parquet scurito scricchiolava sotto i loro piedi. Anche nella camera da letto il pavimento di legno era interamente scoperto, non c'era nemmeno uno scendiletto. Anna immaginò il vecchio Breitner alzarsi dal letto e infilare i piedi direttamente nelle pantofole. Si avvicinò all'armadio, girò la chiave e aprì le ante cigolanti. Sui ripiani comparivano solo della biancheria candida e degli asciugamani di spugna freschi di bucato, disposti in ordine impeccabile. Delle cose di Breitner, dei suoi vestiti e delle sue scarpe, nessuna traccia.

«Ci siamo attenuti alle volontà del professor Breitner e abbiamo preparato l'appartamento per lei, cara signora.»

Rebeka era visibilmente commossa da quelle premure. Con una mano sul cuore, osservava l'imponente mazzo di rose bianche vicino al letto. Ad Anna, invece, sembrava strana l'idea di passare la notte nella casa del defunto.

A un tratto Rebeka lanciò un grido e si portò la mano sana alla bocca. Anna seguì il suo sguardo fino al dipinto appeso sopra il letto. Era il ritratto di Rebeka, che Christoph nel frattempo aveva provveduto a rispedire indietro. Gli occhi di sua nonna si riempirono di lacrime. «Vieni, andiamo a bere un bicchiere d'acqua. Hai ancora tutti i fogli da firmare» la esortò Anna.

Karsay aveva già disposto i contratti sul tavolo in cucina. «Vi abbiamo preparato una cena fredda» disse con un gesto di invito in direzione del frigo.

«Pernotteremo al Marriott e ci fermeremo a mangiare qualcosa prima» rispose Anna.

«Perché? Resteremo qui» si oppose Rebeka.

Anna si voltò a guardarla, sorpresa. «Non la trovi una cosa un po'... morbosa?» Aveva avuto un attimo di esitazione e quell'ultima parola l'aveva pronunciata in un sussurro. La presenza di Karsay la metteva in imbarazzo.

«Questo era il desiderio di Róbert.»

«Ma ho già pagato l'albergo!»

«Per favore! Non puoi lasciarmi da sola la prima notte!»

La prima notte? Quante notti aveva intenzione di restare Rebeka?

Sua nonna si accomodò al tavolo di cucina con ostentata risolutezza. Quanto meno glielo aveva chiesto per favore, pensò Anna andando ad aprire il frigo, che in effetti era stato riempito per loro. Tirò fuori il burro, il formaggio e gli affettati, e sistemò alcuni pomodori freschi e qualche peperone di quelli gialli e allungati dentro una ciotola.

Rebeka firmò nei punti indicati da Karsay e si fece spiegare con quale chiave aprire le varie serrature.

A quel punto l'avvocato si congedò. Anna gli tese la mano per salutarlo. «La prego, non si scomodi» disse rivolto a Rebeka. Ma lei si era già alzata per accompagnarlo alla porta. Anna rimase sola in cucina e si mise ad apparecchiare la tavola. Si sentì pervadere da una sensazione sgradevole, come se si fosse già trovata in quella situazione. Affettò il pane con un grosso coltello e si fermò per un istante. Il déjà-vu persisteva tenace.

Rebeka tornò in cucina da sola e si sedette alla tavola con un sospiro di sollievo. Spalmò una fetta di pane col burro e ci aggiunse del prosciutto. Anna la osservava, meravigliandosi della disinvoltura con la quale si accingevano a cenare insieme.

Le tornò in mente una visita fatta alla nonna, quando era bambina. In realtà a tornarle in mente fu il racconto che ne faceva sua madre e che aveva sentito talmente tante volte da potersi ora raffigurare la scena in ogni dettaglio.

Doveva aver avuto circa sei anni. Erano sedute al tavolo in cucina nella casa di Rebeka a Vienna. Era piccolo, non ospitava più di due posti. Anche quella volta sopra il ripiano c'erano pane e affettati. Forse addirittura lo stesso di quella sera. Il silenzio veniva interrotto soltanto da brevi scambi di parole tra la madre e la nonna. A quell'età, ovviamente, Anna non poteva cogliere l'astio e i conflitti nascosti dietro alle loro conversazioni. Ma aveva comunque percepito l'atmosfera tesa che regnava nella stanza. Lei doveva stare con la schiena ben dritta nel suo vestitino buono e mangiare in silenzio.

«Non si parla a bocca piena» l'aveva rimproverata la madre quando, con un fil di voce, aveva chiesto un po' d'acqua.

Anna odiava gli affettati, per cui le fette rotonde e rosate erano rimaste intatte nel piatto. E oltretutto, si annoiava indicibilmente. Per passare il tempo aveva fatto delle palline con la mollica del pane e le aveva disposte in fila sulla tovaglia.

«Se fosse figlia mia, le taglierei le dita» aveva detto Rebeka come niente fosse.

Anna aveva sussultato e probabilmente aveva ritratto d'istinto le sue piccola dita. Ma Edit, almeno così aveva sempre raccontato lei, era andata su tutte le furie. In quel preciso istante si era resa conto che stava tiranneggiando sua figlia e che si comportava come sua madre solo per compiacerla.

«Io non picchio la mia bambina» ribatté in tono pacato. Poi si alzò e invitò Anna a fare lo stesso.

Da quel momento, Anna non dovette mai più sostituire i suoi jeans con un vestitino, né stare seduta composta a casa della nonna.

37

L’americano

Ungheria, 1953

Gli eventi della notte appena trascorsa perseguitavano Rebeka come un brutto sogno. La porta chiusa che era rimasta a fissare nella speranza che István rientrasse, le andasse incontro con un sorriso conciliante per poi abbracciarla e sussurrarle che sarebbe andato tutto bene; Andi a cui, nel momento dei saluti, colavano le lacrime giù per le guance come perle di una collana rotta; la camminata all’alba lungo la strada per Csád ricoperta di rugiada; gli sguardi opprimenti degli altri viaggiatori alla stazione. Tutto questo l’aveva spossata.

Si abbandonò sul sedile di seconda classe del treno per Budapest e si addormentò profondamente. Il treno sferragliava con ritmo regolare attraverso le distese pianeggianti.

Quando Rebeka dischiuse appena gli occhi, il sole che stava sorgendo bagnava di una debole luce i campi di frumento che le sfrecciavano accanto. Dov’erano? Erano saliti tre nuovi passeggeri, che a quanto pare avevano già simpatizzato tra loro. Le faceva male la schiena e sentiva un sapore amaro in bocca. In prima classe i sedili sarebbero stati più comodi. Sospirò, pensando che doveva stare attenta alle spese.

«Va a Budapest?» le domandò qualcuno alla sua sinistra.

Rebeka sollevò lo sguardo verso il giovane che sedeva accanto a lei.

Lui le sorrise ostinato. «Va a trovare dei parenti?» Rebeka riconobbe l'accento straniero.

«Parenti» disse, sottolineando la parola con un gesto della mano. Rebeka voleva essere lasciata in pace.

Di fronte a lei sedevano un contadino e sua moglie, entrambi tirati a lucido, lei nel vestito buono e senza grembiule, lui con l'abito scuro della domenica. Ma le mani ruvide del vecchio e la pelle cotta dal sole della moglie non lasciavano dubbi circa le loro origini campagnole. Rebeka sbatté le palpebre. Come poteva essere sicura che la vita nei campi, ripulire la stalla dal letame e le notti gelate passate nel fienile non avessero lasciato segni anche sul suo volto? La contadina estrasse da una borsa lardo, burro e peperoni e preparò la colazione al marito, apparecchiando su un pezzo di carta oleata. Invitò anche il giovane a servirsi. «Prenda pure, ce n'è per tutti!»

Lui rifiutò ringraziando e assicurandole che aveva già mangiato. La donna, visibilmente offesa, rimise in borsa il suo pezzo di lardo.

Rebeka faceva finta di dormire, ma in realtà osservava con occhi socchiusi il naso arrossato del contadino. Sembrava il bulbo di una rapa. Di sicuro non disdegnava la bottiglia.

La contadina tirò fuori dalle sue sacche fatte all'uncinetto una bottiglia di Pálinka per accompagnare il dessert.

«Se posso permettermi, lei non è di queste parti, vero?» domandò il vecchio all'uomo seduto accanto a Rebeka.

«Sono di Boston. Sono un reporter.»

Rebeka tese l'orecchio. Ma certo, aveva pronunciato la "r" di «reporter» alla maniera degli americani.

«Mia madre è ungherese.»

Gli occhi del contadino si illuminarono. Batté le mani con entusiasmo infantile. «Gli ungheresi sono dappertutto!»

«Anche la nipote di mio cugino è emigrata» disse la moglie.

«Ma cara, cosa vuoi che gliene importi a questo giovanotto! Di cosa si occupa la sua famiglia in America, se posso chiedere?»

«I miei genitori sono di Timisoara. Sono emigrati negli Stati Uniti dopo la Prima guerra mondiale.»

Il vecchio aggrottò le sopracciglia e la sua fronte si solcò di rughe profonde. Annuì con un tale turbamento sul viso che sembrava sul punto di alzarsi e abbracciare il povero ragazzo costretto a vivere lontano dalla sua patria. Il suo sguardo ricordava quello di un malato al quale sia appena stata ricordata la propria sofferenza.

L'americano abbassò lo sguardo, cercando di imitare l'espressione abbattuta del suo interlocutore, forse per educazione o forse perché sapeva per esperienza che qualsiasi riferimento al trattato del Trianon toccava un nervo scoperto nell'animo di ogni ungherese.

Rebeka pensò a suo padre; anche lui avrebbe reagito come quel vecchio. Non era l'unico al quale menzionare i territori persi dopo la Grande guerra procurava una tristezza che confinava col trauma nazionale.

Nel vagone calò un silenzio imbarazzante. Anche l'anziano contadino aveva smesso di masticare il suo cibo.

L'americano si schiarì la voce e riprese la parola per primo usando un ungherese dalla pronuncia artificiosa ma corretta. «Sto lavorando a una serie di reportage sui paesi socialisti in Europa. A giugno sono stato a Berlino per scrivere della rivolta degli operai. Ora voglio tornare lì per vedere come è cambiata la situazione.»

Il vecchio, che nel frattempo aveva ripreso a mangiare, dissentì agitando in aria la mano. «Quel branco di scioperanti! Provi un po' a immaginare cosa accadrebbe se un contadino non mettesse al sicuro il raccolto. Come sarebbe possibile?»

«Moriremmo tutti di fame» intervenne la moglie brandendo il coltello del pane.

«Quest'anno abbiamo dovuto dare la metà del raccolto, dico la metà, in tasse. Ecco cosa ci ha portato la riforma agraria! Di questo dovrebbe scrivere.»

Il vecchio tagliò un pezzo di lardo e lo porse all'americano tenendolo tra il pollice e la lama del coltello.

Lui sorrise imbarazzato e alzò le mani per rifiutare.

«Voialtri, laggiù, mangiate solo carne magra, eh?» Il contadino diede un morso al lardo e si rimise a biascicare. «Da queste parti non ci sarà nessuno sciopero. I russi hanno già dimostrato a quelli laggiù cosa succede a chi sciopera.»

L'americano abbassò lo sguardo e tacque.

L'odore del lardo affumicato aveva riempito il vagone. Rebeka dissimulò il senso di nausea che le procurava. Aveva seguito tutta la conversazione ed era rimasta affascinata da quell'americano. Aprì gli occhi e si stiracchiò come se si fosse appena svegliata da un sonno profondo. «Dove siamo?» chiese con voce rauca e impastata.

Il vecchio ignorò la sua domanda e continuò a masticare indisturbato, mentre la moglie sprofondò lo sguardo nel contenuto della sua borsa.

L'americano si voltò sorridente verso di lei dicendole che avevano da poco oltrepassato Mezőkövesd.

Rebeka gli sussurrò un «grazie» che solo lui poté udire, come se le avesse appena fatto un grande favore. L'aveva preso all'amo. Facendo finta di non notare il suo interesse, Rebeka raddrizzò la schiena e si diede un'occhiata nello specchietto. Dal suo viso non si intuiva la provenienza. Per fortuna! Aveva fatto la scelta giusta. Col tempo, anche lei e István sarebbero diventati come questa coppietta di contadini raggrinziti. A quell'ora István doveva aver letto il suo biglietto e probabilmente la stava maledicendo. Ma se la amava, e lui la amava, l'avrebbe raggiunta.

Pescò il rossetto dalla borsa e se lo passò sulle labbra. Ogni tanto lanciava uno sguardo di sottecchi all'americano mentre si truccava. Lui la osservò per tutto il tempo. Dopo un'ultima controllata al trucco, Rebeka richiuse lo specchietto con un colpo secco e tirò fuori il piccolo bocchino dorato dal quale un tempo non si separava mai. Con gesto studiato lo infilò di lato tra i denti e gli domandò: «Andiamo?».

L'uomo spalancò gli occhi per la sorpresa. «Con piacere!» esclamò, alzandosi di scatto.

Rebeka si alzò lentamente e si sistemò il vestito lisciandolo dalla vita verso i fianchi. Sapeva che il vecchio le stava fissando il sedere.

Precedette il suo americano con passo ondeggiante, appagata dalla sensazione di essere tornata nel mondo.

Una volta nel vagone ristorante del treno, bevvero caffè espresso e fumarono le Marlboro americane di Frank. Così si chiamava: Frank Crary. Il magnetismo di Rebeka era rimasto intatto, così come i suoi riflessi. Gli chiese di lui e lo lasciò parlare. Dalla morte di Stalin a marzo, Frank era stato nella Repubblica Democratica Tedesca, in Polonia e in Ungheria. Disse che avvertiva il cambiamento nell'aria e che anche in Ungheria soffiava un vento nuovo da quando Rákosi era stato richiamato in Russia e aveva dovuto lasciare la presidenza a Imre Nagy. Disse che Nagy era un riformatore e che aveva come priorità il miglioramento del tenore di vita della popolazione, e non gli investimenti nell'industria pesante.

Rebeka annuiva in segno di approvazione.

Frank aggiunse inoltre che con Rákosi alla segreteria del partito non era ancora chiaro quale piega avrebbe preso la lotta per il potere e che, quel giorno, avrebbe intervistato Nagy a Budapest, prima di proseguire per Berlino.

Rebeka ascoltava attenta. Gli occhi blu acciaio dell'americano erano pieni di vita. Aveva lineamenti marcati e un fisico alto e snello. Rebeka pensò che fosse un bell'uomo e, nonostante le sue intenzioni fossero puramente pragmatiche, provò un fugace senso di colpa. Era una donna che sapeva trarsi d'impaccio ricorrendo alle arti femminili, non c'era niente di disdicevole in questo.

«Allora, Frank, lei deve sicuramente avere dei buoni contatti. Come ha fatto a ottenere un'intervista con Imre Nagy?» Le adulazioni funzionavano sempre. Carezzò con le dita il mazzolino di fiori sul tavolo, senza distogliere gli occhi dai suoi. Lui sostenne lo sguardo e sorrise al suo complimento. Le rivelò che aveva al ministero degli Esteri una buona conoscenza, che, a sua volta, era in ottime relazioni con l'addetto stampa di Nagy. «*That's all*» concluse fissandola in volto. «Ma io non so ancora niente di lei.»

Rebeka abbassò gli occhi. Raccontò che era un'attrice, non di cinema, ovviamente, ma di teatro, e che era andata in campagna a trovare una zia deportata due anni prima. La situazione era critica: sorveglianza, retate in piena notte. Ma aggiunse anche che adesso, con l'amnistia, era tutto passato e che la sua cara zia sarebbe potuta tornare presto a casa.

Frank la ascoltò con attenzione, alla fine del suo discorso inarcò le sopracciglia e disse: «Sua zia non potrà trasferirsi a Budapest».

Rebeka sussultò. «Non le daranno il permesso di tornare nella capitale?»

Frank scosse la testa. «Stia attenta. Accogliere sua zia illegalmente le farebbe correre grossi rischi.»

Poi le prese una mano, che lei ritrasse stizzita.

«Mi perdoni! Noi americani siamo dei maleducati.»

Non era stato quel contatto a irritarla, ma il senso di impotenza che l'aveva assalita. Avrebbe voluto urlare, dimenarsi, voleva vendicarsi per ciò che stava subendo. In qualche modo riuscì a mantenere il controllo. Aveva bisogno di Frank molto più di quanto avesse immaginato. Si lasciò andare a una risata, forse un po' troppo acuta, gli strinse piano la mano e gli disse che sì, aveva già avuto modo di accorgersi che bisognava stare in guardia dagli americani.

Quando arrivarono a Keleti, la stazione ovest di Budapest, Rebeka gli tese di nuovo la mano, stavolta per salutarlo. Lui la trattenne nella sua un po' più di quanto fosse conveniente e le domandò se non volesse cenare con lui all'Hotel Duna.

Rebeka era distrutta dalla lunga giornata. L'espressione sofferente del suo volto non era studiata: era talmente esausta da avere le vertigini. Si sentiva sopraffatta da una stanchezza mai provata prima, ma strinse una mano a pugno mentre con l'altra si aggrappò alla valigia. E va bene. Si sarebbero visti quella sera verso le otto, l'avrebbe incontrato in albergo.

Si incamminò lungo il binario a testa alta. Dovette superare una barriera di passeggeri che scendevano dal treno, gente in attesa dei propri cari e fattorini, ma ormai procedeva senza difficoltà.

Si fece strada e uscì dalla stazione. Un taxi si fermò al suo fischio, lanciato con disinvoltura.

Era di nuovo a casa.

38

Luoghi e persone di un tempo

Budapest, 1953

Rebeka si fece lasciare in via Váci, presso lo studio del suo avvocato. Domokos era la sua àncora nel mondo di prima. Lui doveva essere a conoscenza di qualche fondo di riserva del padre e le avrebbe chiarito i suoi diritti sulla proprietà. Con i contatti giusti e un po' di soldi, sarebbero riusciti a ottenere un permesso di trasferimento.

Quando l'avvocato la vide, il suo volto rotondo si illuminò di gioia. Ma per quanto fosse entusiasta di accoglierla e farla accomodare sul suo divano, purtroppo non c'era niente che potesse fare per aiutarla. Le porse un vassoio di ciambelline ricoperte di zucchero, dal quale si servì anche lui, infilandosene una in bocca come se non gli fosse rimasta altra consolazione. Poi prese posto accanto a lei. Un permesso di trasferimento? La guardò con aria dispiaciuta. Non c'era niente da fare. Un posto in teatro con la sua fedina penale? Impossibile. La testa senza collo dell'avvocato sembrava voler scomparire nel suo corpo imponente. Il teatro Belvárosi era stato statalizzato ed era in mano al governo. Persino suo zio Géza si era trasferito in provincia, dopo che l'aria di Budapest si era fatta quasi irrespirabile. Domokos teneva la tazza di caffè in una mano, mentre con l'altra agguantava un'altra ciambellina. Aveva le labbra bianche di zucchero a velo. Magari un impiego amministrativo? Avrebbe potuto chiedere in giro. Notando lo sguardo di Rebeka, l'avvocato scosse la testa. «Rebeka, mia cara! Non faccia quell'espressione sconvolta. Sono due anni che raccontano al popolo che quelli come voi sono dei criminali. Cerchi di capire, la gente non si sente più al sicuro. Nemmeno i più ragionevoli si fidano a dare lavoro ai borghesi. Io stesso ho rischiato di perdere la mia attività.» Domokos si grattò la nuca. «Lei ha bisogno di un alloggio. Aspetti! Ho un conoscente a nord del paese, magari lui sa di qualcuno che affitta una camera.»

«A nord del paese?» Rebeka posò la tazza di caffè e fece per andarsene.

«Rebeka cara, non può restare a Budapest.»

«Con tutto il rispetto, signor Domokos! Faccia qualche telefonata, corrompa qualcuno, se necessario. Non può essere una cosa così complicata.»

L'avvocato abbassò lo sguardo. «Perderei la licenza. Sono tempi duri anche per me.»

«E i fondi di riserva di mio padre?»

«Non sono a conoscenza di fondi di riserva. Ogni conto che aveva suo padre è stato confiscato. La fabbrica, la casa, la villa sul lago… è andato perduto tutto quanto.»

Rebeka scrutò il suo viso grosso e lucido. Diceva la verità? Tuttavia l'unica cosa che vi lesse fu un sincero dispiacere, come se la considerasse ancora la bambina di un tempo.

Domokos mormorò che erano tempi ingiusti e maledetti.

Rebeka declinò, ringraziandolo, l'invito a fermarsi un paio di notti da lui e sua moglie. Aveva nostalgia delle braccia candide della sua balia e della voce calma con cui, quando era bambina, la cullava per farla addormentare. Era ancora viva, Dada? Rebeka non le aveva mai scritto della morte di suo padre. Aveva pensato che l'abbandono sarebbe stato per lei più semplice da accettare rispetto alla sua morte. Almeno così poteva nutrire del rancore.

Poco dopo stava attraversando in taxi il Ponte delle Catene, che nel frattempo era stato ricostruito e riportato ai suoi antichi splendori. Nella luce del sole il Danubio scintillava di riflessi verdi. Sulla sinistra c'erano le rovine di quello che un tempo era stato il maestoso castello. Di fronte a lei, le colline di Buda. Davvero lì non era più la benvenuta? Domokos le aveva detto che nella casa in cui era nata viveva adesso una famiglia di funzionari. L'espropriazione non era contestabile.

Rebeka strinse le labbra, negli occhi le brillava uno sguardo risoluto. L'auto percorreva i viali centenari fiancheggiati dalle ville della zona, nascoste dietro alti muri di pietra.

Svoltarono nella via Ördögárok. Rebeka intravide già da lontano l'edificio d'angolo in mattoni rossi. La casa era ancora lì, salda e silenziosa. Il lillà cresceva rigoglioso oltre la staccionata e aveva raggiunto le finestre. Rebeka si fermò a osservare, le grandi finestre ad arco che si affacciavano sulla strada avevano delle tende nuove. Poi fece un respiro profondo e salì i gradini. Premette con cautela il campanello. Sulla targhetta si leggeva curiosamente "Szabó", il cognome che un giorno avrebbe portato anche lei.

Rimase in attesa, tendendo le orecchie. Stava già per andarsene, quando le cadde l'occhio sulle rose di sua madre che crescevano ai due lati della scala. Erano puntellate di grossi boccioli, come se non fosse successo nulla. Rebeka voleva prendersi una soddisfazione.

Sentì avvicinarsi dei passi. Trattenne il fiato.

Una giovane donna aprì la porta. Teneva in braccio un bambino che la guardò con grandi occhi curiosi. Rebeka aveva la gola secca. Il sorriso gentile della donna la colse impreparata.

«Non si sente bene, signora?»

«Sa qualcosa dei vecchi proprietari di questa casa?»

La ragazza inclinò la testa di lato. «Ci hanno detto che sono emigrati. Lei li conosceva?»

Rebeka annuì. Emigrati. Certo che così suonava molto meglio. La ragazza cinse il bambino con un braccio come per proteggerlo e indietreggiò leggermente. Il suo sorriso era scomparso. Le due donne si guardarono negli occhi. Questa gente era complice delle crudeltà inflitte a lei e alla sua famiglia. Avrebbe voluto spiegare a questa donna quello di cui era responsabile! Ma si sentì pervadere da un senso di vertigine. Per un attimo le si annebbiò la vista e si dovette reggere alla ringhiera. Che cosa ci faceva lì? Non lo sapeva più. Come aveva potuto pensare di trarre una qualche soddisfazione da quell'incontro?

Si voltò verso i cespugli di rose e scese i gradini, sempre tenendosi alla ringhiera. «Mi perdoni, non volevo disturbarla» disse dandole le spalle, ma sollevando una mano in un gesto di scuse. In quel momento avrebbe dato qualsiasi cosa per avere István accanto a sé, per sentire la sua voce tranquillizzante.

«Vuole una tazza di tè?» si affrettò a chiederle la donna. Rebeka allora si voltò. L'urgenza nella sua voce l'aveva sorpresa.

La giovane arrischiò persino un sorriso e aprì un po' di più la porta. «La prego, mi sembra il minimo!»

Il minimo, ripeté Rebeka tra sé. Cercava di deglutire, ma aveva la gola troppo secca. «Sì, un tè mi farebbe bene.»

La padrona di casa le fece strada in salotto e mise nel box il bambino, che si alzò tenendosi alle sbarre e guardando fuori curioso.

Nella casa erano cambiate tante cose. Al posto della poltrona in cui si sedeva ogni sera suo padre c'era un divano giallo. Sul pavimento era distesa una coperta fatta all'uncinetto e c'erano costruzioni sparse dappertutto.

La signora Szabó le passò una tazza di tè con zucchero e limone. Era un po' dolce per i suoi gusti, ma Rebeka sentì che le faceva bene.

«A volte mi sento un po' persa in questa grande casa» disse la donna distogliendo lo sguardo per l'imbarazzo. Solo allora Rebeka notò che era di nuovo incinta. Da sotto il vestito, all'altezza del ventre, si delineava una leggera rotondità. «Mio marito e io abbiamo origini umili. Lui ha studiato a Mosca. Siamo stati separati per molti anni, non avevamo soldi.» Bevve un sorso di tè, poi riappoggiò la tazza sulle ginocchia. «Anche per noi quelli sono stati tempi duri.» Le sue parole suonavano come una giustificazione. Rebeka annuì. Per un po' rimasero senza dire niente, ognuna con la sua tazza in grembo. Era un silenzio conciliante, impaziente.

Rebeka si sforzò di sorridere e passò la sua tazza alla signora. «Grazie!»

«La accompagno.» Si avviarono a passi decisi lungo il corridoio, la padrona di casa la guidava.

«Non mi ha ancora detto il suo nome» disse la donna quando erano già sulla soglia.

«Mi chiamo Szabó, proprio come lei.»

39

Rivedersi

Budapest, 1953

Rebeka trascinava la sua valigia lungo la via che costeggiava il Danubio. Anche la sua vecchia amica Dóra, probabilmente sposata da un pezzo, teneva alla propria reputazione quanto Breitner. E non poteva chiedere aiuto nemmeno a Dada, perché non voleva farle pensare che si era rifatta viva solo per il fatto di non avere un posto dove stare. La fame si faceva sempre più intensa. Dopo i panini che si era portata da Szolmár e che aveva consumato in treno, non aveva più mangiato niente. Era riuscita a tenere a bada la fame con le sigarette.

L'antico splendore del lungofiume, con la sua sfilza di alberghi come il Carlton, il Ritz, l'Hungária e il Bristol, era ormai un ricordo. L'Hotel Duna, l'unico albergo di lusso sopravvissuto alla guerra sulla riva di Pest, era il punto di riferimento preferito di uomini d'affari, turisti e giornalisti. Anche Frank aveva prenotato lì.

Rebeka andò alla toilette per darsi una rinfrescata, consegnò il bagaglio alla reception e decise di concedersi qualche minuto di riposo su una poltroncina dell'ingresso, per non arrivare in anticipo all'appuntamento. Appoggiò la testa allo schienale, ma solo per un istante. Inspirò l'inconfondibile profumo di quel posto, maturato nel corso dei decenni: un misto di cuoio, sigaro e legno antico trattato con la cera per mobili. Quell'odore le ricordava suo padre.

Non potevano essere passati che pochi minuti da quando aveva chiuso gli occhi. Si raddrizzò, pescò la cipria dalla borsetta e diede un'occhiata al trucco. Da sopra lo specchietto notò tre uomini al bancone del bar. Abiti di fattura impeccabile, cravatte sottili, due di loro avevano i capelli scuri e sembravano italiani. Il terzo invece indossava un completo grigio e gesticolava animatamente. Santo cielo! Chiuse lo specchietto di scatto. Era Róbert! Stava in piedi di spalle, a meno di dieci passi da lei.

Sentì il cuore accelerare e le guance diventarle rosse. Doveva ignorarlo. Evitare di guardare nella sua direzione. Possibile che si incontrassero per caso? Represse quel pensiero costringendosi a mantenere la calma.

Ma Breitner sembrò percepire qualcosa, perché si voltò verso di lei e interruppe la frase a metà. I loro sguardi si incrociarono. Rebeka sentiva riecheggiare dentro di sé il ticchettio dell'orologio appeso alla parete. Non si mosse, sostenne il suo sguardo a labbra strette. Breitner sembrò scusarsi con i suoi ospiti e indicò in direzione di Rebeka. Quei due la guardarono incuriositi.

Rebeka cercò rifugio in una sigaretta, ma il fiammifero le tremolava tra le dita e ci mise un bel po' ad accendersi. Soffiò nervosamente il fumo verso il soffitto. Dopo un po' si arrischiò a spostare di nuovo gli occhi verso Breitner, il quale aveva ripreso la sua animata conversazione come se non fosse successo niente. Che screanzato! Rebeka spense la sigaretta e raddrizzò la schiena.

A quel punto Breitner fece un gesto di scusa ai suoi accompagnatori e le si avvicinò con passo molleggiato.

«Rebeka!»

Lei rimase seduta.

«È incantevole!»

Rebeka aspettò che proseguisse. Breitner la scrutò in volto, sudando visibilmente. Quante volte doveva aver immaginato il loro incontro? Le parole dovevano essere il frutto di un'attenta selezione, come il vino più pregiato. Ma tutta quella preparazione, evidentemente, era stata inutile. Sì, era incantevole! Non gli veniva in mente nient'altro?

La sua retorica non aveva alcun effetto su Rebeka, che glielo fece capire con gli occhi. Breitner di certo conosceva quel suo sguardo. Notte dopo notte doveva aver sentito la sua voce nel sonno. Lui le avrebbe detto che non aveva mai smesso di amarla e che era andato strisciando anche dal capo dell'AVO, ma che non era servito a nulla. Le avrebbe riferito che lo avevano ricattato, facendogli capire che se voleva tenersi il posto all'università doveva prendere le distanze dalla signorina Bárdossy. Che una volta calmate le acque si sarebbe potuto fare un tentativo.

«Rebeka, la prego!» L'esclamazione gli uscì sgarbata, non poteva essere programmata anche quella. «Ora devo cenare con questi signori, ma vediamoci più tardi per un bicchiere di vino, così potremo parlare.» Di nuovo il tono sbagliato, ma cosa gli era successo?

Rebeka, delusa, si alzò. Le sue guance avvamparono per la vergogna. Come aveva potuto sperare che lui la aiutasse?

Breitner si sentì soffocare. Il suo tentativo stava miseramente fallendo. Più tardi, davanti al bicchiere di vino, le avrebbe detto che tutto quello che aveva fatto, lo aveva fatto per loro due. Che desiderava avere qualcosa da offrirle, una vita agiata, una casa, un certo prestigio. Possibile che non capisse? Ma per farlo aveva prima dovuto prendere le distanze. E poi il padre che si era impiccato! Certe cose non si possono certo prevedere. Ma a quel punto era tardi, lei se n'era già andata. La casa era chiusa, gli avvolgibili abbassati e l'ingresso chiuso con i sigilli. Che silenzio aveva trovato!

Non era sua intenzione abbandonarla, ma lei si era subito fatta consolare da quello Szabó, quel ribelle pronto a sacrificare tutto per lei. Scappato con una borghese a tre settimane dalla discussione della tesi. Che follia! Evidentemente il talento non era tutto. Questa gente non teneva in considerazione i rapporti sociali. Era una questione di intelligenza. Probabilmente si considerava un eroe e di sicuro non sarebbe potuto tornare indietro. Rebeka invece era fatta della stessa pasta di cui era fatto anche lui, perché entrambi avevano una visione chiara di quale fosse il loro posto nella società.

Rebeka gli leggeva in faccia la sofferenza.

«Rebeka, la prego, mi ascolti!» Un altro tentativo. L'idea che lei si fosse concessa a questo Szabó doveva averlo tormentato. Di sicuro dormiva male, senz'altro si era buttato a capofitto nel lavoro, scrivendo, viaggiando, tenendo conferenze. Rebeka gli sentiva addosso l'odore del successo. Magari per il suo contributo alla causa socialista gli era stato assegnato un appartamento di lusso in centro, con stanze enormi, porte a due ante e balconcini alla francese. Di certo non aveva chiesto chi fossero i proprietari.

«Vorrei scusarmi in modo adeguato. Vorrei sapere come sta.»

Rebeka non fece niente per nascondere il suo disprezzo. «Vuole sapere come sto? Questo posso dirglielo. I soldi che ho mi bastano a malapena per pagare un taxi. Per questa notte troverò senz'altro una panchina in qualche parco cittadino. Mio padre è morto. Ho trascorso due anni della mia vita imprigionata in un paesino di ottocento anime, nella casa dei miei genitori vive una famiglia di sconosciuti e nessun teatro mi assumerà più. Quelli come me non possono neanche più farsi vedere a Budapest.» Si fermò qualche secondo a riflettere, in una posa esasperata, con una mano sul fianco e lo sguardo rivolto al soffitto. «Ah, già, dimenticavo. Il mio fidanzato è un vigliacco schifoso e mi ha piantata in asso nel momento del bisogno.»

Poi lo mollò lì dov'era. I due che parevano italiani la seguirono incuriositi con lo sguardo.

Nel ristorante dell'albergo risuonava una musica da salotto. Frank aspettava a un tavolo da due. L'espressione di Rebeka lasciava intuire che fosse successo qualcosa. Preoccupato, si alzò spegnendo la sigaretta nel posacenere.

«Le dispiace se ce ne andiamo?»

Lui annuì tranquillo, lasciò qualche moneta sul tavolo e le porse il braccio. Attraversarono l'ingresso a passi lenti, superarono il bar e uscirono nella sera estiva come due innamorati.

Sul lungofiume spirava un venticello tiepido. I turisti posavano davanti alla silhouette del castello bombardato, mentre il sole tramontava lento.

La tranquillità di Frank la rilassò. Non le fece nessuna domanda. Per un po' camminarono l'uno accanto all'altra in un piacevole silenzio. Rebeka si sentiva troppo stanca per calarsi di nuovo nel personaggio che aveva inventato per lui sul treno. «Non ho nessuna zia a Szolmár» disse.

«Vuole sedersi?»

«Se non le dispiace, vorrei continuare a camminare.»

Non gli dispiaceva. Ascoltare era il suo mestiere e Rebeka apprezzò quella sua indubbia qualità. Il suo interesse e la sua calma la aiutarono ad aprirsi. Gli raccontò della sua vita prima dell'esilio, del fidanzamento con Breitner e di suo padre, quel vecchio pazzo che aveva voluto solo il meglio per lei.

Ogni tanto Frank la guardava pensieroso o sorrideva. Lui la capiva. Rebeka gli parlò della deportazione, delle difficoltà e delle piccole gioie della sua vita a Szolmár. Gli parlò anche di quell'anima buona di Andi.

«E come mi supplicava di non andarmene, di non abbandonare István.»

Frank le trasmetteva un senso di calore e simpatia. «Perché ha lasciato il suo fidanzato?»

Rebeka non rispose. Da dove poteva cominciare? Nel frattempo si era fatto buio, avevano lasciato il lungofiume e passeggiavano su via Váci. Al numero 9 una volta c'era il suo cinema preferito, il Corso. Adesso non esisteva più. Pest era cambiata, proprio come lei.

Rebeka fu sollevata nel vedere, poco più in là, l'ingresso del Caffè Anna. Dalle finestre si vedevano lo scintillio delle candele e i camerieri in bianco e nero che scivolavano tra i tavolini tondi ricoperti di pizzo. In quel posto il tempo sembrava essersi fermato. Rebeka, assorta, si infilò nella porta girevole. Frank la seguì.

«Ci porti due cognac e il menù» disse Rebeka al cameriere. Si erano accomodati a un tavolino vicino alle finestre.

«A stomaco vuoto?»

Rebeka sospirò. «Ero seduta lì quando István mi rivolse la parola per la prima volta» disse indicando i tavoli vicino al bancone. Nello stesso posto adesso una signora, un po' troppo appariscente per la sua età, sorseggiava un prosecco. «István è un sognatore, sa? Non ha uno spirito combattivo come me. Una volta mi ha detto che il mondo ha bisogno di persone che si ribellano, che fanno girare gli ingranaggi del meccanismo. All'epoca pensai che stesse parlando di se stesso, ma mi sbagliavo.»

Il cameriere servì loro i due bicchieri di cognac, Rebeka portò il suo alle labbra e ne bevve un lungo sorso. Col bicchiere a mezz'aria, continuò: «Il duro lavoro nei campi, le minacce, dipendere dalla benevolenza altrui gli hanno fatto dimenticare i suoi sogni. Non appena guadagna un briciolo di rispetto, si adagia nella situazione in cui si trova. Adesso vuole fare il contadino, affittare una casa. E poi i figli. Ormai è da molto che mi parla di figli. Ma io non posso piegarmi. Dovrei rinunciare ai miei sogni? Al teatro?»

Frank sembrava appoggiare il suo punto di vista. Anche lui diventava irrequieto se gli toglievano i viaggi e lo stupore continuo delle novità. Questo Rebeka lo aveva già intuito.

«Dovevo fargli aprire gli occhi, capisce? Lui mi seguirà e un giorno me ne sarà grato.»

Frank, senza bisogno di dire niente, la faceva sentire compresa. Rebeka si accese una sigaretta e osservò pensierosa la sala intorno a sé, illuminata dai lampadari. Alcune coppie ballavano al suono del pianoforte, altre conversavano sedute ai tavolini.

Frank le disse che ammirava il suo coraggio. «È facile scegliere la strada in discesa. Le persone come lei, Rebeka, hanno costruito l'America. Le persone come mia madre, che hanno avuto il coraggio di ricominciare tutto da capo pur di trovare la loro felicità.»

Rebeka non riuscì a trattenere un sorriso.

«Al Caffè Anna ci sono le prostitute d'alto bordo, lo sapeva?»

Frank sussultò. «Da voi non è proibita la prostituzione?»

«Guardi quella donna laggiù, con il cappello e quella collana costosa. Di sicuro non gliel'ha regalata il fidanzato. Oppure la signora più anziana al bancone. Scommetto che aspetta un uomo più giovane di lei che le offra la cena.»

Frank scosse la testa. «Come faccio a sapere se una donna lo è o non lo è?»

«Non può saperlo con certezza» rispose Rebeka ridendo. «Il bello è proprio questo, no?» Era una risata liberatoria e incantevole. Si sentiva a suo agio con Frank, per qualche motivo sentiva di potergli dare fiducia. «Ma ora basta. Mi racconti com'è andata la sua intervista a Imre Nagy.»

«Per un'ora abbiamo parlato solo di arte, di fotografia e di Parigi. Poi abbiamo affrontato la questione della riforma agraria e del programma del partito. È un uomo simpatico e molto colto.» Frank rimase assorto nei suoi pensieri per qualche secondo. «E adesso che cosa farà? Ha dei conoscenti da cui può fermarsi?»

«Io sono una di quelle persone presenti illegalmente in città di cui ha parlato.» Rebeka sorrise in modo enigmatico. «Per il momento mi ospiterà un'amica.» Abbassò lo sguardo, pensando alla sua valigia in albergo. Non c'era nessun'amica ad aspettarla. In realtà non aveva idea di cosa avrebbe fatto dopo aver salutato Frank, ma di sicuro non poteva chiedere aiuto a lui. Avrebbe dato l'impressione di avergli raccontato tutta la sua storia solo per spillargli dei soldi.

«Mi permetta di telefonare a un mio conoscente. Forse lui può fare qualcosa in merito al suo permesso di trasferimento. Basandomi sulla mia conoscenza dell'Ungheria, per ogni regola esiste sempre un'eccezione. E non vale solo per la sua lingua tanto complicata.»

«Davvero lo farebbe?» Rebeka lo guardò raggiante.

Lui ricambiò il sorriso, poi distolse lo sguardo.

Tornarono insieme all'albergo. Rebeka gli assicurò che la sua amica viveva solo a pochi isolati da lì e che avrebbe proseguito da sola. Frank le consegnò il suo biglietto da visita, sul retro aveva annotato l'indirizzo del suo contatto. Rebeka ripose il biglietto in borsa e gli prese una mano tra le sue. Provava una simpatia sincera per quell'americano.

Il suo gesto gli piacque. Anzi, era lei a piacergli, Rebeka lo sentiva. Lo salutò con un'occhiata imbarazzata, le labbra leggermente schiuse.

«Arrivederci» disse lui.

Aveva resistito alla tentazione di baciarla. Forse la stava seguendo con lo sguardo, spiando i piccoli passi spediti con cui lei svoltò al primo incrocio, scomparendo.

Magari avrebbe aspettato che l'eco dei suoi tacchi sparisse del tutto, per poi accendersi una sigaretta e pensare a cosa fare per il resto della notte. Magari si sarebbe addirittura concesso una piccola fantasia, nella quale risuonavano sull'asfalto i passi che la riportavano da lui. Rebeka batté i piedi, frugò dentro la borsa ed estrasse una sigaretta dal pacchetto ammezzato. Barcollante di stanchezza si lasciò andare contro il muro e la accese. Sfilò un piede dalla scarpa e si sgranchì le dita indolenzite prima di rimetterla.

L'oscurità della notte era interrotta solo dai fari dei taxi di passaggio. Ombre che apparivano per poi dileguarsi. Rebeka si guardò intorno a disagio e prese una boccata. L'unico rumore che si udiva era lo sfrigolio della sigaretta. Dove poteva andare? La caviglia le cedette. Si appoggiò al muro come una prostituta in attesa di clienti.

Provò disprezzo per se stessa, si raddrizzò e buttò via il mozzicone. Era ora di andare a prendere la sua valigia. Trattenne il fiato per un istante, in ascolto, e svoltò l'angolo. Che andasse come doveva. La zona di fronte all'ingresso dell'hotel era deserta. Quanto era stata presuntuosa a pensare che Frank potesse essere ancora lì ad aspettarla! Superò a occhi bassi il portiere e si avviò verso la reception.

Mentre aspettava la sua valigia, fece scivolare lo sguardo sul pavimento di marmo lucido fino al bar, fino al punto in cui prima aveva visto Róbert.

Una mano le sfiorò la spalla facendole sollevare la testa. Sentì un tuffo al cuore.

«Le serve un taxi, signorina?» Il portiere la fissava con aria interrogativa, porgendole la valigia.

Rebeka disse di no, lo ringraziò con un filo di voce e gli diede la mancia. Se a sfiorarle la spalla fosse stato Frank, sarebbe caduta tra le sue braccia. Era scesa così in basso. Furiosa con se stessa, afferrò la valigia e si incamminò verso l'uscita.

In quel momento qualcuno chiamò il suo nome. Rebeka si fermò, guardandosi intorno. La sua fantasia probabilmente le stava giocando un brutto scherzo, illudendola di nuovo. Vacillò per un istante.

In piedi davanti a lei, con l'abito grigio leggermente sbottonato e il cappello sollevato in segno di saluto, c'era Róbert. Rebeka lo guardò sgomenta. Poi non riuscì più a trattenere le lacrime e abbandonò le braccia lungo il corpo. La valigia le scivolò di mano cadendo a terra con un tonfo.

40

Parole sincere

Budapest, 2017

Dopo cena, Anna dispose i cosmetici che aveva acquistato in farmacia sulla mensola del bagno. L'indomani però avrebbe dovuto indossare la stessa camicia stropicciata. La sua stanza si affacciava, attraverso un'inferriata, sul ballatoio esterno. Che ci faceva Anna in quel posto?

Legò i capelli in una crocchia e si sciacquò il viso con un sapone dal profumo artificiale al miele, che le lasciò una sensazione di pulito sulla pelle. Poi fece una lunga doccia, come se dovesse lavarsi via di dosso la giornata appena trascorsa. Non aveva più voglia di far finta che andasse tutto bene come faceva Rebeka.

Uscì dal bagno con i capelli bagnati, in mano il cellulare e sopra la corta camicia da notte che aveva comprato insieme ad alcuni prodotti di base venendo dalla stazione. Rebeka aveva lasciato gli avanzi della sua cena sul tavolo, come pensando che si sarebbero messi a posto da soli. Anna la trovò nel salone, seduta sulla poltrona. Sul tavolino c'erano una bottiglia di sherry e due bicchieri da cognac.

«Bevi ancora qualcosa con me» la invitò Rebeka, con l'aria di chi abbia qualcosa da festeggiare.

Anna si sedette sul divano di fronte a lei con le gambe nude rannicchiate e posò il telefono in grembo.

Rebeka le versò lo sherry.

«Grazie, non bevo.»

La vestaglia di Rebeka si aprì leggermente, scoprendo il décolleté e parte della spalla. La vista di quella pelle bianca e sfiorita colse Anna di sorpresa. Sembrava seta sgualcita.

Rebeka, senza stare troppo a pensarci, portò il bicchiere alla bocca e lo svuotò in un unico sorso. Poi lo riappoggiò sul tavolino e si abbandonò sullo schienale della poltrona con un sospiro voluttuoso. Da sotto la stoffa sottile della camicia da notte si intravedevano i suoi seni nudi. Anna non riusciva a distogliere lo sguardo. Erano come pere perfettamente mature. Dovette fare uno sforzo per smettere di fissarle e riportare gli occhi sul suo volto.

L'alcol aveva ammorbidito i lineamenti di Rebeka, e le rughe intorno alla bocca, che accennava un sorriso, erano quasi sparite. Anna invidiava quella spensieratezza, la stessa che lei aveva perso negli ultimi giorni. Con un movimento deciso si allungò verso lo sherry e se ne versò un bicchiere anche lei.

Rebeka teneva gli occhi chiusi e sorrideva. La mano sana batteva il ritmo di una musica che sentiva solo lei.

Anna bevve un sorso generoso e chiuse gli occhi a sua volta. Percepì il dolce calore dell'alcol farsi strada nella gola, mostrando il suo effetto benefico.

Fu subito colpita dai sensi di colpa. Sapeva che quantità anche minime di alcol potevano danneggiare il sistema nervoso del bambino. Prese in mano il cellulare e con gesto meccanico scorse le notizie di Facebook. Poi aggiornò le mail che aveva controllato solo un minuto prima. *Non ci sarà nessun bambino,* le balenò in mente.

Distolse gli occhi dal telefono. «Sono incinta» disse premendosi una mano sulla bocca, con la sensazione di stare per vomitare. Sapeva che la nausea sarebbe scomparsa nel giro di qualche secondo.

Ciò che restava erano solo le lacrime che le scendevano inarrestabili sulle guance.

In quel preciso istante Anna si rese conto di ciò che fino a quel momento non aveva voluto ammettere. Non aveva la forza di lasciar andare quel bambino.

«Michael ha cinquantaquattro anni. Lui non vuole figli e anch'io mi sento sopraffatta al solo pensiero. La nostra vita è già completa così com'è, capisci? Certe persone non sono fatte per avere figli.» Parlava e intanto gesticolava con il cellulare in mano, l'unica cosa che cercava era un po' di compassione, ma si sarebbe accontentata anche solo di uno sguardo comprensivo.

Ma gli occhi di Rebeka rimasero imperturbabili, come se le parole di Anna fossero gocce di pioggia che scivolano via sul vetro di una finestra. «Le persone sbagliano. Io ho lasciato il padre di tua madre perché pensavo di meritare una vita migliore. È stato l'unico uomo che io abbia mai amato.» Rebeka alzò gli occhi al soffitto, come se lì potesse trovare le parole giuste con cui proseguire. «La felicità, Anna, non è roboante, non è estatica. È semplice come un gesto appena accennato, come un sorriso. È come acqua che ti scorre tra le dita. Io allora non lo sapevo.»

Anna si raddrizzò sul divano. «Pensavo fosse stato Breitner a lasciarti.»

«Róbert?» Rebeka scoppiò a ridere e scosse la testa come se la cosa fosse impossibile. «Questo appartamento non è soltanto il suo modo di chiedere scusa, ma anche la mia punizione!» Alzò il bicchiere verso il soffitto in un brindisi immaginario, come se Róbert la stesse guardando da lassù. «Ha voluto mostrarmi tutto ciò a cui ho rinunciato, la vita che avrei potuto avere con lui.» Rebeka fece oscillare lo sherry e osservò il liquido denso scendere lungo le pareti del bicchiere. «Avevo fatto uno sbaglio al quale non si poteva rimediare. E così sono rimasta da sola con mia figlia.» Bevve un altro sorso e si mise a ridere, una risata stridula e inquietante. D'istinto, Anna si ritrasse sul divano osservando l'anziana signora che aveva davanti come fosse un'estranea.

Rebeka si ricompose, forse imponendosi di darsi un contegno. «La felicità era qualcosa che István non poteva trovare con me.» La sua voce adesso era un sussurro, le sue parole un pensiero a voce alta.

Anna trattenne il fiato. «István?»

«István, Róbert...» Con un gesto della mano, Rebeka le fece intendere che non cambiava poi molto. «Nessuno di loro, bambina mia. Io non sono fatta per la felicità, né per quella grande, né per quella piccola.»

All'improvviso ad Anna tornò in mente il modo in cui Szabó l'aveva guardata, a casa sua, come se cercasse sul suo volto una traccia dei propri lineamenti. «Lei me la ricorda» aveva detto, seduto davanti a lei. Ripensò allo sguardo indagatore che aveva rivolto a Michael mentre gli stringeva la mano: sembrava quello di un padre che studia il futuro genero. Szabó era suo nonno?

Le riaffioravano ora frammenti di ricordi: l'espressione tetra con cui Szabó aveva guardato il cielo coperto di nuvole. Forse quello sguardo c'entrava in realtà con la domanda di Anna sul padre di sua madre? Szabó sapeva di avere una figlia? Voleva saperlo? Non aveva chiesto di lei.

«Dovresti assumerti la responsabilità del bambino che porti in grembo» disse Rebeka, strappando Anna dai suoi pensieri.

«Responsabilità?» Anna si raddrizzò, furiosa. Come osava quella donna usare una simile parola?

«Ma se tu stessa ti sei pentita di aver messo al mondo mia madre!»

Rebeka sostenne lo sguardo di Anna e liquidò le sue parole con un gesto della mano, con il quale sembrava accusarla di non aver capito niente. Poi buttò la testa indietro, si alzò dalla poltrona e le voltò le spalle. Con la bottiglia di sherry nella mano sana e il bicchiere nell'altra, si avviò scalza verso la camera da letto. La vestaglia aperta scivolava sul pavimento dietro di lei.

Anna, confusa, vide la porta a battenti richiudersi alle sue spalle.

Come poteva farsi carico dell'enorme responsabilità di dare vita a un bambino? Per tutti quegli anni si era forse nascosta dietro a Michael e alla sua età avanzata per sottrarsi all'immensa sfida della maternità? Erano già così affaticati dalle cose della vita? Ma se insieme riuscivano ad affrontare qualsiasi problema!

Una volta Michael, spinto dall'amore per lei, aveva percorso centinaia di chilometri in una notte e al mattino si era presentato alla sua porta con i croissant. *Prepara le valigie, andiamo sul Mar Baltico!* Anna, con i piedi nudi sul cruscotto della vecchia Mercedes e una sigaretta tra le dita, batteva le mani al ritmo delle canzoni degli Stones. Michael fissava la strada, ma lei sapeva che con la coda dell'occhio guardava con desiderio quasi incontenibile le sue gambe nude e le sue labbra schiuse, dalle quali soffiava il fumo fuori dal finestrino. Questo accadeva poche settimane dopo il loro fallimentare incontro a Budapest ed era stato l'inizio della loro vita insieme.

Rebeka aveva ragione. La felicità era qualcosa di più di queste pazzie, del superare i confini con un salto e dell'innamoramento folle. Nel corso degli anni avevano rinunciato a molte cose, oltre alle Gauloises blu, e la follia aveva lasciato spazio a un senso di unione piena. Conosceva Michael fin nelle sue pieghe più intime, certe volte aveva voglia di interromperlo a metà frase, perché sapeva già cosa avrebbe detto dopo. Si tratteneva per educazione, cosa che non c'era bisogno di fare con le sue amiche di sempre. Con loro le conversazioni procedevano per frammenti di pensiero, flash, frasi lasciate a metà. Una iniziava a parlare e l'altra aveva già capito: bastava un cenno della mano e si attaccava con il seguito del discorso. *Pem*, *pem*, *pem*, come una partita di ping pong.

Con Michael non funzionava così. La loro relazione aveva davvero perso il suo slancio? Avevano dimenticato cosa significava sentire il vento in faccia?

Le dita di Anna stringevano il cellulare come per cercarvi un appiglio.

Compose il suo numero. Squillò due, tre volte, a breve sarebbe scattata la segreteria. Anna sospirò e interruppe la chiamata. Si rese conto che le mancavano le forze.

Non appena le sue dita smisero di tremare, il cellulare cominciò a vibrarle in grembo.

«Anna! Aspetta che esco!»

Probabilmente Michael aveva dovuto cercare il telefono tra raccoglitori e montagne di fotocopie. Come avrebbe potuto capirla, da quel suo mondo lontano mille miglia? Sentì dei passi che riecheggiavano sul pavimento. «Anna?»

«Terrò il bambino» disse lei a bassa voce.

Silenzio.

«Non avevamo preso una decisione, noi?» Michael parlava con cautela, come si fa con una persona malata, e sottolineò il *noi*, come se non fosse stato lui a decidere per entrambi, a formulare i dubbi di Anna in modo da renderli fatti concreti, per poi porre la questione fingendo che ci fosse stata davvero una scelta.

Ma non era così. Lei non aveva avuto scelta.

«Non posso farci niente. Devo tenere questo bambino.» Le sue parole suonarono definitive, non poteva più tornare indietro.

All'altro capo del telefono ci fu di nuovo silenzio. Anna immaginò la fronte di Michael che si aggrottava mentre la rabbia montava dentro di lui. Un ultimatum, un altro ancora.

«So che tu non lo vuoi, questo bambino» aggiunse con grande fatica. «Non ti voglio costringere e non voglio che tu faccia dei sacrifici. Mi dispiace.»

Non c'era altro da dire. Riattaccò.

41

Il percorso di István

Budapest, 1953

István desiderava una vita lontana dalle montagne russe che aveva vissuto con Rebeka e dall'ambiente artistico universitario, dove non era più il benvenuto. Si immaginava in una vecchia foto di famiglia ritoccata, con moglie, figli e un cane che sonnecchiava ai suoi piedi. Voleva un lavoro onesto con il quale mantenere la famiglia, non chiedeva altro dalla vita.

Alla stazione est di Budapest trovò una cabina telefonica funzionante. Nell'elenco scorse con l'indice lungo le paginate riempite dal cognome Varga finché non trovò il passato indirizzo di Rudi. Si incamminò per il suo vecchio quartiere. Dal macellaio di via Rákóczi si comprò un panino con due etti di sanguinaccio. La salsiccia era buonissima, il pane fresco di giornata. Mangiò appoggiato a uno dei tavolini alti, concedendosi un bicchiere di vino e soda, mentre osservava la strada in fermento. La puzza della città e le masse di esseri umani lo affaticavano.

Poi acquistò un quotidiano all'edicola e svoltò in un labirinto di cortili interni. Una volta quella era stata la sua casa, ma nel frattempo la prospettiva di vivere nel suo angusto tinello gli pareva insopportabile. Aveva nostalgia dei campi a perdita d'occhio e del rintocco delle campane che riecheggiava dalla valle. Il condominio a più piani era brulicante di vita. Alcuni ragazzini giocavano a pallone nel cortile, si sentiva il rumore di piedi veloci sul selciato, fischi, grida, bestemmie. Tenendosi con una mano alla ringhiera consunta, István salì al primo piano. Si fermò davanti alla porta e avvicinò l'orecchio. Il cuore gli batteva forte. Si infilò la camicia nei pantaloni e fece un respiro profondo. Avrebbe trovato Éva da sola? I sensi di colpa lo tormentavano ancora. Gli aveva perdonato la notte che avevano passato insieme? Durante il loro incontro a Szolmár aveva avuto l'impressione che non gli serbasse rancore per il modo in cui se n'era andato, ma Éva era brava a seppellire il dolore e la frustrazione in fondo all'anima, dove continuavano a ribollire come la lava in un vulcano. Suonò il campanello.

«István!»

La prima cosa che notò furono le ombre scure intorno ai suoi occhi. Éva si portò una mano alla bocca per la sorpresa. «Non posso crederci!»

István la abbracciò e la sollevò in aria, la sua piccola Éva! La sua testa da passerotto dondolava per la gioia. Che si decidesse a entrare! Rudi era ancora al lavoro. «Chissà come sarà contento!»

István si guardò intorno in cerca di un piccolo Rudi, magari nascosto dietro alla gonna della mamma. Ma Éva era sola.

Il suo influsso sulla vita di Rudi era evidente. La stanza era in ordine, il letto rifatto. C'erano tovaglie e vasi di fiori, e nessuna traccia di bottiglie di birra vuote e posaceneri strabordanti. Alcune foto di Éva adornavano le pareti. Erano immagini scattate durante il suo studio sulle ombre, István ne aveva riconosciuto i motivi. Solo a un secondo sguardo notò le tracce della presenza di Rudi: la chitarra appoggiata al muro, i libri, la pila di giornali per terra e sulla piccola scrivania sotto la finestra, le cui gambe sembravano piegarsi sotto al caos di fogli, libri e riviste. Éva rise dicendo che lei la scrivania non la toccava.

Gli offrì una sedia e lo sommerse di domande. Lui le raccontò ogni cosa nel dettaglio, senza abbellire i fatti. Sì, poco prima del matrimonio, era andata così. «Sono guarito, Éva, una volta per tutte!»

Éva annuì, ma István le leggeva lo scetticismo in viso: Rebeka non le era mai piaciuta. Andò in cucina per mettere dell'acqua a bollire.

«Rudi si sta per laureare!» esclamò. István sentiva il rumore dell'acqua che scrosciava nel bollitore. «I soldi sono pochi, ma riusciamo comunque a sbarcare il lunario. Hai già mangiato? Ho della minestra di fagioli.» Prima che István avesse il tempo di rispondere, era già tornata con due piatti e il pane. «Ci vorranno solo due minuti.» Si appoggiò allo stipite della porta, guardandolo con le mani sprofondate nelle tasche del grembiule.

«Stai bene, Éva?»

Quella domanda le strappò un accenno di sorriso. «Abbiamo qualche difficoltà ad avere un bambino, ma ci stiamo dando da fare.» Si avvicinò e si sedette accanto a lui.

«Bene, i figli sono una bella cosa.»

Éva annuì. «István, so che non vuoi parlare di lei, ma devo…»

«Fatti un po' vedere!» la interruppe lui, prendendole la mano, chinandosi verso di lei e scuotendo piano la testa, come se non credesse ai propri occhi. «Piccola Éva!»

Lei ritrasse la mano con dolcezza.

«Ti dedichi ancora alla fotografia?» domandò lui per cambiare definitivamente argomento.

Éva sembrò volersi giustificare. «Ci siamo sposati. Sono rimasta incinta e ho lasciato l'università.» Le sue guance adesso erano rigate di lacrime.

Lui la guardava negli occhi senza capire.

«L'ho perso, István.» Éva si alzò e si allontanò da lui.

«Sono sicuro che presto sarai di nuovo in dolce attesa» disse lui, prendendosela con se stesso per la banalità delle sue parole. Voleva andare da lei e consolarla con un abbraccio, quando sentì i suoi singhiozzi.

«Non è così semplice» rispose Éva voltandosi di nuovo verso di lui. «A volte penso che sia meglio così. Rudi e io litighiamo spesso. Dopo nemmeno sei mesi che ero tornata da lui ha ricominciato ad andare a donne. Io ero incinta, quindi ero particolarmente sensibile.» Si interruppe.

A quel punto István comprese il motivo delle sue occhiaie e del suo aspetto fragile, e si sentì invadere dalla rabbia.

«Era così evidente, non si è nemmeno sforzato di nasconderlo. Stava via nottate intere, mentre io rimanevo sveglia a piangere nel letto. Per questo il bambino è morto.» Si carezzò la pancia con una mano. «Non voleva nascere in una famiglia che non è una famiglia.»

Quel figlio di puttana! Eppure lo aveva avvisato.

Éva gli appoggiò una mano sul petto per calmarlo. Doveva aver intuito la sua rabbia. «E sai qual è la cosa peggiore? Che in fondo lui mi ama. Ci siamo già passati, è sempre la stessa storia. Quante volte si è inginocchiato ai miei piedi giurando che non sarebbe successo mai più. Mi chiama il suo elfo, dichiara di amarmi sopra ogni cosa e poi, dopo nemmeno due settimane, ricomincia tutto da capo. Non può farne a meno. Il suo bisogno di andare con le donne è una dipendenza, una malattia.»

«Sono tutte stronzate, Éva!» István strinse i pugni. «Prendi anche le sue difese? Adesso ci penso io, vedrai.»

«Non ti immischiare, István.» Éva lo stava guardando dritto negli occhi, la sua espressione era seria.

István sentiva il sangue pulsargli nelle tempie, i pensieri che gli si affastellavano nella mente. Come poteva restarne fuori? Voleva bene a Éva, eccome se le voleva bene. Non sopportava l'idea che fosse infelice. Per lui era come una sorella.

Ma certo! A un tratto tutto gli fu chiaro come il sole. Era talmente palese che non si capacitava di non esserci arrivato anni prima. Avrebbe dovuto pensarci già la mattina in cui quella creatura, con addosso null'altro che una coperta, si era svegliata nel suo letto e lo aveva guardato con occhi pieni di struggimento.

«Adesso ascoltami, Éva. Tu devi lasciarlo!»

Éva lo guardò spaventata, come se quel pensiero non l'avesse mai nemmeno sfiorata. «Smettila, István!» Ritrasse la mano, ma lui tenne lo sguardo inchiodato su di lei.

«Ascoltami» ripeté. «Mi occuperò io di te, ti puoi fidare. Non lo vedi? Siamo perfetti l'uno per l'altra. Io ti rispetto e ti voglio bene come a una sorella. C'è un legame speciale tra noi, non lo pensi anche tu? Cos'altro ci serve, quando abbiamo il rispetto, l'affetto e l'amicizia? Al diavolo la passione. La fiamma si spegne e non rimane altro che sporcizia e cenere. Non voglio più sottostare a questa tortura. Le uniche cose che voglio sono una casa, una moglie e dei figli. Io voglio esserci per te, Éva.»

Lei lo guardava come se fosse impazzito, ma quando István fece per ricominciare a parlare, scosse con forza la testa e si voltò. «Smettila!»

«Non avrei dovuto lasciarti sola, quella mattina. Dio, se ci ho sofferto! Ma all'epoca non potevo fare altrimenti. Adesso è tutto passato. Per sempre. Ti dico di sì, ascoltami! È un capitolo chiuso e ne sono felice. È come se mi fossi liberato di un peso.»

Éva non lo guardava, teneva gli occhi fissi sul pavimento.

«Per il momento non ho ancora un lavoro, non so nemmeno dove passerò la notte, ma ricomincerò tutto da capo, mi ricostruirò una vita. Una vita nuova, per noi due. Devi tornare a dedicarti alla fotografia, le ombre scure che ti circondano gli occhi devono scomparire. Voglio che le tue labbra tornino a sorridere.»

La prese per le spalle e la costrinse a guardarlo, sfiorandole con delicatezza gli angoli della bocca, come se in quel modo potesse farle tornare l'allegria. E in effetti le sue labbra si contrassero, come se cercassero di reprimere un sorriso.

«Smettila, István. Sono troppo stanca per tutto questo. Io mi aspetto di più dalla vita che essere amata come una sorella.» Lo disse lentamente, a voce bassa. «Rudi mi fa sentire le farfalle nello stomaco. È vero, mi fa anche soffrire, ma non si può avere una cosa senza l'altra.»

István avrebbe voluto interromperla, ma lei alzò una mano per imporgli il silenzio. «Tu pensa alla *tua* nuova vita, scopri cos'è che vuoi. Fare una proposta a me, a una donna sposata! Non funziona così, sei uno sciocco! E poi non è vero che con Rebeka è un capitolo chiuso. È impossibile venire lasciati prima delle nozze e dimenticarsi tutto in un attimo. Ci vuole tempo. Inoltre c'è una cosa che devo dirti.» La sua mano scivolò nella tasca del grembiule. In quell'istante il bollitore fischiò ed Éva gli disse di rimanere dov'era correndo in cucina.

István si abbandonò su una sedia e guardò il muro della casa di fronte attraverso la finestra. Più ci rimuginava, più gli pareva che una vita con Éva fosse la naturale conseguenza di tutto quello che era successo negli ultimi anni. Pensò a Lajos e Andi, e al loro matrimonio combinato. Lajos era un brav'uomo, un lavoratore. Aveva occhi buoni e gentili, e tanto era bastato ad Andi per fare la sua scelta. Si rispettavano e si rendevano felici. Al diavolo le farfalle! Si immaginò Éva che, sera dopo sera, davanti a un arrosto ormai freddo, rimaneva ad aspettare Rudi che non tornava.

Éva rientrò con il tè, ma István era ormai sulla soglia con la giacca addosso. Erano già le quattro e non voleva rischiare di incontrare Rudi. «Guarda che dico sul serio. Starò anche agendo d'impulso, ma ti assicuro che dietro c'è un lungo percorso di maturazione. Dormiamoci sopra tutti e due.»

Aggiunse che si sarebbe rifatto vivo lui al più presto, non appena avesse dato una sistemata alla sua vita e avesse avuto qualcosa da offrirle. Éva lo fissò stupita mentre lui le baciava la mano sinistra, quella libera dalla teiera.

42

Il nuovo inizio

Érd (Budapest), 1953-1954

István prese in subaffitto una stanza a Érd, una cittadina nei pressi di Budapest. La sua padrona di casa, la signora Janovics, e i suoi quattro gatti vivevano agiatamente grazie alla ricca pensione di guerra del marito. Il divano nel salotto del suo appartamento di tre stanze era popolato da una collezione di bambole di porcellana. István si sentiva osservato dai loro occhi mobili, sempre in agguato. Se voleva sedersi, doveva prima spostare le bambole dal divano sulle apposite copertine fatte all'uncinetto. Si muoveva come in un museo di ceramiche, per paura di urtare con un movimento inconsulto i vari cani, gatti e conigli dipinti a mano o la graziosa ballerina di vetro. Le pareti erano quasi interamente ricoperte di pacchiane nature morte e da un arazzo con scene di caccia. Nonostante gli sforzi ossessivi della padrona per tenere tutto pulito, i pantaloni di István erano costantemente ricoperti di peli di gatto.

Viveva a casa della vedova da oltre tre mesi, durante i quali aveva trovato impiego dal falegname del paese, un amabile vecchio ubriacone che bestemmiava come pochi al mondo, quando Éva accettò finalmente il suo invito a incontrarsi. István non aveva dubitato neanche una volta di volerla rendere la madre dei suoi figli. Per tutto quel tempo lei aveva persistito in un'attesa ostinata ed evitato Rudi in ogni modo.

Decisero di fare una gita in bicicletta nei boschi intorno a Érd. Il sole autunnale filtrava col suo debole calore attraverso le chiome degli alberi. István si fermò al limitare del bosco. Scesero dalle biciclette, le abbandonarono per terra e proseguirono a piedi sprofondando con le scarpe nello strato di foglie. La spensieratezza di Éva lo riportava ai vecchi tempi. Camminava sempre più veloce trascinandola per la mano, finché non inciamparono e caddero sul morbido letto di foglie secche. Sulle loro teste la luce del sole bucava il fitto intrico di rami in un gioco di colori sui toni del miele, della ruggine e del rosso. Éva si voltò verso di lui. Tutto sembrava possibile in quella luce. István frugò tra le foglie in cerca della sua mano, le loro dita si trovarono e si intrecciarono come maglie della stessa catena. Le loro mani indugiarono a lungo l'una nell'altra.

Dopo quel pomeriggio si videro ancora, di nascosto, sempre più spesso e con sempre meno cautela. La gente li scambiava per una coppia di innamorati e col passare del tempo finirono per crederci anche loro.

Il professor Kovács, che un tempo era stato l'insegnante di István all'università, viveva da quelle parti. István passava lunghe serate insieme a lui e lo accompagnava a osservare gli uccelli. La luce e la tranquillità del laboratorio del professore lo indussero a riprendere il lavoro sui suoi progetti di un tempo. Le loro conversazioni sull'arte e sulla politica, il lavoro di falegname che svolgeva di giorno e i suoi incontri con Éva gli riempivano le ore.

Era metà gennaio del 1954 quando Éva arrivò da lui con una valigia in mano, offrendogli la sua vita, il suo futuro e il suo amore. Mentre seguiva István nella sua stanza, la signora Janovics la scrutò con lo sguardo offeso della moglie tradita.

Il professor Kovács offrì alla giovane coppia la casa che sorgeva sul suo appezzamento di terra, un tempo destinata ai domestici, ma rimasta disabitata dopo la guerra. Certo, aveva bisogno di un restauro importante, ma era comoda e spaziosa. Il tetto perdeva, ma nel vederla a István brillarono gli occhi. Lui e il professore si misero al lavoro quel fine settimana stesso.

Éva osservava raggiante il giardino intorno a sé. In primavera gli alberi da frutto e le forsizie sarebbero state un'esplosione di colori. Sembrava che niente potesse guastare la loro felicità, se non fosse stato per la paura ossessiva di Éva che István la lasciasse. Era una paura irrazionale e totalmente infondata. Quando al mattino István la salutava per andare al lavoro, gli occhi di Éva si riempivano di lacrime. Lui cercava di calmarla, si prendeva tutto il tempo e la teneva in braccio come una bambina malata, mentre dentro di sé incolpava Rudi di quella sua fragilità. Dei cerchi scuri erano tornati ad adombrarle gli occhi e István si rimproverava che Éva non fosse felice con lui.

Ma un bel giorno il problema si risolse da solo, come per mano divina. Éva rimase incinta. Smise di piangere e le sue guance ripresero colore. Passava le giornate a preparare il nido per il suo piccolo, cuciva vestitini e ricamava bavagli. Si dava da fare, compiva dei lavoretti in casa, le sue forme si ammorbidirono. István accolse con gioia la novità, era felice per il bambino che stava per arrivare.

43

Le forze della natura

Érd e Budapest, 1956

Passarono due anni. Nel gennaio del 1956, come fosse un segno premonitore, un terremoto sconvolse la regione e le temperature insolitamente rigide dell'inverno formarono sul Danubio uno strato di ghiaccio di oltre un metro. La primavera si annunciò con boati minacciosi. Con il disgelo, i blocchi di ghiaccio sul Danubio cominciarono a muoversi. Le lastre sbattevano le une contro le altre, e alla fine si affastellarono in una gigantesca diga. Le masse d'acqua trovarono la loro via verso l'entroterra con violenza inaudita, allagando paesi e città lungo il fiume.

István sentì alla radio che avrebbero dato nuova sepoltura a Rajk, l'ex ministro degli Esteri che anni prima era stato giustiziato per spionaggio. Adesso dicevano che era innocente. Gli tornò in mente il pomeriggio passato dai Légrády con Levin e quell'americano che sosteneva che il partito avesse usato il ministro allo scopo di farne un esempio per tutti. All'epoca István era scettico riguardo a questa posizione, ma nel frattempo erano cambiate tante cose.

István conduceva esattamente la vita che aveva desiderato. Aveva un lavoro, una casa con i gerani alle finestre, una moglie che lo amava e un figlio che sapeva già dire «papà». Non osava ammettere che la vita familiare gli andava stretta, che gli mancavano i grandi discorsi con i suoi amici di un tempo e che, soprattutto, desiderava rivedere Rudi sopra ogni cosa.

Si era buttato a capofitto nel lavoro e passava fine settimana interi nel laboratorio del professore. Viveva periodi di intensa produttività, in cui a malapena gli si poteva rivolgere la parola, dormiva poco e beveva troppo come un tempo, ma rifugiarsi nei suoi pensieri lo gratificava. Lavorava solo per se stesso, non sentiva l'esigenza di esporre le sue opere, né di ottenere alcun effetto con esse.

Le conversazioni con il professore compensavano in parte la mancanza dei suoi amici. Spesso discutevano di politica per nottate intere, durante le quali l'ornitologo, apparentemente innocuo, dimostrava posizioni piuttosto radicali. Kovács era convinto che non mancasse molto alla proverbiale goccia che avrebbe fatto traboccare il vaso. Il ritiro di Nagy era un chiaro segnale che a Mosca avevano perso la fiducia in lui: a quanto pareva la dirigenza socialista vedeva i suoi tentativi di democratizzazione come una minaccia. Era solo una questione di tempo, prima che venisse ristabilita la situazione del 1953. «Allora sì che dovremo stare in guardia» aveva detto una volta il vecchio pulendosi gli occhiali con aria pensierosa. «Basta guardarsi in giro per accorgersi del malcontento che serpeggia tra la gente. Intorno a Nagy si sta già formando un'opposizione.»

«Crede che ci sarà un colpo di Stato?» gli aveva domandato István socchiudendo gli occhi.

Il professore aveva scrollato le spalle.

Il primo maggio era un giorno di festa. Una festa dedicata al lavoro, al popolo, alla classe operaia, alle parate e alle dimostrazioni di forza del Partito comunista. Era una bella giornata di primavera, e si percepiva poco l'abbattimento generale che regnava nel paese. Il direttivo del partito ostentava sicurezza dalla sua tribuna, mentre la capitale era tappezzata dei colori nazionali. Le finestre che davano sulle strade principali erano decorate di fiori. La zona tra piazza degli Eroi e via Dózsa György era stata chiusa al traffico. Gli impiegati di molte aziende si erano radunati sotto degli striscioni e ad alcuni funzionari era stata demandata la suddivisione degli astanti secondo le circoscrizioni. La folla vestita a festa passava accanto alla tribuna agitando le bandierine, anche se raggiungerla era praticamente impossibile. Quando dagli altoparlanti risuonò l'inno nazionale, la folla si immobilizzò in un quadro di espressioni commosse e labbra che ne scandivano le parole.

Tutti quanti furono pervasi dall'antico orgoglio patriottico degli ungheresi, che per un momento sembrò cancellare le preoccupazioni quotidiane. Finalmente era arrivata la primavera; la gente marciava in corteo, assicurandosi di essere vista da colleghi, superiori e membri del partito, e pregustandosi il picnic che sarebbe seguito. Nel pomeriggio si accalcarono tutti davanti ai banchi, in cui si potevano scambiare i buoni d'acquisto con birra e salsiccia. Il laghetto con le papere al centro del giardino pubblico era il luogo preferito per il picnic dopo il corteo, e una passeggiata lungo il sentiero che lo circondava era d'obbligo.

Fu qui che si incontrarono. I passeggini si fermarono, gli sguardi si incrociarono: evitarsi ormai era impossibile.

István trasse le conclusioni che doveva. Guardò i grandi occhi della bambina puntati su sua madre; a quanto pareva anche lei aveva capito che stava succedendo qualcosa di significativo. Poi sollevò lo sguardo su Rebeka, studiò e scrutò il suo volto, ma non vi trovò altro che gelo. La situazione era surreale, penosa. Rebeka teneva la testa alta e osservava la scena come se non la riguardasse. István incrociò le braccia sul petto, avrebbe voluto urlare da quanto era bella, accidenti! Era una donna di mondo, ed era al fianco di Breitner! Si sentì sopraffatto dal dolore. D'istinto avrebbe voluto fare una scenata e gridare in faccia a Rebeka quello che pensava di lei. Quanti anni aveva la bambina? Di certo non era rimasto ad aspettarlo troppo a lungo.

Ma non ci fu nessuno scontro. István, come un automa, scambiò qualche convenevole con Breitner, rispose alle loro frasi fatte e si informò sul loro stato di salute.

Rebeka, invece, non aprì bocca. Non ne sarebbe stata in grado. Ogni fibra del suo corpo era tesa al massimo nel tentativo di non crollare e sostenere lo sguardo carico d'odio di István. Poi abbassò gli occhi sulla donna che si teneva stretta al suo braccio come a un appiglio, mentre cercava disperatamente di chiarire le relazioni tra i presenti. *Che vipera bugiarda!* Éva doveva aver temuto questo incontro quanto l'istante della propria morte. Un giorno Rebeka, già visibilmente incinta, era andata da Rudi e lo aveva supplicato di riportarle indietro il suo István. Rudi, con gli occhi puntati sul suo pancione, l'aveva fatta sedere come si fa con un'ammalata, borbottando che glielo avrebbe riportato a costo di trascinarlo per i capelli. Ed Éva? Éva era rimasta tutto il tempo seduta lì accanto a rigirare il cucchiaino nella sua tazza di tè. Sul momento Rebeka aveva attribuito quella posatezza, quell'espressione impassibile, di un'apatia quasi ostinata, e quella bocca contratta, alla loro antipatia reciproca. Ma adesso le era tutto chiaro. In realtà Éva era sotto shock. Stando all'età del bambino, una specie di István in miniatura, Éva doveva aver lasciato Rudi poco dopo.

István conversava con Róbert cercando di fare come se nulla fosse, ma non poteva nascondere il fremito interiore, il malessere e il tremore. A Rebeka non erano sfuggiti i suoi sguardi furtivi verso Edit. Aveva riconosciuto la figlia? Aveva i suoi occhi. Neanche l'ostinato silenzio di sua moglie le era sfuggito, al contrario di István, che pareva non notarlo. Invece Éva lottava, boccheggiava al suo fianco in cerca d'aria come se stesse annegando. Evidentemente lui era troppo preso da se stesso e dal collo troppo stretto della sua camicia, che a sua volta sembrava togliergli il fiato. L'anello d'oro al suo dito brillò colpito da un raggio di sole. Rebeka si sentì venire meno.

Si congedarono come persone civili che non hanno molto da dirsi. «Bello vedere che state tutti bene! Auguri, tante belle cose!» Breitner sollevò il cappello in segno di saluto e i due proseguirono per la loro strada.

Sulla via del ritorno, István ed Éva camminavano l'uno accanto all'altra senza parlare. Lui sapeva che il suo silenzio la feriva e cercò come meglio poté di rivolgerle qualche parola tranquillizzante. Avrebbe voluto rassicurarla che non c'era alcun pericolo, che l'incontro con Rebeka non lo aveva turbato e ferito nel profondo, e che la vista della bambina non lo aveva ingelosito. Quanto sarebbe stato semplice stringere sua moglie tra le braccia e regalarle un sorriso. «Non c'è niente di cui preoccuparsi, sciocchina!»

Ma non se la sentiva di mentirle. Portò la conversazione sul clima incantevole e le domandò se non volesse per caso un'altra salsiccina. Quel momento sarebbe poi passato e comunque Éva non aveva notato il gioco di sguardi e di gesti che c'era stato, o almeno così sperava.

Ciò di cui non parlava non doveva crucciarlo, era così che si immaginava la questione, così che voleva che fosse. Una volta a casa si sarebbe immerso di nuovo nel lavoro ed Éva si sarebbe occupata di lui, assicurandosi che mangiasse a sufficienza, che dormisse e che non si logorasse nei suoi dubbi interiori. Era un compito che assolveva con grande dedizione. Se lui la incoraggiava a fare qualcos'altro nella vita, lei si offendeva. Perché non riprendeva con la fotografia? Non che disdegnasse il suo impegno come madre e come donna di casa. Si occupava del piccolo Isti, faceva in modo che ci fosse sempre biancheria pulita nell'armadio e un piatto caldo sulla tavola. Ma István aveva smesso da tempo di parlarle del proprio lavoro. Ormai era impossibile portare una frase fino in fondo. In mezzo alla conversazione Éva puntualmente si distraeva, puliva la bocca al bambino o lo esortava a stare dritto. Succedeva sempre più spesso che István passasse le serate dentro il laboratorio, andasse a bere una birra con il professore o arrivasse in città per vedersi con Levin. Perché qualche volta non lo accompagnava a un dibattito politico? Allora Éva gli chiedeva stizzita dove avrebbe dovuto lasciare il bambino. Voleva forse che portasse anche lui, in modo da farsi arrestare tutti insieme?

44

In rivolta

Budapest, 1956

Il professore aveva introdotto István e Levin al Petőfi, un gruppo spontaneo di comunisti liberali. Le discussioni tra intellettuali che teorizzavano un socialismo migliore li appassionavano molto. Le loro conversazioni andavano avanti per nottate intere, proprio come ai tempi dell'università. Ogni tanto Levin si portava dietro anche Frank, un giornalista americano che István aveva conosciuto anni prima a casa dei Légrády. In quel periodo Frank passava molto tempo a Budapest, aveva annusato l'aria di cambiamento e voleva esserci quando la polveriera sarebbe esplosa.

In quel soleggiato pomeriggio d'autunno il Petőfi si riuniva al circolo degli ufficiali in centro a Budapest. Frank, Levin e István si erano già assicurati dei posti a sedere, mentre la sala si riempiva.

«Non mi fraintendere» disse Frank a István cercando di spiegarsi meglio. «Non sono contrario all'idea del socialismo in generale. Ma senza la proprietà privata cadrebbe anche un governo presieduto da Imre Nagy.»

«Se gli operai fossero i padroni delle loro fabbriche…»

«*There you go!*» lo interruppe Frank.

István sospirò. Frank lo interrompeva continuamente, cosa che detestava. Tuttavia, aveva imparato ad apprezzare i suoi modi diretti e genuini. Una biondina entrò nella sala e sfilò loro davanti con passo sinuoso da modella. Entrambi si voltarono a guardarla mentre si allontanava.

«Viste le tue simpatie socialiste, ti stai muovendo su un terreno pericoloso» disse Levin, probabilmente l'unico uomo in tutta la sala a non aver notato quella bellezza.

Frank distolse lo sguardo dalla ragazza ed emise un sospiro che racchiudeva tutta la rabbia accumulata nelle settimane precedenti.

«Probabilmente verrò arrestato al mio rientro negli Stati Uniti.»

«Arrestato?» domandò István senza capire.

Frank lo liquidò con un gesto della mano, come se si trattasse di un banale inconveniente.

«Neanche noi americani siamo poi tanto liberi.» Cercò di nuovo con gli occhi la ragazza e scosse la testa con ammirazione. Poi le sue sopracciglia si sollevarono di scatto. «Signori, ecco una donna per la quale brucerei il mio passaporto!» Con un braccio fece cenno a colei che era appena entrata nella sala e che si stava dirigendo verso di loro.

István si irrigidì.

Frank doveva aver letto la sorpresa sul volto di István, che però in quel momento non riusciva ad articolare nessun tipo di spiegazione. Si voltò in direzione del palco e fece finta di non aver sentito le parole di Frank. Il moderatore intanto stava presentando i partecipanti alla discussione. István vide con la coda dell'occhio Rebeka che abbracciava Frank e dava la mano a Levin. Tese la mano anche a lui, che però rimase immobile. Sentiva il sangue pulsargli nelle tempie. Rebeka allora ritrasse la mano esitante. Quando István sollevò lo sguardo, lei gli dava già le spalle e se ne stava in piedi tra le file di sedie, come se stesse valutando l'idea di andarsene.

Frank le fece posto tra loro due. Il moderatore chiese al pubblico di fare silenzio. István non colse l'annuncio che venne fatto sull'approvazione della manifestazione degli studenti. Non aveva notato nemmeno la crescente agitazione nella sala. Rebeka, accanto a lui, stava seduta sul bordo della sedia con la borsa appoggiata sulle ginocchia. Sarebbe bastato un movimento minimo, la contrazione di un muscolo, per sfiorarle la mano. Percepiva i respiri rapidi e corti di Rebeka come fossero i suoi.

«Cosa pensa tuo marito del fatto che frequenti i circoli liberali?» István guardava dritto davanti a sé, ma anche così sentiva gli occhi di Rebeka puntati su di sé. «Oppure Breitner ha cambiato fazione nel frattempo?»

«Tua moglie è una vipera bugiarda.» La risposta fu secca e gelida.

István si voltò verso di lei, ma Rebeka si era già chinata su Frank e gli stava sussurrando qualcosa all'orecchio. Li osservò impotente mentre si alzavano e si allontanavano, facendosi strada tra le file di sedie. La mano di Frank era posata sulla schiena di lei, come a sostenerla.

«Dove vanno?» chiese a Levin, alla sua sinistra.

«Io mi faccio i fatti miei» disse lui alzando le mani quasi volendosi difendere da un'accusa. Evidentemente sapeva più di quanto avrebbe desiderato.

«Avanti, usciamo!» István balzò in piedi e spintonò Levin verso l'uscita, tenendolo per un braccio come un bambino disobbediente e ignorando i suoi mormorii di protesta.

Un vento freddo soffiava tra le chiome scarne degli alberi. Levin nascose la testa nel bavero alzato del cappotto, sembrava volervi sparire dentro.

«Di' un po', amico, cos'è successo lì dentro? Come fanno a conoscersi?»

Levin, che giocherellava con un ciottolo con la punta della scarpa, alzò la testa e guardò István negli occhi. «La figlia di Rebeka è tua.»

István cercò di decifrare le parole che erano appena uscite dalla bocca del suo amico. Quale figlia?

«Credo che Breitner le dia una mano, ma non vivono insieme.»

István continuava a non capire cosa stesse dicendo. La bambina che aveva visto l'altro giorno? Sua? Com'era possibile?

«Rebeka ha scoperto tardi di essere incinta e quando ha cercato di mettersi in contatto con te, tu avevi già lasciato Szolmár.»

Il vento si fece più tagliente. István non sentiva che un suono indistinto, un rimbombo simile a quello di una valanga.

«Ho una figlia?»

Levin annuì. István chiuse gli occhi. Éva lo sapeva? Le parole di Rebeka gli attraversavano ora la mente come fulmini. *Vipera bugiarda! Vipera bugiarda!* Éva lo sapeva? Il rimbombo si fece frastuono e divenne insopportabile. István si appoggiò al muro dell'edificio, tenendo i pugni serrati e scuotendo la testa come per spegnere quel rumore assordante.

«E tu? Anche tu lo sapevi?»

Levin era bianco come il muro. Lui avrebbe voluto prenderlo per il collo.

«Eri già sposato con Éva da un pezzo e aspettavate Isti. Mi ha implorato di non dirti niente.»

István si chinò in avanti, sperando che vomitare lo avrebbe liberato, ma era soltanto un conato. Levin gli porse un fazzoletto di stoffa, ma István lo rifiutò e si allontanò barcollando come un ubriaco. I pensieri si affastellavano nella sua testa. Adesso capiva la paura ossessiva di Éva che lui se ne andasse! Si lasciò cadere su una panchina del parco. Lei sapeva della bambina fin dall'inizio? Colpì con un pugno la panchina come una scure, e sentì il dolore risalirgli il braccio fino al gomito. Levin si sedette accanto a lui in silenzio.

Il vento si aggrovigliava nelle chiome degli alberi facendo volteggiare le ultime foglie in aria.

«Éva ti ama» disse Levin con un filo di voce, come per chiedere scusa. «Temeva che saresti tornato da Rebeka.»

István lo ignorò. Sentiva un tale peso gravargli sulle spalle che si piegò in avanti e appoggiò i gomiti sulle ginocchia. Sarebbe tornato da lei?

La riunione al circolo degli ufficiali si era appena conclusa e István trovò Frank all'ingresso. Le persone uscivano dall'edificio riversandosi in strada, in un'atmosfera di euforia collettiva. Frank disse che in decine di migliaia si erano riuniti sotto al Parlamento per ascoltare il discorso di Imre Nagy. «Dovete venire anche voi!»

«Dov'è Rebeka?»

«È un momento storico! Con Rebeka potrai parlarci dopo, lavora al ristorante dell'Hotel Duna e stacca alle ventitré.»

«Fa la cameriera?»

Frank annuì impaziente. «Allora?»

Levin afferrò István per un braccio. «Vuoi che chiami Éva e le dica che stanotte rimani a dormire da me?»

István esitò, a Éva non aveva neanche pensato.

«Ma non dirle che... Aspetta, dille...» István alzò una mano in segno di rinuncia. Levin capì e non aggiunse altro.

István pensò che Levin avrebbe scelto le parole giuste e si sentì sollevato all'idea di non dover pensare a Éva in quel momento.

L'Hotel Duna non distava molto dal circolo. István corse giù per la via che costeggiava il Danubio e nel giro di pochi minuti fu davanti all'ingresso del ristorante.

Rebeka indossava l'uniforme da cameriera con il colletto di pizzo bianco, i capelli raccolti in una crocchia sulla nuca. Si muoveva agile tra i tavoli apparecchiati e il vassoio ingombro di piatti sembrava leggero come una piuma tra le sue mani. Procedeva con la grazia di una ballerina, il volto illuminato da sorrisi sinceri, ora leggeri, ora civettuoli, lo sguardo concentrato.

István prese posto a uno dei tavoli vicini alle finestre. Dietro il lungofiume, sulla riva di Buda, si delineava il triste profilo del castello bombardato. Il fermento mondano che prima della guerra aveva animato quelle strade era ormai scomparso. Niente più ragazze in abiti svolazzanti né aristocratici che si fermavano ad ammirare lo splendido panorama offerto dal castello. Faceva tutto parte del passato. Benché non fosse mai stato il suo mondo, István soffriva alla vista di quel lungofiume deserto e semiabbandonato.

«Cosa ci fai qui?» gli domandò lei.

Lui la guardò dritto negli occhi. «Dobbiamo parlare.»

«Sto lavorando.»

«Posso aspettare.»

Senza dire una parola, Rebeka posò il menù sul tavolo ed estrasse blocco e matita dalla tasca del grembiule, fissandolo con impazienza. István ordinò una cotoletta di vitella con patate al prezzemolo e un caffè doppio. Rebeka annotò l'ordinazione e se ne andò. Poco dopo un'altra cameriera gli servì da mangiare.

Solo verso mezzanotte, dopo due caffè doppi e un numero incalcolabile di bicchieri di vino rosso, Rebeka lo raggiunse finalmente al tavolo. Un cameriere stava sistemando le sedie sui tavoli intorno. Rebeka si asciugò le mani al grembiule e si sedette. Per un po' stettero l'uno di fronte all'altra senza dire niente.

Poi sul viso di lei comparve un sorriso. «Si chiama Edit.»

István rimase serio. «Come hai potuto farmi una cosa simile? Lasciarmi poco prima del matrimonio e buttarti tra le braccia di Breitner?»

Rebeka stava seduta davanti a lui con la schiena dritta. Del suo sorriso non c'era più traccia. «Non ti devo nessuna spiegazione.»

«Te lo chiedo per favore!» István dovette controllarsi. Durante le ore di attesa al tavolo si era stupito della disinvoltura con la quale Rebeka continuava ad aggirarsi tra i tavoli, gentile e scattante come se non fosse successo niente. Ma col passare delle ore la cosa lo aveva irritato, più ci pensava e più quella sua messinscena lo mandava su tutte le furie.

«Credi che per me sia stato facile? Non era proprio così che immaginavo il mio futuro» disse Rebeka indicando la sala in cui si trovavano con un gesto delle mani, mentre gli occhi le si velavano di lacrime. «Ti ho cercato, avevamo bisogno di te. Non lo capisci?»

Un colpo, poi due, poi tre li fecero trasalire. Erano spari e venivano da molto vicino.

«Veloce, allontaniamoci dalla finestra!» István le afferrò una mano e la trascinò con sé verso l'interno del ristorante. In cucina il personale si era raccolto attorno a una radiolina portatile. Ernő Gerő aveva dato dei fascisti ai manifestanti di fronte al Parlamento. Qualcuno aveva sparato alla sede della radio.

Rebeka guardò István spaventata. «Edit è sola a casa con Dada.»

«Ti accompagno» rispose lui deciso. Qualunque cosa fosse successa tra loro, in quel momento non aveva importanza.

Mentre attraversavano l'atrio dell'albergo, trovarono Frank e Levin che venivano loro incontro. Levin era terreo in volto e il cappotto di Frank era macchiato di sangue.

Rebeka corse da lui e lo tastò per capire se era ferito. Frank scosse la testa. «Eravamo sotto la sede della radio. Gli studenti stavano chiedendo di poter leggere i loro argomenti, quando è iniziata una pioggia di lacrimogeni. C'era fumo dappertutto, gli occhi bruciavano come l'inferno. Poi gli spari. La gente scappava da tutte le parti. All'inizio pensavo che l'AVO sparasse a salve per farci paura, ma poi ho visto il ragazzo accanto a me accasciarsi a terra. Una pallottola in testa, e ci è rimasto secco! Non si poteva andare né avanti né indietro. Levin e io siamo riusciti a malapena a ripararci nell'androne di una casa.»

«Gesù santo!»

«La via Bródy-Sándor è un campo di battaglia. Anche i manifestanti sono armati. Sparano tutti.»

«Gli spari provenivano da qui vicino» disse István.

«Nel frattempo si è armata tutta la città, perché una parte dell'esercito si è schierata con i manifestanti e li ha muniti di una gran quantità di armi.»

Levin, ricurvo accanto a lui, non diceva una parola. Rebeka tentò di sostenerlo.

«Lo porto in camera mia» disse Frank. «Neanche voi dovreste uscire. L'AVO spara a ogni cosa che vede muoversi.»

«Devo andare a casa da Edit!» esclamò Rebeka già accanto all'uscita.

«Allora prendete questa» rispose Frank estraendo una pistola dalla tasca del cappotto e porgendola a István.

«Dove l'hai presa?»

«Me l'ha messa in mano un ragazzo per strada.»

«E io che dovrei farci, sparare a qualcuno?»

«Prendila!»

István rimase sorpreso dal peso dell'arma nella sua mano. La fece scivolare nella tasca interna della giacca, fece un cenno in direzione di Frank e Levin e corse dietro a Rebeka.

Era mezzanotte passata, ma le strade del centro erano animate come la sera di Capodanno. István si guardò intorno alla ricerca di un taxi, ma sembravano tutti occupati. Percorsero la via Váci di corsa, nel giro di pochissimo tempo si erano creati ovunque cumuli di immondizia e vetri rotti. Nell'aria volteggiavano volantini, di fronte alla libreria sovietica era stato acceso un rogo di libri. István e Rebeka rimasero impietriti davanti a quella scena. Un uomo stava in piedi nella vetrina fracassata della libreria e recitava le parole dell'inno nazionale di Sándor Petőfi.

«Coraggio, la patria ci chiama, ungheresi! È ora di scendere in campo e combattere!» Le fiamme erano arrivate all'altezza del primo piano e i passanti si fermavano a osservare, con i volti illuminati dalle lingue di fuoco. A István la voce tonante dell'uomo fece venire i brividi lungo la schiena. Un paio di uomini avevano posato a terra il loro fucile come se niente fosse. Tutti si lasciarono avvolgere dall'emozione suscitata dalla poesia.

Fu solo in quel momento che István si rese conto di essere testimone di un momento storico. L'energia collettiva aveva avviato un processo che non era più possibile arrestare. Al riparo di quella massa, la gente aveva trovato il coraggio di protestare apertamente e di armarsi. In circostanze del genere a István sembrò plausibile persino una ritirata dei sovietici. Questa follia collettiva nell'interesse di un grandioso obiettivo comune era esattamente ciò che lui aveva cercato di creare con le sue incisioni.

«Dài, andiamocene prima che sia tardi» disse Rebeka, prendendolo sottobraccio. In quel momento anche la sua presenza, essergli così vicino, era possibile, persino naturale. Camminarono a passi svelti, scansando le pietre che giacevano qua e là sul selciato, probabilmente prese dalla gente nel cantiere vicino. Un gruppo di ragazzi passò loro accanto urlando. Erano adolescenti, avevano tra i quattordici e i sedici anni al massimo. Sventolavano con forza una bandiera ungherese dalla quale era stato strappato il simbolo della Repubblica Popolare. In quel momento erano invincibili. Andarono in direzione dell'incrocio, dove un altro gruppo di persone aveva fermato una camionetta militare. I soldati erano scesi dal mezzo e per il momento si limitavano a discutere con i manifestanti.

István e Rebeka aggirarono l'assembramento e proseguirono spediti lungo via Üllői. Dalla zona Corvin, poco lontano da dove abitava Rebeka, arrivavano grida e urla. Rebeka guardò István preoccupata. Allungarono il passo.

Il fracasso proveniva dalla caserma Kilian. Il portone era aperto e una massa di ribelli si azzuffava con i soldati armati per prendere i fucili. Un gruppetto di giovani stava cercando di mettere in moto un mezzo militare. A quanto pareva, i dimostranti erano riusciti a penetrare nella caserma. I soldati indietreggiavano. Non ci fu nessuno sparo.

Rebeka e István cambiarono lato della strada, anche il negozio di bibite di fronte era stato aperto forzatamente, la porta era spalancata. Mancavano due isolati all'appartamento di Rebeka e i due camminavano rapidi tenendosi per mano lungo un tratto di strada stranamente deserto, sul quale aleggiava un silenzio più inquietante del trambusto di poco prima. Davanti al falò di libri in centro, István si era sentito inviolabile, ma adesso quel senso di invisibile protezione lo aveva abbandonato: si sentiva come un sonnambulo svegliato all'improvviso. Da un momento all'altro poteva sbucare qualcuno da dietro l'angolo e sparare loro addosso. Gli ingressi delle case nascondevano nell'ombra figure appostate. Rebeka gli stringeva la mano con una tale forza da fargli male. Al silenzio era subentrato adesso un indecifrabile e angosciante rumore sordo, che aumentava man mano che gli andavano incontro.

«Cos'è?» domandò Rebeka con il terrore negli occhi. Era un boato simile a quello prodotto da un terremoto. István sapeva di cosa si trattava. I loro sguardi si incrociarono, poi si spostarono contemporaneamente sull'ampia via Üllői. Un T-34 sovietico avanzava nella loro direzione. Si schiacciarono contro il muro, era troppo tardi per scappare.

Il carro armato rallentò la marcia fino a fermarsi con un fragore di catene. Evidentemente stava perlustrando la strada. Silenzio. Alle finestre dei condomini intorno a loro non c'era una sola luce accesa, eppure István sentiva su di sé gli occhi che spiavano la scena da dietro le tende. Un incubo!

«Vieni» disse a Rebeka con un sussurro, come se quel gigantesco ammasso di ferro potesse sentirli. I loro passi spediti ma composti scricchiolarono sull'asfalto e andarono dritti verso l'ingresso di una casa. *Niente movimenti bruschi*, pensò István. *Come quando si trova un cane randagio in mezzo alla strada. Mai mettersi a correre.*

La porta era chiusa, a nulla servirono gli scossoni e le botte di István. Si appiattirono contro il muro, nascosti nel buio dell'androne, e trattennero il fiato.

Il carro armato si rimise in moto sferragliando e si allontanò lentamente. István rimase a fissare come ipnotizzato il mostro che se ne andava, con la netta sensazione che non sarebbe stato l'ultimo. Rebeka tremava come una foglia.

«Stai bene?»

«Presto, andiamo a casa!»

Rebeka viveva con la figlia e la vecchia balia in una stanza in affitto in via Üllői. Mentre frugava in borsa alla ricerca delle chiavi, la porta dell'appartamento si aprì. Dada congiunse le mani e scoppiò a piangere per il sollievo. Rebeka si precipitò al lettino in cucina, mentre István abbracciava la vecchia balia.

«Le ho dato qualche goccia di valeriana e si è addormentata» sussurrò Dada.

Rebeka si chinò sulla bambina e le coprì un braccino sfuggito dalla coperta. István era rimasto in piedi sulla soglia.

«Non vuoi entrare?»

Edit era raggomitolata su un fianco e teneva stretto il suo orsetto di pezza. La vista della sua bambina lo sconvolse. Edit era sua figlia!

I due rimasero per un po' spalla a spalla a osservare la bambina addormentata. La loro bambina. István percepì lo sguardo di Rebeka che cercava il suo, ma non ebbe la forza di ricambiarlo. Gli occhi gli si velarono di lacrime. La mano di Rebeka trovò la sua, poi le loro dita si sfiorarono in un gioco segreto. Aveva tenuto stretta quella mano per tutto il tragitto, ma ora si sentiva travolto da quel contatto. Si voltò verso di lei, lasciando che vedesse le sue lacrime e mettendo così a nudo la sua essenza più intima; la avvicinò a sé.

Si tennero stretti l'uno all'altra, abbracciandosi come se non dovessero vedersi mai più. István le ricoprì il volto e il collo di baci, perdendosi nel profumo della sua pelle. Respirarlo gli dava la sensazione di tornare a casa. Nella sua testa c'era un turbine di pensieri, mentre la sua mano scivolava sotto la camicetta e carezzava le linee morbide dei seni di Rebeka. Ma cosa stava facendo? Dio, quanto la voleva! Il desiderio cresceva inarrestabile dentro di lui.

Non appena chiuse gli occhi, vide Éva. Li riaprì immediatamente. Era in trappola, qualunque cosa facesse, era sbagliata.

Con tutta la risolutezza che riuscì a trovare in se stesso, si liberò dall'abbraccio di Rebeka e la allontanò con dolcezza. «Non so più qual è la cosa giusta.» Un groppo gli serrava la gola, non riuscì a proseguire.

«Éva ti ha manipolato. Ti ha imbrogliato» disse Rebeka con voce cupa. «Ero a fine gravidanza quando sono andata da Rudi a implorarlo di aiutarmi. Lei era seduta accanto a lui e sapeva dov'eri. Doveva saperlo. Ma ti voleva per sé, per questo non ha detto niente.»

István la afferrò per un polso per scuoterla. Come poteva addossare tutta la responsabilità ad altri? «Ho chiesto io a Éva di sposarmi, l'ho dovuta convincere, capisci? Tu eri andata via, avevo chiuso con te. Non volevo avere più niente a che fare con te, mai più. Era questo che Éva sapeva.»

Rebeka si liberò dalla presa. «A giudicare da come mi hai appena baciata, non puoi essere innamorato di lei» sentenziò rivolgendogli uno sguardo di sfida, accusatorio.

István indietreggiò barcollando, come se stesse cercando di fuggire. Quell'abbraccio, il suo desiderio… tutto questo non era reale, non poteva esserlo! Sentì di non avere più certezze.

«Altrimenti cosa ci faresti qui?» domandò lei, con una tranquillità che lo fece imbestialire. La bambina sospirò nel sonno, Rebeka si avvicinò al lettino e posò una mano sulla sua piccola schiena.

István tacque. Già, cosa ci faceva lì? La presenza di Rebeka lo attirava come una calamita, baciarla gli procurava un dolore struggente.

Ma ciò che contava era la sua famiglia. Aveva una moglie alla quale aveva fatto una promessa.

«Non posso restare» disse.

Rebeka si voltò spaventata, forse colta impreparata da quella reazione. «Vuoi lasciarci qui da sole? Là fuori sparano!»

«Cerca di capire, Éva sarà preoccupata.»

Gli sembrò che qualcosa scoppiasse dentro Rebeka. «E a Edit cosa dovrei dire? Ho commesso un grosso errore, István, ma l'ho anche pagato caro. Ti prego, abbiamo bisogno di te!»

Rebeka doveva aver notato il suo smarrimento, perché la fiamma nei suoi occhi si spense. Scosse la testa e si lasciò cadere su una sedia. «Allora vattene! Ma se devi andare, non tornare mai più.»

Gli sembrò infinitamente fragile, abbandonata su quella sedia. István le posò una mano sulla spalla, ma lei trasalì e lo evitò.

«Tutta questa storia mi ha soverchiato, Rebeka. Prima ti incontro al fianco di Breitner. E oggi scopro che ho una figlia.»

Rebeka nascose il volto tra le mani e non disse nulla.

«Domani vi procuro qualcosa da mangiare. Non uscite di casa.»

Rebeka non sollevò la testa finché non udì la porta che si richiudeva alle sue spalle. István se n'era andato. Ancora non lo sapeva nemmeno lui, ma aveva fatto la sua scelta. Non sarebbe tornato mai più.

Abbassò gli occhi, le lacrime le scioglievano il trucco e sentiva la fronte bruciare. Il primo anno dopo la nascita di Edit era stato il più duro. Era sola, sfinita, disperata. Si sentiva tradita da István, che era scomparso. Aveva trascorso giorni e notti sperando che si presentasse alla porta, finché a un certo punto aveva smesso di aspettare. Così era più facile. Faceva i doppi turni al ristorante e nei giorni liberi lavorava come comparsa. In qualche modo riuscivano a vivere anche senza di lui. Non aspettava più.

E ora questo. Riapparendo aveva riacceso l'antica nostalgia e andandosene di nuovo l'aveva lasciata con la stessa sensazione di vuoto. Che senso aveva la sua vita? Le sfuggì un sospiro. Prese una bottiglia di vino rosso, ormai a metà, dalla credenza e se ne versò un bicchiere. Non beveva mai durante i turni di lavoro, solo quando era a casa, da sola. Era l'unico modo per rendere sopportabile la propria vita.

Bussarono alla porta, Rebeka sollevò lo sguardo. Bussarono ancora. «Un attimo!» Andò alla porta e si sistemò la gonna stropicciata prima di aprire.

«Róbert?»

Anziché essere delusa, accolse l'arrivo di Róbert come una benedizione. Quello che era successo tra loro era acqua passata. La sua presenza le faceva dimenticare le preoccupazioni. Le sue attenzioni – la bambola per Edit, il cappottino rosso, i soldi passati di nascosto – la mettevano a disagio, ma il suo orgoglio di madre sola tendeva ad affievolirsi dopo un turno di quattordici ore al ristorante. La cassa per le spese quotidiane, un barattolo di latta che conservava nella credenza tra la farina e lo zucchero, a fine mese era vuota. Rebeka non si sentiva una mantenuta.

Tuttavia le situazioni di squilibrio non rimangono mai stabili a lungo, e un bel giorno era accaduto l'inevitabile. Lei stessa si era stupita dell'indifferenza con la quale aveva lasciato che accadesse, nonostante la disperata tenerezza di lui. Era ancora notte fonda quando aveva raccolto le sue cose ed era scivolata via come una ladra.

Era accaduto una volta sola. Rebeka avrebbe volentieri cancellato il ricordo di quella notte. Sperava che così la sua vergogna sarebbe svanita come un brutto sogno.

«C'è una macchina che vi aspetta giù. Non potete rimanere qui» disse Breitner col suo modo che non ammetteva repliche.

Rebeka esitò.

«Là fuori regna l'anarchia, Rebeka! Scoppierà la guerra. Sono arrivati i russi a ristabilire l'ordine, annienteranno questi traditori e voi vi trovate al centro del ciclone. La caserma è a meno di cento metri da qui, non potete rimanere.»

Rebeka chiuse gli occhi. "Annientare i traditori!" Incrociò le braccia e inspirò profondamente. «Quelli là fuori sono ragazzi, Róbert. È il popolo!»

«Sono i militari ribelli a mettere strane idee in testa ai giovani. Vedrai che i responsabili dovranno rendere conto delle proprie azioni. Questi idioti hanno tirato fuori i criminali dalle prigioni. L'AVO non riuscirà a sistemare queste canaglie da sola, ci sarà una grossa operazione di pulizia.»

Sentirlo parlare così le dava la nausea, ma quello non era il momento di mettersi a discutere. Doveva portare Edit al sicuro.

Corse alla cassettiera e ne tirò fuori della biancheria pulita e qualche vestito della bambina. Il trambusto svegliò la vecchia balia, che si era assopita dopo le agitazioni di quella sera.

«Alzati, Dada, presto! Róbert è qui e ci porta a casa sua.»

Dada si alzò con la velocità che le sue vecchia membra le permettevano. «Ci stanno bombardando?»

«Stanno sparando nella caserma.»

Dada si lasciò ricadere sul letto, come se le forze l'avessero improvvisamente abbandonata. «Non preoccuparti, tesoro. Io resto qui.»

Rebeka finse di non sentire, andò all'armadio della balia, arraffò l'abito blu della domenica insieme a della biancheria e infilò tutto in una sacca di stoffa. Lei protestava. Le scarpe! Rebeka perlustrò la cucina, guardò sotto il lettino, mentre Breitner insisteva.

«Dobbiamo fare in fretta, l'autista sta aspettando.»

«Dove sono le scarpe di Edit?»

La balia, in piedi sulla soglia, porse le scarpine a Rebeka.

«Ma tu non sei ancora pronta!»

«Io vi sarei solo di peso, tesoro mio. Non mi accadrà nulla, e se anche dovesse accadermi qualcosa, va bene così.»

«Che sciocchezza! Coraggio, non c'è tempo da perdere.»

Dada si abbandonò con placida ostinazione su uno sgabello.

Rebeka guardò Breitner con aria supplicante.

«Non posso costringerla» ribatté lui, con rassegnazione.

«Dada, ti prego, non puoi farmi questo!» la implorò Rebeka con le lacrime agli occhi.

Dada abbassò lo sguardo singhiozzando.

«Non esca di casa! Domani manderò qualcuno a controllare che stia bene» disse Breitner tirando fuori dal lettino la bambina che dormiva.

Rebeka guardava ora la balia, ora Edit. Poi si inginocchiò e abbracciò con delicatezza le fragili spalle della balia, per paura di spezzare il suo esile corpo. «Va bene» continuava a ripetere, baciandole i capelli bianchi. «Passo domani dopo il lavoro e ti porto del cibo dal ristorante.»

Edit socchiuse un occhio, riconobbe Breitner, la persona più vicina a un padre che avesse nella vita, gli buttò un braccio intorno al collo e si riaddormentò. I tre si precipitarono giù per le scale, la macchina li aspettava in una stradina laterale.

45

Il Caffè Anna I

Budapest, 2017

Anna, investita dai raggi del sole, già basso, provò ad aprire gli occhi, ma li richiuse subito. Da dove veniva quella luce? Si sollevò appoggiandosi su un gomito. Quella non era la stanza dove si era addormentata. I rumori, le voci, i tacchi sul parquet non provenivano dalla cucina.

Rebeka stava parlando con un uomo e Anna sentì dire che la febbre era scesa. Allora le tornò in mente ogni cosa. Qualcuno l'aveva portata in camera, sul grande letto matrimoniale. Lei aveva opposto resistenza, lo aveva addirittura preso a calci. Nel sogno che aveva fatto si trovava in un ospedale, intorno a lei un bianco sfavillante che accecava. Erano venuti a portarle via il suo bambino. Aveva urlato? Si era svegliata, sconvolta e scossa dalle palpitazioni.

Che ore erano? Il sole al tramonto avvolgeva la stanza di una luce color arancio. Aveva dormito tutto il giorno?

La porta si aprì. Rebeka entrò senza fare rumore, seguita da un uomo. Non sembrava grande abbastanza per essere un medico. Anna fece finta di dormire e, con occhi socchiusi, osservò attraverso la cortina di ciglia i movimenti esperti del giovane che le prendeva il polso e le misurava i battiti controllando l'orologio.

Anna sbatté le palpebre come se si stesse svegliando solo in quel momento. Il suo polso giaceva inerte nella mano dello sconosciuto, che annuiva e sorrideva rassicurante. Poi le posò con cautela il braccio sulla coperta, come fosse un uccellino malato.

«La vedo molto meglio, signora Hartmann. Stanotte ha avuto la febbre alta e si è agitata molto.» Anna guardò il volto gentile dell'uomo, poi la porta. Rebeka era rimasta in piedi sulla soglia.

«Sono già quasi le otto» disse avvicinandosi lentamente, come se temesse di disturbare.

«Il bambino aveva il battito un po' accelerato, vorrei visitarla di nuovo.»

Anna si mise seduta sul letto, spaventata.

«Stia tranquilla, è tutto a posto.»

Come faceva a esserne sicuro? Anna si distese di nuovo sulla schiena sistemandosi la camicia da notte troppo corta.

«Posso?» Il medico tirò giù la coperta fino alle ginocchia, le alzò la camicia da notte e abbassò con discrezione lo slip. Anna lanciò un'occhiata interrogativa a Rebeka e nascose le dita tra le coperte. La fredda membrana dello stetoscopio si muoveva rapida sul suo basso ventre. Anna continuò a respirare normalmente.

«Il battito è regolare. Il bambino sta bene» disse il dottore, continuando ad auscultarla con la fronte aggrottata, come per accertarsene fino in fondo. «Fare incubi è molto frequente in gravidanza, soprattutto nel primo trimestre. Mi ero solo preoccupato per la febbre alta.» Le tastò la pancia con entrambe le mani e parve soddisfatto, anche le pieghe sulla sua fronte si erano distese. Poi, mentre prendeva un astuccio di cuoio dalla valigetta, aggiunse: «Cerchi di rilassarsi, signora Hartmann. Stia all'aria aperta e si lasci viziare da sua nonna». Si voltò sorridendo in direzione di Rebeka, facendole cenno di avvicinarsi senza timore. Dall'astuccio tirò fuori un piccolo dispositivo con un altoparlante. «Con questo ecografo potremo sentire i battiti del piccolo.» Anna lo guardò perplessa, ma prima che avesse il tempo di dire qualcosa, il medico le stava già passando il microfono sul basso ventre.

«Lei è alla dodicesima settimana, giusto?»

Anna fece cenno di sì e tese l'orecchio, ma oltre a un fruscio metallico non riuscì a distinguere alcun suono.

Poi, all'improvviso, partì una raffica di battiti al galoppo. *Tu-tum*, *tu-tum*, *tu-tum*.

Anna sollevò lo sguardo.

Il medico le sorrise rassicurante. «È il battito di un bambino forte e sano.»

Rebeka se ne stava ai piedi del letto con le mani raccolte sul petto. Anche Anna si sentì sopraffatta dalla potenza di quel minuscolo cuore. Dovette chiudere gli occhi per impedire alle lacrime di uscire.

Il medico mise via l'apparecchio. «Qui non c'è più bisogno di me. Mi chiami, se c'è qualcosa.»

Rebeka ringraziò e lo accompagnò fuori.

Anna rimase da sola con i suoi pensieri, con l'eco di quel battito sano e un senso di vuoto che le aveva scavato una voragine tra il petto e lo stomaco. Mentre ascoltava i passi che si allontanavano, si voltò di lato rannicchiando le gambe al petto. Avrebbe voluto rimanere così, non pensare più a niente e riaddormentarsi.

Era appena sprofondata nel cuscino, in quel piacevole stato di semincoscienza in cui i pensieri si scontornano e scivolano a un livello più profondo, quando Rebeka riapparve accanto al suo letto porgendole una tazza di caffè.

«Vai a farti una doccia e andiamo a mangiare qualcosa.»

Anna sollevò la testa e la guardò come se avesse proposto a un moribondo di fare una passeggiata.

Dal momento che Anna non si era mossa, Rebeka portò la tazza alla bocca e ne bevve un bel sorso. Poi la posò sulla sedia vicino al letto e andò a spalancare tutte le finestre della stanza. Dalla strada un rumore assordante invase la camera e Anna si tirò la coperta fin sotto il mento.

«Hai sentito, l'unica cosa di cui ha bisogno il bambino è aria fresca» disse Rebeka. Si chinò su di lei e le sfiorò la fronte per sentire se era calda. «So cosa provi, tesoro» aggiunse, in un tono che Anna non le aveva mai sentito prima, un tono diverso, morbido. Avrebbe voluto sottrarsi a quel gesto, ma la premura di Rebeka sembrava sincera. «Se adesso ti lasci andare, le cose andranno sempre peggio. Credimi, anch'io mi sono ritrovata nella tua stessa situazione: ero incinta ed ero sola.» Abbassò lo sguardo sul pavimento. Raccolse una coperta caduta a terra, che ormai non serviva più, e si avviò verso la porta.

«István Szabó è il padre di mia madre?» le domandò Anna da dietro.

Rebeka si voltò e annuì come se fosse ovvio. Poi uscì dalla stanza con la coperta piegata tra le braccia, lasciando le ante della porta socchiuse.

Anna sentì montare dentro si sé una sensazione di malessere. Il letto oscillava sotto di lei. Afferrò la tazza di caffè con il volto contratto in un'espressione di sofferenza, ne studiò il bordo per assicurarsi che non ci fossero segni di rossetto e ne bevve un sorso. Era bello forte. Si lasciò andare a un sospiro. Aver scoperto la verità sul padre di sua madre non le aveva dato il sollievo che aveva immaginato. Anzi. La fantasia vaga e idealizzata che aveva di questo padre era crollata, e al suo posto si era materializzato un estraneo in carne e ossa, con tutte le sue fragilità, le sue abitudini e la zavorra del suo passato. Aveva un figlio e una vita ormai vissuta, in cui sua madre non aveva avuto alcun ruolo. La prospettiva di un lieto fine e di un ricongiungimento le parve addirittura ridicola.

Alla mostra, prima di correre dalla sua compagna, Szabó si era voltato verso di lei e Anna aveva interpretato quello sguardo come un addio incurante, un invito a vivere la sua vita e a lasciare lui alla propria.

Cos'era quella sensazione spiacevole che sentiva alla bocca dello stomaco? Nausea o fame? Si avvicinò al bordo del letto e tirò fuori le gambe. Sullo schienale della sedia c'era la sua camicia stirata. Possibile che Rebeka avesse lavato le sue cose? Di fianco al letto la aspettava un paio di pantofole da albergo nuove. Ad Anna venne in mente Breitner. Era così che doveva sentirsi, quando la mattina tentava di rimettere in moto i suoi arti anchilosati. Strinse forte la tazza, come se da quella dipendesse la sua stabilità, e si trascinò fino alla finestra aperta. Un vento tiepido si intrufolò attraverso la sua camicia da notte. Si guardò la pancia e accarezzò quella curva appena accennata. Come faceva il medico a essere così sicuro che il bambino stesse bene?

Sulla sedia era appoggiato anche il suo telefono. Lo schermo segnalava tredici chiamate perse, tre di sua madre e le altre di Michael. La vista del suo nome sul monitor la fece stare male, le faceva paura. Tra loro era davvero finita? Così su due piedi? Reggendosi allo schienale della sedia, compose il suo numero. Fu un gesto automatico, dettato dall'abitudine, ma ormai sentiva squillare e Michael avrebbe comunque visto la sua chiamata.

Un altro squillo. Anna riattaccò. Non c'era alcuna soluzione, il filo del loro amore era stato strappato. Se si fosse dichiarato pronto a tenere il bambino – che non desiderava – significava che si sarebbe sacrificato per lei. E Anna questo non lo voleva.

Lo schermo del cellulare si illuminò segnalando l'arrivo di una chiamata FaceTime con il volto radioso di sua madre.

«Mamma?»

«Tesoro, finalmente! Indovina da dove ti sto chiamando.»

Anna scosse la testa, un nodo le serrava la gola impedendo alla voce di uscire.

«Da Sellin, sul Mar Baltico! Sono all'Hotel Seeschloss e sto bevendo vino sulla terrazza panoramica. Guarda!»

La madre fece il gesto di brindare verso la fotocamera, sullo sfondo comparvero il molo e la spiaggia di sabbia. Con il cappello a tesa larga e il calice in mano, Edit sembrava una diva del cinema in Costa Azzurra.

Anna ebbe un attimo di esitazione. «Che ci fai lì?»

«Mi prendo una vacanza da tuo padre e dalla mia vita!»

«Lo hai lasciato?»

Edit assunse un'espressione seria. «Voglio essere molto chiara al riguardo, Anna. Io amo tuo padre, ma la mia vita è sempre stata condizionata dagli altri. Dalla mano dolce di mio marito e prima di lui da mia madre, ovviamente. Ho impostato tutta la mia esistenza in modo da non diventare come lei. Anche quando ho smesso di studiare, l'ho fatto per dispetto, non perché lo desiderassi. Adesso è arrivato il momento di capire cosa voglio davvero.»

«Mi sembra giusto, mamma.»

«La sua relazione mi ha aperto gli occhi, non pensavo che sarebbe stato così difficile perdonare. Devo delle scuse a mia madre.»

Anna accennò un sorriso. «Dovresti dirglielo.»

«Mi sembri triste, va tutto bene?»

Anna si schiarì la voce. «Sì, sì, ho solo avuto un po' di febbre.»

«Sei già in ospedale? Possono operarti lo stesso? Vorrei tanto essere con te in questo momento, ma sai, ho tanto bisogno di staccare un po' la spina. Michael è lì con te, vero?»

«Mamma, il bambino lo tengo.»

Edit si portò una mano alla bocca. Anna vide gli occhi della madre riempirsi di riso e di pianto allo stesso tempo. «Ma è meraviglioso!»

Lei annuì.

«Capisco che sia una scelta difficile per voi, ma andrà tutto bene, vedrai. E quando avrete bisogno di un po' di tempo per voi, il bambino lo guarderò io!»

Anna serrò le labbra.

«Tesoro, hai bisogno di me? Vuoi che venga lì?»

Lo sguardo preoccupato della madre ebbe l'effetto di una doccia gelata. «No! Goditi la tua meritata vacanza, io sono solo raffreddata, nient'altro. Parliamo di tutto quando torni. Ti voglio bene, mamma.»

Anna chiuse la chiamata e posò il telefono. Si sentì sola come mai in tutta la sua vita. Con gesto meccanico prese le sue cose dalla sedia e andò a farsi una doccia.

«Sembri la morte secca» disse Rebeka guardandola da sopra il suo specchietto mentre usciva già vestita dal bagno. Poi serrò le labbra dipinte di rosso e chiuse il portacipria di scatto, come se ormai si fosse stancata di guardare la sua immagine riflessa.

Anna le porse un braccio con aria conciliante e insieme scesero le scale dell'edificio.

Quando furono in strada, Rebeka alzò lo sguardo verso il cielo. «Andiamo a mangiare qualcosa su via Váci e poi a passeggiare lungo il Danubio.» Era raggiante come una sposina novella.

Anna sapeva che Rebeka sarebbe rimasta delusa. Un tempo via Váci era una strada elegante, ma oggi pullulava di cartelli che pubblicizzavano pasti a prezzi stracciati e davanti a ogni locale c'era una persona che cercava di attirare i turisti. Anche il lungofiume aveva ormai ben poco dello sfavillante brulichio dei dipinti degli anni Venti di János Vaszary.

Nonostante il tragitto fosse breve, Anna decise di chiamare un taxi per riguardo a Rebeka, che si sistemò sul sedile e abbassò il finestrino. Il vento caldo le scompigliò i capelli. Si passò una mano sulla pettinatura, non le importava. Scoppiò a ridere, buttando indietro la testa con leggerezza. Il suo sguardo vagava da un finestrino all'altro, soffermandosi su Anna, come se volesse renderla partecipe delle strade e delle piazze della sua infanzia. Sembrava un'altra persona.

Lasciarono la circonvallazione interna per la via Kossuth Lajos, passando davanti all'antico Hotel Astoria. Rebeka si voltò indietro come se avesse riconosciuto un vecchio amico. La sua mano cercò quella di Anna, le labbra le tremavano come se volesse dire qualcosa ma non riuscisse a parlare. Forse era stata la vista del Ponte Elisabetta, che si stagliava candido davanti alle colline di Buda. L'ultimo ricordo che Rebeka doveva avere di quel posto era il ponte distrutto dai bombardamenti.

Arrivate su via Váci dovettero scendere in fretta, perché il taxi si era fermato sulla corsia degli autobus. Anna passò al conducente i soldi per la corsa, oltre a una mancia generosa che compensava la brevità del tragitto. Poi scese dall'auto e tese una mano a Rebeka.

Le venne in mente il nuovo caffè nel palazzo degli Scolopi, ma sua nonna insistette per infilarsi nel brulichio della zona pedonale. Dopo pochi passi incrociarono un gruppetto di ragazze sghignazzanti. Quella al centro, che era strizzata in un impietoso costume da coniglio e si stava offrendo di baciare un ignaro passante, doveva essere la futura sposa. Anna indicò le ragazzine alzando gli occhi al cielo, ma Rebeka non le aveva nemmeno viste. Procedeva spedita in direzione di un locale con un'ampia terrazza: il Caffè Anna.

«Com'è cambiato» disse poi, fermandosi con aria spaventata di fronte all'ingresso.

«Dài, andiamo da un'altra parte» propose Anna, ma Rebeka stava già attraversando la terrazza piena di turisti per entrare. Si accomodarono a uno dei tavolini di marmo vicino al bancone e si misero a studiare il menù sulla lavagna appesa alla parete. «Un tempo qui si mangiava su tovaglie bianche, a lume di candela.» Rebeka era visibilmente delusa. Anna prese la carta plastificata dal supporto di metallo al centro del tavolo: sopra vi erano annotati in ordine casuale una minestra di gulasch, un tiramisù, dei panini e la torta Esterházy. Non si era aspettata niente di più da quel posto.

«Vuoi andare da un'altra parte?» L'atteggiamento di Rebeka la stava innervosendo. Sembrava irrequieta: stava seduta sul bordo della sedia come se fosse pronta a schizzare in piedi da un momento all'altro. Invece volle rimanere.

Il cameriere passò un panno umido sul tavolo, lasciando un alone bagnato. «Allora, pronte per ordinare?» domandò per prima a Rebeka stropicciando lo straccio tra le mani. Lei lo guardò disgustata.

«Abbiamo bisogno di un altro minuto» gli rispose Anna.

Rebeka incrociò le braccia sul petto e fissò il cameriere quasi offesa. Al tavolo accanto al loro si erano seduti due giapponesi.

«Ma lo hai sentito? Che modi sgarbati! Quando frequentavo questo posto io, lui non era nemmeno nato!»

Anna soffocò una risata e continuò a studiare il menù.

«Ma così è la vita! Il mondo intorno a te cambia in continuazione e arriva sempre il momento in cui iniziano a considerarti fuori di testa. Da lì in poi, a nessuno interessa più di te.»

Anna annuì distratta e sollevò gli occhi dalla carta per un istante. Meglio ordinare un panino con la mozzarella o con prosciutto e formaggio?

«Sono passati più di sessant'anni» disse Rebeka guardandosi di nuovo intorno, come se cercasse disperatamente qualche elemento familiare. «Ero seduta a uno di questi tavoli, forse proprio qui, e aspettavo.»

«Chi?» chiese Anna chiudendo il menù. Rebeka scosse la testa ignorando la sua domanda e batté qualche colpetto con la mano sul tavolo. Probabilmente qualunque fosse la risposta non sarebbe cambiato molto.

«Devi sapere che ero una donna bellissima, per strada facevo girare gli uomini. Li sentivo, gli occhi puntati su di me. Quel giorno mi guardai intorno e vidi questo biondino con la giacca troppo grande che mi stava facendo un ritratto.»

Ad Anna sfuggì un sorriso. Si immaginò quel poveraccio chino sul foglio, che lanciava occhiate furtive all'inaccessibile Rebeka.

«Ovviamente non permettevo agli sconosciuti di rivolgermi la parola, ma la serietà del suo disegno mi affascinò. Tuo nonno era un grande pensatore.»

«È qui che hai conosciuto Szabó?»

Negli occhi di Rebeka guizzò una scintilla. Per un attimo Anna ebbe l'impressione di intravedere la ragazza che era stata un tempo e che, da qualche parte dietro quella facciata sfiorita, sopravviveva.

«Era seduto laggiù.» Con la mano malata indicò uno dei tavolini sotto le finestre. Anche la mano sana le tremava. Ad Anna sembrò di scorgere Szabó ancora seduto lì, che picchiettava distrattamente la sigaretta sul tavolo, la osservava con la fronte aggrottata per poi riporla nella tasca della camicia, in modo da averla a portata di mano quando fosse arrivato il momento di accendersela.

Suo nonno, così come Rebeka, era ormai giunto all'ultima stagione della sua esistenza. Ma non era pronto a rimestare in vecchi e dolorosi ricordi. Lui non era come Rebeka, viveva il presente e godeva di ciò che la vita aveva ancora da offrirgli. La donna che aveva definito la sua "compagna" lo guardava con occhi pieni di ammirazione. Anna era contenta per lui, per il suo ballo e per la freschezza dell'amore che stava vivendo, e augurava quella stessa libertà anche a sua madre, che aveva appena imparato a volare.

A quanto pareva, Rebeka era venuta in quel posto per Szabó. Era per lui che si era truccata con cura le labbra e aveva indossato un abito nuovo. Era lì che si erano conosciuti, perciò quel luogo rappresentava l'unica possibilità, per quanto remota, di incontrarlo di nuovo.

Il vero regalo che Breitner le aveva fatto era stato quello di riportarla nella città della sua giovinezza. Che fosse per rimediare ai propri sbagli o per punizione, era riuscito a infondere di nuovo nei suoi occhi una scintilla di speranza.

Anna prese la vecchia e ossuta mano di sua nonna, alla quale non restava nient'altro che il passato.

46

La lettera di Rebeka

Budapest, 1956

István non aveva ancora aperto gli occhi né si era reso conto del motivo per cui si trovava rannicchiato sulle coperte accanto a Levin, sul pavimento della camera d'albergo di Frank, quando gli tornarono alla mente le immagini della sera precedente: la sua bambina addormentata, la mano tremante di Rebeka nella sua, il profumo familiare della sua pelle.

Le scosse emotive della giornata appena trascorsa gli avevano fatto dimenticare la bugia di Éva. Lei lo aveva tradito. Da un lato poteva capire le ragioni della sua scelta, ma restava comunque il fatto che gli aveva mentito. Perché diavolo non era fuori di sé dalla rabbia? Che cosa provava veramente? István socchiuse gli occhi alla debole luce che entrava dalle finestre e stirò gli arti indolenziti. Aveva le palpebre pesanti per le sole tre ore di sonno.

Alzò gli occhi verso Frank, che li guardava sorridente, perfettamente rasato e con indosso una camicia pulita, come se dovesse andare in ufficio. «Forza, dormiglioni. Chi è saggio non si accinge alla battaglia a stomaco vuoto.»

Levin si tirò la coperta sulla testa e finse di essere morto. «Date le circostanze,» borbottò «chi è saggio non dovrebbe nemmeno alzarsi dal letto.»

Frank aveva già raccolto qualche informazione. Imre Nagy sarebbe stato nominato Primo ministro. Sapeva anche dei carri armati sovietici che quella notte erano passati per le strade della città. Disse che a Berlino, tre anni prima, la tecnica dell'intimidazione aveva funzionato e propose di andare a dare un'occhiata al Politecnico.

L'università era diventata il quartier generale dei ribelli. Era lì che gli studenti portavano i camion dell'esercito e le casse di mitragliatrici e munizioni, lì che stampavano i volantini e preparavano le fasce della neonata guardia nazionale. La palestra era stata trasformata in dormitorio, anche se chiunque tenesse alla propria reputazione aveva passato la notte vigile e in piedi. Correvano tutti in su e in giù, dandosi un'aria di importanza, preparandosi e organizzandosi.

«Vuoi una mitragliatrice o una pistola?» domandò uno studente a István. Il ragazzo, che aveva tutta l'aria di essere una matricola, era l'addetto alla distribuzione delle armi. Una ragazza con la coda di cavallo tolse il cappotto sporco di sangue a Frank e gli consegnò una giacca imbottita. Il sangue del ragazzo morto sotto la sede della radio si era seccato e trasformato in una grossa chiazza marrone.

«Se l'AVO ti becca con la mitragliatrice, ti fucila» disse Frank a István, nascondendo la sua arma sotto la giacca nuova. Prese anche una pistola, per ogni evenienza. Poi si mise a parlare con uno dei capi degli studenti.

István voleva chiamare Éva e la ragazza con la coda di cavallo gli indicò dov'era il telefono. Rispose la madre e lo rassicurò che il piccolo Isti era da lei, mentre Éva era uscita di casa alle prime luci dell'alba.

«Per andare dove?» urlò István nella cornetta.

«Per raggiungerti in città, ma non vi siete incontrati?»

«Per amor del cielo! Ma non sa cosa sta succedendo qui? Dove voleva andare...» Non aveva nemmeno finito la frase che già si era pentito di averla detta.

Com'era prevedibile, la povera donna andò nel panico.

«Adesso si calmi! Éva le ha detto dove era diretta di preciso?» domandò nuovamente István, senza ottenere risposta. «Non si preoccupi, so io dove trovarla.» Il ricevitore emise un rumore strano. «Mi sente? Va tutto bene. Non esca di casa e stia attenta a Isti.» Poi cadde la linea.

István era convinto che Éva fosse andata da Levin. Quando arrivò a casa sua, Levin era già lì e gli confermò che Éva lo aveva aspettato per ore nell'ingresso del condominio.

«Era gelata e completamente fuori di sé» raccontò Levin. «Delirava, diceva che voleva punirsi, si è strappata la camicia per farsi venire una polmonite. Urlava che qualunque punizione non era sufficiente a espiare la sua colpa.»

István scansò Levin per andare da lei.

«Aspetta! Lasciala dormire, la faresti solo agitare.»

István rifletté grattandosi la nuca, preoccupato. Gli ospedali erano sovraccarichi come durante la guerra. Ma come aveva fatto Éva a superare tutti i controlli e le barricate per arrivare fino a lì?

Levin lo invitò a entrare e gli fece cenno di sedersi, poi gli passò una busta. «Éva mi ha detto di darti questa.»

István vi riconobbe la scrittura di Rebeka, era indirizzata a lui. Éva doveva averne letto il contenuto, perché la linguetta era già stata strappata. Con il pollice accarezzò le lettere aggraziate, legate l'una all'altra come perle di una collana.

«L'aveva riportata Rudi da Szolmár insieme alle tue cose.»

«Ed Éva l'ha tenuta nascosta per tutto questo tempo?»

Levin annuì.

István sfilò la lettera dalla busta con pollice e indice. Lo fece con cautela, come se avesse paura del suo contenuto. Poi lanciò un'occhiata fugace a Levin, aprì il foglio e iniziò a leggere.

Amore mio,
perdonami se me ne sono andata. Sono stata presuntuosa ed egoista a pensare che mi avresti raggiunto. Volevo impedirti di sprecare il tuo talento e di accontentarti di una vita semplice. Volevo riavere indietro il pensatore brillante, l'artista del quale mi ero innamorata. Era forse sbagliato? Volevo solo il meglio per noi. Pensavo che il nostro amore fosse abbastanza forte da superare anche questo ostacolo.
Avremo un bambino, István! Non lo sapevo, devi credermi. Sono incinta di tre mesi.
Che il nostro bambino possa diventare chi vuole, e vivere come vuole.
Ti prego, amore mio, abbiamo bisogno di te! Vieni a Budapest e diventiamo una famiglia.

Tua Rebeka
21 agosto 1953

47

Giocando alla guerra

Budapest, 1956

István entrò nella stanza semibuia. Il rumore della porta doveva aver disturbato il sonno di Éva, che si girò da un lato e unì le mani sotto la testa come a farle da cuscino. L'unico rumore che si udiva era il crepitio lontano delle mitragliatrici.

István si sedette con cautela sul letto e le sfiorò un braccio. «Ti ricordi di quando sei stata al mio capezzale per giorni e giorni? Adesso potrò sdebitarmi.»

Éva aprì gli occhi. «István! Mi dispiace tanto» disse con voce rotta dal pianto.

Lui tentò di sorridere, come per farle coraggio, e le posò una mano sulla fronte. «Non devi parlare ora, hai la febbre.» Era stupito della propria calma. Perché non le stava urlando addosso?

«La lettera» riprese lei sollevandosi un po'. «L'ho data a Levin, l'hai letta?»

István la riaccompagnò con dolcezza sul cuscino, ma lei gli spinse via la mano.

«Io sapevo di tua figlia! Levin non te l'ha detto? Di' qualcosa!»

«Comprendo il perché del tuo gesto. Hai sbagliato.»

Lei lo guardò senza capire.

«Immagino che da ora in poi dovremo stringere un po' la cinghia.»

«Dovremo? Noi? Non torni da lei?»

«Siamo una famiglia, te ne sei dimenticata?»

«Ma Rebeka ha bisogno di te.»

«Anche voi avete bisogno di me.»

István si alzò e le rimboccò le coperte, poi uscì in punta di piedi, chiudendo la porta dietro di sé. Probabilmente aveva lasciato Éva in uno stato di profondo turbamento. Mostrarsi così comprensivo sarebbe stata una punizione sufficiente. Oppure avrebbe dovuto maledirla? O lasciarla?

Chiuse gli occhi. *Siamo una famiglia, te ne sei dimenticata?* Dunque aveva deciso? Éva era sua moglie, era la vita vera. La sua intimità con Rebeka e il suo desiderio per lei gli sembravano irreali, come se fosse stato tutto un sogno. L'unica scelta possibile era rimanere con la sua famiglia. Si massaggiò la fronte in preda al panico. Oppure no? Éva gli aveva mentito per tutto il tempo. Si fissò le scarpe scuotendo la testa. Cosa avrebbe dovuto fare? Urlarle addosso? Ignorarla per vendetta? Si stava già punendo da sola. Non poteva infierire, era già a terra.

Infilò una mano nella tasca dei pantaloni e tirò fuori la lettera, doveva leggera un'altra volta. Magari aveva tralasciato qualcosa. Prese il foglio dalla busta e osservò la data. La lettera doveva essere arrivata poco dopo la sua partenza da Szolmár.

Non sopportava più le voci e gli sguardi di commiserazione in paese. Aveva mollato tutto quanto da un giorno all'altro e, una volta a Budapest, come prima cosa era andato da Éva. Come mai, in nome del cielo, lei non gli aveva detto che Rebeka era stata da loro?

Rimase in piedi a rileggere la lettera, stavolta a mente lucida, come se si trattasse di un documento amministrativo. *Avremo un bambino!* Che strada avrebbe preso la sua vita, se quella missiva lo avesse raggiunto? Ripiegò il foglio assecondandone con scrupolo le pieghe originali e lo rimise nella busta. Cosa sarebbe stato, cosa avrebbe fatto… Che differenza faceva ormai?

Andò in salotto e si sedette sulla poltrona di Levin, vicino alla radio. Levin era uscito a comprare qualcosa da mangiare. Alla radio trasmettevano una replica del discorso di Nagy di quella mattina. Invitava il popolo a deporre le armi fino alle due del pomeriggio. István dovette trafficare un bel po' con la manopola prima che i suoni gli arrivassero forti e nitidi. Tentò di concentrarsi sul discorso, ma le parole di Rebeka continuavano a risuonargli nella testa in maniera talmente vivida da dargli l'impressione che fosse lì davanti a lui.

Diventiamo una famiglia…

Un lamento di sirene arrivò da lontano e in strada ogni tanto si sentiva passare un autocarro a tutta velocità. Non si poteva certo parlare di tregua. Che significava poi "esecuzione sommaria"? Mettere al muro chiunque portasse con sé un'arma o avesse partecipato alla rivolta o tenesse in mano una bandiera? Nagy parlava di ristabilire il programma di governo del 1953 e della democratizzazione del paese, ma István non lo stava più ascoltando.

Ti prego, amore mio, abbiamo bisogno di te!

La voce gli risuonava nella testa talmente limpida che gli parve di avvertire il calore del suo alito sul collo. Era così che si immaginava una psicosi. Voleva vedere come stava Rebeka, ma come poteva andarsene da lì? E poi cosa voleva veramente da lei? Era in trappola, qualunque cosa avrebbe fatto sarebbe stata un errore.

La voce si fece più forte.

«István?»

Éva era alle sue spalle, avvolta in una coperta che teneva stretta davanti al petto.

«Non dovresti alzarti.» István scattò su con la sensazione di essere stato colto in flagrante.

«Hai sentito mia madre? Isti sta bene?»

István fece un respiro profondo. «Ma certo. Vieni qui, va tutto bene.»

«Smettila di torturarmi, ti prego!» Éva aveva un'aria sconvolta. «Infuriati, urlami addosso, fai quello che vuoi, ma smettila di mostrarti così comprensivo. Ho fatto una cosa orribile. È successo e basta, non ho detto niente e a un certo punto era troppo tardi per tornare indietro. Ero terrorizzata che tu potessi lasciarmi, capisci?»

István annuì e la attirò a sé.

Éva si lasciò cadere sulle sue ginocchia con riluttanza, sempre tenendosi stretta nella coperta. «Dimmi qualcosa» lo implorò.

«Cosa vuoi che ti dica, Éva? Dovrei essere furioso, ma non ci riesco. Forse anch'io avrei fatto lo stesso.»

«Se tu avessi saputo che aspettava un bambino da te...»

«Sarei tornato da lei, certo.»

Rimasero in silenzio. Éva teneva lo sguardo fisso sulla trama della coperta.

«Mi odio per quello che ti ho fatto.»

István si portò un dito alla bocca e le fece cenno di tacere.

«Fammi finire! Rebeka era disperata, ti ha cercato dappertutto. Io mi sono messa in mezzo e adesso è mio dovere lasciarti andare.»

Lui scosse la testa. «Ho insistito per mesi perché tu lasciassi Rudi e sposassi me, ricordi? Ti ho sempre ripetuto che con Rebeka non voglio avere niente a che fare.»

Le guance di Éva si rigarono di lacrime. «Ma tu la ami?» domandò con un filo di voce.

Certo che no. Il folle desiderio che provava nei confronti di Rebeka era puro istinto, non certo amore! Aveva una moglie, lui, un figlio, una famiglia. Perché esitava? *Di' qualcosa! Un gesto, qualunque cosa.* Ma la pausa era già durata troppo a lungo e lei non gli avrebbe più creduto.

La porta si aprì con uno scatto.

«È Levin!» disse Éva liberandosi dal suo abbraccio.

Troppo tardi, pensò István. In presenza di Levin non potevano parlare. Éva probabilmente si sarebbe morsa la lingua, avrebbe sorriso con dolcezza e più tardi avrebbe pianto sul cuscino. L'unica cosa certa era che non avrebbe mai più tirato fuori l'argomento.

Levin era carico di roba da mangiare: pane, latte, farina, zucchero e carne in scatola. Dispose il bottino sul tavolo in cucina come se fossero prede cacciate con le proprie mani. «Sono stato tre ore in coda al mercato. Chissà fino a quando ci sarà ancora qualcosa da comprare.» Sorrise a Éva con aria indagatrice, si tolse di tasca chiavi, documenti, spiccioli e qualche volantino accartocciato e appoggiò tutto sul tavolo, poi appese la mitragliatrice all'attaccapanni, come fosse una ventiquattrore. Vedendola, a Éva sfuggì un grido.

Alla radio si invitava la popolazione a deporre le armi al più tardi entro le sei di pomeriggio. Assicuravano che molti gruppi armati avevano già accolto la proposta e si erano arresi. In gran parte della città era stato ristabilito l'ordine.

Levin sembrava scettico. «Sciocchezze. In Piazza Széna si spara, alla sede del partito e alla caserma Robert Károly infuriano i combattimenti e la zona di Corvin-Kilian è sotto costante tiro dei carri armati sovietici.»

István sussultò a sentir nominare il quartiere Kilian. Doveva portare Rebeka e Edit via di lì. Cercò di intercettare lo sguardo di Levin senza che Éva se ne accorgesse.

Ma lui armeggiava alla radio, girando la manopola a destra e a sinistra nel tentativo di prendere la stazione di Europa Libera. «Pare che in via Üllői ci sia un T-34 in fiamme» disse tendendo l'orecchio verso la radio.

«La gente è impazzita» disse Éva lanciandosi di nuovo la coperta sulle spalle. «Sono bambini che giocano a fare la guerra. Vandali e saccheggiatori. Non sanno nemmeno quello che fanno. Questa cosa non c'entra niente con la rivoluzione, è pura anarchia, e voi che vi fate pure coinvolgere! Ci impiccheranno tutti!» Si strinse più forte nella coperta e scomparve nella camera da letto di Levin.

Levin la seguì con lo sguardo e liquidò le sue parole con un gesto della mano. Solo allora si accorse del panico negli occhi di István. «Al mercato ho incontrato Rebeka e Frank. Sono al sicuro» gli sussurrò.

István si sentì sollevato e aspettò che gli raccontasse i dettagli, ma Levin era già di nuovo affaccendato con la radio. Si accovacciò davanti alla presa elettrica, staccò la spina e spostò l'apparecchio vicino alla finestra, dove la ricezione era migliore.

«Ho detto che Éva è malata e che tu sei da lei.»

«E...?»

«E niente.»

Quella notte István rimase sveglio a lungo. Le immagini degli ultimi due giorni gli scorrevano davanti agli occhi come le scene di un film. Era andato in giro con una mitragliatrice addosso, si era nascosto negli androni delle case, aveva assistito a scene di devastazione e razzia, aveva visto cadaveri riversi sul marciapiede, uccisi a colpi di pistola o a calci. Un povero diavolo era stato impiccato al ramo di un albero con un cartello che lo definiva "Assassino dell'AVO". La gente si era raccolta attorno al cadavere, una donna con il fazzoletto in testa gli aveva sputato addosso e due uomini armati lo avevano preso a calci. Lui stesso aveva assistito a quella scena con la naturalezza con la quale si osserva una coppia litigare su una cosa che non ci riguarda. Ma davvero tutto questo non lo riguardava? Quelle persone stavano infangando la rivoluzione. Éva aveva ragione. Il fine non giustificava quei mezzi. Cos'è che fa di noi degli assassini? Attaccare i carri armati sovietici con i fumogeni e sparare ai soldati che scappano non equivaleva forse a un omicidio? Quei soldati erano solo ragazzi che eseguivano gli ordini, avevano una famiglia e una vita, proprio come lui. Ma d'altra parte non era suo dovere anche combattere per la democrazia? Lui non aveva ancora ammazzato nessuno. Se si fosse presentata l'occasione, sarebbe stato in grado di farlo? Certo, se qualcuno gli fosse entrato in casa in piena notte minacciando sua moglie, avrebbe preso la mira e premuto il grilletto. Mise una mano sotto al cuscino. La pistola era a portata di mano. Ma sparare a qualcuno in strada dall'androne di una casa? Puntare, mirare e *bam*. Quella era un'altra storia. Finora era stato a guardare come uno spettatore al circo, a riempirsi la bocca di discorsi e ad andare alle riunioni. Quello gli riusciva bene. E poi? Negli ultimi giorni era stato talmente preso da se stesso che aveva dimenticato cosa ci fosse davvero in gioco.

48

Casa nuova

Budapest, 1956

Dopo la notte passata da Róbert, Rebeka raccolse le sue cose e mise scarpe, sciarpa e cappotto a Edit. Poi la prese per mano, pronta a uscire di casa.

«È così che mi ringrazi?»

Rebeka, colta in flagrante, si voltò. Róbert era in piedi sulla soglia del suo studio, dove lavorava già dalle prime ore dell'alba. Lo guardò confusa, poi abbassò gli occhi sulla piccola Edit. Aveva sperato di evitare una discussione, ma ormai non c'era scelta. «Vai a giocare ancora un pochino con il cavallo a dondolo» disse alla bambina, sbottonandole il cappotto.

Edit saltò di gioia all'idea di poter tornare ai suoi giochi.

«Róbert, non puoi far finta che stiamo insieme. Il lettino, tutti questi regali... Così confondi la bambina!»

«Stanotte siamo stati insieme, mi pare.» I suoi occhi accennarono un sorriso.

Rebeka non rispose, si limitò a incrociare le braccia sul petto. Le sue premure la mettevano sotto pressione. *Stanotte!* Era sconvolta: la ricomparsa di István e il fatto che se n'era andato di nuovo le avevano riaperto le vecchie ferite e Róbert, senza saperlo, aveva beneficiato di quella sua debolezza. Le aveva offerto sicurezza e una spalla alla quale appoggiarsi.

«Siete la mia famiglia da tempo, ormai» disse lui piano, come fosse una domanda. «Diventa mia moglie!» aggiunse subito dopo riacquistando fiducia, come se si fosse reso conto della propria titubanza.

Disse che Edit aveva bisogno di un'educazione e anche di un padre, e mentre parlava camminava su e giù davanti a lei, come faceva durante le sue lezioni. Rebeka osservava il movimento delle sue labbra, ma la sua voce le giungeva ovattata, come se si trovassero sott'acqua. Sapeva che quella proposta sarebbe arrivata prima o poi, ma aveva sempre evitato di pensarci. Questa volta non si era inginocchiato davanti a lei, non c'era un pubblico e non le aveva messo al dito un anello come simbolo del suo amore.

Aveva preparato una casa per lei e la bambina. Il sobrio appartamento da scapolo nel quale aveva vissuto apparteneva al passato, lo spettro di Aurelia era scomparso dalle pareti e in casa erano comparsi tappeti, tende e fiori. Guardando la camera con il lettino e il cavallo a dondolo, si aveva l'impressione che Edit e Rebeka vivessero lì da tempo. Rebeka nascose il volto tra le mani lottando contro le lacrime. Eccola lì, la piccola felicità. Qualunque donna di buon senso avrebbe accettato la sua proposta già da tempo.

«Tu non mi hai ancora perdonato» disse Róbert allargandosi il colletto della camicia. «Non posso tornare indietro nel tempo, Rebeka!» Si lasciò cadere sulla panca vicino all'ingresso, appoggiò i gomiti sulle ginocchia e rimase con gli occhi fissi sulle sue pantofole di feltro.

Poi alzò la testa e la guardò con occhi imploranti, quasi si trovasse al cospetto di una dea. Lei accettava i suoi soldi da anni. Era diventata la sua puttana, anche se non dormivano insieme. Come altro poteva definirsi la loro relazione? E la notte appena trascorsa? Lei glielo aveva concesso da tempo. Dio sa quanto ci avevano provato a stare insieme.

«Mi dispiace» disse Rebeka sincera. La sua generosità le faceva male al cuore.

Il volto di Róbert si contrasse per la rabbia. Scattò in piedi e le si parò davanti. «Cos'è che vuoi? Guardati un po' intorno!» le urlò addosso. Un solco profondo gli cresceva tra le sopracciglia. Tremava per la rabbia, ma poi riuscì a frenarsi. Sembrò arreso. «È per via di István, vero?»

Rebeka non sopportò la vista della tristezza sul suo volto e abbassò lo sguardo.

«Edit!»

La piccola accorse ubbidiente.

«Dobbiamo andare.»

«Dove vuoi andare con la bambina?» le domandò lui con la dolcezza di sempre.

«Devo vedere se Dada sta bene. Poi verrà con me al ristorante.»

«C'è la guerra là fuori. Lasciala qui! Chiamerò la signora del piano di sopra, si occuperà lei della bambina e stasera potrai venirla a riprendere.»

Eccola di nuovo, quella sua bontà. Rebeka si sentì messa all'angolo. Ci rifletté su un attimo, contorcendosi le mani. Poi si accovacciò davanti a Edit. «Devo andare a lavorare, tesoro. Vengo a prenderti stasera, va bene?» La bambina fece il broncio, sulla fronte le comparvero delle piccole fossette.

«Non si può fare altrimenti, amore. Davvero, è troppo pericoloso.»

Edit annuì, cercando di non piangere. Rebeka si alzò e rivolse a Róbert uno sguardo addolorato. «Grazie!»

Quando lui le aprì la porta, sul ballatoio una ventata di aria fredda le sferzò il viso. Si girò ancora una volta verso di loro e si sforzò di sorridere.

Edit si era fatta coraggio, teneva Róbert per mano e la salutava.

49

Giovedì di sangue

Budapest, 1956

Gli autobus e i tram non circolavano, per cui Levin e István accompagnarono Éva alla stazione a piedi.

Lei era taciturna e imbronciata, ma István fece finta di non accorgersene. Fintanto che la sua famiglia non era al sicuro, lui doveva rimanere lì, nell'occhio del ciclone. Non voleva doversi vergognare con suo figlio, un giorno, perché durante la rivoluzione era rimasto a guardare, col fucile a tracolla.

«Devi stare attenta a Isti, capito?»

Éva annuì con le lacrime agli occhi.

Lui le promise che sarebbe andato tutto bene, anche se non sapeva di preciso neanche lui a cosa si stesse riferendo.

Dalla stazione István e Levin tornarono di corsa all'Astoria, dove li aspettava Frank: rasato, con la camicia stirata e di buon umore, come sempre.

Accanto a lui c'era Rebeka. Vederli insieme mise István di cattivo umore.

«Éva sta meglio?» gli domandò lei, con un tono che István fece finta di non cogliere.

Frank disse che c'erano di nuovo migliaia di persone raccolte davanti al Parlamento, che Gerő era scomparso e anche di Rákosi non si sapeva nulla da giorni. Erano arrivati Mikoyan e Suslov da Mosca e tra i giornalisti girava voce che sarebbero rotolate molte teste.

Si incamminarono verso il Parlamento e Rebeka prese sottobraccio Frank quasi volesse dimostrare qualcosa. István procedeva leggermente dietro di loro e lanciava occhiate di indignazione a Levin, che si limitò ad alzare le spalle. L'incrocio davanti all'Astoria era occupato da tre T-34. Alcuni giovani sovietici stavano sul tetto dei carri armati a prendere il sole e a chiacchierare con delle ragazze ungheresi. Uno spettacolo alquanto bizzarro. La gente in coda davanti alla panetteria non pareva infastidita dalla presenza dei cingolati, che invece misero profondamente a disagio István.

I quattro allungarono il passo. All'improvviso Rebeka lanciò un grido: sul marciapiede, a un paio di metri da loro, cosparso di calce, c'era un cadavere, apparentemente di un sovietico, che li fissava con occhi sbarrati.

«Qualcuno dovrebbe coprirlo» disse Rebeka.

«Vieni!» disse Frank tirandola con dolcezza per un braccio. Girarono intorno al cadavere come fosse la transenna di un cantiere.

Una delle ragazze era salita sul tetto del carro armato e sventolava la bandiera ungherese con aria trionfale, tenendo sottobraccio un sovietico.

«I russi sono dalla nostra parte, adesso?» si sorprese Levin.

Frank afferrò la macchina fotografica e immortalò la scena. Anche la gente intorno li guardava stupita.

Sulla piazza si raccolsero sempre più persone, nel giro di poco su tutti e tre i carri armati sventolava la bandiera ungherese. István si lasciò contagiare dall'euforia che illuminava i volti dei presenti. Nagy era di nuovo Primo ministro e le truppe sovietiche, a quanto pareva, si erano schierate a fianco dei ribelli. C'era speranza. La folla, che aumentava di minuto in minuto, formò un corteo spontaneo dietro ai tre T-34 e tutti si avviarono in direzione del Parlamento.

Davanti all'omonima piazza, una fila di carri armati sovietici sbarrava loro la strada.

«Non vale la pena farsi ammazzare» disse Rebeka accingendosi a cambiare direzione.

Frank rimase immobile. «*Look!*»

I tre cingolati sovietici che avevano guidato il loro corteo si avvicinarono a quelli dei loro commilitoni. I soldati si strinsero le mani. Alcuni giovani si arrampicarono sui carri armati salutando la gente. I mezzi lasciarono passare il resto del corteo, che andò a unirsi alla folla assiepata nella piazza. Stavano lì, ammassati, in attesa di sentire il discorso di Imre Nagy. Dagli scalini che conducevano al palazzo del Parlamento qualcuno intonò l'inno nazionale. Un uomo vicino a István si tolse il cappello e si unì con ardore al canto, che si diffuse in tutta la piazza in un'onda crescente. L'atmosfera travolgeva i presenti. Anche István si lasciò coinvolgere dall'energia della folla e cantò con tutto il fiato che aveva in gola. Dopo l'inno seguì il coro che inneggiava a Nagy e urlava «Abbasso Gerő!». La gente batteva i piedi, applaudiva e urlava a ritmo. Una marea di persone guardava con volti entusiasti in alto verso i balconi del Parlamento in attesa del Primo ministro. Ovunque si vedevano occhi scintillanti e sgranati come quelli dei bambini. Compresi quelli di Levin e István. Giocavano tutti a fare la rivoluzione.

All'improvviso sulla piazza fischiarono gli spari di una mitragliatrice. La folla ammutolì, paralizzata. István abbassò la testa e si guardò intorno, a sinistra, a destra, in alto verso i balconi e i tetti, senza riuscire a capire da dove provenissero i colpi. L'unica cosa che vide furono gli sguardi sconvolti delle persone, che scappavano da tutte le parti come animali braccati. Anche lui corse con tutte le sue forze, gli sembrava di volare da quanto le gambe erano leggere.

Si guardò intorno per cercare gli altri e scorse Levin e Frank subito dietro di lui. Raggiunsero l'ingresso laterale del Parlamento, dove trovarono rifugio sotto una tettoia.

«Dov'è Rebeka?» domandò István allarmato.

Levin, senza fiato, scosse la testa.

Frank era appoggiato al muro e si teneva il braccio sporco di sangue, era pallido come un lenzuolo. István e Levin lo tirarono più vicino a loro, sotto la tettoia. «Era accanto a me fino a pochi minuti fa, dev'essere stata trascinata verso il lato sud dell'edificio. Penso di essere stato colpito.» Il sangue continuava a uscire, impregnando la giacca.

«Dobbiamo portarlo via di qui» disse Levin.

Sentirono risuonare delle sirene.

«Ambulanze! Io resto con Frank, tu vai a cercarla.»

István annuì riconoscente e corse nella direzione dalla quale erano arrivati. Si oppose alla corrente umana che gli andava incontro senza percepire né sentire niente. Scandagliava con gli occhi la folla nella speranza di vederla. L'ultima volta che l'aveva guardata era stata durante l'inno nazionale. Gli era sembrata felice, sottobraccio a Frank. Lui l'aveva ignorata di proposito. E adesso era scomparsa.

«Dall'altra parte, ragazzo!» gli urlò qualcuno.

István raggiunse i gradini davanti all'ingresso principale, dove si trovavano quando erano risuonati gli spari. Lì non c'era più. Ovunque guardasse c'erano corpi, sangue, occhi pieni di terrore. Correva da un ferito all'altro urlando il suo nome, ma niente.

E poi la vide. Stava accoccolata con la schiena appoggiata a una colonna.

«Rebeka!»

Il suo sguardo era immobile. La prese da sotto un braccio e la aiutò ad alzarsi. Riuscirono a scendere i gradini e a correre fino al muro. Da dove si trovavano, mancavano pochi metri all'ingresso laterale.

A quel punto però una raffica di spari si conficcò nel muro, a pochi centimetri da loro. E così era arrivato il loro momento. Era finita. István si buttò su di lei e la schiacciò con il suo corpo contro il muro. Sentirono il sordo ronzio dei proiettili. La parete vibrò dietro di loro. Pensarono di essere morti.

Stretto al corpo di Rebeka, István sentì i battiti del suo cuore e il silenzio che era calato intorno a loro. Silenzio? István sollevò la testa e trovò il coraggio di aprire gli occhi. Mosse le braccia. Era vivo?

Rebeka aveva gli occhi chiusi e tremava come una foglia. István controllò che non perdesse sangue da nessuna parte, la chiamò a voce alta, le diede qualche scrollone. Poi senza pensarci due volte la tirò su e la trascinò con sé, con i piedi che quasi non le toccavano terra. Attraversarono la piazza in diagonale, una decisione coraggiosa che István aveva preso nel giro di un secondo. Era la strada più corta, ma era esposta al fuoco. L'avrebbero percorsa a qualunque costo.

Riuscirono a raggiungere il brulichio di persone, camion e ambulanze che affollavano l'incrocio. Intorno a loro solo volti sporchi di sangue, panico e infermieri. Imboccarono una stradina laterale e trovarono rifugio nell'androne di una casa, ma la porta era chiusa a chiave.

«Andiamo avanti» esclamò István.

Rebeka non ce la faceva più. István la trascinò lungo il muro fino all'androne successivo. Un'altra porta chiusa. Sentirono lo sferragliare di un autocarro che avanzava sull'acciottolato verso di loro. Rimasero immobili, schiacciandosi contro la parete quasi come se ci volessero entrare dentro.

Il camion passò loro accanto e proseguì. István e Rebeka mandarono un sospiro di sollievo. Venti metri dopo, tuttavia, il veicolo si fermò e sentirono il rumore metallico della retromarcia. Era un autocarro della Guardia Nazionale.

«Volete un passaggio?»

István riconobbe la ragazza del Politecnico che aveva dato la giacca a Frank e la guardò come fosse la Madonna in persona. «Dobbiamo andare all'Hotel Duna!»

Lei gli fece cenno di salire sul retro, dove István e Rebeka si lasciarono cadere a terra, esausti.

«Con questa sono due le volte che mi hai salvato la vita» mormorò Rebeka.

Il camion si rimise in marcia. István portò le gambe al petto e si prese la testa tra le mani. Sentiva la tensione scivolargli via dal corpo come pezzi di un'armatura. Ciò che restava era pura miseria. Rebeka gli mise un braccio intorno alle spalle. Lui sussultò: non sopportava il suo contatto né quello di nessun altro.

«Scusami.» Rebeka si ritrasse, abbracciandosi a sua volta le ginocchia. «Se quel giorno non fossi stato con me, mi sarei ammazzata.»

«No che non ti saresti ammazzata» rispose István con voce tinta di amarezza, severa. Rebeka non lo contraddisse.

«Se tu avessi saputo del bambino…»

«Non adesso, ti prego, non ne ho la forza.»

«Ma ho bisogno di saperlo» lo implorò Rebeka.

István sollevò la testa e la fissò dritto negli occhi. «Ti avrei raggiunto. Che alternative avevo?»

Rebeka annuì. «Per via del bambino.»

István sospirò. Tese tutti i muscoli del corpo nel tentativo di mantenere la calma. Oltretutto come faceva a essere sicuro che Edit fosse davvero figlia sua?

Rebeka lo guardò come se gli avesse letto nel pensiero.

«Ma è davvero figlia mia?»

Rebeka serrò le labbra e scosse leggermente la testa, come se non riuscisse a capire bene la sua domanda. Nei suoi occhi comparve uno sguardo tetro. «Sei un mostro!»

István si strinse nelle spalle.

«Ero già al terzo mese quando sono andata via. Fai pure i tuoi conti» aggiunse poi, nascondendo il volto tra le mani.

Vederla in quello stato non lo fece sentire affatto meglio, anzi non fece che aumentare la sua furia. Abbassò gli occhi. «Quello era un ricatto, Rebeka, non era un atto d'amore.» Poi fece un gesto della mano col quale le fece intendere che era troppo esausto per continuare la discussione. Rimasero in silenzio.

Il camion sferragliava sull'acciottolato.

«Saremmo stati felici insieme?» gli domandò Rebeka dopo un po'. Il frastuono delle ruote coprì parte delle sue parole.

«Come? Felici?» István sventolò in aria la mano, scettico. Cos'era in fondo la felicità? Sentiva un peso sul petto che quasi gli impediva di respirare.

«Io pensavo che saremmo stati felici.»

In quel momento il camion si arrestò di scatto. «Volevate andare all'Hotel Duna?» urlò l'autista dalla cabina di guida. Una ragazza con il fucile a tracolla e la fascia della Guardia Nazionale aprì loro il portellone dall'esterno. István saltò giù e aiutò Rebeka a scendere.

Levin e Frank non erano in albergo. Telefonare agli ospedali sarebbe stato inutile, ovunque regnava il caos. Rebeka parlò con il portiere e tornò con le chiavi della camera di Frank.

Varcarono la soglia della stanza in silenzio, il tempo lì sembrava essersi fermato. Le pesanti tende erano tirate e il letto rifatto, come se nel mondo esterno tutto fosse in ordine.

Rebeka lasciò cadere la chiave sul comodino.

«Come mai il portiere ti dà la chiave della camera di Frank?»

«Il vecchio ha un debole per me» rispose Rebeka con un sorriso timido.

István aggrottò la fronte e si tolse di dosso il cappotto sudicio e posò il fucile. «E Frank? Anche lui ha un debole per te?»

Rebeka non rispose. Aveva una qualche importanza, ormai? Si buttò sul letto senza neanche togliersi il cappotto, si girò di lato e afferrò il cuscino. Desiderò che István si sdraiasse accanto a lei e la prendesse tra le braccia, ma lui si sedette con la testa tra le mani, voltandole la schiena.

Rebeka chiuse gli occhi e si sentì assalire da un senso di vertigine, come se si fosse affacciata sull'orlo di un abisso. Se provava a riaprire gli occhi, la stanza girava intorno a lei. Il fucile era appoggiato alla parete in un equilibrio precario. Quando erano davanti al Parlamento non aveva fatto caso che István fosse armato. Di certo non era il solo, ma quell'improvvisa pioggia di proiettili aveva colto tutti di sorpresa.

Anche István osservava il fucile e dal suo sguardo colpevole sembrava che tutta la responsabilità della tragedia che si era appena consumata fosse solo sua. Se lui non l'avesse portata via da quella colonna, Rebeka sarebbe finita come l'uomo che aveva visto dissanguarsi ai suoi piedi tra orribili spasmi. Rebeka pensò a Edit e si sentì raggelare. Cosa ne sarebbe stato di lei, senza una madre e un padre? Guardò István e provò pena per lui. Avrebbe dovuto tranquillizzarlo riguardo a Frank.

«Potresti abbracciarmi, per favore?» disse con una voce esile e infantile. Davvero István non capiva quanto avesse bisogno di lui?

Quando István si sdraiò accanto a lei prendendola tra le sue braccia, Rebeka sentì il materasso sprofondare sotto il suo peso. Schiacciò la schiena contro il suo petto e strinse forte il suo braccio.

Dormirono abbracciati così per ore, finché non furono svegliati dal rumore di una chiave che girava nella toppa: Frank era tornato, la sua ferita era stata medicata. Gli era andata bene, la pallottola non aveva colpito la spalla. Lo avevano portato all'ospedale militare in viale Róbert Károly, perché tutti i nosocomi civili erano invasi dai feriti. Aveva aspettato per ore in un corridoio, in mezzo a feriti più gravi. Continuavano a ripetergli che doveva avere pazienza. Su una barella giaceva un giovane manifestante al quale era venuto via mezzo scalpo e accanto a lui un ufficiale sovietico in stato di semincoscienza, con una ferita all'addome. Erano stati curati entrambi.

Levin, sconvolto da quell'esperienza, aveva gettato il fucile in un fosso e si era rintanato in casa come un animale ferito. Era intenzionato a rimanerci fino alla fine della rivoluzione. Frank invece era lo stesso di prima, nei suoi occhi c'era lo sguardo di un folle. István si chiedeva come mai si ostinasse a esporsi a quel pericolo, anziché tornarsene negli Stati Uniti. Si divertiva a vestire i panni dell'eroe per fare colpo su Rebeka? Lei gli piaceva, István lo aveva capito da come la guardava. Eppure Frank era rimasto impassibile quando li aveva trovati sdraiati accanto nel letto.

István comprese solo tempo dopo quale fosse il vero scopo di Frank. Era a caccia di una grande storia, la cercava come un tossico fa con la sua dose. Essere presente, vivere gli eventi dal loro epicentro per poi raccontarli al mondo, era questa la sua passione. Una passione che vinceva sull'interesse per le donne, persino per una come Rebeka.

Quella sera Rebeka era di turno al ristorante. Sulle strade infuriavano i combattimenti e il locale era pieno di giornalisti affamati. L'hotel rappresentava un'isola felice nella quale riprendersi dal gioco della guerra, scambiarsi informazioni, inviare telegrammi e ubriacarsi fino a perdere i sensi. I camerieri si affaccendavano tra i tavoli con le loro uniformi inamidate e i colletti di pizzo bianco. Era tutto come al solito.

Anche Rebeka si era fatta una doccia, aveva indossato la cuffietta e ora stava consigliando la specialità del giorno: un eccellente stufato di maiale. Il ristorante era diventato il suo palcoscenico: recitava la parte alla perfezione senza lasciarsi sfuggire un solo dettaglio. In quel posto sentiva di avere il controllo e di poter accantonare le preoccupazioni. L'unica cosa che contava era la sua interpretazione magistrale.

50

Il sacrificio di Éva

Budapest, 1956

Gli scontri di piazza non si fermavano, giravano voci che avrebbero concordato una tregua, c'era anche chi diceva che gli americani stessero marciando sull'Austria.

Frank era scettico, aveva sentito dire che c'era fermento al canale di Suez. I soldati americani di stanza in Germania erano stati congedati e questo secondo lui era un segnale inequivocabile. A István disse che l'Ungheria era abbandonata a se stessa, l'Occidente voleva evitare uno scontro con Mosca.

Per le strade si diceva che Imre Nagy stesse negoziando con i sovietici per il ritiro delle truppe. La gente si raccoglieva sotto alle finestre aperte per ascoltare le notizie contrastanti annunciate dalle radio dentro le case.

István cercò Levin nel suo appartamento, ma non lo trovò. Dopo aver girovagato un po' per il centro, iniziò a chiedersi cosa stesse cercando di dimostrare a se stesso. Che contributo dava alla causa la sua presenza in strada? L'unico posto in cui poteva rendersi davvero utile era a casa, dove non si faceva vedere da giorni. Perciò decise di tornare dalla sua famiglia.

Éva non alzò nemmeno gli occhi dal pane che stava preparando. A labbra serrate, si sfogava con tutte le sue forze sull'impasto, colpendolo come se fosse l'origine di tutti i mali.

István le posò una mano sulla spalla, voleva abbracciarla.

«István, no, ti prego. Sono piena di farina.»

«Ma piccola...»

«Non devi tornare a casa perché ti senti obbligato.»

«Éva, ma che stai dicendo?»

«Io e Isti ci trasferiamo da mia madre. È la cosa migliore. Dovremmo separarci per un po'.»

Per un po'? István inarcò le sopracciglia, sorpreso.

Poi capì cosa stava succedendo. A Éva piaceva recitare il ruolo della vittima sacrificale. E le veniva bene, talmente bene che finiva per credere davvero al personaggio che aveva scelto di interpretare. Lo sguardo sofferente, i grandi occhi arrossati... ma certo! Faceva tutto parte della commedia. In fin dei conti lui era lì, no? Cos'altro voleva? István inspirò profondamente e cercò di controllarsi. «Non dire sciocchezze, Éva. Voi siete la mia famiglia, non sono qui solo perché mi sento obbligato.»

Éva lasciò cadere l'impasto sul tavolo, si strofinò le mani sul grembiule e lo guardò con espressione seria. «Non sono più così sicura che siamo giusti l'uno per l'altra. Ci siamo lanciati in questo matrimonio perché ci conveniva, eravamo entrambi soli e avevamo bisogno di qualcuno.»

«Ma che dici? Sii ragionevole!»

«Sono stufa di essere ragionevole. Io voglio l'amore, voglio l'emozione! Tu non mi guardi come una donna, non mi desideri. Ai tuoi occhi non sono altro che la madre di tuo figlio. Viviamo come due coinquilini, non ne posso più dei tuoi discorsi sulla stima e sull'affetto. Tu lo chiami matrimonio, questo? Passi tutto il tuo tempo con Levin o al laboratorio di Kovács. Ti ripeto, non ho più voglia di essere ragionevole.»

István aveva la gola troppo secca per deglutire. Come poteva Éva cambiare le carte in tavola in quel modo? Lei gli aveva mentito e adesso faceva la parte della moglie trascurata che non riceve abbastanza attenzioni.

«Non so a che gioco tu stia giocando, Éva, ma non merito tutto questo.»

Éva gettò il canovaccio sul tavolo e corse fuori in lacrime.

Lui la seguì. «Possiamo rientrare, per favore? Fa un freddo cane qui fuori.»

«Mi sono vista con Rudi» disse lei in un soffio, senza guardarlo negli occhi. Le sue parole si sciolsero in lacrime. «Sono stata a letto con lui.»

István ebbe bisogno di sostenersi al muro della casa. Quelle parole erano chiare, non stava più recitando. «Che razza di donna sei?» urlò stringendo i pugni frementi. «Ne ho avuta anch'io l'occasione, cosa credi? Non una, non due, ma centinaia di volte. Ma non ti ho mai tradita. Per rispetto, accidenti, rispetto per te e per il nostro matrimonio. Ma a quanto pare questa parola non significa niente per te.»

«Non urlare così, per favore, svegli Isti.»

«Ah, adesso ti torna in mente tuo figlio?»

«István, ti prego!»

Lui riprese il controllo. Col respiro affannato e le mani tremanti si accese una sigaretta. Éva era ferma davanti a lui, lo sguardo rivolto a terra.

«E così è finita?»

Éva si asciugò gli occhi con la manica e annuì.

István infilò in una valigia qualche indumento pulito, diede un bacio al figlio che dormiva e uscì di casa prima che scattasse il coprifuoco.

Quella stessa sera andò in città con il professore. In macchina, durante il tragitto, regnava un silenzio inquietante. La luce dei fari svelava ai loro occhi l'entità del disastro: auto incendiate, pali della corrente divelti, macerie e immondizia a perdita d'occhio. A un incrocio un palo della corrente caduto sbarrava loro la strada, probabilmente i cavi esposti dovevano costituire una trappola per i carri armati.

Il maestoso Ponte delle Catene giaceva immobile nella nebbia. Le voragini nella strada e le barricate di pietre erano la testimonianza dei combattimenti degli ultimi giorni. Kovács attraversò il ponte a passo d'uomo, aggirando con cautela gli ostacoli.

István abbassò il finestrino e lasciò che il vento fresco gli soffiasse in viso.

«Sarebbe surreale se vincessero i ribelli, non trova?»

Kovács era teso in avanti, concentrato sulla strada. «Questa è solo la quiete prima della tempesta. La guerra non è ancora finita.»

«In che senso?»

Il vecchio si voltò per un istante verso István, per poi tornare subito con gli occhi alla strada. «Crede davvero che i sovietici, dopo giorni e giorni di combattimento, battano in ritirata così? Mi pare inverosimile.»

«Gerő si è dimesso.»

Il professore annuì con poca convinzione. «Staremo a vedere.»

István guardò fuori dal finestrino senza rispondere.

Passarono accanto alla distruzione di un palazzo a più piani. L'intimità degli ambienti domestici così esposti si imponeva ai suoi occhi come una casa delle bambole. La facciata era scomparsa, come se qualcuno l'avesse rimossa di netto. La porta del salotto era aperta e tra le macerie si intravedeva un tavolo da pranzo dal quale sembrava essersi appena alzata una famiglia. István si sentì un voyeur colto in flagrante e distolse lo sguardo.

Sulle strade circolavano macchine e autobus. La gente si dedicava alla vita quotidiana con tenacia commovente, come se nulla fosse. Si faceva la coda davanti ai pochi negozi rimasti in piedi.

Kovács accostò di fronte a un emporio su via Rákóczi, non lontano da casa di Levin.

«Grazie» disse István tendendogli la mano.

«Vedrà che le cose si sistemeranno.» István sapeva che si riferiva al suo matrimonio e scosse la testa.

«Lei non ha mai avuto tentazioni?» gli domandò Kovács con le sopracciglia inarcate e un'espressione talmente seria da indurlo a ritrarre la mano dalla maniglia della portiera.

«Io non l'ho mai tradita. Per una questione di rispetto.»

Kovács si massaggiò la barba con aria riflessiva. «Certo che no! Ma vede, il problema forse è proprio questo. Il rispetto non può tenere unite due persone per tutta una vita. Solo l'amore può.»

Sul volto di István comparve l'ombra di un sorriso. Aveva sempre pensato che fosse vero il contrario. Fece segno di aver capito, aprì la portiera e scese dall'auto.

Lungo via Rákóczi i commercianti esponevano la loro merce negli androni dei palazzi, su tavoli di fortuna. Vendevano vecchie pentole, abiti usati, scarpe, persino bigiotteria e cappelli. Chi mai avrebbe comprato cose simili in un momento come quello? Evidentemente la gente pensava di poter sfruttare i tempi di miseria per fare qualche buon affare. I negozi erano per lo più sprangati e molti erano stati svuotati.

Il grande magazzino in via Rákóczi era stato saccheggiato e distrutto. Camminando, István notò una macchia rossa tra la carreggiata e il cordolo del marciapiede. Lo smosse con la punta della scarpa e lo liberò dalla neve. Era una macchina dei pompieri grande come il palmo di una mano, con tanto di scala estraibile. Quanto sarebbe piaciuto a Isti! Al pensiero del suo bambino sentì una fitta al cuore. Si guardò intorno e si chinò a raccogliere il giocattolo. Poi riprese a camminare spedito, scansando un cumulo di terra ricoperto di neve, probabilmente una delle sepolture temporanee che nel frattempo avevano preso a costellare i marciapiedi della città.

Trovò Levin al Nárcisz, il loro locale preferito. Alla radio trasmettevano l'ennesimo discorso di Imre Nagy. István si sedette accanto all'amico e si mise ad ascoltare. A quanto pareva, il governo aveva concordato con i sovietici il ritiro immediato delle truppe. Tutti i presenti si alzarono in piedi, fischiando e urlando di gioia.

István si voltò verso Levin. Stentava a credere alla notizia. Aveva vinto il popolo?

Non riuscivano a capacitarsi, furono sopraffatti dall'epicità del momento. Gli avventori del piccolo locale si abbracciarono gli uni con gli altri e l'oste, contrariamente alle sue abitudini, offrì da bere a tutti quanti. Anche István e Levin bevvero con due combattenti del tavolo accanto. Una ragazza si gettò al collo di Levin e István brindò con uno studente di agraria di Mosonmagyaróvár, una cittadina a centocinquanta chilometri a nord della capitale. Si sentivano tutti fratelli. La notizia aveva fatto rapidamente il giro della città e i giovani sparavano in aria per festeggiare.

István e Levin, rilassati e inebriati, lasciarono il locale verso mezzanotte e si incamminarono sullo strato di neve semisciolta che ricopriva via Váci. Scaldati dall'alcol, avevano lasciato i cappotti aperti senza avvertire il vento gelido che soffiava sollevando nugoli di polvere e sporcizia dalle macerie intorno a loro.

«Non posso credere a cosa ha fatto Éva» disse Levin. István gli fece segno di tacere con la mano, non voleva che glielo ricordasse.

«Sai che ti dico? Spero che siano felici.» Montò in piedi sopra una panchina, tirò in dentro la pancia e allargò le spalle. Poi disse con un sorriso: «Posso presentarmi da Rebeka in questo stato?».

«Dovresti fare qualcosa per il tuo alito!»

Nonostante l'ora tarda, all'Hotel Duna si festeggiava ancora. Il ristorante era pieno di gente, sebbene la cucina fosse già chiusa.

István e Levin videro Frank seduto a un tavolo con altri giornalisti americani e inglesi: aveva le maniche della camicia arrotolate e le guance arrossate dall'alcol. Davanti a loro una distesa di bottiglie di Pálinka vuote e posaceneri strabordanti. Le cameriere si erano tolte cuffie e grembiuli e festeggiavano insieme agli ospiti sulla pista da ballo. L'orchestrina zigana suonava senza sosta e il personale aveva spostato tavoli e sedie per fare più spazio alla gente che ballava. L'aria, satura di fumo e sudore, era irrespirabile.

Frank, non appena li vide entrare, fece loro cenno di unirsi alla tavolata. Furono subito portati e riempiti due bicchierini da grappa. Seguì un nuovo brindisi.

«All'Ungheria!» esclamò un inglese dagli occhi vicini e gli occhiali rotondi. Frank spiegò loro sottovoce che si trattava di un corrispondente della BBC.

Gli altri uomini presenti al tavolo sollevarono i bicchieri e si unirono al brindisi urlando a squarciagola. Anche István bevve con loro, ma la sua testa era da un'altra parte.

Rebeka volteggiava sulla pista da ballo con un ufficiale ungherese.

Frank propose un brindisi alla vittoria della rivoluzione e ammise che quella Pálinka migliorava di bicchiere in bicchiere.

«Un brindisi a Chruščëv!» urlò qualcuno. I bicchieri tintinnarono.

«Chruščëv?» gli fece eco Frank sbattendo il suo bicchiere sul tavolo. «Non mi fido di questi russi. Non ci credo che si diano per vinti così. *Too good to be true.*» István non li ascoltava più, i suoi occhi seguivano Rebeka sulla pista da ballo.

«*Come on*, in alto i calici!» urlò un giovane.

«Ehi, amico mio!» Frank diede una gomitata a István. «Quanto c'è da qui alla frontiera ucraina?»

István scosse la testa. «Più o meno trecento chilometri?»

«Voglio vedere con i miei occhi i sovietici che se ne vanno e immortalare il momento con la macchina fotografica. Trecento chilometri...» Rifletté a voce alta: «Vista la condizione delle strade, quanto ci vorrà? Almeno quattro o cinque ore?».

István non rispose. Si alzò e buttò una banconota sul tavolo.

«E dài, facciamo un altro giro» gli gridò dietro Levin, ma István era già sulla pista da ballo.

Rebeka mollò il suo ufficiale e gli andò incontro, era accaldata e aveva la fronte imperlata di sudore. István la attirò a sé prendendola per un gomito, poi le cinse la vita e la guidò a tempo di musica.

Rebeka gli si strinse addosso. Era irresistibile con quello sguardo fiero e le anche che ondeggiavano tra le sue mani.

István si fermò un istante e la fissò serio negli occhi. «Sono un uomo libero. Éva mi ha lasciato.»

Rebeka inclinò la testa di lato guardandolo con occhi lievemente velati. «Quindi sei venuto da me per farti consolare?»

István la fece volteggiare su se stessa, prima di stringerla di nuovo a sé. I loro fianchi si sfiorarono un istante, per poi essere di nuovo separati dal ritmo della musica.

«Non ho alcun bisogno di essere consolato» rispose lui tra una giravolta e l'altra.

«Allora vuoi solo giocare.»

«Anche.»

«Ti devo avvisare.» La musica li divise di nuovo, István la fece girare su se stessa e la riprese tra le braccia.

«Avvisare?» Si guardarono dritti negli occhi.

«Sono una donna vulnerabile» disse lei in tono grave, la voce morbida come il velluto.

«Sei piuttosto forte, direi» rispose István baciandola sulle labbra, che sapevano di sale e rossetto.

Rebeka si sciolse dal suo abbraccio. «Aspettami un attimo» gli sussurrò, con un sorriso che sembrava promettergli il mondo intero.

Gli sguardi affamati degli uomini la seguirono attraverso la sala. István si avvicinò al camino e si accese una sigaretta. Soffiò fuori il fumo in una nuvola, che osservò allargarsi fino a dissolversi nell'aria.

Una cameriera intercettò il suo sguardo e si avvicinò con occhi raggianti, tenendo il vassoio ben saldo sulla mano. István la ringraziò, prese un bicchierino e lo tracannò d'un fiato.

«Tra poco stacco» gli sussurrò lei.

István aggrottò la fronte e fece un altro tiro alla sigaretta.

«Peccato» disse la cameriera delusa.

István la guardò allontanarsi. Si sentiva come Napoleone sul campo di battaglia. Prese un ultimo tiro, lanciò la sigaretta nel fuoco del camino e seguì Rebeka nell'atrio.

La massiccia porta della biblioteca era solo accostata, vi entrava uno spicchio di luce. István si infilò dentro e si chiuse la porta alle spalle ritrovandosi al buio. Quando i suoi occhi si furono abituati all'oscurità, grazie alla flebile luce che proveniva dalla strada, riconobbe la figura di Rebeka. Avanzò lentamente verso di lei. Man mano che si avvicinava, il suo volto si faceva più distinto, i suoi lineamenti si ricomponevano. La abbracciò, le baciò il viso e sussurrò il suo nome.

Rebeka fece un respiro profondo e rispose ai movimenti delle sue labbra, al gioco voluttuoso della sua lingua. Con le mani che tremavano gli aprì i bottoni e la cintura. István si insinuò sotto la sua camicetta, le liberò i seni e li accarezzò. La sua presa si fece più forte. Le si strinse addosso, facendole sentire la pressione del suo membro eretto. Rebeka indietreggiò verso gli scaffali e István lo interpretò come un invito. La schiacciò contro i libri con tutto il suo peso. A Rebeka sfuggì un lamento. L'eccitazione di István aumentò nel sentirla gemere. Portò una mano sotto la gonna, cercando le forme delle sue natiche. Poi la strinse con forza costringendola a voltarsi. Si sentiva ribollire di rabbia e di desiderio, acuiti dal senso di impotenza che lo aveva dominato nelle ultime settimane. Voleva riprendere il controllo, era stufo dei giochi ai quali tutti quanti lo sottoponevano.

Le tirò su la gonna, strappò le mutandine e la fece piegare in avanti. Poi entrò con forza dentro di lei.

«István!» urlò lei tra le sue spinte. La sua testa premeva contro il legno dello scaffale: le stava facendo male, ma il suo grido non fece che aumentare la foga di István. Voleva fargliela pagare, a lei, a Éva, a tutte le donne.

Rebeka si fece forza sullo scaffale per liberarsi dalla sua presa e spingerlo via. «Mi fai male!» gli urlò con il terrore negli occhi.

Lui barcollò all'indietro e alzò le braccia, spaventato da se stesso. «Non volevo, davvero!»

Rimasero qualche istante fermi l'uno di fronte all'altro, impietriti.

«E questo cos'era?» gli domandò Rebeka.

István scosse la testa, nascondendo il volto tra le mani. Si lasciarono cadere sul pavimento, vicini. Il silenzio cadde su di loro come una coperta. István si sentì schiacciato dal peso di ciò che era appena successo e si abbandonò sul grembo di Rebeka. Lei non protestò. Gli carezzò la testa, affondando le dita nel groviglio morbido dei suoi capelli. Quella sua tenerezza gli fece male al cuore, gli occhi gli si riempirono di lacrime. Non avrebbe saputo dire per quanto tempo rimasero lì. I minuti che passavano sembravano ore.

«Ricominciamo tutto da capo» disse István a un certo punto, sollevandosi per guardarla attraverso l'oscurità.

«Sarebbe bello» rispose lei debolmente. Lui la osservò accennare un sorriso e chiudere gli occhi, come se ormai non ci credesse più.

51

L'imboscata

Budapest, 1956

Finite le operazioni militari, dovettero passare vari giorni prima che la gente trovasse il coraggio di uscire nuovamente di casa. I rifornimenti di cibo alla città erano interrotti e molti contadini distribuivano i loro prodotti su carretti trainati da cavalli. Le strade erano ancora costellate di carri armati russi e le persone si tenevano alla larga dai sovietici, che gironzolavano pacifici attorno ai loro mezzi militari. Alla radio dicevano che il ritiro delle truppe era stato concordato, ma che mancava ancora da definire qualche dettaglio tecnico. Sulla strada verso il confine ucraino Frank aveva visto lunghe colonne di carri armati procedere in direzione di Budapest, anziché allontanarsene. Dai canali ufficiali avevano comunicato che erano rinforzi finalizzati a semplificare le operazioni di sgombero delle unità stanziate nella capitale. Frank mise in guardia István e Rebeka: nel giro di pochi giorni i russi avrebbero chiuso la frontiera. «Sarà un bagno di sangue. Dovete scappare finché siete in tempo!»

Rebeka rivolse uno sguardo preoccupato a István, che si sporse sul tavolo per prenderle una mano. «A Szolmár saremmo al sicuro.»

«István, dobbiamo andarcene! Non c'è futuro in questo paese miserabile.»

Lui ritrasse la mano e si alzò mettendosi a camminare su e giù. «E che ne sarà di mio figlio?»

Rebeka abbassò lo sguardo. Il suo continuo muoversi la rendeva nervosa. Se Éva voleva rimanere lì, erano fatti suoi. Ma István doveva fare la sua scelta una volta per tutte, non c'era altra soluzione.

«E dove dovremmo andare? La nostra lingua è l'ungherese. La nostra storia, la nostra cultura sono radicate in questo paese. Dovrei chiedere asilo? Essere un postulante per il resto della vita, facendomi trattare come un estraneo e dipendendo dagli altri? È questa che chiami libertà?»

Rebeka alzò lo sguardo su di lui. «Vedrai che ce la caveremo.»

«Tu dici? Con le tre parole che conosco di inglese e di tedesco? Come un analfabeta o un minorato mentale? Cerca di capire, neanche le mie opere avrebbero qualcosa da dire in un paese straniero.» Tornò a sedersi al tavolo della cucina.

I due si guardarono negli occhi senza parlare. Edit guardava alternativamente sua madre e István, masticando in silenzio il suo panino al burro. Frank stava in piedi sulla soglia, anche lui in silenzio.

«E cosa ne sarà di lei?» István indicò il salotto, dove si era ritirata Dada.

«Viene con noi, ovviamente» rispose Rebeka.

Frank inarcò le sopracciglia, scettico. «È probabile che dovremo scappare di notte, passando per i campi. Per ora le frontiere sono aperte, ma appena i russi si saranno organizzati, sbarreranno qualsiasi via d'uscita.»

«Dada non vorrà venire» osservò István.

«Va bene, adesso basta!» esclamò Rebeka irritata.

Edit si rabbuiò. Prima che si mettesse a piangere, la madre la prese in braccio e la tranquillizzò sussurrandole parole dolci.

Rebeka sapeva che la libertà, per István, consisteva in un lavoro qualsiasi che gli permettesse di sbarcare il lunario e nell'avere in tasca qualche fiorino per prendere un caffè e per dipingere. Non chiedeva altro. Cosa potevano fargli? Era andato in giro armato come chiunque altro in città, ma non aveva sparato a nessuno e non compariva su nessuna delle loro liste. Lo avrebbero lasciato in pace.

Ma lei non si sarebbe accontentata di una vita regolata al minimo.

Frank lanciò un'occhiata all'orologio e prese il suo cappotto dall'attaccapanni. «Levin e io partiamo domattina all'alba. E potrebbe essere già troppo tardi. Fatemi sapere qualcosa entro oggi pomeriggio, così ho il tempo di procurarmi un'auto più grande.» Poi se ne andò, lasciandoli ai loro dubbi.

István chiuse la porta e si lasciò cadere di nuovo sulla sedia. «Vieni qui» disse, allungando una mano in direzione di Rebeka. «Dimmi un po', che razza di padre abbandonerebbe il suo bambino?»

Rebeka lo strinse a sé, premendogli con dolcezza la testa contro il proprio ventre.

«Io volevo bene a mio padre» iniziò István. Rebeka affondò le dita tra i suoi capelli. «Non era un uomo colto, ma credeva al lato buono degli uomini. I cinici la chiamano ingenuità. Durante la guerra ha combattuto da volontario per il suo paese. Nel '47 tornò dall'inferno, dopo aver visto massacrare i suoi compagni. Si chiedeva perché fosse sopravvissuto. Il suo comandante fu accusato di crimini di guerra e impiccato. E dunque lui cos'era? Anche lui un criminale? Un fiancheggiatore? Una vittima?» István alzò gli occhi verso di lei. «Ricordo che un giorno andò all'armadio della biancheria e tirò fuori la scatola di legno in cui conservava le sue decorazioni militari. Buttò via tutto, si mise il cappello e uscì di casa. Due anni dopo lo incontrai in una bettola, solo e ubriaco. Blaterava qualcosa sulla possibilità di emigrare in America. All'epoca avevo diciott'anni e non dimenticherò mai cos'ho provato nel veder andare via mio padre. Mio figlio ha solo due anni, non si ricorderebbe nemmeno di me.»

Rebeka si sedette sulle sue ginocchia e gli passò un braccio intorno alle spalle. «Parla con Rudi, cerca di convincerli a venire con noi.»

István la fece spostare e si alzò dalla sedia. Il pensiero di Rudi gli aveva fatto venire un crampo allo stomaco. Cercò di immaginare il loro incontro. Da un certo punto di vista adesso, dopo tanti anni, erano pari. Forse era davvero giunto il momento di chiarirsi.

All'angolo con via Holló i ribelli avevano costruito una barricata con le pietre divelte dalla strada e i resti di un tram incendiato. Gli edifici sulla strada avevano subìto danni ingenti dopo i bombardamenti. Anche la casa di Rudi era irriconoscibile.

István oltrepassò le macerie che ingombravano il cortile e salì al primo piano. Il vano delle scale era rimasto illeso e vi regnava uno strano silenzio. I rumori tipici di ogni condominio restavano nascosti dietro le finestre sbarrate. Un tempo quel cortile era stato pieno di bambini che giocavano sollevando la polvere, mentre adesso si trovava in totale abbandono. Chi poteva, si era trasferito al sicuro in campagna, a casa di parenti o amici. István suonò il campanello e trattenne il fiato. Sentì dei passi che si avvicinavano, poi la porta si aprì lasciando comparire una donna giovane e snella. Indossava una vestaglia trasparente che lasciava una spalla lascivamente scoperta.

«Dov'è Éva?» domandò István in tono di rimprovero. Fu solo allora che riconobbe Lulu, la vecchia fiamma di Rudi. La spinse di lato ed entrò in salotto. Rudi era seduto al tavolo, stava rompendo un uovo per fare colazione. István gli andò incontro come se dovesse sfidarlo in un duello.

Rudi, in tutta calma, posò il cucchiaio e si alzò. Con una mano spinse via lo sgabello, che cadde con un tonfo sordo, e si piazzò di fronte a István. Le spalle di Rudi erano talmente larghe che István avrebbe potuto nascondervisi dietro. Chiuse gli occhi, sentiva il sangue pulsargli alle tempie. Immaginò di dargli un colpo alla bocca dello stomaco che lo avrebbe fatto barcollare e sbattere contro il tavolo della colazione. Le tazze sarebbero cadute a terra con un fragore di cocci rotti.

Ma Rudi se ne stava immobile come una montagna, le braccia conserte sul petto. Non batteva ciglio. «Mi pare una mossa audace farti vedere qui, vecchio mio.»

István fece una smorfia. «Con Éva hai già finito o tieni di nuovo due donne contemporaneamente?»

Rudi lanciò un'occhiata preoccupata alla sua ragazza, che era rimasta in piedi davanti alla porta. «Non ho più visto Éva da quando mi ha lasciato per te, razza di idiota.»

István si sentì sprofondare.

Rudi scosse la testa irritato. «Io sto con Lulu.» Distolse lo sguardo da István con il disprezzo che si riserva a un avversario indegno, poi si chinò a raccogliere lo sgabello. «Vieni qui, tesoro!» La ragazza si avvicinò con passo sinuoso e si strinse a lui.

István si sentiva ora come se fosse stato lui a ricevere un pugno alla bocca dello stomaco. Éva aveva inventato la storia di Rudi per non obbligarlo a scegliere? *Non devi tornare a casa perché ti senti obbligato*. Le parole di Éva gli riecheggiarono nella mente. Prese aria, come se potesse aiutarlo a riflettere meglio.

Rudi gli fece cenno di sedersi e István si abbandonò sullo sgabello vicino al suo. «Ti devo delle scuse.»

E poi gli raccontò tutto quanto, anche della prima notte che lui ed Éva avevano passato insieme e della relazione che avevano avuto dopo il suo rientro da Szolmár.

Rudi si limitava ad annuire in silenzio.

«Adesso puoi picchiarmi» concluse István.

Rudi si voltò a guardare Lulu, che gli carezzava la fronte con dolcezza. «Mi dispiace per Éva» disse poi con occhi chiusi. «Tra di noi non ha funzionato.»

Poi aprì gli occhi, rivolse uno sguardo pieno d'amore alla sua ragazza e le diede un lungo bacio sulla bocca davanti a István, che abbassò gli occhi imbarazzato. «Ci faresti un tè, tesoro?»

Lulu si alzò di scatto e sparì in cucina.

«E adesso che farai?» domandò Rudi.

«Rebeka e io stiamo pensando di emigrare. Anche voi dovreste mettervi al sicuro, è per questo che sono venuto.»

Rudi annuì senza convinzione. «E Éva e tuo figlio?»

István sollevò le mani. «Tanto qualunque cosa io facessi sarebbe uno sbaglio.»

«Saresti dovuto venire prima» disse Rudi.

Un sorriso si fece largo sul volto di István. Tese la mano a Rudi, che la strinse.

52

La difficoltà di István

Budapest, 1956

Rebeka sfiorò il contenuto della sua valigia con aria soddisfatta. Una volta Frank le aveva detto che con la sua voce da contralto e il suo affascinante accento ungherese avrebbe sfondato a Hollywood. *Holly-wood*. Pronunciò la parola con voce dolce, facendo scivolare la "d" finale come un sospiro. Gli occhi le scintillarono di gioia. Aveva deciso che avrebbe fatto dell'inglese la sua seconda lingua, che avrebbe lavorato sodo e si sarebbe accontentata dello stretto indispensabile. Purché fosse libera! Aveva preparato degli indumenti caldi per il mattino successivo, Frank sarebbe venuto alle prime luci dell'alba. Nell'armadio era rimasto appeso solo il suo completo giacca e pantaloni color crema. Il suo capo più bello. Era un regalo di Breitner.

Rebeka rimase a riflettere con la sigaretta che le pendeva all'angolo della bocca, carezzando intanto il pregiato tessuto con una mano. Poi lo tirò giù dalla gruccia e lo infilò in valigia, insieme allo scialle coordinato. In fin dei conti, era la prima impressione quella che contava. Lei non usciva spettinata nemmeno per andare dal parrucchiere. Su quel completo stavano bene le perle di sua madre. Le osservò tenendole sul palmo della mano, mentre la luce sul comodino creava dei giochi sulla loro superficie delicata. Da bambina le aveva sempre ammirate con stupore, quando la madre si chinava su di lei per il bacio della buonanotte.

Si appoggiò la collana sul petto e sorrise alla propria immagine allo specchio. *È ora di tornare in scena, Rebeka Bárdossy!*

Il mattino seguente, István fu svegliato da un rumore sordo. Si mise seduto sul letto. Accanto a lui, anche Rebeka aveva aperto gli occhi. Per fortuna Edit non si era svegliata. István balzò in piedi, afferrò i pantaloni e spiò fuori da una fessura degli avvolgibili.

Il primo sole del mattino illuminava uno scenario che gli procurò un brivido lungo la schiena. Erano di nuovo in guerra. Una colonna di carri armati avanzava lungo via Üllői e le strade erano assediate da mezzi militari, camion e soldati. István disse a Rebeka di alzarsi subito e spense la luce sul comodino. Lei si vestì e recuperò qualche coperta. Si udì un crepitio di mitragliatrici. István tirò fuori Edit dal suo lettino e la mise in braccio a Rebeka.

Un'esplosione fece tremare i muri.

«Rebeka, giù!» urlò István.

Si sedettero con la schiena contro il muro rimanendo in attesa. Edit se ne stava aggrappata alla madre senza aprire bocca. István fece cenno a Rebeka di seguirlo, ma lei non si mosse. Che stava facendo?

«Vieni, dobbiamo andare in cantina.»

«Ma lì Frank non ci troverà.»

Il rumore assordante che proveniva dalla strada inghiottì le parole di István, che la afferrò per un braccio e la tirò in direzione della porta. In quel momento arrivò un colpo talmente violento da buttarli in terra. I muri tremarono, i vetri andarono in frantumi. István protesse Edit e Rebeka con il suo corpo. Rimasero immobili in quell'abbraccio. Una tazza rotolò sul pavimento, andando a sbattere contro la stufa di ceramica, e fece ancora un paio di giri su se stessa prima di fermarsi. Un sottile strato di polvere grigiastra aveva ricoperto loro, il letto disfatto e il pavimento.

István ci mise un po' a capire cos'era successo. Rebeka si mosse sotto di lui, i tre sciolsero l'abbraccio.

Edit piagnucolava in silenzio. Rebeka la toccò per assicurarsi che stesse bene, le baciò il volto, le parlò. Anche István si rialzò a fatica ma si rese subito conto che non c'era tempo da perdere. «Venite, presto!» esclamò prendendo in braccio Edit. Corsero a perdifiato lungo il ballatoio e avevano appena raggiunto le scale quando la casa fu colpita da una seconda esplosione. Edit si aggrappò spaventata al braccio di István. «È come giocare ad acchiapparello» urlò Rebeka alla piccola, tenendole la manina senza smettere di correre.

Finalmente i colpi cessarono e il frastuono cedette il passo a un silenzio irreale. Non si vedeva anima viva, né in cortile, né sul ballatoio, né all'ingresso. Dov'erano tutti? Una lampadina solitaria dondolava dal soffitto del piano terra, come se qualcuno fosse appena passato di lì.

«Dobbiamo andare incontro a Levin e Frank» esclamò Rebeka.

«Se i russi hanno raggiunto il centro, significa che la città è circondata.»

István ignorò le proteste di Rebeka e diede una spinta alla porta della cantina. Era bloccata, come se ci fosse qualcosa a ostruirla da dietro. Di sicuro gli inquilini l'avevano barricata.

«Le valigie!» gridò Rebeka. Fece per tornare indietro, ma István la trattenne.

«Le recuperiamo dopo.»

«Ma...»

«*Shh!*» István, con una mano sulla bocca, le intimò di fare silenzio. Voleva capire se dalla cantina provenivano delle voci.

«Preferisco farmi ammazzare che rimanere ad aspettare seduta in cantina che i russi isolino la città!» Rebeka si divincolò dalla presa e salì di corsa le scale.

«E allora vai, prendi quelle stramaledette valigie!» le urlò dietro István con tutto il fiato che aveva in gola. «Fatti ammazzare. Anzi, perché non ci facciamo ammazzare tutti e tre insieme?»

Il suo cuore ebbe un sussulto, sentiva la testa sul punto di scoppiare. Edit urlava tra le sue braccia e ogni tentativo di calmarla non faceva che peggiorare le cose.

«Dalla a me» gli ordinò Rebeka, tornando indietro e prendendogli la bambina dalle braccia.

La piccola si aggrappò alla madre e si placò. István fece un respiro profondo e chiuse gli occhi. Che razza di padre era! Quale padre abbandonerebbe il proprio figlio? Tradirlo non era forse più grave che non esserci mai stato? Quando si era svegliato per il rumore dei carri armati, dentro di sé aveva sperato che Frank non venisse affatto. Erano bloccati, i ferrovieri erano in sciopero e non c'era modo di uscire dalla città. Probabilmente i russi avevano già chiuso le frontiere. Ma aveva dato la sua parola a Rebeka. Erano rimasti svegli fino a tarda notte a fare piani per quel lontano continente, l'America.

Finalmente la porta della cantina cedette e István si fece strada nell'oscurità.

Edit scoppiò di nuovo a piangere. «Non aver paura, tesoro» disse Rebeka sorprendentemente calma. La sua voce era intrisa di delusione.

István ebbe l'impressione che gli scoppi si fossero allontanati, probabilmente i russi erano passati a bombardare la caserma. «Aspettatemi qui, vado a vedere se c'è modo di passare da una viuzza laterale.»

Frank e Levin di sicuro erano rimasti bloccati con la macchina. István sbirciò in strada dalla fessura della porta socchiusa.

Tre carri armati sovietici bloccavano la via e sparavano sul Passaggio Corvin. Dalle finestre circostanti i ribelli prendevano di mira gli aggressori con le mitragliatrici. A ogni sparo i russi rispondevano con pesanti colpi di cannone. La facciata di uno degli edifici era crollata su se stessa come un castello di carte. Via Üllői ricordava le zone bombardate durante la Seconda guerra mondiale. Uscire era troppo pericoloso.

In quel momento István vide Frank e Levin dall'altra parte della strada. «Venite dentro, svelti!» urlò. I due gli corsero incontro e lui richiuse immediatamente la porta alle loro spalle.

«Eravamo in trappola, non potevamo procedere né tornare indietro. Abbiamo dovuto abbandonare l'auto» spiegò Frank, confermando i timori di István. «Abbiamo visto con i nostri occhi i russi che crivellavano di colpi l'autista di un'ambulanza. Era in abiti civili e aveva alzato le mani!» Gli occhi di Frank luccicavano come quelli di un folle.

Levin fissava apatico un punto indefinito davanti a sé. István gli passò un braccio intorno al collo e lo trascinò via. «Venite con me in cantina.»

Frank fece cenno di no. «Dobbiamo sbrigarci, i russi stanno isolando la città.»

«Sei impazzito? È troppo pericoloso» ribatté István, ma l'americano stava già andando incontro a Rebeka, che usciva dalla cantina con Edit in braccio.

István scosse la testa. Era assurdo! La sicurezza ostentata da quell'uomo lo mandava su tutte le ferie, ma se si fosse opposto adesso sarebbe passato per un vigliacco.

«Dall'altro lato della strada saremo al sicuro. Presto, venite!» Frank si mosse per primo e Rebeka lo seguì a ruota con Edit. A István non rimase scelta. Attraversarono di corsa la strada e svoltarono in via Futó. Frank spalancò con un calcio una finestra che dava su un corridoio e fece loro cenno di infilarsi dentro. István e Rebeka si scambiarono uno sguardo indeciso.

«Forza, fate presto!» Frank scavalcò per primo. István prese in braccio Edit, fece scendere Rebeka e le passò la bambina, poi mandò avanti Levin. Li seguì per ultimo. Edit era stranamente calma, doveva percepire la tensione degli adulti.

«Questo corridoio sbuca nella cantina della vetreria, è da qui che siamo arrivati» spiegò Frank. Raccontò di come avessero trovato riparo nell'ingresso posteriore del cinema Corvin, una delle basi operative dei ribelli. Era stato il loro capo a mostrargli quel passaggio, gli avevano persino consegnato un fucile. Lo seguirono lungo il corridoio semibuio. «Se riusciamo a raggiungere l'ambasciata americana siamo salvi» disse Frank.

La situazione in piazza Szabadság non era meno pericolosa. Anche lì era pieno di mezzi militari e di soldati sovietici che andavano avanti e indietro in attesa del segnale per attaccare. La sede del Parlamento era circondata dai T-34 e gli americani perquisivano a fondo chiunque chiedesse di entrare all'ambasciata.

Frank si propose di andare da solo. Gli altri quattro si nascosero nell'androne di una casa ad aspettare. Nel frattempo il sole si era alzato, promettendo una giornata di novembre gelida, con temperature sotto lo zero. Rebeka batteva i piedi per il freddo. Anche Edit si lamentava.

«Manca poco, tesoro. A breve ce ne andremo via con la macchina. Vieni, saltelliamo un po'.»

István si stupì della pazienza che Rebeka dimostrava nei confronti di Edit. Quando si trattava della piccola, trovava sempre il tono giusto e sembrava sapere con esattezza quello che era meglio fare. Come faceva a essere sicura che non stessero sbagliando? Sarebbero bastati l'uno all'altra in un paese straniero?

Rebeka era tranquilla, aveva le guance arrossate e gli occhi che brillavano. István, invece, non faceva che strofinarsi le mani congelate, camminando su e giù e ripetendosi che doveva pensare a qualcosa.

Quando Frank tornò, era passata forse una mezz'ora. Aveva il volto solcato di rughe. Disse che aveva trovato un passaggio.

A Rebeka si illuminò lo sguardo.

«Ma l'autista porta solo chi è munito di un lasciapassare.»

«Cioè solo gli americani» osservò István.

Frank annuì, turbato.

Per un po' nessuno disse niente.

«E i parenti? I fidanzati? I bambini?» chiese poi István.

Frank non afferrò subito il senso di quella domanda, Rebeka invece sì. «Non se ne parla nemmeno, noi non andiamo da nessuna parte senza di te!» esclamò.

I due uomini si guardarono negli occhi. Frank capì. Non erano migliori amici, ma István si fidava di lui. La loro stretta di mano siglò un accordo fraterno.

«Che stai facendo?» domandò Rebeka con il terrore dipinto negli occhi.

István le prese una mano e se la portò alla bocca. Quanto avrebbe voluto andarsene semplicemente a casa con lei e Edit. Quanto avrebbe voluto avere la certezza che il loro amore era abbastanza forte da sopravvivere a qualsiasi ostacolo. Ma la realtà era un'altra.

Sentì migliaia di onde infrangersi sulla sua testa. Lei lo amava, adesso lo capiva. Ma il suo amore sarebbe stato sufficiente per affrontare una vita di privazioni? Lei voleva la libertà, mentre lui era un uomo tormentato, un uomo che sentiva su di sé degli obblighi e che non sarebbe stato libero mai, in nessun luogo.

Non poteva funzionare.

«È per via di Éva?» Rebeka ritirò la mano.

La tristezza che colse nella sua voce gli spezzò il cuore. Non era per quello e lei lo sapeva. Oppure no? Nel bianco dei suoi occhi si erano disegnate finissime venuzze rosse. Le sue mani tremavano. No, non lo sapeva.

«Ma allora tu la ami davvero!»

István non rispose, non la contraddisse. Odiarlo sarebbe stato per lei più facile che amarlo. Le si avvicinò, voleva abbracciarla, ma lei lo spinse via. «Vieni, Edit, andiamo!»

Fiocchi di neve scendevano dal cielo sciogliendosi in gocce d'acqua al contatto con l'asfalto bagnato. Regnava un silenzio solenne, come se i cannoni si fossero fermati per rispetto di quel momento. Anche Levin taceva, sconvolto.

István chiuse la cerniera del cappotto e sprofondò le mani nelle tasche.

Sua figlia, per mano a Rebeka, si girò un'ultima volta e lo guardò andare via.

53

Il Caffè Anna II

Budapest, 2017

Anna posò le mani sul freddo ripiano di marmo e si chinò su Rebeka. «E da quel giorno tu e Szabó non vi siete mai più visti?»

Rebeka scosse la testa, sorridendo. Distolse lo sguardo da Anna per portarlo sul tavolo vicino alla finestra che le aveva indicato poco prima. Forse voleva vedere se István avesse alzato gli occhi dal suo disegno per guardarle.

«Era un brav'uomo» disse Rebeka. «Non poteva che scegliere sua moglie e suo figlio.»

Anna si ricordò della serietà con cui Szabó le aveva confessato di non essere stato un buon padre. In quel momento lei non poteva sapere che stava parlando anche di sua madre.

«Mi dispiace tanto per Edit» disse Rebeka dopo una pausa. «È colpa mia, se è cresciuta senza un padre. E comunque Frank non è stato un cattivo marito.»

Anna accennò un sorriso ripensando alle parole di sua madre.

«Avresti dovuto vedere la delusione sul volto di mia suocera quando Frank ci ha presentate. "Un'ungherese" ha detto fredda, squadrandomi come fossi una mendicante che affibbiava al figlio una bambina illegittima. Era una donna rigida, stava sempre impettita, e io non provenivo certo dalla loro cerchia di altolocati di

Boston. E non ero nemmeno ebrea. Era costretta a tollerarmi solo perché Frank mi aveva sposata.» Rebeka si interruppe un attimo per riprendere il filo dei pensieri. «Lui mi amava, eccome se mi amava. Anche se a modo suo. Tua madre ha sempre pensato che l'abbia lasciato perché aveva un'amante.» Scoppiò a ridere e fece un gesto con la mano che sembrava voler ridurre tutto a un grosso malinteso. «Se fosse stato un altro, probabilmente sarebbe corso dietro alle donne, ma a lui non interessavano. Lui era attratto dai grandi reportage, voleva il Pulitzer! Era come posseduto. Io venivo sempre dopo.» Posò lo sguardo sui panini ormai freddi e appiccicosi di formaggio. Allontanò il piatto con un dito. «Forse avrei dovuto accontentarmi del ruolo di moglie. Per Edit sarebbe stata la cosa migliore.»

Nel bagliore di quegli occhi anziani, Anna riconobbe lo sguardo della giovane Rebeka. Quanto l'aveva sottovalutata, quanto poco aveva saputo di lei fino a quel momento! Un tempo anche lei era stata al culmine della sua esistenza e della femminilità, proprio come lo era Anna adesso. Anche Anna un giorno si sarebbe guardata allo specchio e non si sarebbe più riconosciuta. Il suo vero io sarebbe stato ancora vivo, nascosto da qualche parte dentro di lei. Il suo volto sarebbe stato coperto di rughe, il suo corpo decrepito, ma nel frattempo avrebbe vissuto, amato e forse anche cresciuto un figlio. Solo il suo involucro sarebbe appassito, lei sarebbe rimasta la stessa per sempre.

«Volevo qualcosa di più dalla vita che passare le giornate seduta su un divano color crema, circondata da lampade rivestite di stoffa ad aspettare il grandioso Frank Crary. Volevo essere indipendente. Non sono mai stata una capace di accontentarsi.»

Accontentarsi, pensò Anna. Stavolta alzò gli occhi al soffitto, come se vi potesse trovare le risposte alle sue domande. «Questa inquietudine interiore tormenta anche me» disse. «Certe volte mi impedisce di riconoscere l'essenziale e soffermarmi sulle cose. Per paura di perdermi qualcosa di meglio, se esiste.»

Rebeka la guardò con un sorriso. «Tu hai gli occhi degli Hartmann, mia cara, ma io e te siamo più simili di quanto pensi. Stai attenta! Non fare i miei stessi errori!»

Il modo in cui Rebeka la guardava le fece stringere il cuore. Si portò una mano nel punto in cui sentiva quella pressione. Come si riconosceva un errore?

Provò nostalgia per Michael, in quel momento l'idea che non ci sarebbe più stato le parve irreale, impossibile.

«Adesso andiamocene, questo posto è diventato orribile!» Rebeka si alzò prima che Anna avesse il tempo di realizzare che la conversazione, per lei, era finita lì. Con la borsa già a tracolla, Rebeka si voltò e uscì dal locale con il portamento di una donna a posto con se stessa e con la vita.

Anna la osservò per qualche istante. Quando sua nonna era ormai all'uscita si alzò per seguirla, ma qualcosa la trattenne. Aveva la sensazione di essere osservata. Michael? Non osò formulare il pensiero, né tantomeno voltarsi verso il tavolo al quale quel giorno si era seduto Szabó.

Nel groviglio intricato dei suoi pensieri, uno solo si stagliava nettamente su tutti gli altri. *Non fare i miei stessi errori!* Udì qualcuno che si schiariva la voce e sussultò. Si preparò allora al sorriso silenzioso di lui, alla sua domanda, magari. Una domanda per la quale ora aveva una risposta.

Si voltò e rimase impietrita. Era il cameriere che le porgeva il conto.

Indice

MISTO
Carta | A sostegno della gestione forestale responsabile
FSC® C023419
FSC
www.fsc.org

Stampato presso Lego S.p.A.
Stabilimento di Lavis